Vincent Ejarque

UN SANG D'ENCRE

S A N G ■ F R O I D

À Sophie.

« N'attendez pas le Jugement dernier, il a lieu tous les jours. »

Albert Camus, *La Chute*

« L'existence est une bombe que nous ne pilotons pas. Et le cœur serré dans un étau de fer j'ai pensé il y a des moments où il faudrait revenir sur nos pas. »

Frédéric Boyer, *Peut-être pas immortelle*

Au-delà, la route ne menait nulle part. Plus exactement, elle prenait soin de disparaître d'elle-même, entre les derniers bois de petits chênes noirs et les premières parcelles de vignes qui tordaient douloureusement leurs ceps sous le vent glacial. Le chemin vicinal s'effaçait à mesure que le gravier, détaché du bitume par la pluie, devenait plus rare puis carrément inexistant. Sur le reste du territoire communal, les habitants désignaient l'endroit en disant « là-haut », sans plus de détail ni d'intérêt. Que ce soit pour les masures ou leurs habitants, hommes ou bêtes.

Le vent soufflait depuis le début de la soirée et, maintenant que la nuit était devenue noire, les rafales avaient éteint tous les bruits dans la campagne alentour. Muette et immobile, la garenne se terrait. Dans la voiture planquée entre les frênes, cinq hommes faisaient de même.

Le conducteur et son passager avant restaient concentrés sur la bâtisse qui les dominait, cent cinquante mètres plus haut. Un seul chemin y menait et ils guettaient depuis deux heures passées le retour du propriétaire des lieux. Ils suaient sous leur cagoule de laine. Les branches trop basses, secouées par les rafales, fouettaient la tôle de la Renault et leur tapaient sur les nerfs. Le conducteur conservait ses mains gantées arrimées au volant, pour ne pas céder à l'envie d'ôter le passe-montagne qui commençait à le démanger. Les gouttes de sueur qui perlaient une par une jusqu'au bas de son dos étaient à peine plus supportables mais, au moins, il arrivait à les éponger à travers son treillis en se tortillant contre le dossier en skaï.

Sur la banquette arrière, les trois autres hommes ne suaient pas moins, sous les mêmes cagoules, mais avaient abandonné à leurs compagnons de devant la responsabilité de ne pas laisser filer leur cible. Débarrassé de cette tension, le petit gros assis derrière le conducteur luttait pour ne pas s'assoupir. L'homme coincé au milieu de la banquette faisait la gueule parce qu'on lui avait interdit de fumer dans l'habitacle clos. Le dernier passager était accroché au Verney-Caron superposé qui l'encombrait depuis leur départ.

Il aurait bien laissé le fusil de chasse dans le coffre mais ses camarades l'avaient désigné pour se le trimbaler, tandis qu'ils s'étaient partagé les rouleaux de gros scotch marron, les cordelettes en nylon et les poignards. Il devait également se coltiner la cartouchière complète de 12-76 et les projectiles de 41 grains, qu'il avait finalement répartis dans les différentes poches de ses habits, bas de treillis compris.

Du fond de l'habitacle, ils avaient vu défiler toute la soirée, à mesure que la lumière au loin passait d'une pièce à l'autre, en même temps que les occupants de la maison. Même à cette distance, on pouvait sans peine décomposer le déroulé de la veillée, immuable sans doute. Le néon blafard dans la cuisine, pour éclairer les devoirs et le dîner familial. La lumière bleutée et intermittente du journal télévisé, dans le séjour contigu. La lucarne de la salle de bains, à l'étage, juste avant le coucher des gosses, puis la lumière bleue dans le séjour, de nouveau mais pas trop longtemps, « Dallas », c'était le lendemain.

Une demi-heure supplémentaire s'étira mollement. Le vent dans les arbres poursuivait ses ruades. L'ancienne bergerie était plongée dans le noir, comme les bois qui la cernaient, à la limite de la propriété. Le fumeur frustré, qui n'y tenait plus, trancha le silence devenu pesant dans la Renault : « Bon, on y va ?

– On n'est sûrs de rien, répliqua le conducteur. On n'est même pas certains qu'il soit chez lui. Tu vois le tableau : on bouscule toute la famille et on repart bredouille ? On attend encore.

– Arrête, soit il est déjà là et on l'a loupé parce qu'on est arrivé trop tard, soit il viendra pas. On ne va pas y passer la nuit.

– C'est pas les ordres. Et on ne fait rien sans savoir, sans être sûrs. Y a pas sa voiture.

– Moi, j'ai vu deux caisses, tenta l'homme au fusil de chasse.

– La R5, c'est celle de sa femme. L'Ami 8, c'est celle de sa belle-sœur. Qui n'est pas repartie, je te ferais remarquer.

– Peut-être qu'elle dort là.

– Ça fait beaucoup de peut-être.

– Bon, on fait quoi ?

– On attend.

– Faites chier ! »

Le type au volant se retourna brutalement vers les trois passagers arrière : « C'est moi qui décide et c'est moi qui donne les ordres. Et vous, vous les exécutez scrupuleusement. Dernier rappel !

– Il va tout de même falloir conclure, tenta le passager avant. On peut aller jeter un œil, trouver ce qu'on doit trouver. Sans trop de bruit et sans casse. Au pire, s'il n'est pas là pour nous donner ce qu'on veut, bah, on fouille. Si sa femme et ses mioches font du foin, on les muselle. Il garde tout planqué chez lui, c'est forcé. Il ne fait confiance à personne. »

Le conducteur jeta un œil à sa montre, qu'il portait à l'intérieur du poignet. Les chiffres au radium luisaient dans l'habitacle et indiquaient qu'il allait de toute façon devoir prendre une décision. Il détestait ça. « OK. On monte. Tous les cinq. Ce ne sera pas de trop si ça tourne au vinaigre. »

Ils laissèrent la Renault sous les frênes, d'où elle demeurait parfaitement invisible, de la maison comme depuis la route en contrebas. Celui qui avait la charge du fusil de chasse fermait la marche, juste derrière le petit gros qui peinait à suivre la progression par bonds des trois premiers hommes. Ils décrivirent un arc pour parcourir la distance qui les séparait de la bâtisse en pierre et ne pas risquer de l'approcher sous l'angle des fenêtres. Ils longèrent les murs, trois par la droite, deux par la gauche, se rejoignant finalement devant la porte d'un cellier qui n'opposa aucune résistance. L'interstice entre l'ouverture branlante et le mur gâté laissait toute la place au passage d'une lame.

Le petit gros fit jouer le verrou à levier, remit son poignard dans sa gaine, glissa le tout à l'intérieur de sa bottine et pénétra le premier dans le réduit qui sentait la poussière et l'ail séché. Trois marches en béton menaient à une autre porte qui ouvrait sur la cuisine. Les cinq hommes s'immobilisèrent dans le silence, chacun guettant un bruit qui pût être différent de celui, régulier, du frigo qui ronronnait dans un angle. Ils s'étaient naturellement répartis, à distance presque égale, autour de la table western qui occupait le centre de la cuisine, poussés au milieu de la pièce par l'étroitesse des lieux. Un buffet en formica, un évier en émail de la taille d'un lavoir et une gazinière en fonte masquaient l'essentiel des murs. Ce qui restait de surface était couvert de placards à vaisselle.

Le conducteur désigna le couloir d'entrée où ils se faufilèrent. L'homme au fusil heurta de la crosse la porte de la cuisine, qui grinça sans prévenir avant de cogner contre le mur. Les cinq intrus se figèrent en se demandant lequel d'entre eux allait recommencer à respirer le premier.

Marie-Noëlle Sabatier dormait mal, chaque fois que son mari rentrait tard. Ce qui était devenu de plus en plus fréquent, depuis que les grèves se succédaient à l'usine. Lui et les autres membres du service d'ordre qu'il dirigeait, tous adhérents du syndicat maison, enchaînaient les heures supplémentaires et les tours de garde pour protéger les ateliers et les bâtiments administratifs. Le mois précédent, les vigiles avaient même dû jouer des poings et de la matraque pour dégager la direction prise à partie par « des bougnoules qui réclamaient un local à prière ». C'est ce que lui avait dit Jean-Jacques. Elle, des Arabes, de toute façon, elle n'en fréquentait pas beaucoup. Ils ne quittaient jamais la ville et, en ville, ils s'éloignaient rarement de leur cité de transit.

Marie-Noëlle dormait mal mais elle avait renoncé à se faire prescrire des somnifères de peur que l'un de ses enfants n'appelât en vain dans la nuit. Ce soir, sa sœur Brigitte était restée pour lui tenir compagnie et la soulager un peu de l'angoisse d'être seule dans cette maison isolée qu'elle n'avait jamais réussi à apprécier. Jean-Jacques avait tout voulu réaliser lui-même. Des cloisons à la plomberie. Ça ne manquait pas de courage mais ça manquait singulièrement de savoir-faire. Le placoplâtre attendait toujours d'être enduit et les tuyaux d'arrivée d'eau claquaient régulièrement, l'hiver, en cas de fortes gelées.

C'était leur maison mais, au quotidien, c'étaient surtout ses galères à elle.

Le bruit venu de la cuisine la saisit tout à coup. Jean-Jacques serait rentré sans qu'elle eût entendu la Ford monter jusqu'à la bergerie ? Ce n'était jamais arrivé depuis six ans qu'ils avaient emménagé. Marie-Noëlle se leva, enfila la robe de chambre qui reposait sur le fauteuil en rotin installé sous le Velux et sortit sur le palier.

Les cinq hommes se déplacèrent rapidement au rez-de-chaussée. L'individu au fusil se dissimula en bas de l'escalier, sous la rampe, plaqué contre la porte du placard qui logeait dessous. Marie-Noëlle descendit les marches sans prendre la peine d'allumer.

Le conducteur lui saisit le cou et la taille d'un même mouvement, avant les deux dernières marches. Elle étouffa un cri qui resta coincé dans sa gorge comprimée par le bras qui l'enserrait. La pénombre l'empêchait de distinguer les hommes dans sa maison mais leur nombre et leurs cagoules l'effrayèrent plus sûrement que l'arme que l'un d'eux pointait sur son visage. Marie-Noëlle reconnut le double orifice d'un fusil de chasse semblable à celui que son père décrochait une fois par an pour la battue de la Saint-Sylvestre. « Ton mari est là ? » lui chuchota le conducteur, comme s'il lui importait de ne pas réveiller le reste de la maisonnée. « Ne faites pas de mal à mes enfants, je vous en prie...

– Ta gueule. On s'en fout de tes gosses. Ton mari est là ?

– Non... non, il n'est pas encore rentré, je ne sais pas à quelle heure il revient, je... » La jeune femme n'eut pas le temps de finir sa phrase. L'homme au fusil avait brusquement fait pivoter l'arme contre lui et, sans prendre le moindre élan, lui frappa le ventre d'un coup de crosse qui la fit se plier en deux et tomber à genoux. « Debout, salope ! Debout où je te redresse à coups de lattes ! »

Marie-Noëlle avait le souffle coupé et envie de vomir, un goût de bile et de sang dans la bouche. Le conducteur la releva et l'appuya contre la rambarde. « Où sont les dossiers planqués par Jean-Jacques ? Où les cache-t-il ?

– Qu... Quoi ? De quoi parlez-vous ? Il n'y a pas de... »

Le second coup de crosse la laissa directement sur le flanc. Le fumeur et le petit gros gravirent l'escalier quatre à quatre, sans se préoccuper du raffut. « Pas de lumière, ordonna le conducteur, Sabatier peut arriver d'un moment à l'autre. »

Les trois hommes demeurés en bas transportèrent Marie-Noëlle dans le séjour. Celui qui semblait donner les ordres déroula un bon mètre de scotch à emballage pour lui entraver les chevilles.

Il répéta l'opération avec ses poignets, qu'il attacha sur le devant, avant de relier entre eux les quatre membres, à l'aide d'un morceau de corde en nylon que lui avait tendu le deuxième homme.

Celui qui tenait le fusil patientait, en retrait, et avait commencé à retourner de sa main libre les tiroirs du buffet. Il renversa sur le sol le contenu de chacun d'eux mais ne parut satisfait par rien de ce qu'il y dénicha.

L'homme qui l'avait ligotée se pencha sur Marie-Noëlle : « Il y a qui, là-haut ? Et il y a quoi ? »

Caroline en avait assez de partager sa chambre avec son petit frère. Ses copines de collège avaient la leur, pouvaient y punaiser aux murs ce qui leur chantait et y inviter qui elles voulaient. Ce microbe de Nicolas devait dormir avec une veilleuse sinon il faisait des cauchemars et elle, la lumière l'embêtait. Elle ne la gênait pas vraiment, en fait. Elle finissait toujours par s'endormir avec le casque du Walkman sur les oreilles. Mais, franchement, elle aurait préféré pouvoir se caresser dans l'obscurité totale pendant que son frère roupillait.

Papa avait promis qu'il aménagerait les combles et qu'elle aurait son espace à elle. C'était il y a deux ans déjà. Il était toujours occupé ailleurs ou à autre chose, parfois les deux en même temps. Mais là, c'était le pompon. Tata Brigitte qui restait dormir à la maison et qui s'incrustait dans son petit lit, à côté d'elle, parce que maman supportait de moins en moins les retours tardifs de papa. Quelle idée d'habiter à la campagne quand on a peur la nuit. Déjà que le jour, on s'emmerde.

Caroline ne sut dire ce qui l'avait réveillée. Les fils du casque emberlificotés dans ses cheveux, la lumière du palier qui pointait sous la porte de leur chambre ou l'absence de Brigitte qui avait dû quitter le lit sans bruit pour descendre aux toilettes.

L'adolescente distingua des voix masculines venues de l'escalier et des petits gémissements plaintifs. Elle se tourna vers son frère qui écrasait son oreiller d'un sommeil profond, remit le casque sur ses oreilles pour ne plus entendre les murmures de Brigitte et s'enfonça sous ses draps, au plus profond de son lit, en priant le ciel et tous les anges que son père revînt le plus vite possible.

Brigitte Marty réussit à ne pas hurler en voyant les deux hommes cagoulés surgir de la montée d'escaliers. Elle se surprit à penser, d'abord, à la situation de contre-jour dans laquelle la plaçait le plafonnier qui l'éclairait malgré elle par-derrière. La transparence de la nuisette prêtée par sa sœur la mit plus mal à l'aise que les cagoules de laine noire portées par les deux hommes débarqués au premier étage de la maison.

L'un d'eux, un petit gros, avait un poignard pointu, genre dague, le long de sa cuisse droite. Il tentait à peine de le cacher en s'avançant vers Brigitte. L'autre, plus grand et nettement plus costaud, se précipita sur elle et saisit ses cheveux qu'il entortilla autour de son poing. Il durcit sa prise pour la faire s'affaisser sur elle-même, les jambes repliées sous les fesses. Dans le mouvement, une bretelle de la nuisette de Marie-Noëlle, décidément trop grande, glissa de son épaule. « Un coffre ! Il y a un coffre quelque part ?

– De quoi parlez-vous ? Vous me faites mal... Il n'y a rien. Vous vous trompez. Vous n'êtes pas...

– Silence, pétasse ! On sait où on est et ce qu'on vient chercher. Où Jean-Jacques range-t-il ses dossiers ? Et le pognon ? Il en a fait quoi ? »

L'autre s'interposa. « Laisse, elle ne sait rien. Elle ne devrait même pas être là. » Le grand type desserra complètement son emprise, laissant les cheveux de Brigitte filer entre ses doigts et retomber en cascade sur le visage de la jeune femme. Elle s'écroula devant la porte de la salle de bains, la nuisette et ses forces l'abandonnant en même temps.

Le petit gros repéra que le sein droit s'était échappé d'un coup, hors de l'étoffe, léger et lourd à la fois dans le mouvement. Un sein rond, un peu bas, perlant, qui hésitait entre la goutte d'eau et la poire, avec un téton long et brun, pas ses nichons préférés mais bon.

Il redressa Brigitte contre la porte de la salle de bains, qui s'ouvrit dans son dos. Il glissa sa main gauche sous la nuisette, lui agrippa la fesse et l'attira à lui, en même temps qu'il lui plantait la lame du poignard entre la quatrième et la cinquième côte. Les yeux et la bouche de Brigitte s'arrondirent. Son visage ne se détendit qu'après que son meurtrier l'eut assise sur le bidet et refermé la porte.

Au rez-de-chaussée, le conducteur et l'homme au fusil s'inquiétèrent du barouf à l'étage. Le conducteur ordonna à ses deux comparses de surveiller Marie-Noëlle et de guetter le retour de Sabatier, puis grimpa à son tour.

L'ampoule était allumée sur le palier mais on ne pouvait la distinguer de l'extérieur que si la lueur pénétrait l'une des chambres. Il trouva le petit gros assis sur un lit d'enfant, en train de feuilleter *Picsou Magazine*. Son acolyte avait ôté sa cagoule et fumait, le visage ruisselant. « Me dis pas que j'ai pas le droit parce que, sinon, je fous le feu à cette baraque. Y a rien ici. Il faut attendre Sabatier.

– C'est quoi ça ? » Le conducteur désignait une forme d'un mètre cinquante, recouverte d'un drap blanc gorgé de sang, que la couverture en acrylique orange peinait à absorber. « Ça ? C'était un témoin.

– Putain, mais vous êtes des malades ! Il n'a jamais été question de s'attaquer à la famille ! Qu'est-ce que c'est que ce bordel ? Y a qui dans l'autre lit ?

– Sors. Tu veux pas savoir. Va attendre Sabatier. » Le conducteur recula jusqu'à la porte, la tête prête à exploser. Le petit gros posa le recueil de bandes dessinées sur le lit de Nicolas, desserra la cordelette enroulée autour du cou du petit garçon et la glissa dans sa poche de treillis. « Il dormait, il n'a pas souffert. Redescends attendre Sabatier. »

En voyant son complice dévaler les escaliers, l'homme au fusil eut un mauvais pressentiment. Il n'avait pas voulu prendre le Verney-Caron, avait tenté d'expliquer qu'on pouvait s'en passer, qu'une arme à feu, franchement, on n'est jamais sûr, ça peut vite déraper.

Son binôme scrutait la nuit par la fenêtre du séjour pour prévenir de l'arrivée du père de famille. Le conducteur traversa la pièce jusqu'à Marie-Noëlle toujours immobile. « Mes enfants... Ne faites pas de mal à mes enfants. Emmenez-moi avec vous mais ne faites pas de mal à mes enfants. » Les trois hommes debout au-dessus d'elle n'avaient pas échangé plus de cinq phrases, de quelques mots à peine. La cagoule étouffait les sons, pourtant elle aurait juré qu'elle connaissait la voix du meneur. Mais, à chaque fois que son cerveau lançait des boucles pour tenter d'y associer un visage ou un nom, son angoisse détruisait sa concentration.

Le chef la souleva avec l'assistance de l'homme au fusil. Qui demanda de l'aide au guetteur, d'un coup de tête en direction de l'escalier. Le conducteur et le guetteur hissèrent Marie-Noëlle jusqu'à l'étage et la portèrent sur son lit. Elle tenta de demander à voir ses enfants avant que les deux hommes s'emploient à la bâillonner à l'aide d'un autre bout de scotch.

Ils la disposèrent en chien de fusil, la tête tournée vers l'armoire à vêtements pour qu'elle ne pût pas voir la porte. Le petit gros entra à leur suite, prit soin de ne pas peser sur le lit pour ne pas la faire sursauter, dégagea les cheveux de la jeune femme et lui trancha la carotide juste sous la boucle d'oreille qu'elle avait oublié d'enlever avant de se coucher. La peur qui paralysait Marie-Noëlle Sabatier depuis de longues minutes s'écoula par jets saccadés.

Jean-Jacques Sabatier était épuisé. Il avait failli percuter un chevreuil en quittant la départementale et ce petit coup d'adrénaline ne parvenait pas à le maintenir aux aguets. Sa conduite était aléatoire, il roulait en sous-régime depuis un bon quart d'heure et la Ford Taunus chassait au moindre virage. Il rentrait de plus en plus tard. Les patrons de l'usine déconnaient à bloc. Ils étaient sur le point de tout céder aux Arabes, qui n'avaient rien demandé mais qui étaient bien noyautés par ces enculés de communistes.

Pour couronner le tout, les élections municipales avaient été un beau fiasco. La racaille socialiste tenait toujours la ville et l'énergie déployée par le syndicat durant la campagne électorale n'avait pas porté ses fruits, c'est le moins que l'on pût dire. Ses amis patriotes avaient dû se contenter de deux sièges, isolés par la fusion des autres listes au second tour. Putains de magouilleurs.

Sabatier gara la Ford sous l'auvent de la grange, le long des stères de bois qu'il empilait méthodiquement depuis des années, en attendant de remettre en état de fonctionnement la cheminée du séjour, comme il l'avait promis à Marie-Noëlle. En traversant la cour, il regrettait de n'avoir pas réussi à convaincre son épouse d'adopter un chien. Ça lui aurait fait plaisir de voir l'animal le guetter et courir vers lui lorsqu'il rentrait tard, comme ce soir-là, et que toute la maison était endormie. Marie-Noëlle avait balayé la proposition d'un définitif « c'est sale, ça pue et ça aboie ». Dont acte.

Le coup de crosse faucha Sabatier au creux des reins, à peine la porte d'entrée franchie. Il tomba, le nez en avant, dans le contenu des tiroirs vidés une heure plus tôt. De la paperasse et des bouts de vie domestique qui tapissaient le sol à quelques centimètres de sa tête, qu'une main gantée venait d'empoigner en le soulevant par les cheveux.

L'homme, cagoulé comme tous les autres, le tira en arrière jusqu'à une chaise de la cuisine qui avait été déplacée et installée au milieu du séjour en chantier. Un autre type tenait, les bras croisés, un fusil de chasse contre sa poitrine. « Qui êtes-vous ? Où sont mes enfants et ma femme ? Qu'avez-vous fait ? Où sont-ils ? » Un troisième homme posa son index sur ses lèvres. De son autre main, toujours de l'index, il désigna l'étage : « Chut, ils dorment. » Deux autres gars surgirent par-derrière. Ils utilisèrent les rouleaux de scotch pour attacher ses jambes aux pieds de la chaise. Ses mains furent jointes dans son dos à l'aide d'une cordelette de nylon. Un autre bout de cordelette remontait entre ses omoplates puis faisait le tour de son cou en écrasant la pomme d'Adam. Le dispositif étranglerait Sabatier à la moindre tentative de mouvement.

Le type avec les gants prit une seconde chaise et vint s'asseoir en face de lui. Les quatre autres s'écartèrent de quelques pas. Son interlocuteur se pencha vers Sabatier. Il reconnut sa voix immédiatement :

« Où sont les dossiers, Jean-Jacques ? Où est l'argent ? » L'homme avec le fusil de chasse s'était déplacé derrière lui. Sabatier sentit le métal du superposé lui heurter le haut de la nuque, deux petits coups appuyés, juste au-dessus de la première vertèbre.

« Je te préviens, ducon, on n'a plus toute la nuit. »

La matinée fila sans prévenir. Midi parut avec le soleil à sa porte et si le froid avait été moins piquant, on aurait pu rêver de printemps. Pas encore de quoi faire bourgeonner la ville ; au mieux une caresse qui tente de se faire passer pour un préliminaire. La nature, cette allumeuse.

La fenêtre ouverte aspira un air vif qui fit voler les feuillets sur lesquels Cadalen avait peiné la veille. Il devait encore deux chapitres à la revue d'histoire moderne qui ne l'avait pourtant pas payé depuis quatre mois. Il passerait les déposer à la rédaction avant de filer au Parc des Princes pour encourager Rives et consorts, qui pouvaient encore espérer remporter le Tournoi, à condition de battre le Pays de Galles dans cette dernière journée.

Cadalen avala un croque-monsieur et une salade au bistrot en bas de chez lui, pour se remplir un peu avant de plonger dans le chaudron glacial de la porte de Saint-Cloud. Et prendre le temps de dépiauter *L'Équipe* d'avant-match. En repliant le canard pour le redéposer sur le comptoir, il nota qu'on était le 19 mars. Dans un pays qui vénérait les médailles, on célébrait les armistices et les victoires mais pas les cessez-le-feu. Pourtant, c'eût été l'occasion, pour le pouvoir politique, de distribuer des breloques supplémentaires. Les poilus se raréfiant, il ne faudrait pas négliger les guerres suivantes si le pays tenait à entretenir la flamme. Que ce fût celle du Soldat inconnu ou celle du Front national, tout finissait par se valoir. Question de point de vue ou de position électoraliste.

Cadalen fit un passage éclair rue Mazarine pour remettre sa copie. De Coninck, le rédacteur en chef, noyait son veuvage dans la prune et vivait comme un sacerdoce ces week-ends sans lumière durant lesquels il relisait les articles du prochain numéro de sa revue, « à l'abri des coups de téléphone et des sollicitations : tous les emmerdeurs sont dans leur baraque de Barbizon ou de Rambouillet, occupés à tirer un sanglier ou à fourrer une dinde – ou le contraire ». Sa misanthropie était devenue un art de vivre. Se rendre désagréable, prétendait-il, lui demandait moins d'effort que l'inverse. De Coninck était parvenu à un niveau de détestation du genre humain hors catégorie. Le rédac-chef lui tendit la main, paume grande ouverte, autant pour saluer Cadalen que pour récupérer d'un même mouvement sa copie depuis longtemps promise.

« Toi aussi, tu es en retard…

– Pardon ?

– De quatre numéros. Mes piges…

– Ah, oui. C'est vrai. Vous, les gens de gauche, vous travaillez pour vivre. J'essaie de l'oublier mais votre petitesse me rattrape.

– Comme les huissiers. D'ailleurs, j'ai vu ta boîte aux lettres en montant, elle déborde.

– Je te fais un chèque ? Dépêche-toi de le dépenser avant que les socialos ne te le prennent. Ils nous ont annoncé la rigueur. Ça va danser. Mitterrand et sa clique ont ruiné le pays avec les nationalisations et les dévaluations, ils veulent maintenant contrôler les devises.

– Tu crois ? Tu ne serais pas un peu de droite ?

– C'est vrai que j'aime l'ordre, sourit De Coninck en jouant avec sa chevalière, un bijou hérité d'un ancêtre templier, qui devait moins lui servir à cacheter de la cire qu'à éborgner les colleurs d'affiches adverses les soirs de maraude, lorsque ses anciens copains d'Assas se sentaient devenir braves, après la troisième bière et le premier schnaps. Que veux-tu, la gauche au pouvoir, confrontée à l'exercice des responsabilités, est condamnée à trahir. Comme j'ai le sens de l'autodérision, je te dirai que lorsqu'on garantit, pour tout avenir, un futur ancré dans le passé et un immobilisme tenace, on risque moins de décevoir ses électeurs par les promesses non tenues.

– Que connais-tu, toi, des promesses non tenues ?

– Celles que je me suis faites à moi-même. Ce sont les plus faciles à trahir et les plus douloureuses à oublier. On te voit à la réunion du prochain numéro ? »

Cadalen sortit de l'immeuble les mains au fond des poches, sans lever le nez vers la fenêtre d'où De Coninck le regardait sans doute filer vers Saint-Germain, à la recherche d'un taxi. Il allait rater le coup d'envoi.

Le match remporté, la troisième mi-temps dura tout le dimanche.

Son lundi devait être consacré à des retrouvailles. Quatre anciens collègues avaient réussi à synchroniser leurs agendas ou leurs horaires d'avion pour bambocher rue Saint-Marc, entre les grands boulevards et la Bourse.

Seul Gilles, toujours coincé au Liban, ne serait pas des leurs. Éparpillés comme nombre de confrères depuis deux ans, aucun d'entre eux n'avait trouvé le courage de remettre les pieds dans leur ancien journal, situé à quelques encablures. Le changement de pouvoir politique avait sonné la valse des chefs dans les rédactions et, si les têtes coupées par la nouvelle majorité avaient fait un peu de bruit en roulant dans les couloirs de la Maison de la Radio, celles sacrifiées dans les journaux étaient tombées dans le panier à sciure de manière plus feutrée. Le sifflement du couperet sans doute couvert par le bruit des rotatives qui annonçaient au peuple de gauche les lendemains qui chantent. Cadalen avait rencontré la nouvelle direction le jour de sa nomination, avait poussé la porte sans frapper et simplement demandé au type en costard marron qui occupait désormais le bureau du directeur de la rédaction débarqué la veille : « Combien ? »

La semaine suivante, le chèque de son indemnité de licenciement encaissé, il avait vidé l'équivalent d'une bouteille de rye au comptoir du premier rade croisé, vomi deux fois sur la route du retour, une par dégoût et une autre de rage, et avait réussi à trouver le chemin de chez lui sans que personne ne lui marchât sur les mains. Le lit avait eu la courtoisie de ne pas changer de place en son absence ; Cadalen s'y échoua et dormit trente heures d'affilée.

Le temps du deuil était passé. Celui de la rancœur n'avait par bonheur jamais sonné. Seules demeuraient les affinités électives qui le faisaient se tenir droit et le rendaient passablement fier de ne pas avoir courbé l'échine ni léché les mocassins à gland qui leur avaient botté le cul à lui et quelques autres. « Serviteur mais pas valet », aurait dit Jean-Louis Barrault à André Malraux, en 68, depuis son théâtre de l'Odéon occupé par les étudiants. Avant de se faire virer. Quinze ans après, on en était toujours là.

Sur la période, ses camarades et lui avaient pourtant donné le meilleur d'eux-mêmes, en bouclant des canards à foison, au milieu des hurlements de leurs collègues des sports, mugissements furieux, époumonés à chaque but marqué ou encaissé par l'ASSE ; noyés dans la fumée du cohiba taille maousse planté dans le bec du taulier (l'autre attribut du pouvoir directorial étant une sorte de coupe à champagne de la taille d'un calice de procession, remplie à ras bord, un tiers whisky, deux tiers cola – parfois l'inverse, ça dépendait de l'humeur).

Le journal était désormais aux mains de pisse-froid et de buveurs d'eau, ça se voyait rien qu'à la maquette. Comme disait l'un de ses collègues, breton, donc consciencieusement imbibé : « Un quotidien, il faut que ça soit un peu crade, que le lecteur sente que ça a été bouclé dans l'urgence. » Cadalen n'avait jamais vraiment adhéré à cet adage et avait plus d'une fois cédé au plaisir de réaliser un artifice graphique, juste pour la gloire, un truc que personne ne remarquerait, sauf les confrères de *L'Équipe* qui trouvaient que les mecs de la rue Greneta se la racontaient un peu, avec leurs résumés de matchs de football soumis à l'inventaire des contraintes de l'Oulipo et leurs mises en page qui ne respectaient absolument aucune des règles en vigueur dans la presse nationale. Au journal, les pages de faits divers ressemblaient à des pages mondaines, les pages de sports à des pages de faits divers, les grands reportages à des pages de mode et les pages politiques à des pages politiques parce que c'étaient les seules un peu surveillées par le directeur de la rédaction. Qui avait gravé dans les esprits de chacun cette consigne éditoriale ultime : « Je vous accorde le droit d'écrire n'importe quoi mais je ne vous donne pas l'autorisation de le faire n'importe comment. »

Le bougnat, dont le troquet abritait leurs agapes depuis la mort de Pompidou au moins, leur avait réservé la table ronde au milieu de la salle. Le plafond était bas et les autres clients tellement proches que si, par hasard, on partait à la renverse d'un rire un peu trop appuyé, on risquait de se cogner au crâne rasé d'un gus de la Préfecture de police dont c'était devenu, ils l'apprirent alors, l'un des repères. Ils refirent leurs guerres, maudirent un peu les absents et levèrent leur verre à Gilles qui planquait ses fesses à Beyrouth-Ouest, coincé au milieu d'un triangle composé de milices chrétiennes, de troupes syriennes et de commandos israéliens, un micro d'Europe N° 1 à la main. Le type qui nettoyait la salle les poussa sur le trottoir à coups de serpillière un peu après dix-sept heures : ça avait été un vrai déjeuner de journalistes.

La pluie décida de gâter la fin de l'après-midi et lui fit hâter le pas – et rentrer la tête dans les épaules comme si, ratatiné de quelques centimètres, Cadalen s'offrait une forme de répit avant de recevoir les premières gouttes. Le haut de la rue Sainte-Anne cédait progressivement à la mode des restaurants japonais, lesquels, avec leur clientèle de tickets resto, avaient repoussé les jeunes pédés en blouson qui tapinaient en squattant le pavé, quasiment jusqu'au croisement avec l'avenue de l'Opéra.

Une fois l'artère avalée et les guichets du Louvre franchis, les quais s'offraient, débarrassés des badauds sans doute effrayés par l'eau du fleuve qui coulait dessous noire et glacée. Même un noyé aurait eu du mal à la trouver convenable. La Seine finissait de charrier l'hiver, glissant sous les ponts et sur les berges inondées.

Rentré chez lui, Cadalen tenta de se mettre au travail pour rendre à l'heure les différentes commandes que lui avaient adressées les publications auxquelles il collaborait désormais. Il pratiquait une gestion de ses finances au doigt mouillé et les dernières bourrasques politico-économiques signalaient qu'il était temps pour lui de donner un sérieux coup de collier s'il voulait avoir l'occasion de souffler un peu quand l'été viendrait. Il songeait à appeler un confrère du *Parisien libéré* pour renifler l'ambiance mais la simple idée de devoir se coltiner les faits divers que les titulaires ne voulaient pas traiter le rebuta encore plus sûrement que la rue de Saint-Ouen où campait le journal. Courir derrière les excités d'Action Directe pour quelques centaines de francs et signer sous pseudo pour ne pas prendre une balle : les perspectives offertes ne valaient même pas le déplacement jusqu'à la porte de Clignancourt.

Mais le besoin de travailler ne se réduisait pas à la nécessité de marner pour gagner sa croûte ; il devait admettre que les bouclages et l'ambiance qui les accompagnait lui manquaient plus qu'il n'aurait su l'avouer. Finalement, il y avait pire que le déclassement ; il y avait la perte du lien. Sa vie professionnelle n'était plus un sport d'équipe. Il était passé de l'aviron en huit de pointe à la partie de tennis. Et encore, contre un mur.

Il tourmenta l'Olivetti une bonne partie de la soirée, jusqu'à ce que les feuillets commandés fussent crachés dans un bruit de tricoteuse par la machine à écrire électrique. Il relut attentivement, numérota manuellement les pages et regroupa le tout dans une enveloppe qu'il déposerait le lendemain à la rédaction de *VSD*. Cadalen ouvrit la fenêtre qui donnait sur la rue, laissa l'air de la nuit brasser le séjour transformé en bureau et s'assit lourdement dans le canapé échoué face aux rayonnages de livres qui occupaient tout un pan de mur. La ville avait décidé de dormir et, même si le silence n'y était jamais garanti, Paris consentit à lui accorder un moment de répit. Le sommeil le faucha sans prévenir.

Le téléphone le fit sursauter au milieu d'un mauvais rêve. Il laissa le répondeur décrocher à sa place, en tentant de recoller les morceaux du puzzle mental qui venaient de s'éparpiller. La cinquième sonnerie céda au claquement de l'enregistreur qui démarrait la minicassette.

« Bonsoir, c'est Galissier, Pierre Galissier. Ça fait un bail. Euh... Je ne sais pas si quelqu'un t'a prévenu... Ogier est mort hier matin. Pancréas. Il est parti en quatre mois, je ne savais même pas qu'il était malade. Les obsèques sont après-demain. Tu peux descendre, tu penses ? Ça serait bien. Les autres seront là. Presque tous, j'imagine. Ça ferait plaisir à Séverine, je crois. Ogier t'aimait bien. Il parlait souvent de toi, se demandait ce que tu devenais. Bon, ben, salut. C'est mercredi après-midi. Au fait, pas de fleurs a dit Séverine. »

Clac.

Cadalen avait écouté Galissier déposer son message sans l'interrompre. Il n'avait pas eu le cœur de le couper sur sa lancée. Il se doutait de ce que ça devait coûter à ce grand taiseux de faire la tournée des anciens pour annoncer la disparition de l'un d'entre eux. Excepté Malzac, enroulé autour d'un platane six ans plus tôt entre Gaillac et Rabastens, Ogier était le premier à prendre la tangente. L'hiver, d'un seul coup, sifflait les prolongations.

Le surlendemain, quelques heures avant l'aube, Cadalen gagna les sous-sols d'un immeuble moderne de la rue Corvisart où il louait un parking. La Lancia achetée un an auparavant avec le reliquat de ses indemnités de licenciement dormait dans un box qu'il n'avait jamais pris la peine de fermer à clé. La voiture ne lui servait qu'à s'échapper de Paris, lorsque ses habitants lui devenaient parfaitement insupportables. Elle sentait encore le neuf. Le velours bleu des sièges arrière, comme celui du passager, était vierge de toute trace d'usure.

Il escalada les trois étages de rampe, prit la sortie au ralenti et fila vers la poterne des Peupliers. Il évita ainsi le périphérique et fonça sur l'A6 puis l'A10 jusqu'à Orléans, d'où il rattrapa la N20. La Gamma y joua à saute-mouton avec les poids lourds jusqu'à Cahors. L'idée d'allumer l'autoradio ne lui traversa même pas l'esprit, la boule qu'il avait dans le ventre depuis quarante-huit heures commençait à lui remonter dans la gorge.

Il fut évident que la fin du trajet se ferait via des départementales moins bien balisées. Cadalen le craignait et, le craignant, ne manqua pas de s'égarer. Vingt ans, c'est long, il avait perdu ses marques. En s'éloignant de la vallée, où les vignobles s'étalaient jusqu'aux berges du Tarn, il nota que certains villages avaient commencé à s'agrandir, à coups de lotissements pour jeunes couples nouvellement endettés, qui glissaient inexorablement vers le statut peu enviable de banlieusards ruraux.

Tout le long du causse, le ciel avait été lavé par l'ultime averse de la matinée qui, le temps qu'elle avait duré, était devenue la première de l'après-midi. Les derniers nuages qui s'effilochaient vers le Massif central tissaient des cheveux d'ange à l'horizon. Cadalen aurait juré que le vent jouait avec eux pour leur éviter d'avoir à survoler ce morceau de territoire outragé par la démence économique. Le saccage avait commencé quelques années plus tôt, de manière méthodique, légale, administrée.

Après deux siècles d'exploitation souterraine et cinquante années de nationalisation, la mine, qui refusait de rendre l'âme, allait ouvrir son cœur, livrer ses entrailles. Le charbon, qu'elle s'obstinait à ne pas offrir à un coût d'exploitation équivalent aux importations venues d'Australie, lui serait extirpé à ciel ouvert. Les engins de chantier avaient commencé à creuser la terre, défonçant en colimaçon un paysage qui avait pris soin, depuis avant Jaurès et quelques autres, de sauver les apparences. Les bois couvraient encore abondamment des collines qu'on avait décidé de raser pour permettre l'excavation.

Les ingénieurs en chef, pour bien faire comprendre aux mineurs que leur métier avait définitivement disparu, baptisèrent l'endroit la Découverte. Un kilomètre carré de croûte terrestre décapsulée à coups de pelleteuses pour finir d'épuiser une veine dont l'industrie locale, qui tournait au gaz et à l'hydroélectrique, n'attendait plus rien depuis un moment déjà.

À proximité de ce chaos géologique, des fonds de vallées encaissées teintaient de vert les coteaux et semblaient veiner les plateaux ouverts qui exposaient leur caillasse en direction du sud. La vieille céréale rustique qu'en occitan les gens du coin appelaient entre eux *segal* avait donné son nom à l'endroit et à quelques familles : le Ségala. Entre les fermes isolées et les vergers tirés au cordeau, les hommes prenaient un soin infini à peigner la campagne, de labours en semis. Le vent venu du sud-est prenait un plaisir encore plus grand à décoiffer les épis, quand il ne les couchait pas carrément avec l'aide de la pluie, d'un coup, sans prévenir, pour rappeler aux minutieux et aux gagne-petit que, tout de même, il faudrait voir à ne pas se prendre pour le Bon Dieu.

En descendant du causse, la route abandonnait les sols maigres pour rencontrer l'argile et les premières bastides. Des pigeonniers dressés sur des colonnes de pierre enorgueillissaient l'entrée des plus grandes propriétés.

Celle où on attendait Cadalen, plus modeste, se tassait sous son toit de tuiles romaines. L'allée qui serpentait vers la porte d'entrée avait été gravillonnée récemment à la benne et les mètres cubes versés en trop ralentissaient la voiture comme un bac de décélération pour camion fou.

Un vieux buis trônait, solitaire, au beau milieu d'une immense pelouse que les taupes avaient ruinée avec application. On eût dit que le jardin hésitait à conserver un peu de dignité avant de carrément céder à la déchéance assumée, le propriétaire des lieux désormais parti manger les pissenlits par la racine.

Des voitures garées au hasard signalaient la visite de parents ou d'amis. Ou de curieux, comme cette voisine, dont Cadalen apprit plus tard qu'elle s'était présentée accompagnée de ses deux marmots de sept et quatre ans, « pour qu'ils puissent voir le mort ».

Cadalen piétina un moment la pelouse gorgée puis s'approcha du mur de la grange qui prolongeait la maison sur la gauche. Une ouverture sans porte donnait à voir l'intérieur et, pile en face, une autre ouverture de même taille offrait au regard le jardin arrière, sa terrasse, ses arbres en bout de haies et son silence de jour de semaine.

Au milieu du fatras composé d'outils devenus inutiles ou simplement inusités par manque d'habitude, émergeaient un fauteuil roulant pratiquement neuf et une espèce de potence destinée au déplacement d'un malade et qui avait tout d'un instrument de torture. Cadalen attendait son tour pour entrer dans la maison, saluer une veuve de quarante-deux ans, ses enfants recroquevillés de douleur et rendre hommage, puisqu'il fut invité, à ce compagnon d'armes qui avait si souvent bravé la mort un quart de siècle plus tôt. Tous ses camarades, troufions terrifiés, puceaux de la guerre et de l'horreur, avaient eu un jour l'occasion de s'abriter derrière son courage. Il se murmurait, sur chaque piton alors tenu par la division, que la camarde, cette bêcheuse, se refusait à Ogier uniquement parce que celui-ci lui faisait une cour vraiment trop appuyée.

La cérémonie civile expédiée, Séverine avait tenu à ouvrir sa maison pour servir du café brûlant et des pâtisseries que personne n'eut le cœur d'avaler. Une atmosphère qui mêlait la gêne et le recueillement emplissait le séjour où rien, sinon la vitrine d'un buffet en merisier, ne rappelait l'existence désormais achevée de Laurent Ogier, ancien sergent-chef au 12ᵉ RCP. Sa Croix de la Valeur militaire y reposait sur une petite étagère, épinglée sur un coussin bordeaux qui avait pris la poussière des ans. Une photo un peu passée, pas plus grande qu'une carte postale, finissait de corner, coincée derrière. On y distinguait un groupe de combat, perdu entre l'adolescence et la Kabylie. Malzac, Galissier, le lieutenant Térien, Cadalen... Ogier, assis en tailleur au premier rang, une jambe allongée devant lui, son fusil collé à sa vareuse, souriait. Le MAS, crosse au sol, sommairement appuyé contre son épaule, il affichait, par cette simple pose, toute la nonchalance et la décontraction dont il était capable hors des situations de combat. Effacé des registres, il leur souriait encore, pas mécontent de sa dernière pirouette.

Au moment de prendre congé, une heure plus tard, voyant sa mine défaite, Séverine Ogier secoua vivement Cadalen. « Reprends-toi. Reprenez-vous tous. Rends-toi compte qu'en pleurant Laurent, c'est toi que tu pleures. Toi ou votre jeunesse. Ce que vous avez été, malgré vous. Ce qui, par conséquent, n'a jamais existé et ne sera plus. Tu es vivant. Arrête de rembobiner. Déroule. »

Frédéric Monsirven avait les reins moulus, une solide gueule de bois et une furieuse envie de pisser. Il quitta le lit où la fille ronflait, entortillée dans le drap qu'elle avait monopolisé en se ratatinant à l'autre bout du matelas. Il ouvrit la porte-fenêtre qui donnait directement sur la terrasse, au rez-de-chaussée du grand bâtiment communautaire. Il descendit les marches qui menaient à l'étendue herbeuse où s'était déroulée la cérémonie quelques heures plus tôt. L'intégralité du groupe avait été réveillée de force vers une ou deux heures du matin, sommée de reconstituer la ceinture d'astéroïdes censée abriter leur chef d'une attaque imminente d'Atlantes et de Lémuriens. Gaël avait eu une vision. Des millions – peut-être des milliards, ce n'était pas clair – de vaisseaux spatiaux atlantes menaçaient la Terre et Gaël devait se sentir porté par la transe collective de ses fidèles afin de pouvoir les détruire à distance. Par la seule force de sa pensée. Personne, sous la voûte céleste, n'allait malheureusement pouvoir apprécier l'étendue de sa victoire certaine car le ciel était nuageux.

L'assemblée s'était réunie au compte-gouttes, les premiers arrivés avaient été encouragés par les incantations chamaniques de Gaël, toujours très élégant dans sa grande toge blanche. Les retardataires, tirés de leur sommeil par Monsirven, qui les poussait devant lui en direction de la prairie, avaient enfilé des baskets ou des bottes car l'herbe était humide. Lui-même masquait mal ses bâillements alors que deux cercles de corps entièrement nus avaient commencé à tourner autour de Gaël en se tenant par la main, l'un dans le sens des aiguilles d'une montre, l'autre inversement, afin de figer l'espace-temps. Plus les fidèles couraient, plus leur action était efficace et plus Gaël était protégé par la ceinture d'astéroïdes.

Les seins et les couilles battaient le rythme de la ronde de manière aléatoire. Les culs des uns et des autres ne semblant pas se soumettre aux mêmes lois de la gravité. Des croupions tout flasques bloblotaient en cadence tandis que de plus gros, moins mous sous l'effort, luisaient par intermittence à chaque passage devant les lampadaires disposés sur la terrasse. Assez régulièrement, l'un des adeptes de Gaël butait sur une taupinière ou un quelconque accident de terrain et s'étalait en brisant la chaîne humaine qui devait alors s'interrompre, le temps que le maladroit reprît sa place et que la ronde pût se poursuivre.

Au centre, Gaël menaçait l'Empyrée en pointant vers différentes constellations le médaillon doré qui ne le quittait jamais. Un bijou en laiton, composé d'un cercle, à l'intérieur duquel s'entrelaçaient amoureusement une croix gammée et une étoile de David, témoins d'un syncrétisme assez ouvert d'esprit mais qui reposait essentiellement sur la méditation transcendantale, le massage ayurvédique, le naturisme obligatoire, l'ivresse collective et la fellation de fin de banquet. Les deux derniers préceptes avaient convaincu Frédéric Monsirven de s'établir durablement dans la communauté.

Gaël sonna la fin du combat en enlevant sa tunique, laquelle vola par-dessus son corps fin, discrètement velu et totalement nu. Les bras en croix, armé d'une solide érection, il fit don de sa personne. La partouze pouvait commencer.

Monsirven avait couru derrière une fille repérée quelques jours plus tôt, lors de son arrivée au sein de la communauté. Elle avait débarqué en tongs et en robe de coton, un blouson de cuir trop grand sur ses épaules de gamine, le regard vide et le soutien-gorge bien rempli. Gaël avait chargé Monsirven de vérifier qu'elle n'était pas mineure avant de s'enfermer avec elle, à double tour, pour l'initier. Depuis, Sonia circulait à poil, comme les autres, mais en frissonnant un peu au premier coup de brise. Monsirven lui prit la main pour l'entraîner à l'écart du groupe ; hommes et femmes avaient commencé à se rouler des pelles baveuses, sans distinctions de sexe ni de barbe. Les moins réveillés branlaient des demi-molles sans beaucoup de conviction.

Le jeune homme comptait parmi les personnes de confiance du gourou galactique. À ce titre, Gaël lui avait concédé le droit d'occuper une chambre indépendante quand la plupart des membres de l'assemblée devaient se partager un dortoir collectif au premier étage du bâtiment communautaire. Sonia l'y suivit sans rechigner. Ni enthousiaste, ni rétive, mais pas plus excitée que ça, contrairement à lui. Il crut lui faire plaisir en la léchant abondamment mais la passivité de la fille lui fit l'impression de s'être transformé en limace parcourant difficilement une feuille de salade. Monsirven la retourna sans ménagement avant de lui grimper dessus, mais éprouva des difficultés à la pénétrer. Sonia bougeait dans tous les sens en alternant les grognements et les petits cris aigus. Rapidement lassé, malgré l'étroitesse du sexe qui lui comprimait assez délicieusement la queue, il déchargea sans prévenir, en ayant moins le sentiment de baiser cette garce que de participer à une rixe entre deux clébards de ferme. La bouteille de cognac qu'il planquait dans le meuble de chevet le consola de ce fiasco tandis que Sonia s'était endormie sans lui avoir accordé un mot.

Réveillé par sa vessie, Frédéric Monsirven se tenait donc dans le champ, au milieu du cercle sacré qu'avait dessiné la danse guerrière en piétinant l'herbe. Il pissa dru, d'un long jet qui lui chatouilla gentiment l'urètre et lui réchauffa le zob. Au bout de la prairie, des phares de voitures découpèrent les arbres de la haie avant de plonger vers la colline où menait la route qui longeait le terrain de la communauté. Un second véhicule balaya les mêmes arbres avant de monter vers la même colline. Son sexe à la main, Monsirven hésita deux secondes. Son cerveau pris en tenaille par l'alcool et le manque de sommeil lui interdisait de se poser des questions à propos de la présence totalement incongrue de deux véhicules roulant vers un cul-de-sac, une heure avant l'aube. Il secoua trois gouttes d'urine, hésita à se branler au vent puis revint vers la terrasse, qu'il traversa en direction de la porte-fenêtre restée ouverte. S'il arrivait à réveiller Sonia en douceur, il était probable qu'il réussît à lui remettre un coup, dans les règles de l'art cette fois.

Le croissant était sec, le café dégueulasse et le jus d'orange coupé à l'eau. Le petit-déjeuner de Cadalen ressemblait à un message. « Il faut partir, monsieur, vous n'allez rien trouver de bon ici. » Seule la terrasse de l'hôtel où il était descendu la veille au soir, après l'enterrement d'Ogier, avait un peu de tenue. Elle surplombait la rue de deux ou trois mètres et offrait un panorama assez vaste, de la grande brasserie située à l'entrée des lices jusqu'au début des jardins qui s'étiraient en direction de la gare routière. En face, le bunker rose du Monoprix et, entre le grand magasin et l'hôtel, une esplanade vide que les habitants prenaient soin de contourner pour ne pas y subir le soleil écrasant l'été et les coups de vent le reste de l'année. À intervalles réguliers, la populace s'y rassemblait pourtant. Pour manifester son mécontentement socioprofessionnel, célébrer le 14 Juillet ou bien tondre des femmes à la Libération.

Cadalen avait eu du mal à se défaire du serveur. Le type s'emmerdait et avait envie de causer. L'absence de réponse de la part de son client ne le perturba pas le moins du monde et il moulina tout seul, dans le vide, pendant de longues minutes. Il avait d'ailleurs moins envie de causer que de disperser des ragots. Cadalen apprit, en vrac, que le régiment de troupes de Marine qui occupait la caserne était parti deux ans plus tôt et que cela avait causé grand tort au commerce des limonadiers. Pour preuve, le propriétaire de la brasserie d'à côté avait voulu arranger ses comptes en passant de l'alcool en fraude depuis Andorre et s'était fait toper par la volante. L'amende des douanes était si colossale que le type avait dû vendre son affaire pour s'en acquitter. « C'est sûrement un jaloux de longue date qui l'a dénoncé... L'établissement a été immédiatement repris par un concurrent et le personnel n'a même pas changé. »

En ce qui concernait les militaires, le maire avait pleuré auprès du gouvernement pour qu'on lui remplît sa caserne et un régiment aéroporté de commandement et de soutien devait bientôt arriver pour réactiver les pompes à bière du centre-ville. « Et c'est important, les militaires. C'est pas avec toutes ces usines qui ferment ou qui vont fermer que les commerçants réussiront à vivre... »

L'analyse économique du garçon de café se limitait à l'horizon de la place mais, après tout, la ville était-elle plus étendue que ça ? Quelques rues moyenâgeuses qu'on tentait de valoriser en les réservant aux piétons, une cathédrale monumentale qui coûtait un bras à entretenir et des artères centrales gorgées de voitures parce que la rocade de contournement n'était toujours pas terminée, faute de financement. Un flot continu dévalait les lices, à toute heure du jour, pour enjamber la rivière sur l'un des deux seuls ponts existants. L'autre étant hors gabarit, évidemment.

Le journaliste ne laissa pas à son interlocuteur le temps d'attaquer une analyse politique ni une éventuelle dissertation à propos de l'actualité sportive. Cadalen abandonna une pièce de cinq francs en guise de pourboire et descendit à l'accueil régler sa note. Il espérait être de retour à Paris avant la fin d'après-midi.

La Lancia était mal garée, dans la rue, à quelques mètres de l'hôtel. Personne n'avait esquinté le coupé mais un homme d'une cinquantaine d'années était appuyé contre l'aile avant et fumait en fixant Cadalen qui s'avançait vers lui. Le type se redressa, attrapa sa ceinture pour rajuster son pantalon en tentant de le faire passer par-dessus le premier de ses trois bourrelets ventraux, mais c'était peine perdue. Le Tergal rendit les armes et glissa sous le nombril, avant, plus bas, de dégringoler sur les mocassins. « Monsieur Cadalen ? Robert Malvy, *Le Courrier du Midi* », déclina l'homme en tendant sa main. Cadalen la saisit avec encore moins l'envie de causer que dix minutes plus tôt. « Je vous ai aperçu hier, à l'enterrement de ce malheureux Ogier. Séverine m'a dit que vous dormiez en ville. J'ai reconnu la voiture et je me suis permis de vous guetter. On peut causer ? J'ai une proposition à vous faire.

– Monsieur Malvy, je suis flatté de l'intérêt que vous me portez mais je suis attendu à Paris et...

– Ne me racontez pas de conneries, Cadalen. Vous n'êtes attendu nulle part. Vous n'avez plus de boulot fixe depuis deux ans et vous vivotez. Cette bagnole, c'est de la flambe. Votre portefeuille est aussi vide que votre réservoir. Accompagnez-moi au journal, on va discuter. »

Cadalen hésita entre l'envie de lui écraser son poing sur le nez et la tentation d'emboîter le pas au gros monsieur jusqu'à son bouclard. Pour écouter sa proposition, la refuser et repartir sans claquer la porte. Il pourrait tout aussi bien, s'il avait des regrets, lui coller un pain une fois dans la rédaction. À cette heure de la matinée, l'intimité du geste serait préservée. « Trente minutes et je repars.

– Ça marche, sourit Malvy. Suivez-moi. »

Le bâtiment sans grâce occupait un pâté de maisons, deux rues derrière la place, côté ville neuve. L'ouverture sur la rue découvrait un demi-sous-sol occupé par une rotative Creusot-Loire que les ouvriers du Livre finissaient de nettoyer. La tête de l'un d'entre eux dépassait de la fosse au fond de laquelle il avait rampé pour astiquer les cylindres à papier avec un chiffon imbibé d'alcool. Le gars, couvert de graisse et de poussière compactées, salua Cadalen comme s'il l'avait confondu avec quelqu'un d'autre. Le journaliste suivit Malvy dans les dédales du service expédition puis dans l'escalier qui menait aux différents étages.

« Au premier, c'est la photocomposition, l'atelier de typographie et la photogravure. L'atelier de saisie et la rédaction sont au deuxième. Les services généraux, la publicité et le service des petites annonces au troisième.

– Et la direction générale ?

– À Toulouse.

– Heureux homme...

– Si vous le dites. Il n'y a pas beaucoup de monde parce qu'on sort d'une longue grève. Ça reprend doucement.

– Revendications salariales ?

– Y a de ça. Mais c'est plus pernicieux. On a construit des inégalités de fait et on a fini par le payer. Dans les années soixante, le journal a abandonné le plomb pour introduire la photocomposition. Conformément aux accords passés avec le Livre, les linotypistes, les typographes et les correcteurs, tous des hommes, ont suivi une formation pour s'adapter aux machines informatiques. Clairement, l'adaptation a été plus ou moins réussie en fonction des gars. On s'est retrouvé avec un déficit humain et il a fallu embaucher du personnel pour saisir les textes.

– Laissez-moi deviner : vous avez recruté des dactylos.

– Bah oui. À l'époque, nous pensions qu'il suffisait de taper proprement et très rapidement. Et on s'épargnait l'embauche de linos du Livre, verrouillés par la CGT. Du coup, ils ont fait grève contre l'arrivée des dactylos et ont réclamé l'alignement du statut des filles sur celui des autres ouvriers, ce qui a été accordé. Mais, évidemment, la direction s'est bien gardée d'établir ces dames sur la même grille de salaire. Au prétexte qu'elles n'intervenaient que très modestement sur la codification et la mise en forme de la copie. Elles ont mis quinze ans pour débrayer mais elles ont tenu trois semaines. J'ai presque envie de les féliciter. Franchement, elles sont plus rapides, plus disciplinées, elles affichent une meilleure productivité, je comprends qu'elles l'aient mauvaise.

– Le Livre et la CGT ont soutenu leur grève ?

– Vous pensez bien que non.

– Elles ont été augmentées ? Il y a une nouvelle loi sur l'égalité professionnelle entre les hommes et les femmes…

– Vous êtes con ou quoi, Cadalen ? Personne ne prendra le risque d'être la première entreprise qui appliquera cette loi. Décoré sur le front des troupes par Yvette Roudy, ça me ferait mal au cul. Voici mon bureau. Entrez, asseyez-vous. J'arrive. »

Malvy avait désigné un local vitré, installé au centre de la rédaction, totalement déserte, comme prévu. Des stores vénitiens aidaient à camoufler les conversations, en cas d'engueulades prolongées. Sur le mur du fond, le seul appuyé au couloir, quelques photos personnelles et une carte topographique du département. Sur le bureau, des piles de canards jaunis, de vieux numéros du *Nouvel Observateur*, de *Détective*, de *Paris-Turf*, deux annuaires, un blanc, un jaune, posés sur un Minitel qu'on avait oublié de brancher, une boîte d'aspirine, une cartouche entamée de Camel, une lampe d'huissier en équilibre instable, des pots à crayons remplis de Bic quatre couleurs, un cendrier débordant de mégots, tout le fatras d'un rédac-chef qui ne sortait guère de son antre. Cadalen aurait parié sur la présence d'une bouteille de Cutty Sark entamée, planquée dans le caisson sous le bureau. Titillé, il tira sur la poignée du tiroir. Il n'était pas tombé loin : c'était du Johnnie Walker et elle était vide.

« Elle est vide parce que, si elle est pleine, je la bois. » Cadalen repoussa le tiroir du caisson, un peu merdeux d'avoir été surpris. « Ne vous formalisez pas mon vieux, vous êtes un fouineur et j'aime ça ! Mais maintenant, vous vous asseyez et vous m'écoutez. » Cadalen se cala au fond d'un fauteuil craquelé placé en plein dans l'axe du bureau. Malvy déchira un peu plus l'emballage de la cartouche de cigarettes, entama un nouveau paquet de Camel et fit mine d'offrir une cigarette à son invité qui déclina. Il alluma la sienne, tira deux fois dessus avant de l'écraser dans le cendrier crasseux. « Ça aussi, j'essaie d'arrêter... Bon, voilà le topo. Dans la nuit de vendredi à samedi dernier, toute une famille du coin a été massacrée à son domicile, à quinze kilomètres d'ici. Deux femmes, deux gosses. Le mari a disparu.

– Le type avait deux femmes ?

– Mais non, c'était sa femme et sa belle-sœur, couillon. Vous n'allez pas m'interrompre tout le temps parce qu'on ne va pas y arriver... Donc, le mari s'est volatilisé. Il n'y a pas eu d'effraction, les meurtres sont sordides, franchement ça sent le drame familial et, en même temps, ça pue.

– Le type, c'est qui ?

– C'est là que rien ne colle. La famille est sans histoire, n'a pas de problème d'argent. Lui, il s'appelle Jean-Jacques Sabatier, il travaille à la Française de mécanique automobile, c'est la très grosse usine du coin. Deux mille ouvriers, pas mal d'Arabes. Il encadre le service d'ordre et le syndicat maison de l'entreprise. C'est pas exactement un tendre mais il sait se tenir en société.

– Il fait des heures supplémentaires auprès des partis politiques ? Une campagne municipale, ça peut être chaud...

– Évidemment.

– Quel bord ?

– Tous les bords. En fonction de la tendance générale à la mode, j'imagine. Et de la quantité de pognon distribuée, je suppose. Vous me trouvez cynique ?

– Réaliste.

– Parfait. Nous sommes sur la même longueur d'onde. Je poursuis. Le gars a disparu et personne ne le cherche vraiment. La gendarmerie a diffusé son signalement à toutes les brigades mais ne veut pas nous lâcher la moindre information. Notez, je les comprends. C'est vite inflammable ce genre d'histoire. Ici, tout le monde se connaît.

Par strates, évidemment. Les bourgeois fréquentent les bourgeois, les élus les autres élus – ce sont souvent les mêmes –, les ouvriers restent entre eux, les Arabes également, que ce soit dans la cité de transit ou à l'ancien camp de harkis, vers Puech. Les Marocains d'un côté, les Algériens de l'autre...

– Monsieur Malvy, écourta Cadalen, qui regardait l'heure tourner, qu'attendez-vous de moi ?

– Les meurtres n'ont pas encore infusé au niveau national. La télé et la radio sont trop occupées par les conneries du gouvernement et les mauvaises nouvelles économiques en cascade. Des milliers de gens perdent leur emploi chaque jour, alors, un drame familial au fond de la cambrousse, ça n'intéresse personne. Pourtant, vous et moi, on sait que nos aimables confrères vont finir par descendre de Paris, comme des vautours, saccager toute l'affaire, raconter n'importe quoi pour repartir soixante-douze heures après. Dans ma rédaction, il va falloir qu'on survive au jour le jour, édition après édition, pendant des semaines, pour raconter ça. En grattant des moitiés d'info. Avec une pression énorme. Parce que les victimes, ce sont nos voisins. L'assassin présumé également. J'ai plus l'âge pour ces conneries, Cadalen. Et encore moins les effectifs. Restez ici quelque temps et mettez mon canard au niveau de l'importance de ce fait divers. Huit mille francs par mois. »

Le journaliste se leva du fauteuil, contourna le bureau de Malvy pour décrocher un cadre en Inox qui pendouillait de travers, au mur, dans le dos du rédac-chef. « Cette photo m'intrigue, depuis tout à l'heure... C'est vous ? Je veux dire, vous êtes l'un de ces hommes ? » Une colonne de soldats, chargés comme des mulets, baissait la tête sous le vent en traversant un douar. Le sol était couvert de neige et les montagnes au loin se découpaient, menaçantes. Malvy énuméra :

« Marty, Fabre, Cavaillès, Bardy, moi, Sudre, Pagès... C'est quand on commence à nommer les morts que la guerre nous gagne. »

Cadalen raccrocha la photo au mur en prenant soin de redresser le cadre. Il refit le tour du bureau et posa ses poings entre les différents éléments qui composaient le petit bordel de Malvy. La pile de *Nouvel Obs* glissa, démasquant un numéro de *Lui* avec Catherine Alric en couverture. « Neuf mille francs et vous ne serez pas regardant sur les notes de frais. Dès que les gendarmes ont retrouvé Sabatier, je remballe. » Désignant la carte IGN au mur, Cadalen rajouta : « Indiquez-moi les lieux. »

Deux minutes après, il était ressorti du bureau sans claquer la porte.

La mise en scène était grossière mais efficace. Elle avait été utilisée des dizaines de fois et dégageait plus ou moins d'émotion, en fonction de l'intensité du drame ou du nombre de victimes. De leur âge aussi. Un attentat, un carambolage sur l'autoroute, un camping dévasté par la montée soudaine d'un torrent, des inondations, un feu de forêt, un drame familial : la poupée d'Armand avait beaucoup voyagé. Cadalen l'avait reconnue tout de suite, posée sur la petite balançoire que les Sabatier avaient installée un peu à gauche de leur maison. Il avait également reconnu la BMW du photographe. Une 325i grise dans le coffre de laquelle son confrère trimbalait la moitié de son existence. L'autre moitié était cloîtrée dans les labos de l'agence qui l'employait et où il s'enfermait à double tour pour ne laisser à personne d'autre la responsabilité de développer ses films.

Armand était accroupi à deux mètres du jouet, occupé à trouver un angle qui lui permît d'embarquer toute la maison et une partie du jardin dans son cadrage. « Approche, Cadalen. Je t'ai vu monter depuis le village, avec mon télé. Pas mal ta caisse… »

Le 300 mm avec lequel Armand harcelait régulièrement les princesses monégasques endeuillées pendait dans son dos, retenu par une sangle en cuir. Il avait sorti un vieux Nikon F1, équipé d'un 28 mm, pour couvrir toute sa scène. « Si tu mets ta poupée en vedette, c'est que tu n'as rien déterré de bien intéressant. Tu as déjà fait le tour ?

– Mouais… Des conneries dans la grange. Les deux bagnoles sont vides, je les ai fouillées. Y a des scellés sur la porte d'entrée mais on devrait pouvoir passer par-derrière, ou par l'étage si je mets la main sur une échelle. Il doit y avoir moyen de faire un peu de récup avec les photos de famille. »

Un petit coup de vent fit trembler la balançoire et tomber la poupée dans l'herbe. Armand se redressa pour aller la ramasser et rangea le Nikon dans son sac en toile. « Tu lui as donné un nom ? plaisanta Cadalen.

– C'est comme les putes, tu l'appelles comme tu veux. Qu'est-ce que tu fous là ? On t'a encore viré ? »

Tous les photographes d'agences que connaissait Cadalen avaient une peluche dans leurs affaires de reportage. Posé négligemment sur le lieu du drame, l'objet redonnait un peu de chair à un sujet photographique sans intérêt puisque la presse, comme la cavalerie, arrivait toujours en retard. Plus aucun flic, plus d'ambulance, plus de pompiers, plus de corps, plus de foule. Si des gusses traînaient encore, on pouvait être certain qu'il s'agissait de voyeurs ou de mythos.

Reproduite sur une double page en couleur, dans un hebdomadaire à grand tirage, la poupée pouvait faire chavirer tout un salon de coiffure. Sa présence, y compris sur des scènes de crime où il n'y avait jamais eu d'enfant, offrait un petit stimulus lacrymal à ne pas négliger. Un autre photographe de l'agence utilisait, lui, un ours en peluche. Si bien que Cadalen, sans même consulter les crédits des photos, pouvait déterminer qui était l'auteur du reportage. La poupée d'Armand, le nounours de Franck. La marque des grands.

Le photographe traversa la cour pour aller ranger son barda dans le coffre de la BMW, suivi par Cadalen. Armand avait réussi à travailler dans l'herbe sans détremper ses Weston. Un blouson en cuir d'agneau, un jean brut aplati au fer à repasser, une chemise Renoma et un foulard en soie complétaient la panoplie du gentleman reporter. Ses cheveux raides plaqués en arrière lui donnaient, quelle que fût la pose, l'allure d'un coureur cycliste en pleine descente. Aucun bipède, dans les rédactions parisiennes où circulaient ses photos, ne se risquait cependant à ricaner. On racontait qu'Armand gagnait des sommes folles, qu'il cartonnait trois gonzesses par jour, qu'il fréquentait le milieu et les politiques, que deux grues tapinaient pour lui sur Paname, qu'il lui arrivait de planquer des flingues pour rendre service à des beaux mecs et qu'il connaissait la lumière comme personne. Il était capable de faire sortir de l'ombre des détails invisibles, à la prise de vue comme au tirage. Vantard comme pas permis, Armand était en toute circonstance le premier thuriféraire de sa propre légende, pas plus voyou que magicien aux yeux de Cadalen, simplement un excellent professionnel.

« Content de te voir. Tu es venu traîner pour *Match* ?

– Pour l'agence d'abord. *Match*, on verra. Ça va dépendre de ce que je ramasse. C'est pauvre comme histoire. Et toi ?

– Je bosse pour le canard local.

– Tu te fous de moi ?

– Pas le moins du monde. Je débarque. Le rédacteur en chef m'a fait un résumé et il est encore un peu tôt pour savoir si ça vaut le coup de s'entêter. Si les gendarmes mettent la main sur le mari après-demain, et qu'il passe aux aveux dans la foulée, je serai vite remonté sur Paris.

– Dis, j'ai pas vu d'échelle, tu me pousses un peu, que je teste les fenêtres de derrière ? On ne va pas repartir sans rien. » Cadalen scruta la façade de la maison, détailla chaque ouverture, jusqu'au Velux. Les fenêtres avaient été rénovées, les dormants étaient masqués, aucune chance pour qu'Armand ne bousillât pas l'un des ouvrants en le crochetant. Passer un cintre derrière le joint d'une portière de voiture était une chose, jouer les funambules sur une scène de crime en était une autre. Même pour Armand. « Franchement, on ne va pas commencer comme ça, souffla Cadalen, d'ailleurs, on n'est plus tout seuls. »

À la limite de la propriété des Sabatier, une vieille qui poussait un vélo avait interrompu sa grimpette en direction des coteaux. Elle se tenait au milieu du chemin, appuyée sur le guidon. Son corps plié en avant tentait de contrebalancer la charge ficelée sur le porte-bagages.

Le poids des sacoches remplies à ras bord de boîtes de conserve manquait de la renvoyer en bas de la pente, deux kilomètres en aval. L'âge et l'allure étaient indéfinissables et la tonalité générale était au gris, des chaussettes de laine aux cheveux, en passant par la jupe et le gilet. Alors qu'elle semblait ne plus pouvoir avancer d'un mètre supplémentaire, l'ancêtre agrippa solidement son biclou de la main droite et fourragea entre ses nippes de la main gauche. Elle releva le fatras de tissus à mi-cuisses, fit un pas de côté de la jambe gauche et se soulagea debout, en prenant soin d'épargner ses galoches. L'urine ruissela gaillardement sous les yeux d'Armand, médusé. La vieille rajusta sa jupe et reprit son ascension.

« On la laisse repartir et on la suit jusque chez elle, lança Cadalen.

– Euh, on la laisse sécher un peu, d'abord, non ?

– T'es con. Viens, tu conduis. On passera prendre ma voiture en redescendant. » Cadalen fit faire un demi-tour à la Lancia pour la glisser sous l'auvent des Sabatier, avant de rejoindre Armand qui avait démarré l'allemande et lui avait ouvert la portière côté passager pour le cueillir au vol. « Ça fait combien de temps qu'on n'a pas travaillé ensemble ?

– Trop longtemps, Armand. Trop longtemps. »

Évidemment, la vieille avait disparu à l'horizon. Rendue sur le plat, elle avait dû enfourcher sa machine et filer par un chemin de traverse. Divers lieux-dits étaient sommairement balisés, mais la plupart des panneaux, accrochés par un quelconque engin agricole, pointaient vers le ciel ou désignaient un taillis. Armand fit crisser les pneus en maudissant la lande et les culs-terreux. Au troisième passage devant une trouée dans la chênaie, Cadalen leva la main. « Ralentis, ralentis je te dis. J'ai vu un truc. Recule un peu. Ah, regarde ! »

Deux grosses pierres carrées qui avaient dû appartenir au soubassement d'un portail marquaient l'entrée d'un chemin de terre, à peine visible depuis la route. Sur chacun des blocs de calcaire, un authentique *Stahlhelm* chipé à la division *Das Reich* accueillait le visiteur.

« On a bien fait de prendre la BMW, plaisanta Cadalen en adressant un salut à la paire de casques SS. On reste dans l'ambiance. »

Cadalen et Armand remontèrent le chemin à pied, le photographe refusant de griffer sa carrosserie contre les arbres. Dans la cour, devant la maison, la vieille leur tournait le dos, assise sur un minuscule tabouret en bois, occupée à maintenir la tête d'une poule au fond d'une bassine remplie d'eau. La tortionnaire gracia le malheureux gallinacé coincé sous son bras droit, avant de l'y replonger crête la première. Elle répéta l'opération à trois ou quatre reprises. La propriétaire des lieux finit par libérer sa victime, qui repartit vers ses congénères en zigzaguant. Elle ramassa son tabouret, le saisit par un pied et se dirigea vers les deux inconnus. « Cette coquine cache ses œufs pour les couver. Il faut lui apprendre.

– Lui apprendre ? s'étonna Armand.

– Eh oui. Lui apprendre que les œufs, c'est pas à elle. C'est à moi.

– Et elle va obéir ?

– Oh que oui. Sinon, la prochaine fois, sanguette.

– Sanguette ?

– Sanguette, répéta la vieille en passant son pouce contre sa gorge.

– Qu'est-ce qu'elle raconte ?

– C'est une galette de sang de volaille, coupa Cadalen. Avec de l'ail et des oignons. Bonjour, madame Limouzy.

– Comment vous connaissez mon nom, vous ?

– Il est écrit sur la boîte aux lettres, à l'entrée de votre propriété. Nous sommes journalistes. On voudrait vous parler de vos voisins d'en bas, les Sabatier.

– Ce ne sont pas mes voisins, je ne les connais pas et, je vous préviens, je ne fais pas entrer les étrangers chez moi. » Cadalen fit signe à Armand d'aller faire un tour en direction des clapiers à lapins aménagés à l'autre bout de la cour, contre le pignon de la grange. Cadalen insista : « Je voudrais juste savoir si quelque chose avait changé, ces dernières semaines, autour de la maison des Sabatier. Vous passez juste à côté, quand vous descendez au village… » La vieille Limouzy reposa son tabouret et se rassit dessus. « C'est terrible cette histoire. Pour les gosses surtout. Les pauvres petits.

– Madame Limouzy… Essayez de vous souvenir. Le vent porte, d'en bas jusqu'au plateau où vous habitez. On perçoit tout à des kilomètres à la ronde. Écoutez : on entend même la nationale et les camions qui freinent. Il n'y a pas quelque chose qui vous a réveillée, dans la nuit de vendredi ?

– Bah ! Y a pas grand-chose qui risque de me réveiller vu que je ne dors pas.

– Vous avez entendu la voiture de Jean-Jacques Sabatier quand il est rentré du travail ? Il revenait tard, on m'a dit. Parfois, longtemps après minuit. Vous l'avez entendu repartir ? Les gendarmes n'ont pas retrouvé sa Ford.

– Ça oui, les voitures, je les ai entendues repartir.

– Les voitures, madame Limouzy ? Vous êtes certaine que ce n'est pas la même qui est repassée ?

– Regardez-moi bien, jeune homme, j'ai obtenu mon permis en 1931, je sais distinguer deux bruits de moteur qui ne sont pas identiques. Le premier claquait, il a dû démarrer à froid. L'autre, c'était la grosse Ford de Jean-Jacques.

– Vous l'appelez Jean-Jacques, alors que vous me disiez tout à l'heure ne pas fréquenter les Sabatier.

– Macarel ! Vous voulez que je l'appelle comment ? Helmut ?

– Helmut, c'est le casque de droite ou de gauche ? balança Armand, qui en avait eu marre de taquiner les lapins avec un brin de paille et s'était rapproché de la conversation.

– Bon, allez, c'est l'heure de préparer la soupe, trancha la vieille. Vous allez me fiche le camp, vous me mettez en retard. » Cadalen tendit la main pour l'aider à se relever de son tabouret mais elle l'ignora et se redressa sans même s'appuyer sur ses genoux. Il la salua et fit signe à Armand que le moment était venu de lever l'ancre. Ils reviendraient plus tard, si besoin. Il laissa le photographe regagner la voiture puis se tourna vers la vieille.

« Madame Limouzy, si ce n'est pas indiscret, depuis quand ne dormez-vous pas ? » Elle se tordit les doigts en dénouant un mouchoir qu'elle avait sorti de la poche de son gilet. La poule martyrisée, pas rancunière, était revenue picorer entre ses jambes. Elle l'éloigna gentiment du pied et fit signe à Cadalen de la suivre en s'en retournant vers l'entrée de sa maison.

Vingt minutes plus tard, le journaliste avait repris place dans la BMW, au volant de laquelle Armand commençait à trouver le temps long. « Qu'est-ce que tu foutais ? Elle t'a cuisiné son sang de volaille ?

– Non, elle m'a raconté des histoires. Tu connais la forêt de Grésigne ? En 44, les Allemands y ont nettoyé un maquis. Son plus jeune frère s'y était réfugié pour échapper au STO.

– Comme d'autres.

– Comme beaucoup d'autres. Lorsque les résistants ont été attaqués, le jeune Lucien s'est réfugié en haut d'un chêne d'où on l'a fait descendre à coups de fusil. Une fois au sol, il a été achevé à coups de botte. Elle dit que Sabatier est mort.

– Qu'est-ce qu'elle en sait ?

– Elle prétend que la terre le lui a dit. Que les arbres le pleurent, lui et sa famille. Comme son frère. Que les crimes impunis empêchent le repos des morts. Et des vivants.

– Tu crois aux fantômes ?

– Je crois au malheur. Démarre, tu veux bien ? » Armand recula à vive allure. En braquant pour replacer la 325 dans l'axe de la route, il manqua d'accrocher l'un des deux casques d'acier. « Tu lui as demandé ce qu'elle avait fait de leurs propriétaires ?

– Dans le puits. Sous des cailloux.

– Naaaan… Bon sang, les malades. »

Sur le chemin du retour, Cadalen renonça rapidement à coller au train d'Armand. Le photographe prenait un malin plaisir à faire rugir son moulin teuton et ses six cylindres en ligne. Une fois la nationale atteinte, la 325 disparut complètement au bout d'une ligne droite. Le journaliste roula pépère jusqu'en ville pour tenter de rassembler le récit de la vieille Limouzy et voir ce qu'il pourrait en tirer, à l'occasion, pour un canard parisien ou une émission de télé. Un portrait, pourquoi pas. L'arrestation de Klaus Barbie en début d'année avait un peu réveillé l'intérêt des lecteurs pour la période mais, et c'était notable, pas encore la curiosité des patrons de rédaction. La chefferie demeurait accro à l'insolite et à la modernité.

Cadalen avait encore en mémoire son entrevue surréaliste, trois mois plus tôt, avec un minet mitterrandolâtre qui portait des costumes à col Mao dessinés par Thierry Mugler. Le jeune directeur de la revue hebdomadaire, lancée sur fonds secrets pour chanter la geste socialiste, recrutait des pigistes. Il avait suggéré à Cadalen de s'intéresser à ce mouvement venu des États-Unis et qui enflammait désormais, selon lui, les banlieues parisiennes, entre deux descentes de police secours.

Pour appuyer son argumentaire, le courtisan reversé dans la presse avait convoqué le treize heures de Mourousi, dont il avait enregistré une édition sur cassette vidéo. L'insignifiant personnage disposait d'un poste télé maousse dans son bureau plaqué de palissandre et infligea, à l'aide d'un magnétoscope d'importation, la séquence intégrale à Cadalen agacé. Des basanés des Ulis ou d'Évry marchaient sur les mains, exécutaient des pirouettes, tournaient sur la tête, sans doute pour épargner leur survêtement Adidas flambant neuf et parfois, quand même, se pétaient joliment la gueule. « C'est quoi le sujet ? avait tenté Cadalen.

– Ce n'est pas un sujet, c'est un fait de société, un mouvement culturel majeur porté par la jeunesse de nos quartiers populaires.

– Et vous pensez que ça va leur faire oublier que l'ascenseur est en rade, que les escaliers puent la pisse, qu'il y a deux millions de chômeurs et que la police tire dans le dos ? »

La conversation s'était interrompue assez vite et, en se levant pour prendre congé du paltoquet élyséen, Cadalen avait volontairement renversé sur la moquette un cendrier en cristal où se consumait une Benson & Hedges. Comment s'appelaient ces acrobaties déjà ? Ah, oui, le smurf.

Armand attendait Cadalen au bout de l'avenue Verdier, la BMW à cheval sur le trottoir. Il avait parcouru l'intégralité de l'artère pénétrante sans trop savoir vers où se diriger ensuite. Son bras gauche pendait par-dessus la portière et faisait des grands moulinets pour indiquer à son suiveur de prendre le relais. Trois minutes après, la

BMW et la Lancia étaient rangées en épi, en travers des places de livraison, au bas du journal de Malvy.

Le début d'après-midi avait rempli la partie administrative et commerciale de l'immeuble mais l'étage éditorial, d'où Malvy ne semblait pas avoir bougé depuis le matin, était encore peu agité. Une assistante de presse qui cliquetait derrière sa machine à écrire leva les yeux, au passage des deux hommes, en tentant de ne pas y prêter attention.

« Vous avez vu comment vous êtes garés, protesta Malvy. Vous vous prenez pour Starsky et Hutch? Vous pensez que des plaques d'immatriculation marquées 75, ça ne suffit pas à vous faire immédiatement détester ? Qui c'est, celui-là ? » Le journaliste pointait Armand, qui n'arrivait pas à contenir un sourire Colgate avec lequel il tentait d'envoyer des signaux à la dactylo. « Armand, je te présente Robert Malvy, le maître des lieux. Monsieur Malvy, Armand est l'un des meilleurs photographes de presse de ce pays. Si vous en êtes d'accord, il va m'accompagner un peu durant l'enquête sur Sabatier.

– Vous avez vu l'allure, on dirait un maquereau, votre copain...

– Oui, il pratique ce genre d'activité, également.

– Pardon ?

– On verra cet aspect de sa biographie une autre fois. On peut causer ? »

Malvy fit signe à Cadalen de le suivre dans son bureau tandis qu'Armand proposait à la fille, qui n'avait rien réclamé, de l'aider à changer le ruban de sa machine.

Le cadre avec la photo d'Algérie avait été remis de travers et Catherine Alric avait vidé les lieux. Pour le reste, aucun élément ne pouvait attester qu'il s'y était déroulé la moindre activité professionnelle et encore moins journalistique depuis sa précédente visite, trois heures plus tôt. Malvy écrasa son fauteuil en cuir, qui soupira longuement sous le volume du fessier et le poids du reste. « Qu'avez-vous trouvé, là-haut, Cadalen ? Rien, je suppose ?

– Je ne dirais pas ça. Vous connaissez le coin ? Les gens qui y vivent ? C'est un peu désert sur le plateau, au-dessus de chez Sabatier. Mais j'ai pu discuter un bout avec l'ancêtre du patelin. Elle surveille les alentours, sait une ou deux choses mais ne va pas lâcher quoi que ce soit dans l'immédiat. Il faudra retourner la voir quand on aura des billes, pour la confronter un peu.

– Vous avez rencontré la mère Limouzy ?

– Vous la connaissez ? s'étonna Cadalen.

– Bah oui, de nom. C'est une vieille famille de la région. Bonne réputation. Deux frères résistants. Le plus jeune, Lucien, est mort avant la Libération. Son nom figure sur le monument aux Martyrs, en bas des lices, avant le Pont-Neuf. L'autre, je ne me souviens plus de son prénom. Il a fini la guerre dans l'armée du général de Lattre. Il a rempilé après la victoire et disparu en Indochine. Elle, elle est cintrée, hein ? Vous avez vu les casques allemands à l'entrée de la ferme ? Bon sang, ricana Malvy, quelle déco !

– Je ne dirais pas qu'elle est folle. Seule, traumatisée, dans le dénuement, mais certainement pas folle.

– Dans le dénuement ? Ha, ha, ha, ha ! Mais c'est l'une des plus grosses fortunes de la ville ! Elle possède des immeubles autour du Bon Sauveur et des pâtés de maisons entiers dans le quartier de la Maladrerie. Elle serait la dernière héritière, sans enfant, d'une famille sacrément fortunée.

– Mais pourquoi vit-elle là-bas ? Dans son bout de ferme à moitié en ruine, avec ses poules et ses lapins ?

– C'est bien ce que je vous dis, elle est cintrée. Bon, c'est pas le sujet. Vous avez prévu d'aller causer à l'officier de gendarmerie chargé de l'enquête ? Il faut qu'on commence à publier quelques papiers. J'ai une petite pression depuis Toulouse pour rattraper les ventes perdues durant la grève.

– Ah, il semble que la laisse soit finalement plus courte que je m'imaginais.

– Ne prenez pas vos grands airs, Cadalen, grogna Malvy. Moi aussi je peux donner des leçons de journalisme. Ce que je sais et que vous découvrirez un jour, si vous occupez une place identique à la mienne, c'est qu'un journal qui assure ses ventes et gagne de l'argent, c'est une rédaction à qui on fout la paix. Et ça, ça n'a pas de prix.

– Je vous crois sur parole. Cependant, si vous me le permettez, je vais commencer par l'usine où bossait Sabatier.

– Vous ne pourrez pas y entrer. C'est le foutoir depuis des semaines. Deux ateliers sur trois sont en grève et il y a un cordon de flics pour séparer les ouvriers du service d'ordre patronal.

– Je vais quand même y aller.

– À votre aise. C'est vous le journaliste de terrain. Mais je veux votre premier article demain, pour l'édition du week-end. Je vous laisse votre après-midi pour trouver un endroit ou crécher. Le journal ne va pas vous payer le Grand Hôtel pendant un mois ou plus, hein ? »

Cadalen tenta de récupérer Armand en traversant la grande salle de la rédaction mais l'artiste était en plein baratin pour arracher un rendez-vous à dîner à la dactylo. Il prévint le photographe qu'il s'échappait à l'étage supérieur, au niveau des services des petites annonces et de la publicité.

Le troisième, sans grouiller de monde, était sensiblement plus animé. Les murs, vitrés à partir de la mi-hauteur, laissaient deviner une activité en pleine reprise. La paperasse s'était accumulée et les ordres d'insertion s'empilaient sur les bureaux des commerciaux. Les petites annonces occupaient un cagibi au bout du couloir. Deux types aussi ternes que le linoléum qui menait à eux se partageaient le standard téléphonique et la mise au propre des textes composés ensuite à l'atelier. Une fille, cachée derrière la porte et que Cadalen n'avait d'abord pas vue en l'ouvrant sans frapper, maltraitait une calculatrice électrique avec son Bic. Le capuchon du stylo semblait picorer les touches à mesure qu'elle établissait la facturation, puis la comptabilité de tout ce que les pages du journal pouvaient consacrer à la vente ou à la location.

La comptable détailla Cadalen par-dessus une paire de lunettes qu'elle avait posée en équilibre, tout au bout de son nez, pour tenter de raccourcir une arête nasale interminable. Sa poitrine profitait d'une attention inverse, comprimée dans un chemisier trop serré, trop échancré, trop déboutonné, au bord duquel les seins demandaient grâce. Elle fixa le journaliste sans cesser de pianoter ni de mâcher son chewing-gum. Cadalen se jura de ne jamais révéler à Armand l'existence de cette créature ou l'autre empaffé n'allait pas bosser de la semaine. « Vous désirez ? interpella l'un des hommes ternes.

– Consulter vos annonces. Pas celles qui sont passées. On va gagner du temps, je me contenterai de celles que vous avez compilées aujourd'hui et que vous n'avez pas encore publiées. Annonces de location. C'est Malvy qui m'envoie, mentit Cadalen. Je travaille à la rédaction. J'ai commencé aujourd'hui. »

Le type loucha vers une bannette remplie d'ordres reçus le jour même. Cadalen tria et sélectionna trois propositions d'hébergement ou de location de meublé, à moins de dix kilomètres de la ville. Il redescendit au rez-de-chaussée sans repasser par la rédaction et traversa le service expédition jusqu'à la sortie.

La Lancia s'éloigna mollement du centre-ville avant de reprendre l'avenue Verdier dans l'autre sens. Au bout de l'agglomération, un hypermarché Mammouth écrasait les prix et l'horizon. Cadalen y fit le plein de textile pour tenir dix jours. Deux jeans, une série de t-shirts en coton et un pull en laine. Il hésita devant un blouson en toile un peu cher, songea à la note de frais de Malvy et, finalement, le balança au fond de son Caddie, sur la pile de sous-vêtements vendus par lots. Une paire de bottes en caoutchouc et des tennis de marque allemande alourdirent l'addition.

Cadalen poussa son chariot dans la galerie marchande, jusqu'au comptoir de bistrot qui formait un angle avant la sortie. Il commanda un sandwich et un jeton pour le téléphone. Les propriétaires des deux premières annonces n'étaient pas intéressés par un locataire qui risquait de repartir dans deux semaines. En attendant que son troisième correspondant décrochât, le journaliste regretta de n'avoir pas recopié plus de numéros de téléphone. Le correspondant se révéla être une correspondante, affable et un peu déconcertante. « Oui, c'est libre. Mais ce n'est pas grand. C'est vous qui voyez. Vous restez autant de temps que vous le souhaitez. Mais, je vous préviens, ce n'est pas grand-chose. Si vraiment ça vous convient. C'est un peu loin de votre travail, non ? C'est comme vous voulez... » À se demander pourquoi elle avait passé une annonce.

La vaste cour était parsemée de graminées échappées des bordures où elles avaient initialement été plantées. Lorsque Cadalen coupa le moteur de sa voiture, le premier mot qui lui vint à l'esprit, pour résumer le lieu, était « apaisé ». Voilà, s'il avait dû l'écrire sans le décrire, il aurait dit « apaisé ». Une femme sortit d'un bâtiment en pierre dont la façade avait été éclaircie par de vastes ouvertures cernées de briques rouge orangé. Elle était à peine moins grande que Cadalen. Un bon mètre soixante-quatorze ou quinze. La silhouette perdue dans un sweat-shirt chiné démesuré, genre américain, qui lui descendait sous les fesses. Un jean mangé par de grandes taches blanches, retroussé aux chevilles, complétait la panoplie. Elle devait avoir un ou deux ans de plus que lui. « Je vous dérange, j'arrive trop tôt ? Vous faisiez de la peinture, s'excusa Cadalen.

– Pas du tout, entrez, j'étais en plein travail mais ce n'est pas grave. Je reprendrai ensuite. Je vous montre ? »

Le journaliste la suivit dans le bâtiment qui se révéla être effectivement un atelier mais de poterie. Le dallage en pierre accusait les siècles et les murs étaient couverts d'étagères en bois où s'alignaient, sans ordre précis, des dizaines de pots, de vases, de tasses, certaines finement décorées de minuscules roses sculptées qui en couronnaient l'anse. De nombreuses pièces étaient déjà émaillées, luisantes, d'autres plus mates semblaient sortir du four. « Je suis céramiste, je travaille ici, lui précisa son hôtesse en présentant à Cadalen un tour de potier posé à même le sol. Ne faites pas attention au bazar. » Un chat mi-abyssin mi-n'importe quoi slalomait avec précaution entre les différents éléments qui jalonnaient l'espace de travail. « Il s'appelle Caramel, l'informa-t-elle en le saisissant. Il se prend pour le maître des lieux mais il a déjà cassé une tasse aujourd'hui. Il va aller faire un tour dehors. » Le greffier protesta par principe mais partit s'intéresser au jardin quand elle referma la porte derrière lui. Tout autour, le vent, en se levant, avait commencé à joliment décoiffer la campagne.

Une porte au bout de l'atelier ouvrait sur un petit vestibule et un escalier en bois. En haut, une chambre mansardée offrait un confort effectivement rustique mais la pièce était propre et sentait bon la lavande dont l'armoire et les tiroirs de la commode avaient été garnis. Le lit en cuivre occupait la majeure partie de l'espace et, derrière une seconde porte, une vraie salle de bains éclairée par une lucarne de toit donnait sur l'arrière du bâtiment. « C'est parfait, sourit Cadalen, je la prends. Combien je vous dois ?

– Trois cents francs par semaine ? Ça va ? Je préférerais du liquide. Je ne fais pas de petit-déjeuner mais, si vous avez besoin de quoi que ce soit, descendez me demander. Nous habitons juste en dessous. » Cadalen considéra deux secondes le visage de sa désormais logeuse. Les cheveux châtain clair étaient fins et disciplinés, coupés dans un carré mi-long. Une mèche descendait de la racine, en demi-frange, jusqu'à de grands yeux marron. Le nez était légèrement busqué, les pommettes hautes sans être saillantes, la bouche dessinée avec précision, tout comme le contour du visage. La fossette située au milieu de la lèvre supérieure était particulièrement accentuée. Il tenta de se souvenir du nom savant qu'on lui donnait. Les Grecs anciens avaient pour cet endroit précis un terme particulièrement désigné. Ça lui reviendrait.

« Oui ?

– Excusez-moi, bafouilla Cadalen. Oui, c'est parfait. Merci beaucoup. Je vais chercher mes affaires dans la voiture et la garer mieux, un peu à l'écart de votre entrée, ensuite, je vous règlerai la première semaine.

– Prenez votre temps, rien ne presse. Soyez le bienvenu. » Elle lui tendit la main. « Anne. Je m'appelle Anne-Angélique mais on va rester sur Anne, si vous le voulez bien. Je n'approuve pas la démesure de mes parents.

– Cadalen, répondit le journaliste en saisissant la main.

– Vous avez bien un prénom, sourit-elle.

– D... Daniel, je m'appelle Daniel. » Il avait eu du mal à le lâcher tant il lui semblait préférable, depuis toujours, de maintenir une distance entre sa personne et le reste du monde, entre son identité et la moindre familiarité. Cadalen. Comme à l'école, comme au rugby, comme à l'armée, comme au journal. C'était sa mère qui l'appelait Daniel. Et qui d'autre ?

« Bonne fin de journée, Daniel. Je retourne travailler, mes filles vont rentrer de l'école. » Elle descendit l'escalier et disparut sans bruit, de l'autre côté du vestibule, rendue à sa glaise, sa faïence, son grès ou sa porcelaine.

Cadalen se calfeutra dans la chambre et consacra une petite heure à lister sur un carnet les quelques informations qu'il avait pu glaner chez la vieille Limouzy. Il retranscrit minutieusement tout ce qu'il avait pu observer aux abords de la maison des Sabatier. Pour garder en tête une image précise des lieux et ne pas perdre de temps, le moment venu, lors de la rédaction d'un éventuel article. Au besoin, il pourrait compter sur les photos d'Armand pour se rafraîchir la mémoire : sa production n'avait souvent rien à envier à celle de l'identité judiciaire. C'était précis, cru, répétitif, éclairé au flash et cependant, il fallait en convenir, pas toujours publiable si on entendait respecter un minimum l'intégrité morale des victimes.

Cette histoire de seconde voiture intriguait le journaliste. Le témoignage apporté par la voisine des Sabatier ne semblait pas devoir être contredit. Elle n'avait pas de problème d'ouïe, était solidement insomniaque et connaissait le véhicule du disparu. Tous les gendarmes de la région avaient entre leurs mains une description de la Taunus et de son conducteur. Les pandores finiraient bien par lui mettre la main dessus, sûrement plus mort que vif. D'expérience, selon Armand, les drames familiaux s'achevaient généralement par le suicide du meurtrier. Dans la foulée, sur le lieu des homicides, quand il s'agissait d'un coup de sang ; quelques jours plus tard, aux alentours, quand il s'agissait d'un coup de déprime. Mais le départ dans la nuit d'un second véhicule attestait que Sabatier n'était pas seul après le massacre de sa famille. Cadalen écrivit « second véhicule » en capitales en bas de sa page et ponctua ses notes d'un triple point d'interrogation, avant de filer sous la douche.

Il voulait se coucher tôt car le petit matin allait être rude. L'équipe de jour de l'usine où travaillait Sabatier prenait son poste à cinq heures vingt. Selon Malvy, les piquets de grève filtraient encore l'accès à la Française de mécanique automobile mais rien ne devrait empêcher le journaliste d'accéder aux ouvriers s'il désirait les questionner. Quant aux vigiles que Sabatier encadrait, ils seraient forcément sur le pont pour faire régner l'ordre patronal sur le parking. Il attaquerait l'affaire par un premier contact en sous-marin, un petit reniflage en loucedé, une prise de pouls du bout des doigts. Pénétrer dans l'usine serait une autre affaire. Il verrait bien.

Deux heures plus tard, le sommeil était toujours en cavale. Cadalen s'était retourné une bonne centaine de fois dans le lit pour finir par se caler en chien de fusil, l'oreiller collé au ventre, serré entre ses bras. Depuis plusieurs années, la baisse de la lumière du jour, lorsqu'il se retrouvait seul, s'accompagnait de plus en plus souvent d'étourdissements qui l'obligeaient à demeurer immobile, replié. Même ainsi, il ne parvenait pas toujours à contrôler les tremblements qui secouaient ses jambes et parfois ses bras, ni se dégager d'une sensation oppressante qui lui enveloppait la poitrine. Il lui arrivait de se lever précipitamment, pour chercher de l'air, en secouant ses doigts que des picotements dévoraient. Les moments de répit le voyaient s'enfoncer dans un sommeil profond, peuplé de cauchemars, dont il ne s'extrayait que trempé de sueur. Encore une fois, il avait chuté.

La Terre monte à lui à une vitesse vertigineuse alors qu'il tombe du ciel en compagnie de quelques dizaines d'autres. La sangle fouette la carlingue du Noratlas déjà loin et sa voile, déchirée, laisse filer l'air à travers une plaie béante. La Terre monte à lui et les types qui pleuvent autour lui hurlent « ventraaal, ventraaal, ventraaal ». Cadalen tire sur la poignée en retenant la toile qui s'échappe du parachute de secours. Il la rassemble en paquet pour la lancer devant lui afin qu'elle ne monte pas en torche dans le dorsal. Ni que, par la même occasion, les suspentes ne lui labourent le visage.

Le parachute ventral ouvert au-dessus de lui, Cadalen freine d'un seul coup avant de pendouiller au gré du vent et loin de ses camarades de saut, jusqu'à la caillasse promise. Son roulé-boulé obéit aux consignes de l'instruction mais ne lui évite pas de s'entortiller dans sa double voilure. En le momifiant sur quelques mètres, la toile lui a confectionné un linceul à peu près complet qui le protège des épineux et des premiers résineux sur lesquels sa compagnie n'était pas censée sauter. Cadalen détache le sac du ventral, se débarrasse difficilement des bretelles du dorsal et utilise son poignard pour trancher le nylon dans lequel il s'est emberlificoté. Il récupère la musette qui pend sur ses cuisses, sort le PM de sa housse de saut et tente de deviner où a bien pu atterrir le reste du stick. Lorsque le para raccroche sa section, trois heures plus tard, le soleil a fini de rosir l'horizon et les montagnes, dans son dos, abandonnent le manteau bleu dont l'aube les avait habillées. L'action est terminée.

Le 12e RCP a coupé sa retraite à un groupe de fellaghas que les légionnaires ont poussés devant eux en dégringolant du plateau après leur poser d'assaut. Deux Sikorski ont touché le sol pour évacuer les blessés français. Les morts, enveloppés dans leur toile de tente, attendront un peu. Cadalen en compte quatre. Son absence au moment de la fusillade lui interdit d'en demander les noms.

Ses camarades l'acclament en l'apercevant, lui saisissent le bras, l'enlacent comme pour vérifier qu'il est en un seul morceau. Son treillis est dans un état pire que celui des hommes qui viennent de combattre. Ils le chambrent un peu d'avoir manqué la riflette et lui offrent de l'eau. Un peu à l'écart, Ogier le salue en levant son PM par-dessus sa tête. Flanqué de Galissier et de Pujol, il tient en respect une demi-douzaine de prisonniers qu'on a fait s'agenouiller le long d'un champ, les bras liés dans le dos par des morceaux de leurs propres vêtements. Trois sont torse nu, l'un d'entre eux saigne abondamment d'une vilaine plaie au flanc. Debout à côté des morts, Ferriès présente son dos et la radio qu'il trimbale au lieutenant Térien, en grande conversation avec le PC de la division. Le lieutenant se fait répéter un ordre et son visage se crispe de colère contenue. Il raccroche le combiné du Motorola dans le dos de Ferriès et se dirige vers les prisonniers, en écartant Ogier qui avance à sa rencontre.

Le lieutenant a dégainé et armé son pistolet d'un même mouvement. Sans prononcer un mot, il ajuste la nuque du premier prisonnier et fait feu. Les quatre autres tressaillent sans oser tourner la tête vers leur camarade exécuté. Le deuxième, celui qui est blessé, n'a pas le temps de toucher le sol que Térien a déjà abattu le troisième. Le quatrième s'effondre de manière un peu grotesque, les fesses en l'air, dans une position de prière qui fait ricaner un idiot. Térien le transperce du regard et l'autre trouve nécessaire d'immédiatement devoir lacer ses rangers. Le lieutenant épargne le cinquième, qu'il relève en le soutenant par le bras gauche. Il défait ses liens et lui ordonne de porter les fusils des vaincus, rassemblés en fagot par les paras. Bonnafé traduit et accompagne le rescapé. Des Lebel d'un autre temps se mêlent aux Mauser et à quelques Garand US tous vidés de leurs munitions.

Chargé comme un mulet, le dernier prisonnier se dirige vers celui des deux hélicoptères qu'on lui a désigné. Térien signifie à Cadalen qu'il prend, lui aussi, l'EVASAN pour décrocher. Le para proteste pour la forme, pas mécontent de rentrer en ventilo après ses trois heures de marche, plutôt que d'attendre les GMC et se taper la route.

Assis à bord, le cul sur la tôle, Cadalen a réussi à déplier ses jambes entre les deux brancards occupés par ses camarades blessés. Le premier a la tête enveloppée d'un gros pansement ne laissant apparaître qu'un œil, rougi par la fatigue. Le second est immobile, touché au ventre. Du fond de sa carcasse meurtrie grésille un râle de douleur que son souffle saccadé peine à expirer. Le type ne finira pas la journée. Le mitrailleur de porte s'accroupit derrière sa .50, en sabord droit de l'hélicoptère, pour sécuriser le décollage. Deux marsouins l'accompagnent dans sa rotation. Assis sur des caisses de munitions, ils se parlent à l'oreille en masquant leur bouche. La place qui reste est comblée par le prisonnier et son tas de fusils.

Lorsque le H34 s'arrache du sol, l'Arabe pousse un cri d'effroi et s'accroche à tout ce qui peut lui donner l'impression de ne pas risquer de passer par les portes encore ouvertes. Les marsouins se tordent. C'est la grosse poilade. Une fois l'altitude de croisière atteinte, ils se ruent sur le prisonnier. La cohue qui s'ensuit a des airs de bagarre de saloon alors que les deux crétins rêvent manifestement d'une ratonnade en règle. Les trois lutteurs manquent de piétiner les blessés et, lassé, le mitrailleur se joint à la partie. Il abandonne son poste de tir, écrase son poing sur la tempe de l'Arabe, le soulève par l'entrejambe et l'expédie hors de l'hélicoptère. L'un des marsouins s'accroche au bord de la porte, tend son cou pour voir chuter le prisonnier cinq ou six cents mètres plus bas en lui hurlant « ventraaaaaaaaaal ! » puis en éclatant de rire. Le blessé enturbanné sourit à cette bonne blague, de toute sa figure cassée. Son compagnon d'infortune, sur l'autre brancard, se tient lui aussi les côtes. Mais c'est de douleur et, de toute façon, il est mort.

Des points dans la nuit. De minuscules petites flammes qui dansaient au loin et qui, alors que Cadalen s'en approchait, prirent la forme de torchères qu'on aurait posées au sol et autour desquelles des ombres immobiles peuplaient, nombreuses, le parking de l'usine. Des braseros, des groupes d'ouvriers, un piquet de grève et l'usine qui coulait sa masse cent mètres plus loin, derrière les grilles. Les vigiles étaient figés dans le froid, à l'abri de l'enceinte et, devant eux, un second limes les séparait des salariés qui entamaient leur vingt-troisième jour de grève. Entre l'armée du prolétariat et les séides du patron, un cordon de gardes mobiles serrait les rangs et formait un curieux mille-pattes bleu marine qui grelottait en dansant d'un pied sur l'autre.

L'avant-veille, après les habituelles insultes échangées de part et d'autre de la grille fermée, des jets de boulons avaient pris le relais des vociférations. Les blessés comptés et évacués, la préfecture avait imposé un maintien de l'ordre en bonne et due forme mais les casques et les boucliers étaient demeurés dans les camions. La rangée de calots et les mines pas commodes des gars posés dessous suffirent à faire reculer les ouvriers en bout de parking. La Française de mécanique automobile ne pouvait réclamer son évacuation car, si la ville en avait cédé l'usage, elle avait en grande partie financé son aménagement et le terrain lui appartenait toujours.

Cadalen arrêta prudemment la Lancia au niveau du premier rang peint sur le bitume. Plus loin, les morceaux de palettes destinés à nourrir les braseros, les parpaings éparpillés pour poser son cul entre deux prises de poste et les reliefs de trois semaines de lutte polluaient la zone. Une file d'hommes à peine plus réveillés que les gendarmes attendaient devant le portail de pouvoir pénétrer dans l'enceinte. Les ouvriers non-grévistes de l'atelier numéro deux, celui où on assemblait des boîtes de vitesses pour un constructeur américain, se présentaient à l'embauche. De part et d'autre de la ligne, les grévistes les harcelaient en douceur, sans cris, sans invectives ni menaces, simplement en leur prenant parfois le bras, au passage, pour tenter de les convaincre eux aussi de rejoindre le mouvement et de bloquer complètement la production.

Le journaliste s'approcha du portail. Pas un seul de ces hommes qui ne fût originaire d'Afrique du Nord. Il tendit l'oreille pour capter les mots de français dont le darja utilisé par les ouvriers était parsemé. Pour le reste, quelques bribes de dialecte lui revinrent, parmi lesquels *drari* [les enfants] qui, à lui seul, justifiait la soumission des non-grévistes. Une petite dizaine d'Algériens, énormément de Marocains et, dans le dos de Cadalen, un grand blond pas commode qui venait de lui tapoter sur l'épaule droite. Le journaliste redouta un flic déjà tendu à l'idée que les fouille-merdes fussent sur le terrain de plus en plus tôt. En se retournant, il dut lever les yeux pour dévisager l'individu. Sa tignasse plaquée en arrière lui dégringolait dans le cou. Son coiffeur n'avait pas su choisir entre la coupe du guitariste de Status Quo et les ondulations permanentées d'Harald Schumacher, le Boucher de Séville. Un poney possédait moins de crinière. Sa carrure, sa veste de chantier, ses gants plombés et son badge rouge désignaient en revanche la centrale syndicale et le service d'ordre auxquels il appartenait. « Tu fais quoi ?

– Je vous demande pardon ? tenta Cadalen qui avait toujours du mal à jouer les idiots.

– Tu fais quoi, ici ? Les flics n'ont rien à foutre parmi les grévistes. Tu dégages du parking. » Pour appuyer son discours, le camarade syndiqué pointa l'index sous le nez de Cadalen. L'odeur du cuir graissé et les renforts aux jointures lui rappelèrent un officier qui portait les mêmes gants lorsqu'il interrogeait les prisonniers. Des hommes en tout point semblables aux ouvriers qui se pelotonnaient par petits groupes autour des fûts de deux cents litres qui balisaient la nuit finissante. Leurs frères, leurs cousins, leurs pères peut-être. Dans leur regard, la même fatigue, la même colère et la même absence de peur. « Je ne suis pas flic. Je travaille pour *Le Courrier du Midi*. J'ai été embauché hier.

– Tu vas écrire sur la grève ?

– Peut-être.

– Comment ça peut-être ? Qu'est-ce que tu fais ici, à six heures du matin, si c'est pas pour écrire sur la grève ?

– Là, c'est toi qui joues au flic, si je peux me permettre. »

Le gars se mit à réfléchir. Cadalen avait l'impression de voir ses neurones s'entrechoquer, confrontés à la difficulté d'estimer la situation. Expulser ou, pire, violenter un journaliste serait du plus mauvais effet et son délégué pourrait lui secouer les puces. Un temps infini s'écoula avant que le chevelu ne rouvrît la bouche. « Suis-moi. » Les deux hommes traversèrent le parking. Le portail s'était refermé derrière les ouvriers qui prenaient la direction de l'atelier. Les autres, rejoints par de nouveaux camarades venus renforcer le piquet de grève ou remplacer ceux qui avaient veillé toute la nuit, partageaient du café ou du thé. D'énormes Thermos de cantine trônaient sur une planche qu'on avait posée sur deux tréteaux. Les gardes mobiles avaient leur propre popote, à l'arrière d'un TP3, et s'y rendaient par binômes pour ne pas dégarnir la ligne.

Le syndicaliste escorta Cadalen jusqu'à un rouquin de taille moyenne, vêtu de la même veste de chantier et décoré du même badge rouge. « Gilbert, on a un journaliste. » L'autre feignit de s'étonner mais Cadalen perçut immédiatement qu'il avait affaire à un autre type d'animal, beaucoup plus politique. « Un journaliste ? Sur le terrain ? D'habitude, les canards se contentent de reprendre les communiqués de l'usine.

– J'ai souvent remarqué qu'ils reprenaient également les vôtres.

– C'est exact. Mais les nôtres, ils les commentent.

– En même temps, depuis trois semaines, le *Courrier* ne sortait pas. Personne n'a été lésé, plaisanta Cadalen.

– Ça, on ne peut pas dire que la grève des clavistes nous a beaucoup aidés. On crie un peu dans le désert.

– C'est pour cette raison que votre syndicat ne l'a pas soutenue ? » Le rouquin ne releva pas l'attaque en biais.

Il se contenta de plisser les yeux en vidant son gobelet en plastique avant de le jeter dans le brasero le plus près. Il tendit sa main à Cadalen. « Gilbert Lhomme. Le copain à côté de vous, c'est Thierry. Vous voulez quoi ? »

Cadalen accepta la main offerte et choisit de jouer cartes sur table. Il connaissait la situation par cœur. Un an plus tôt, la même grève, pour les mêmes motifs bidon, avait neutralisé la production automobile d'une usine de dix mille ouvriers dans les Yvelines. Un scénario identique s'était répété en Seine-Saint-Denis quelques semaines plus tard. Les deux affrontements avaient accompagné l'arrivée de la gauche au pouvoir. Dans les deux usines, comme à la Française de mécanique automobile, régnait un système social d'exception installé au milieu des années cinquante. Un syndicat corporatiste unique accueillait tous les types de salariés, de l'ouvrier spécialisé rivé sur sa chaîne à l'ingénieur installé dans les bureaux vitrés. Le système était complètement vertical et intégrait les fonctions de gestion du personnel, de maintien de l'ordre intérieur, de représentation syndicale et de prise en charge des œuvres sociales. Ce système, noyauté par la direction et les actionnaires, prétendait à l'exclusivité et combattait avec énergie les syndicats représentatifs. Dans ces trois usines, les grandes corporations syndicales, CGT comprise, vivaient dans la clandestinité. Cadalen avait eu l'occasion de rencontrer les dirigeants des usines en grève ; ils étaient tous liés à différents partis de droite ou d'extrême droite, auxquels ils fournissaient des colleurs d'affiches et, parfois, des candidats aux élections locales. Comme Sabatier, ainsi que Malvy l'avait révélé à Cadalen.

Le journaliste, à chaque fois qu'il avait interviewé l'un de ces directeurs généraux, avait été soufflé de constater que ces derniers étaient persuadés, depuis la fin de la Seconde Guerre mondiale, de prolonger une tradition de la droite sociale française. Mais la crise économique était venue bousculer l'ordre établi plus sûrement encore qu'une révolte ouvrière. Pour continuer à délivrer d'importants avantages sociaux, souvent distribués selon une formule ouvertement clientéliste, l'usine devait mobiliser un budget considérable. Son déséquilibre permanent supposait une croissance soutenue de l'activité qui s'était trouvée entravée, année après année, par la piètre qualité de la production. Les voitures avaient mauvaise réputation et les consommateurs, la concurrence étrangère aidant, étaient de moins en moins cocardiers. Ensuite, l'État s'en était mêlé. L'administration puis la justice avaient décidé de faire entrer ces territoires sociaux un peu baroques dans le droit commun. Les premières élections professionnelles y avaient été entachées d'irrégularités manifestes qui n'avaient pas permis aux syndicats représentatifs de pénétrer les usines. Les suivantes s'étaient ouvertes sur fond de tensions sociales extrêmes. Les revendications des ouvriers concernaient les cadences, la formation professionnelle, les salaires et, c'était d'un seul coup très nouveau, la possibilité de vivre sa foi musulmane à l'intérieur de l'usine.

La masse d'ouvriers maghrébins qui avait pris place dans les ateliers au cours de la décennie précédente s'imposait alors à tout le pays. Jusqu'à présent, les Arabes étaient considérés comme une main-d'œuvre dont les caractéristiques religieuses ne posaient pas question. Et, d'un seul coup, des milliers d'hommes qu'on n'avait pas su voir ni écouter bloquaient intégralement la production automobile du pays en réclamant une salle de prière, des pauses confessionnelles pendant le ramadan et la possibilité de raccrocher la fameuse cinquième semaine de congés payés aux quatre qu'ils prenaient l'été pour rentrer au bled.

En Seine-Saint-Denis, Cadalen avait rencontré un délégué du nom d'Akka Ghazzi, qui venait de passer du syndicat maison à la CGT. La presse s'était interrogée sur ce Ghazzi, simple pion de la centrale de Montreuil ou chef d'orchestre clandestin d'un intégrisme musulman dont le patronat avait cru déceler l'influence chez ses travailleurs immigrés ? La première chaîne de télévision, en traitant le sujet, avait gentiment qualifié Akka Ghazzi d'« ayatollah d'Aulnay ». En serrant la main du fameux Gilbert, Cadalen se demanda qui était son Ghazzi local, parmi les hommes rassemblés sur le parking ou qui venaient de prendre leur poste. Le cheval de Troie qui allait leur permettre, à lui et à son syndicat, d'enfin pénétrer l'usine, d'y faire élire des représentants, de s'asseoir à la table des négociations et de mettre la main sur le comité d'entreprise. Il se retint de l'interroger, il n'était pas là pour ça.

« Je vais vous décevoir, je ne couvre pas la grève.

– Ah... Et donc ?

– Donc rien. Vous connaissez Jean-Jacques Sabatier ?

– Le type qui a tué sa famille ?

– Dont la famille a été tuée, plus exactement. Lui, il a disparu. Il bosse ici, non ? Il encadre le service d'ordre de l'usine, on m'a dit.

– Ça, pour l'encadrer, il l'encadre, ricana Gilbert Lhomme. Au début de la grève, les patrons ont voulu la jouer à l'ancienne. Coup de pression sur les grévistes et les meneurs. Le jour du débrayage, Sabatier et ses vigiles ont fait le tour des ateliers avec des nerfs de bœuf pour remettre les gars au boulot.

– Intervention musclée ?

– Une bataille rangée plutôt. L'affrontement a été très violent. Il y a eu une quarantaine de blessés, dont le directeur du personnel.

– Ça doit lui faire un paquet d'ennemis à ce Sabatier, non ?

– Je ne dirais pas ça. C'est un type dur et je ne partage pas ses idées politiques, mais il est réglo. Il annonce toujours la couleur et puis après, on discute.

– C'est quoi, ses idées politiques ?

– Bah, soupira Lhomme, le truc dans l'air du temps... Les immigrés prennent le travail des Français, ils occupent nos HLM, ils égorgent des moutons dans la baignoire, ils pompent nos allocs, ils font trop d'enfants et j'en passe.

– Vous, vous en pensez quoi ?

– Moi, je ne pense pas. Je défends les travailleurs. »

C'est ça, songea Cadalen, prends-moi pour un con. Tu es permanent de ton syndicat, tes doigts n'ont jamais effleuré le moindre établi et tu agis là où on te le demande, sans poser de question. Le journaliste posa sa main sur l'épaule du syndicaliste. « Je vous félicite, Gilbert. C'est une noble cause. Ils fabriquent quoi les types en grève ?

– Des moteurs. Des quatre-cylindres pour à peu près tout le monde. Mais l'usine a perdu plusieurs contrats. Ne vous trompez pas, l'enjeu à venir, c'est le maintien de l'emploi. Et ce sera un conflit beaucoup plus dur. On ne parle pas de condition de travail ou d'augmentation de salaire. On parle de survie. » Cadalen savait que Lhomme disait juste. La branche automobile connaissait un retour en force des difficultés amorcées par le second choc pétrolier. La gravité de la situation avait été sous-évaluée par les entreprises, les syndicats et le pouvoir politique. Accrochés à leurs revendications, les syndicats n'osaient pas parler de crise tandis que les directions patronales avaient imaginé, comme après 1973, un redémarrage des marchés. La politique monétaire américaine et l'arrivée de la gauche au pouvoir en France avaient douché les optimismes. Les pertes s'accumulaient, les commandes s'effondraient et les patrons n'avaient pas d'autres choix que d'engager une réduction drastique des coûts et des effectifs. Au beau milieu de ce désastre économique, qui allait se préoccuper de quelques milliers d'Arabes en grève ? Mais est-ce que ça méritait la mort d'un homme et de sa famille, quand bien même il eût cassé la gueule à la moitié d'une chaîne d'assemblage ?

Cadalen s'apprêtait à prendre congé des deux cégétistes lorsqu'il fut troublé par l'attitude de l'un des grévistes, monté sur une estrade en bois qu'on avait bâtie à l'aide de trois palettes empilées. Le gars plaça sa main droite sur sa main gauche et le silence sur le parking se fit tout à fait. Il invoqua Allah, ainsi que tous les hommes présents. Puis il récita la fatiha, d'une voix grave et monocorde, sans jamais élever le niveau sonore d'une assemblée qui se fondait en lui en récitant de même. La sourate achevée, il se tourna vers les trois Français dont Cadalen pétrifié. Il semblait fixer le journaliste au fond des yeux et dit calmement « amine ». Derrière les hangars des ateliers deux et trois, le soleil murmurait une aube à peine décelable.

Arrivé au journal, Cadalen passa par l'entrée des rotativistes et l'imprimerie pour grimper à la rédaction. Les couloirs étaient déserts et les lumières complètement éteintes. L'antre de Malvy bunkerisait un peu l'espace, au milieu du plateau des rédacteurs. Les bureaux étaient aussi mal rangés que celui du rédac-chef, lequel n'allait pas pointer le bout de son nez avant une heure ou deux. Au fond de la salle, sur un pupitre en bois plus large que haut, la collection reliée du semestre précédent était ouverte à la lecture. Les autres tomes du journal étaient rangés verticalement dans des casiers placés juste en dessous. Cadalen s'empara des deux premières années et s'installa sur le bureau le moins encombré pour éplucher les archives du *Courrier du Midi*. Les faits divers sanglants étaient moins nombreux que les plans sociaux et donc, que les suicides. Depuis quelques années, quand un type se saisissait d'une arme, c'était souvent pour la retourner contre lui. Les femmes, elles, prenaient des médocs. Et, par chance, s'en sortaient parfois.

Deux heures plus tard, Cadalen n'était pas plus éclairé. Le conflit à la Française de mécanique automobile était larvé, prévisible depuis des lustres et rien n'indiquait, dans les articles parcourus, que les activités politiques de Sabatier eussent débordé sur ses responsabilités professionnelles. Le type était raciste mais, dans une usine où la quasi-totalité des ouvriers étaient originaires d'Afrique du Nord, il était mathématiquement impossible de leur faire subir des discriminations xénophobes. Les salles de prière n'étant pas évoquées par le Code du travail, la direction n'avait même pas à entamer la moindre discussion sur le sujet. À moins qu'elle l'ait fait... Pour ouvrir une négociation de sortie de crise. Et que Sabatier y ait vu une atteinte à sa conception de l'ordre. Cadalen nota « salle de prière » sur son carnet avant de rayer rageusement les trois mots. C'était stupide. Et tout cela l'éloignait du drame familial. Il allait devoir s'attaquer aux enquêteurs de la gendarmerie et trouver comment travailler avec eux. Pas gagné d'avance.

Il rangea les volumes empruntés, en les reclassant dans l'ordre – là aussi, c'était le foutoir – et dégota une machine à écrire moins poussiéreuse que les autres. Il la transporta sur une table en mélaminé qui tournait le dos à l'intégralité du plateau et tira un fauteuil devant. Il vérifia la souplesse des touches et la mécanique du chariot, s'empara d'une pile de feuilles et s'obligea à la rédaction du papier exigé la veille par Malvy. Il n'avait rien à raconter mais cela nécessita tout de même quatre bons feuillets. La copie relue et corrigée, il constata que ses nouveaux collègues avaient peu à peu rempli l'espace et vaquaient à leurs différentes occupations, n'en ayant strictement rien à faire de lui. Celui d'entre eux à qui Cadalen avait emprunté son Olympia y vit un signe du destin et partit déjeuner plus tôt. Cadalen entra dans le bunker de Malvy pour lui remettre sa production. Le rédacteur en chef saisit la copie tendue en demandant au journaliste de ne pas s'échapper avant qu'il ne l'ait lue.

Armand fit son entrée dans les locaux du journal vingt minutes plus tard, immuable, foulard de soie autour du cou et l'air ravi de l'arsouille qui n'a pas complètement perdu son temps. Cadalen l'entraîna dans le couloir, jusqu'à la machine à café. « Bien, ta dactylo ?

– Elle a un peu joué les farouches au début mais, une fois en selle, tu sens qu'elle a passé son permis moto il y a un moment déjà…

– Épargne-moi les détails, sourit Cadalen. Tu fais quoi aujourd'hui ?

– Je vais aller shooter l'usine en grève. Il paraît que ça a cogné avant-hier. Avec un peu de chance, ils vont remettre ça et il y aura un mort.

– Il est encore là, lui, interrompit Malvy en surgissant. Dites, Cadalen, vous ne vous êtes pas foulé, hein, y a rien dans ce papier ! Bon, au moins, c'est bien écrit. On va dire que c'est un début. Il va falloir vous secouer un peu. Et barrez-vous ! Un journaliste qui traîne à la rédaction, ça m'énerve, vous ne pouvez pas savoir. Et emmenez ce guignol avec vous ! » Cadalen ne se fit pas prier. Il proposa à Armand de déjeuner à la grande brasserie, à l'entrée des lices. En gagnant l'escalier pour quitter la rédaction, Cadalen reconnut la dactylo, qui traversait le plateau les bras chargés de classeurs. Apercevant Armand, la pauvre fille s'empourpra immédiatement, pas complètement remise de ce qui lui était arrivé dans la soirée. Pourtant, tout laissait penser qu'elle était fin prête pour un second round. Elle portait une jupe nettement plus courte que la veille, un rouge à lèvres deux fois plus luisant et des talons trois fois plus hauts. Encore une nuit avec Armand et ce salaud lui ferait éponger des routiers sur la nationale après ses heures de bureau.

L'addition réglée par Armand, Cadalen précisa au photographe comment se rendre à l'usine. Il le mit en garde contre les jets de boulons, en lui recommandant de tenir son bolide made in *Bayerische Motoren Werke* à distance des grévistes, s'il tenait à en préserver la carrosserie. Le journaliste traversa la place en rentrant la tête dans les épaules pour regagner le journal. Le vent s'était levé et il poursuivit Cadalen jusqu'à la rédaction, en s'embouquant entre les murs trop hauts et trop proches qui dominaient la rue.

Malvy avait déserté le plateau pour animer la conférence du secrétariat de rédaction un peu plus loin à l'étage. Les rédacteurs pistonnaient à deux doigts sur leur bécane pour cracher la copie du jour. Les gobelets s'empilaient et les clopes se consumaient seules dans des cendriers oubliés, entre les piles de journaux. Le bouclage avait commencé.

Cadalen retrouva à leur emplacement les volumes d'archives qu'il avait consultés le matin même. Il voulait élargir son point de vue, s'offrir un panorama de la ville et de ses différentes autorités, politiques, économiques, militaires ou même sportives. Les semestres des années 1981 et 1982 furent de nouveau épluchés, colonne par colonne, un carnet à spirale à plat sur le papier journal et un stylo-feutre à la main. Tout y passa : chaque nomination dans les différentes administrations, chaque changement de chef de corps, chaque réunion du Rotary et du Lions Club, chaque enterrement de gloire locale, proclamée ou supposée, chaque événement sportif qui dépassait le niveau du district ou de la fédérale, chaque tournoi de fin de saison, chaque fête patronale… Il releva les noms et qualités des personnes qui revenaient le plus souvent sur les photos et dont le patronyme était systématiquement mis en avant dans les légendes. Il nota à part les noms des individus dont l'importance semblait s'affranchir d'un quelconque ordre alphabétique.

Une fois effectué ce petit recensement de la bourgeoisie locale, Cadalen tenta de dresser un organigramme général du pouvoir départemental, en établissant différents niveaux hiérarchiques et en reliant entre elles les personnes dont il apparaissait qu'elles possédaient des intérêts communs. Jean-Jacques Sabatier revenait souvent mais uniquement à l'occasion d'événements dont rien n'indiquait que sa présence n'y fût pas justifiée. Un tournoi de rugby : il était lui-même ancien joueur du club. Une remise de médailles du travail à la Française de mécanique automobile : il décorait un récipiendaire membre de son équipe de sécurité. Un meeting électoral entre les deux tours des dernières municipales : il se tenait devant la tribune du candidat d'extrême droite dont il encadrait la campagne. La venue du président de la République : il occupait une place de choix, à proximité du maire socialiste, dans la salle des États, au premier étage de l'hôtel de ville. Et ainsi de suite... Cadalen fut intrigué par l'évidente capacité de Sabatier à naviguer entre des univers qui, d'ordinaire, se superposaient assez peu. Aucun article, aucun éditorial, parmi ceux qu'il avait consultés tout au long de l'après-midi, n'entendait contester la stricte étanchéité en place entre les différentes strates sociales de la ville. Et personne ne semblait avoir noté que Sabatier donnait l'impression d'en être le relais transversal, l'observateur privilégié.

Le journaliste décida qu'il ne tirerait pas grand-chose de plus des archives du *Courrier*. Ses yeux lui disaient stop et son crâne matraqué par la migraine lui ordonna de cesser là son travail d'archiviste. Le plateau s'était de nouveau vidé des plumitifs sous contrats et puait la cendre. Les secrétaires de rédaction étaient descendus au marbre pour surveiller la compo et caler les derniers articles dans les pages de l'édition du week-end. En torturant les règles typographiques pour les plus vicelards, en coupant par la fin pour les plus pressés. Dans le lot, le papier de Cadalen. Il résista à l'envie de les rejoindre pour contempler les dégâts sur la maquette. Demain serait un autre jour.

Anne avait les bras enduits d'une espèce de boue blanche, jusqu'en haut des coudes. Assise derrière son tour, elle maintenait sa main droite à l'intérieur d'une boule de glaise en rotation, tandis que la gauche façonnait, en caressant l'objet, un futur vase ou une potentielle théière. Cadalen n'avait pas encore deviné. Il regardait par la porte entrouverte le miracle s'opérer, la terre se soumettre au contact de l'eau, l'informe devenir objet, l'amas de matériau brut s'étirer et s'affiner, par les gestes maîtrisés et la patience accordée. Des traces blanches barraient le front et la joue gauche de la jeune femme au travail. Des peintures d'Indien qu'elle avait dû se dessiner en dégageant une mèche de ses cheveux, pourtant retenus par un foulard. Elle tentait de leur épargner les projections de terre et d'eau qui maculaient sa salopette en jean et le t-shirt qu'elle portait dessous.

Le chat se glissa entre les jambes de Cadalen et fila par l'entrebâillement. Il traversa l'atelier en tortillant du cul, éveillant au passage l'attention de sa maîtresse qui, du coup, aperçut le journaliste qui l'observait, les mains plongées au fond des poches. « Pardonnez-moi, je vous regardais travailler. Je trouve ça fascinant.

– Mon travail ?

– Oui, votre travail. La terre, l'argile… Je ne sais pas trop de quoi il s'agit. Enfin, la poterie, quoi.

– Ce n'est pas de la poterie, sourit Anne, c'est de la céramique. La poterie, c'est pour les mugs et les saladiers.

– Je vous prie de m'excuser, j'avoue mon ignorance.

– Approchez. Je vais vous montrer. » Cadalen slaloma dans la pièce encombrée pour rejoindre l'endroit où était posé le tour qu'Anne venait d'éteindre. Lancé à pleine vitesse, le plateau effectua encore une bonne dizaine de rotations avant de s'immobiliser complètement. La jeune femme se redressa pour aller déposer sur une étagère la sphère qu'elle s'appliquait à façonner quelques minutes avant. Un vase, donc. Elle désigna, posés à terre, des blocs de terre, grise, blanche ou ocre, emmaillotés dans des bâches de plastique transparent. « On utilise le grès pour fabriquer des objets utilitaires dans lesquels on veut pouvoir boire ou manger. Moi, je travaille l'argile. »

Elle en ramassa un petit bloc laissé de côté sur une épaisse table en bois et le tendit à Cadalen. « Il faut malaxer la terre longtemps pour en expulser les bulles d'air. Ensuite, j'effectue des mélanges, en fonction des propriétés recherchées. Pour en améliorer la plasticité, le retrait, la couleur ou la tenue à la cuisson. On peut rajouter un peu de sable, aussi, pour la dégraisser. C'est une matière assez vivante. La texture n'est pas la même selon que l'on veut tourner, modeler ou couler. J'imagine que c'est un peu la même chose lorsqu'on écrit, non ?

– Lorsqu'on écrit ?

– Oui, lorsque vous écrivez. Vous êtes bien journaliste ? » Cadalen ne tenta même pas de mentir. Un confrère avait, quelques années plus tôt, mis la main sur un ancien milicien, Paul Touvier, après des années de traque. Puis révélé que Pompidou lui avait accordé sa grâce présidentielle en cachette, avant de démontrer comment une frange traditionaliste de l'Église avait permis au collabo d'échapper à la justice en le dissimulant, de couvents en monastères depuis la Libération. Ce confrère lui avait affirmé, en lui relatant son scoop que, quelles que fussent les circonstances, il ne s'était jamais présenté à ses interlocuteurs autrement que comme « Jacques Derogy, *L'Express* ». Cadalen avait fait sienne cette exigence. Il préférait rater une info que l'obtenir par des moyens détournés. Il ne s'agissait en aucun cas d'une posture morale mais la simple éventualité d'être confondu avec un flic le répugnait au plus haut point.

« Vous êtes bien renseignée.

– Je n'ai aucun mérite. Ma fille aînée a aperçu votre voiture en ville, garée devant le journal. Elle passe dans la rue tous les jours, en sortant du collège, pour rejoindre la gare routière et attraper son car scolaire. Vous êtes descendu de Paris à cause de Sabatier et de sa famille ? Ça fait loin pour une histoire aussi sordide.

– C'est une histoire violente, qu'est-ce qui vous laisse entendre qu'elle est sordide ?

– Pardonnez-moi, ce n'est pas ce que je voulais dire. Je me demande toujours pourquoi ça fascine autant les gens, les médias... C'est un peu malsain, non ?

– Malsain de s'y intéresser ?

– Oubliez ce que je viens de dire, ce n'était pas un jugement de valeur », bredouilla Anne en fouettant l'air de sa main droite. De la gauche, elle reposa l'échantillon d'argile puis entreprit de ranger ses outils. Cadalen tourna les talons pour traverser l'atelier et grimper jusqu'à sa chambre. La voix d'Anne le rattrapa avant qu'il eût refermé la porte du vestibule derrière lui. « Daniel, vous voulez dîner avec moi ? Vous me laissez une heure pour me débarbouiller et lancer les fourneaux ? Vous n'avez rien de prévu ?

– La réponse est oui aux deux premières questions et non à la dernière. Ça me donne le temps de nous trouver une bouteille de vin au village. » En rebroussant chemin vers sa voiture, Cadalen manqua de chuter au milieu de l'atelier, le chat s'étant littéralement jeté entre ses jambes. Pas mécontent de son effet de surprise, sa majesté féline prit la poudre d'escampette en montrant les dents.

La pièce était deux fois plus vaste que Cadalen ne l'aurait imaginé. La cheminée en pierre occupait un pan de mur à peu près complet et semblait avoir été posée là afin que tout le reste de la maison fût bâti autour. Le dallage était le même que dans l'atelier mais de nombreux tapis se chevauchaient et réchauffaient l'endroit. Une table en bois coupait le séjour en transversal. Un bout de nappe avait été plié à l'une des extrémités et deux assiettes se faisaient face. Deux verres en cristal complétaient le tête-à-tête. « Du buzet, s'excusa Cadalen en désignant la bouteille qu'il posa sur la table. Ça ne va avec rien, ou à peu près, mais c'est tout ce que j'ai réussi à trouver de convenable sans retourner en ville.

– Ne vous inquiétez pas pour ça, sourit Anne. S'il est imbuvable, je le mettrai de côté pour faire une daube. Et vous devrez vous contenter de mon pauillac. » Elle désigna une carafe pleine, posée sur un buffet en noyer d'où elle sortit des couverts. La salopette et le t-shirt avaient été remplacés par une jupe en jean, un pull en mohair un peu ample et une paire de bottes qui n'était faite ni pour jardiner ni pour parcourir la campagne. « Vos filles ne sont pas là ? s'étonna Cadalen, tandis qu'Anne disparaissait dans l'office.

– Chez leur père. Il les récupère le vendredi soir. Une semaine sur deux. Mettez-nous de la musique, s'il vous plaît. Il y a un électrophone dans le bas de la bibliothèque. » Le journaliste farfouilla un moment puis réussit à allumer les différents éléments de la chaîne stéréo. L'ampli craqua avant de bourdonner gentiment. Toute une rangée de trente-trois tours se tenaient chaud, comprimés entre des livres d'art. Sur la céramique et la cuisson au four mais pas uniquement. Plusieurs albums de Serge Gainsbourg occupaient une place privilégiée, en tête de gondole. Cadalen supposa qu'ils devaient être les plus souvent écoutés. Il sélectionna *L'Homme à la tête de chou*, le sortit de sa pochette et l'installa délicatement sur la platine. Il attendit quelques tours avant de poser le diamant tout au bord du vinyle.

« Elles ont quel âge, vos filles ?

– Quatorze et neuf ans, répondit Anne en lui tendant un tire-bouchon.

– Elles s'appellent comment ?

– Stéphanie. Et Delphine. On dîne ? »

Une heure plus tard, la bouteille de buzet n'avait pas beaucoup baissé mais la carafe de pauillac était bien entamée. Elle avait magnifiquement accompagné le filet de bœuf en croûte. Durant le repas, Anne avait dressé au journaliste un bilan complet de la situation économique du département et d'une bonne partie de la région. De la Française de mécanique automobile comme des autres grosses boîtes du coin. Elle se garda en revanche de le questionner au sujet de son enquête. Ou plutôt, elle renonça. L'homme assis à sa table avait une manière de demeurer extrêmement vague dans ses réponses, que la question portât sur un détail de sa vie privée ou le déroulé de sa journée.

En débarrassant les assiettes dans la cuisine, Cadalen aperçut une bouteille vide de château Latour. Il avait dû passer pour un gros plouc avec sa piquette du Lot-et-Garonne. Lorsqu'il revint dans le séjour, Anne avait quitté la table et s'était assise sur une chauffeuse en velours. Elle proposa au journaliste un fauteuil en cuir craquelé qui tournait le dos à la cheminée.

« Je vais vous raconter une histoire. C'est mon histoire, celle de ma famille mais c'est aussi, je crois, celle de mon pays. » Anne lissa sa jupe, saisit un paquet de Kool posé à même le sol et alluma sa cigarette à l'aide d'un petit briquet en argent qu'elle récupéra sous un coussin.

« La terre et le feu, avant d'être mon gagne-pain, c'est une histoire de famille. Nous possédions une entreprise qui produisait du grès cérame. Vous savez ce que c'est ? » Cadalen fit non de la tête. « C'est le haut de gamme. Le produit se distingue par sa composition, un mélange de matières parmi les plus pures. Minéraux, kaolin, argile… Un pressage mécanique sans colle ni résine et une cuisson à 1250 degrés, aucune porosité… Bref, le must. La situation est devenue déficitaire à la fin des années soixante-dix. La crise économique a durement touché le bâtiment et réduit la demande de carrelage. Les Italiens ont inondé le marché avec des carreaux émaillés à des prix deux à trois fois inférieurs. Un ouvrier italien sort deux mille mètres carrés de carrelage en un mois quand l'un de nos ouvriers peinait à en produire trois cents. La messe a été dite assez rapidement.

– Vous avez licencié du monde ?

– Une centaine d'ouvriers d'abord avant de fermer définitivement l'usine. Deux cent vingt personnes sur le carreau. Il aurait fallu injecter vingt millions de francs pour moderniser et transformer la production. Mon père n'a pas réussi à réunir la somme.

– Il a lâché l'affaire ?

– Il s'est mis un coup de fusil de chasse au milieu des vignes de son frère. Le tribunal de commerce a fait le reste.

– Je suis désolé.

– Tout ce qui me reste de lui, c'est un peu d'argent, beaucoup de peine et énormément de questions. Et quelques bouteilles de pauillac. Pour le reste, je joins les deux bouts. Mon ex-mari paye la pension à l'heure et je vends ma production assez facilement.

– Et vous hébergez des journalistes.

– Un journaliste. Vous êtes mon premier. Où va-t-on, Daniel ? Qu'arrive-t-il à ce pays ? » Cadalen quitta son fauteuil d'un coup et tourna sur lui-même à deux reprises, cherchant des yeux des restes d'héritage. « Votre papa ne vous aurait pas laissé un fond d'armagnac ?

– Bas-armagnac. Sur le côté de la bibliothèque, pas très loin des disques. Vous trouverez, pas très loin non plus, les verres assortis. Vous allez devoir souffler sur la poussière, je n'en bois pas. » Le journaliste regagna le fauteuil avec son verre chargé. Cadalen ne savait pas par quoi commencer. Tant la déconfiture en cours avait tout de la catastrophe annoncée.

« Je ne sais pas trop où on va mais je sais comment nous y allons. Fin 81, Delors a demandé une pause dans les réformes. Blum avait réclamé la même chose en 1937, un an après la victoire du Front populaire. Généralement, ça ne sent pas bon. Je ne connais pas ces gens-là. Je ne les fréquente pas, je ne travaille pas sur eux. Ce que je sais, en revanche, c'est que Delors a conservé au ministère de l'Économie l'essentiel du personnel qui y avait été installé sous Giscard. C'est sans doute la preuve qu'il n'y a pas cinquante façons de faire les choses. Ou, en tout cas, qu'ils ne l'envisagent pas.

– Je vais vous, dire, moi, ce qui est en train de se passer, Daniel. Depuis 1981, les capitaux ont fui, l'investissement a fortement chuté, la hausse artificielle des revenus, grâce à celle des minima sociaux, a entraîné une hausse de la consommation. Qui entraîne à son tour un déficit de la balance commerciale. Croyez-moi, vous n'avez pas fini de voir débarquer du carrelage italien. Beaucoup trop de gens, à commencer par les patrons, comme mon père, et les syndicats, s'imaginent vivre dans une espèce d'économie en circuit fermé, alors que c'est tout le contraire.

– Que voulez-vous dire ?

– La France emprunte de l'argent à 16 %, Daniel. 16 % ! C'est du délire. Le budget est un véritable panier percé. Les États européens ont perdu leur souveraineté économique depuis la fin de la Seconde Guerre mondiale. La France vient seulement de s'en rendre compte avec la hausse des taux d'intérêt américains. Les impôts vont exploser, les tarifs de l'énergie aussi. Sinon, on va se faire éjecter du système monétaire européen et se retrouver sous la tutelle du FMI. Comme le Royaume-Uni en 1976. Ne me regardez pas comme ça, monsieur le journaliste ! J'ai une licence d'économie. »

Cadalen cessa de dévisager Anne pour scruter le fond de son verre. En l'écoutant se mettre en colère contre les socialistes, il se dit qu'à un moment, quelle que fût l'époque, chacun trouverait quelque chose à leur reprocher. Lui, c'était d'avoir ordonné l'envoi du contingent en Algérie. Il abandonna les lueurs dorées de son alcool pour affronter de nouveau le regard de la femme assise en face de lui. Il se souvint tout à coup du nom qu'il cherchait et qui désignait le dessin particulier de sa lèvre supérieure, cette fossette qui lui traçait un V majuscule sous le nez. *Philtron*. Le philtre. Le charme.

Le journaliste se leva pour poser son verre sur la table du dîner.

« Vous ne devez pas être très optimiste pour le devenir d'entreprises comme la Française de mécanique automobile...

– Non, avoua-t-elle. Elle va fermer. C'est une affaire de mois. Un an tout au plus. Tout le monde le sait et tout le monde fait semblant qu'il en sera autrement. Il y a pire que la fatalité, il y a le mensonge. Dites-moi une chose, Daniel : mis à part le fait que Sabatier travaille à la Française, pourquoi vous intéressez-vous à cette usine ?

– Parce que tout est lié. Tout est toujours lié. Bonne nuit, Anne. Merci pour votre invitation.

– Bonne nuit, Cadalen. Vous êtes plus à l'aise si je vous appelle Cadalen ? »

Rarement Cadalen avait pris une avoinée pareille. Les hurlements de Malvy secouaient tout l'immeuble. Même Armand, qui avait la méchante habitude de tout prendre à la rigolade, en particulier les crises d'autorité, se tassait dans son coin, entre une armoire en métal et un bout de mur. Les deux journalistes avaient eu la mauvaise idée de se donner rendez-vous tôt au journal, en ce samedi matin, pour profiter d'un instant de calme hebdomadaire en l'absence d'édition du dimanche. Mauvaise pioche. Lorsque Cadalen et le photographe débarquèrent sur le plateau pour éplucher les différentes éditions locales du canard enfin reparu, et passer quelques coups de fil, le rédacteur en chef était dans son bureau, ratatiné au fond de son fauteuil, le combiné du téléphone coincé entre son épaule et sa joue droite. Dès que Malvy aperçut Cadalen, il raccrocha violemment, bondit hors de son bunker et lui souffla dans les naseaux.

« Bon Dieu, vous étiez où ? Qu'est-ce que c'est que ce bordel ? On a retrouvé le corps de Sabatier et c'est un copain de la mairie qui me l'apprend. Mais c'est dingue ! C'est pas possible ! Mais vous branlez quoi ?

– Ça va, c'est bon, il n'y a pas d'édition demain, tenta Armand.

– Il est juste con, lui, ou quoi ? fulmina Malvy en désignant le photographe du pouce, sans le regarder. Les gendarmes sont sur place depuis sept heures du matin. Ils vont tout verrouiller, tout nettoyer, tout remballer. Et vous n'êtes même pas au courant. Vous êtes venus bosser en métro ou quoi, les Parisiens ? Magnez-vous le derche. » Malvy attrapa Cadalen par la manche pour l'entraîner dans son bureau vitré. Il désigna un point sur la carte IGN punaisée au mur. « Là. Une ancienne carrière de pierre à chaux. Abandonnée dans les années quarante. Les jeunes du coin y montent en voiture le week-end pour picoler, fumer un peu et baiser leur copine. Ceux qui traînaient là-bas hier soir ont découvert le corps à l'entrée d'une galerie. Vous vous démerdez mais je veux un récit complet et des photos. J'ai mis un autre gars sur les témoignages des mômes. Visiblement, vous avez un peu de mal à prendre le rythme, Cadalen. Maintenant, bougez ! »

Armand jeta son sac sur l'épaule et dégaina les clés de la BMW pour signifier que c'était lui qui allait conduire. Une fois dévalé les escaliers du journal et installé dans le panzer, il se tourna vers Cadalen qui n'avait pas desserré les dents. « Dis, tu me racontes pourquoi tu laisses ce type te parler comme ça ? Il est juste con et flippé. Il ne contrôle rien, dirige un paquebot à la dérive avec un équipage de bras cassés. Franchement, viens, on se tire. On shoote le corps, on fait baver les gendarmes, on bricole un peu de récups chez les parents de Sabatier et on remonte sur Paname. *Match* ne nous prendra rien mais *VSD*, je leur refourgue ce que je veux.

– Non, Armand. Malvy a raison. Il faut travailler sur deux tempos. Le long cours et l'immédiat. J'ai négligé le second. C'est ma faute. Je dois raccrocher les wagons. Sinon, on va subir le timing des flics et du procureur. Y a rien de pire.

– Ce gros tas ne voit pas plus loin que le bout de son typomètre. Franchement, con et aigri comme ça, c'est un ancien secrétaire de rédaction, c'est certain. Il ne veut pas des papiers, il veut des comptes rendus. Il ne dirige pas un journal, il édite un bulletin d'informations.

– Écoute, Armand, peut-être que j'ai besoin de ce boulot. Peut-être que j'ai surtout besoin de croire que je peux continuer à faire ce boulot. Laisse-moi me coltiner Malvy. Il verra bien assez tôt le cul de mon paquetage. Mais ce sera quand je l'aurai décidé. OK ?

– OK. C'est où ta carrière de chaudasses ?

– De pierre à chaux. Tu sors de la ville, comme pour aller chez la vieille de l'autre jour. Tout droit, le long du fleuve. Dix bornes. Douze max.

– Douze bornes ? Cinq minutes.

– Armand, on est en ville.

– Respire un coup, Cadalen. C'est samedi matin. Y a personne. » Avant que son passager n'eût le temps d'émettre sa première protestation, Armand avait grillé deux feux tricolores en mode rouge vif et refusé quatre priorités.

Il n'y avait aucun risque que le suppositoire d'Armand fût intercepté pour excès de vitesse : tout ce que la contrée comptait de maréchaussée disponible avait convergé aux abords de la carrière désignée par Malvy. Plusieurs fourgons, une 504 break, un nombre incalculable de 4L étaient arrêtés le long du chemin qui montait depuis la départementale. À moitié sur le gravier, en partie sur le bord herbeux, la concentration de véhicules bleu marine interdisait à qui que ce fût d'accéder à l'entrée de la carrière. « Mince, souffla Cadalen, ils ne vont pas nous laisser passer. Demi-tour. On va garer ta voiture plus bas, juste après la grande bergerie devant laquelle on est passés en arrivant. On va tenter de se faufiler à pied. Tu prends tes boîtiers ?

– Attends, je vais m'habiller.

– Tu vas quoi ? » Armand tira le frein à main et descendit de la BMW pour filer ouvrir son coffre. En moins de temps qu'il lui en avait certainement fallu pour trousser sa dactylo, il avait changé de pantalon, passé une vieille veste en jean et chaussé une paire de bottes de chantier. Il farfouilla dans un sac en toile pour en ressortir deux énormes lampes torches Mazda et une bonne dizaine de mètres de corde d'escalade soigneusement roulée. Il changea les piles de ses flashs et fit clignoter deux fois ses lampes. Il rangea délicatement ses appareils photo entre des morceaux de mousse synthétique qu'il avait découpés lui-même dans un bout de matelas. Il claqua le capot et tendit l'une des Mazda à Cadalen. « Les pandores ne vont pas nous laisser accéder à la grotte.

– À la carrière, rectifia Cadalen.

– C'est pareil. Viens, on va passer par au-dessus.

– Tu débloques...

– Pas du tout. Dans toutes ces carrières, y a des conduits d'aération, sur le plateau en surplomb. Sinon, les mecs ne pouvaient pas bosser. On en déniche un et on descend par là. Ça ne doit pas être très grand ni très profond. On va vite retrouver l'entrée. Et si Sabatier est dans l'une des galeries, bah, les gendarmes ne sont pas loin. Tiens, c'est moi qui ai eu l'idée, c'est toi qui portes la corde. » Le journaliste passa le rouleau autour de son épaule droite, tapota contre la poche de sa veste pour vérifier que son carnet s'y trouvait bien et suivit Armand qui avait déjà entrepris de couper à travers champs pour contourner le dispositif gendarmesque.

Cadalen le rattrapa, le souffle un peu court. Derrière les arbres déplumés, le long du chemin, une rangée de képis leur tournait le dos.

« Comment tu sais pour le coup de la cheminée ? T'as bossé dans une carrière ?

– Moi ? Casser des cailloux ? T'es fou ! C'est grâce à Mesrine. En fait, non. C'est grâce à Jacques Tillier. Tu connais Tillier ?

– Non. Mais toi, tu connaissais Mesrine ?

– Aaaaah... M'embrouille pas, pesta Armand en accélérant la cadence. Tillier travaillait pour *Minute*. Où il écrivait ses saloperies d'extrême droite sur Mesrine. Il a donné un rendez-vous au "Grand" pour l'interviewer. Mesrine l'a trimbalé au fond d'une grotte, dans l'Oise ou je ne sais plus où. Il lui a mis une dégelée et tiré dessus.

– Ah oui, je me souviens. Le nom du gars ne m'avait pas marqué. Je lis peu *Minute*.

– Ha, ha, ha, ha ! Tu lis *Le Journal du Dimanche* ?

– Il m'est même arrivé d'y écrire.

– Eh bien, Jacques Langeais, c'est lui. C'est un pseudo. Bref, le gars prend trois douilles mais survit. Il a raconté son aventure avant de quitter son torchon l'année suivante. Mesrine s'est fait descendre peu après l'enlèvement.

Et moi, j'ai retourné toute la grotte, à l'époque, pour tenter de trouver des trucs. C'est là que j'ai découvert que ces galeries avaient des cheminées d'aération assez larges pour pouvoir servir d'issues de secours au cas où. Si on peut sortir, on doit pouvoir entrer. Allez, presse le pas, mon gars. On n'est pas encore rendus. »

Le plateau était tourmenté par le vent et les arbres survivants n'avaient pas encore osé bourgeonner. Armand repéra rapidement une première cheminée d'aération, qu'un promontoire de pierres sèches signalait entre deux racines. Le photographe s'apprêtait à démolir le petit édifice quand il se ravisa. Une seconde cheminée, qu'il estima plus rapprochée de l'entrée de la carrière, pointait, une cinquantaine de mètres plus loin. Cadalen l'aida à démonter les pierres qui cernaient le bord de l'ouverture percée un siècle plus tôt. « Pas la peine que ça nous dégringole dessus pendant qu'on descend. » Armand récupéra la corde, attacha la lampe à l'une des extrémités, l'alluma et la fit glisser dans le gouffre. Les parois apparurent, accidentées, au passage de la torche. « Regarde, ils ne se sont pas emmerdés à lisser les murs, c'est comme un escalier, en un peu plus raide. Bon, je passe devant. Une fois au fond, tu me descends mon sac avec la corde. Je n'ai pas envie de me ramasser avec mes appareils sur le dos : j'en ai pour quatre barres de matos là-dedans. »

Une fois le sac récupéré par Armand, celui-ci éclaira la descente de Cadalen. Le journaliste avait coincé la grosse lampe japonaise sous le passement de son épaulette droite afin de conserver ses deux mains disponibles.

Ils atterrirent au bout d'une galerie dont l'exploitation avait dû s'interrompre assez vite. Droit devant eux, un carrefour distribuait deux autres souterrains. Depuis celui situé sur leur gauche, des voix leur parvenaient sans que les conversations ne fussent cependant compréhensibles. Armand éteignit sa lampe et la tendit à Cadalen. Le photographe sortit l'énorme 300 mm de son sac en toile pour le greffer à son Canon, à la place de l'objectif de 105 qui y était monté en permanence. Cadalen le précéda en direction des voix, la lampe braquée au sol pour ne pas se faire repérer.

Les ombres des gendarmes se découpèrent rapidement, projetées contre les murs de la carrière par plusieurs lampes à acétylène qu'on avait disposées un peu partout dans la salle. Le plafond, assez bas, était complètement éclairé et révélait les cicatrices laissées dans la roche par les carriers, à mesure que leur travail avait progressé sous le plateau. Une paire d'ambulanciers fit son apparition avec un brancard. L'un des gendarmes parut soulagé de les voir débouler. Manifestement, lui et ses hommes poireautaient depuis un moment. « On arrive juste à temps, chuchota Armand, l'œil collé au viseur. Deux minutes de plus et on ratait le corps.

– Le corps ? Quel corps ? On ne voit rien d'ici.

– Tiens, fit Armand, en passant le Canon à Cadalen. Sur la droite, derrière les deux premiers flics. On ne voit que le haut. » Le journaliste braqua le téléobjectif en direction du point indiqué par son comparse. Un bout de tissu orange se détachait du sol, taché de traces marron et déchiré par endroits. Un pull en laine. En glissant sur la gauche, Cadalen ne comprit pas immédiatement qu'il avait aperçu la tête de Sabatier. Plus exactement, il l'avait aperçue sans la distinguer, car toute une partie de l'arrière du crâne avait disparu, enfoncée par un coup de fusil de chasse tiré à bout touchant. Il y avait des chances pour que la chevrotine, en le traversant, eût emporté la totalité du visage en le soufflant de l'intérieur. « On peut exclure le suicide », grinça Cadalen en rendant le Canon à Armand. Surpris par le poids de son propre téléobjectif, le photographe manqua de laisser choir l'appareil et le rattrapa in extremis avant qu'il ne se fracassât au sol. En voulant l'aider, Cadalen saisit le boîtier armé du Canon à pleine main et le déclencha au beau milieu de la pénombre. Une formidable lueur explosa au fond de la galerie, Armand n'ayant pas lésiné sur la puissance du flash. Un « merde » retentissant, lâché par Cadalen, finit de complètement révéler leur présence aux gendarmes ébahis.

Celui des militaires qui avait accueilli les brancardiers quelques minutes plus tôt jura en direction des deux hommes. « Qu'est-ce que c'est que ce cirque ? Qui va là ? Sortez de votre trou où je lâche un chien pour vous ramener par le cul ! » Cadalen s'avança timidement, en tentant de protéger ses yeux des lampes torches braquées sur lui et qui l'aveuglaient. Armand le suivait d'un pas et marchait en crabe pour mettre en avant le brassard de presse qu'il portait dans les manifs et qui ne le quittait jamais lorsqu'il devait se frotter à la force publique. Le gendarme qui avait hurlé contre eux les attendait les mains sur les hanches. Cadalen distingua rapidement ses galons de capitaine et son air pas commode. Long comme un jour sans pain, sec comme un coup de trique, le visage marqué de profondes rides d'amertume : pas un rigolo. L'homme lui rappela certains des officiers sous les ordres desquels il avait pleuré et sué du sang, vingt-cinq ans plus tôt. Des gradés asséchés par le djebel, aussi cinglants que le nerf de bœuf avec lequel ils interrogeaient les prisonniers. « Qui êtes-vous ?

– Nous sommes la presse, tenta Armand, jamais à court d'une provocation. » Le capitaine ne parut pas impressionné puisqu'il s'empara du Canon, ouvrit le clapet arrière, en délogea la pellicule et la déroula intégralement, face à l'une des lampes à acétylène. Le rouleau de celluloïd blanchit immédiatement sous les cris d'épouvante d'Armand. « Non mais, hé ! Ça va pas. Il est pas fou celui-là ? Vous n'avez pas le droit ! » Le capitaine lui jeta la pellicule au visage. « C'est vous qui n'avez pas le droit d'être ici. Encore un mot et je saisis votre matériel. Il est possible qu'entre ici et la gendarmerie, il tombe dans le Tarn. Ne me chauffez pas. »

Cadalen profita de l'incident pour jeter un œil au corps de Sabatier. Il portait de grosses chaussures de sécurité, identiques à celles dont étaient dotés ses collègues vigiles, l'autre matin, à la Française de mécanique automobile. La face de l'homme recherché depuis une semaine avait effectivement été pulvérisée. La bouche, le nez et les yeux avaient disparu. Ne demeurait que le contour épluché de ce qui avait été un visage. Une grande trace marron recouvrait le sol, sous la tête, et d'autres traces, plus petites, maculaient la paroi de la galerie, à environ un mètre de hauteur. Jean-Jacques Sabatier avait été exécuté sur place. À genoux. « Adjudant-chef ! Sortez-moi ces deux pitres, ils détériorent une scène de crime. » Un gros juteux à la vareuse pas très nette répondit à l'ordre de l'officier en escortant Cadalen et Armand jusqu'à la lueur du jour, au bout de la galerie. Deux maîtres-chiens accompagnés de leurs bergers allemands encadraient la sortie. Le type ne bluffait peut-être pas.

Les ambulanciers avaient laissé la loupiote bleue du gyrophare tourner. L'Estafette était placée face à la pente, prête à redescendre, en emportant Sabatier loin de son caveau. Cadalen, penaud, et Armand, toujours furax, empruntèrent le chemin bordé de véhicules de gendarmerie. Les radios crachotaient des noms inconnus et des codes incompréhensibles. Le fiasco était à peu près complet. Pour détendre l'atmosphère, Cadalen brancha Armand sur la bergerie en contrebas.

« Tiens, regarde, elle est pas mal cette baraque. C'est grand. Il y a peut-être du monde. On devrait aller voir. Les habitants ont peut-être noté quelque chose. Le corps de Sabatier est assez abîmé. Il a été tué depuis plusieurs jours. Ils ont pu voir passer quelqu'un.

– Mouais... Possible. C'était quoi déjà sa voiture ? » Cadalen sortit son carnet et fouilla dans les premières pages. « Une Ford. Une Taunus.

– Bah, elle n'était pas là. Si la vieille dit vrai et que, le soir du meurtre de sa famille, Sabatier est parti avec, au milieu de la nuit, en même temps qu'un second véhicule, la Ford devrait être là. Ou pas loin.

– Et elle n'y est pas.

– Il reste la possibilité qu'il ait été tué ailleurs et qu'on ait transporté le corps pour le planquer.

– C'est pas la planque du siècle et, je pense que l'autopsie le confirmera, il a très certainement été abattu dans la carrière. Il y a des traces de sang sur la paroi.

– T'enlèves un mec, tu prévois une bagnole. Pourquoi nos affreux bigornent la Ford en plus ? Franchement, la Taunus, c'est un veau qui chasse du cul.

– Peut-être qu'ils n'avaient pas prévu d'emmener leur victime.

– Peut-être que... Armand ! T'es un génie !

– Hein ?

– Pourquoi avaient-ils besoin d'une seconde voiture ? Réfléchis.

– Bah, j'en sais peau de zob. Ce sont des manouches ? Ils ont une seconde caravane à tracter...

– Pour embarquer Sabatier, une voiture ne suffisait pas. Ils ne tenaient pas tous dedans. T'as vu le gabarit du bestiau ? Ses assassins ont dû venir en nombre. Ils étaient cinq, peut-être six. C'est une grosse opération. On s'éloigne du règlement de comptes. Ah ! La vache ! Ça fait du bien de raccrocher les wagons. Viens, allons jeter un œil à cette bergerie, je sens qu'on ne va pas être déçus. »

Armand et Cadalen gagnèrent la départementale en contournant le champ qu'ils avaient traversé une heure avant. Ils récupérèrent la Série 3 du photographe pour effectuer les quelques centaines de mètres qui les séparaient de l'entrée de la propriété. Depuis la carrière, seules une vaste étendue herbeuse et une paire de bâtiments en pierre, dont l'un était pourvu d'une immense terrasse, apparaissaient à la vue. Aucune clôture ni aucun portail ne fermaient l'endroit. Armand remonta un chemin de terre jusqu'à une cour envahie d'herbes, de la taille d'un demi-terrain de foot. Il arrêta la BMW juste à côté d'une autre BMW, semblable à la sienne mais rouge et en version cabriolet. « Ça rapporte le gigot, on dirait.

– Attends, le coupa Cadalen. Je crois qu'il s'agit d'un autre type d'élevage. »

Toute une troupe fraîchement réveillée s'écoula en perlant des deux bâtisses qui se faisaient face. De jeunes hommes, des femmes plus jeunes encore, qui toutes et tous semblaient sortir du lit, bien que certains fussent déjà habillés. Plusieurs étaient vêtus d'un simple survêtement mais l'un d'entre eux se pelotonnait dans un manteau de fourrure qu'il avait dû chiper à sa grand-mère, quand une autre arborait pour seule pelure une magnifique paire de bas résille. Beaucoup étaient simplement nus.

Au milieu de cet aréopage matinal, un barbu au crâne déplumé se tenait parfaitement immobile dans sa toge blanche. Cadalen ouvrit sa portière en douceur, comme si un mouvement un peu brusque eût risqué de faire s'envoler cette nuée d'êtres paranormaux. Armand fit de même, sans réussir à désaimanter son regard de la créature qui s'était glissée le long du type à la toge blanche. La fille, une Indochinoise joliment fessue, qui devait avoir à peine vingt ans, était plus nue que nue. Son sexe, entièrement glabre, laissait deviner deux minuscules lèvres rosées dont elle veillait à ce qu'elles ne fussent jamais invisibles.

Elle s'avança vers Armand d'une démarche tellement travaillée que ses cuisses, pourtant assez fines, trouvaient, à chaque pas, le moyen de frotter l'une contre l'autre. Les épaules tirées en arrière, les seins modestes mais perchés, elle se tenait assez droite pour que l'assemblée pût contempler qu'elle portait sans doute, sur la tête, une jarre invisible. Armand referma sa portière sans la claquer, de crainte de mettre fin à son rêve éveillé. Arrivée à sa hauteur, la jeune femme lui roula une pelle monumentale tout en lui malaxant l'entrejambe. L'affaire prit une bonne demi-minute. « Je suis Maï Lan, la compagne de Gaël. Ici, les caresses servent de bonjour et les baisers de "comment ça va". Bienvenue à tous les deux.

– Qui est Gaël ? demanda Cadalen, qui avait capté qu'ils étaient tombés sur une gentille petite assemblée de barjots.

– C'est moi, répondit le barbu en s'avançant.

– C'est notre prophète, crut nécessaire de préciser Maï Lan dans un sourire.

– Et vous êtes donc ses disciples ? » L'assemblée opina, synchrone. « Vous êtes des policiers ? s'inquiéta Gaël.

– Pourquoi serions-nous des policiers ?

– Nous avons vu passer beaucoup de véhicules de gendarmerie, tôt ce matin. Plusieurs avaient branché leur sirène et nous ont réveillés. Ce n'est pas grave. » Gaël n'arrivait pas à se défaire d'un sourire figé qui rappelait à Cadalen les pires curés de son enfance. La fausse bienveillance hissée au rang de courtoisie. Remis de ses émotions, Armand s'approcha du prophète autoproclamé, intrigué par le médaillon qui pendait au centre de sa poitrine, sur la toge blanche. Le photographe détailla, consterné, la croix gammée et l'étoile de David entrelacées au milieu du cercle de métal doré. « Espèce de tordu...

– On va dire que je n'ai rien entendu, murmura Gaël en perdant son sourire. Je vous répète ma question : êtes-vous des policiers ?

– Non, ce ne sont pas des flics », déclara l'un des disciples. Un jeune con à cheveux mi-longs, avec une vraie bonne gueule de gros branleur comme Cadalen ne les supportait déjà pas lorsqu'il avait le même âge que lui. « On n'a jamais vu de flics dans une bagnole pareille...

– Un prophète non plus », persifla Cadalen en désignant le cabriolet rouge. Le type roula des mécaniques jusqu'au journaliste avec la ferme intention de lui casser la gueule. Il n'eut pas le loisir d'esquisser le moindre geste : l'irruption d'une ribambelle de voitures bleu marine au sein de la bergerie, la Peugeot 504 break en tête de cortège, mit fin aux débats.

Le capitaine jaillit de son véhicule de dotation en pointant Cadalen du doigt. « Mais vous allez me saloper mon enquête morceau par morceau, c'est ça ? Vous n'avez rien d'autre à faire ? Vous travaillez pour le *Courrier ?* Je vais appeler Malvy, ça va barder. » L'officier traversa la cour jusqu'à la voiture d'Armand sans même remarquer la douce Maï Lan, laquelle s'abstint de lui dire bonjour ou de lui demander comment ça allait. « Il est où Monsirven ? Les autres, filez vous habiller, vous allez prendre froid. » Le branleur énervé sortit des rangs et s'avança l'oreille basse vers le capitaine de gendarmerie qui le fit monter dans sa 504 pour discuter avec lui. Le reste des gendarmes déambula entre les bâtiments, repoussant gentiment qui un baiser qui une main au paquet.

Cadalen et Armand attendaient, debout contre la BMW, que le capitaine eût fini de s'entretenir avec ledit Monsirven. La conversation, parfaitement inaudible, se limitait à des questions courtes et des réponses monosyllabiques accompagnées de mouvements de tête. Le gendarme acheva l'interrogatoire avec ce qui s'apparentait à une mise en garde, puis permit à Monsirven de sortir de la Peugeot. Cadalen tenta le tout pour le tout. Il fallait absolument qu'il retournât cet officier et qu'il pût bosser avec lui. Le journaliste fit signe à Armand de demeurer à proximité de la voiture et rattrapa le capitaine avant que celui-ci ne claironnât le départ à ses hommes.

« Il vous a dit qu'il avait entendu passer deux voitures, dans la montée vers la carrière ? On va dire, le week-end dernier ? Ou à peu près. En tout cas, après le massacre de la famille de Sabatier.

– Comment vous savez ça ? s'agaça l'officier. D'où tenez-vous cette information ? Je vous préviens...

– Ça suffit ! Arrêtez de me mettre en garde toutes les deux secondes. Vous et moi, on sait que je ne vais pas lâcher le morceau. Vous cherchez un coupable. À mon sens, il va falloir en chercher plusieurs. Et moi, je cherche la vérité. On va se marcher sur les pieds en permanence. On ferait mieux de collaborer.

– Collaborer ? Mais vous savez à qui vous parlez ?

– Je parle à l'officier de police judiciaire qui a été désigné par le procureur. Vous dirigez l'enquête sur le massacre de la famille de Jean-Jacques Sabatier. Et, dans quelques heures sans doute, celle sur son assassinat. Vous héritez probablement du dossier parce que la section de recherche de Toulouse a d'autres chats à fouetter. Pour l'heure, vous agissez en flagrance. Vous n'avez pas beaucoup de moyens et moi, je n'ai pas beaucoup de temps.

– Les moyens vont arriver. Une information judiciaire va être ouverte, un juge d'instruction désigné, également.

– Il a fallu une semaine pour ça. Vous étiez à la recherche d'un coupable idéal et vous vous retrouvez avec une victime de plus. Ne vous méprenez pas. Ce n'est pas un reproche. Je suis un type réglo. Concernant votre enquête, je n'écrirai que ce dont vous voudrez bien me parler. Et je ne publierai rien sans vous prévenir. Je vous remonte tout ce qui me paraît pouvoir faire avancer vos investigations, en échange, je dois pouvoir consulter les PV d'audition. Et, bien sûr, dès que vous mettez une personne en garde à vue, qui que ce soit, je suis le premier prévenu. » Cadalen tendit sa main à l'officier qui semblait réfléchir à toute berzingue sous son képi galonné. Le militaire la saisit avec hésitation. « Si jamais vous...

– Ça ne se produira pas. Armand ! On ramène monsieur le capitaine à sa caserne.

– Ce n'est pas nécessaire, monsieur... Monsieur ?

– Cadalen.

– C'est gentil, mais j'ai ma voiture et mon chauffeur, protesta poliment le militaire en posant la main sur le toit de la Peugeot.

– Vous avez un chauffeur et moi, je vous propose un pilote. Montez, vous en mourez d'envie. Nous serons arrivés avant vos hommes, on leur fera du café. »

Armand mit un point d'honneur à battre, au retour, le record de vitesse établi à l'aller. Le képi posé sur les cuisses, sanglé au siège passager par la ceinture de sécurité, le capitaine n'exprima aucune émotion durant le trajet jusqu'à la gendarmerie. Trajet qui, pourtant, défia autant le Code de la route que certaines lois élémentaires de la physique appliquée aux vecteurs et aux mobiles. Tout juste le militaire se contenta-t-il, dès que la 325 fut garée dans la cour de la caserne, de souligner à Armand qu'un second cadrant se trouvait à côté du compte-tours et qu'il n'était pas inutile de parfois avoir un œil dessus. Assis à l'arrière, Cadalen crut, lui, mourir dix fois, le photographe n'ayant que rarement roulé en dessous de cent soixante kilomètres heure.

Le capitaine pria les deux hommes de le suivre à l'intérieur du bâtiment de commandement qui se trouvait à quelques mètres à peine du poste de garde. Ils traversèrent un long couloir qui était à lui seul une parfaite synthèse de la rigueur militaire et de la tristesse administrative. Le linoléum était usé mais brillant, les portes fermées, les chaises destinées à l'attente du public collées au mur et espacées l'une de l'autre par une distance équivalente à celle d'une autre chaise, manquante celle-ci. L'officier ouvrit l'avant-dernière porte sur sa droite. Il précéda Cadalen et Armand dans un grand bureau où quatre personnes au moins devaient d'ordinaire travailler. Il flottait dans l'air un mélange d'odeurs pas très éloignées de celles de la rédaction. Le métal des meubles, le produit d'entretien pour le sol synthétique, le papier carbone et la paperasse accumulée. Lesquelles n'arrivaient pas à masquer l'effluve des uniformes trop longtemps portés et des képis gorgés de sueur. Pour le reste, les corbeilles à papier vides, les crayons rangés bien droits dans les pots à crayons, les trombones dans les boîtes à trombones et les machines à écrire parfaitement alignées avec le bord du bureau contrastaient fortement avec le foutoir qui ravageait le plateau où régnait Malvy. Le militaire referma la porte derrière eux et traversa la pièce pour ouvrir une autre porte sur laquelle un morceau de plastique rouge, collé à la hauteur des yeux, énonçait « Capitaine Masclet ».

« Asseyez-vous », leur suggéra fermement l'officier, tandis qu'il débouclait son ceinturon, se débarrassait de sa veste et accrochait le tout à un portemanteau qui avait dû connaître la IIIe République.

Masclet s'installa derrière son bureau, coulé dans le même métal gris que celui de ses subalternes. Seul le fauteuil, qui possédait des accoudoirs et avait la propriété de pouvoir s'incliner en arrière, honorait son grade. « Je vous écoute...

– Avant toute chose, répliqua Cadalen, j'ai besoin de savoir qui était le type avec qui vous vous êtes entretenu, tout à l'heure, dans votre 504.

– Monsirven ? C'est un indic. Il surveille Gaël et ses copains pour nous. Il a trafiqué un peu de cannabis il y a quelque temps. On a laissé couler. En échange, je m'assure à travers lui qu'il n'y a pas de consommation de stupéfiants ni de détournement de mineurs au sein de leur petite assemblée de combattants interstellaires. Pour le reste, ça partouze entre adultes consentants, rien qui ne tombe sous le coup de la loi.

– C'est qui ce Gaël ? Il ne m'a pas l'air très net, intervint Armand.

– Le type est un ancien chanteur. Il a investi cette vieille bergerie avec une dizaine de disciples, au milieu des années soixante-dix. Ils prétendent vouloir la transformer en ambassade pour les extraterrestres. Franchement, la seule chose qu'on n'ait jamais vu atterrir dans son champ, c'est un para du RPIMa qui avait raté son saut et qui a fini à trois bornes du reste de son stick.

– Ils vivent de quoi ? reprit Cadalen.

– Oh, je crois que le business est bien rodé. Si vous entrez dans la communauté, vous partagez vos biens. En gros, il vous détrousse et il couche avec madame. Mais, bon, nous n'avons jamais enregistré de plainte pour un quelconque abus de confiance.

– Et elle avance, son ambassade ?

– Ha, ha, ha, ha, ha ! Tu parles ! Quand Gaël a fini ses orgies, il descend jusqu'au bord du Tarn et privatise le restau le plus cher de la région pour y organiser une bataille de tartes à la crème autour de la piscine.

– Je vois...

– Non, vous ne voyez pas. Vous n'imaginez même pas. Mais ces gens n'ont rien à voir avec notre affaire. Ils sont simplement voisins du lieu d'un crime.

– Vous me confirmez donc que Sabatier a bien été tué dans la carrière...

– Les analyses nous le diront, mais, oui, il semble bien. Ça modifie évidemment complètement la direction de l'enquête. Enlèvement, séquestration, assassinat...

– Pourquoi Sabatier n'a-t-il pas été tué au même endroit et en même temps que sa famille ?

– Ce ne sont peut-être pas les mêmes assassins.

– Vous y croyez ?

– Non. Mais ce que je crois n'est pas très important. Les faits sont têtus. Ça ressemble beaucoup à un cambriolage qui a mal tourné, suivi d'un enlèvement. Les types ne trouvent rien dans la maison, s'énervent. Sabatier essaie de les embrouiller en leur faisant miroiter un truc. Il prétend avoir du fric ailleurs, propose de les y emmener. Pour les éloigner de sa famille, gagner du temps. Mais les types ne veulent pas laisser de témoins. Ou sont revenus les tuer après avoir éliminé Sabatier...

– Attendez, capitaine, le coupa le journaliste, pour quelqu'un qui dit ne pas devoir accorder d'importance à ce qu'il croit, vous vous laissez aller à beaucoup d'imagination, vous ne trouvez pas ? Si ça part dans tous les sens, comme vous êtes en train de faire, les types qui ont massacré les Sabatier ont de beaux jours devant eux. »

Masclet se redressa soudainement, pour s'asseoir tout au bord de son fauteuil, les poings fermés sur le bureau. « Je ne vous permets pas, Cadalen ! Nom de Dieu ! Qui êtes-vous pour me parler comme ça ? Ces gens, je les connaissais. J'ai la charge de l'enquête et je vais la mener à bien. Une fois qu'elle sera terminée et que vous aurez écrit votre dernier article, vous passerez à autre chose. Nous, ces victimes, on vit avec des années durant. Parfois toute notre existence. On a les mains dans l'ordure et le sang ! »

Cadalen encaissa sans broncher sa deuxième soufflante de la matinée. Il leva la main droite en silence, comme pour signaler à l'officier qu'il avait reçu le message, puis se tourna vers Armand, qui n'avait pas perdu une miette de l'échange. « Dis, camarade, tu ne voudrais pas trouver les sous-offs, pour voir s'il y a moyen de nous faire à tous du café ? Vous permettez, capitaine ? Armand va retrouver son chemin tout seul. » Masclet pointa de l'index la porte de son bureau, invitant Armand à sortir.

Tout le temps qu'avait duré la conversation avec l'officier, Cadalen avait détaillé discrètement chaque recoin de la pièce, à la recherche d'éléments personnels, d'infimes détails qui lui permettent d'appréhender la personnalité du gendarme ou, du moins, de se raccrocher à lui.

Aux inévitables fanions et photos de groupe qui parsemaient le mur dans son dos, la traditionnelle petite vitrine aux souvenirs, que tout gradé se devait d'entretenir dans son espace personnel, péchait par la pauvreté des objets rassemblés. Masclet l'avait reléguée dans un angle. Le meuble blanc, qui semblait avoir été barboté dans une quelconque officine du service de santé des armées, hébergeait une collection de modèles réduits de voitures de poursuite de la gendarmerie. Une Citroën SM et une Matra Djet 6 nageaient entre deux Alpine. Sur l'étagère inférieure, un poignard de combat, une baguette de chamelier et une grande photo en noir et blanc semblaient abandonnés.

Le journaliste désigna la vitrine de l'index. « Je peux ? » Sans attendre la réponse de Masclet, Cadalen s'approcha du meuble pour se pencher vers la photo que personne n'avait pris la peine d'encadrer et que le poignard posé dessus avait empêchée de gondoler avec le temps. Des hommes avaient été surpris par l'auteur du cliché, en plein bivouac. En pleine montagne également. Des hommes lourdement armés, équipés pour la guerre. Des Européens et des Nord-Africains, tous rassemblés autour d'un officier accroché au combiné de la radio posée au centre de l'image. Un officier tout en jambes, sec et noueux, avec le même visage grave que le capitaine Masclet, les longues rides verticales en moins. « C'est vous ? Ce sont vos hommes ? Ce ne sont pas des paras, ni des biffins. Vous êtes où ? Ouarsenis ?

– Un peu plus au nord. Massif du Dahra. Près de la côte.

– Je connais, c'est entre Cherchell et Ténès.

– C'est l'un des commandos de chasse de la gendarmerie. Mon commando. Partisan 26. Quatre sous-officiers de carrière, quelques anciens combattants de l'armée d'Afrique, une poignée de ralliés, beaucoup de harkis. Vous avez servi où ?

– Servi, c'est le mot, ricana Cadalen. Servi à quoi, c'est la question. 12e RCP. 1959-1961.

– C'est un régiment factieux, non ? Il s'est embarqué derrière Zeller et Challe dans cette funeste affaire de putsch manqué.

– Il paraît. J'avais été libéré un peu avant. J'étais déjà rentré en métropole. Et pas mécontent d'en avoir fini, souffla Cadalen en regagnant sa chaise. J'avais vingt-deux ans, toute la vie devant moi et pas mal d'illusions derrière. À ce propos, je peux vous poser une question indiscrète ? » Calé en arrière sur son fauteuil à bascule, Masclet ouvrit grand les bras pour accueillir la demande. « Vous êtes quoi en 1962 ? Lieutenant ? Et plus de vingt après, vous n'êtes que capitaine... Que s'est-il passé ? »

Masclet sembla se rabougrir dans son fauteuil, comme si la grande tige qui lui tenait lieu de colonne vertébrale s'était mise à le tire-bouchonner de l'intérieur, l'aspirant en lui-même. Une profonde inspiration lui redonna un peu de consistance puis le militaire se déplia, s'arracha de son fauteuil, et ouvrit la vitrine pour s'emparer de la photo. Il revint la déposer sur son bureau, face à Cadalen, et désigna le Nord-Africain debout, immédiatement à sa droite. Un gars solidement planté sur ses jambes, qui fixait droit l'objectif du photographe, le PM collé à la poitrine et le brêlage décoré de grenades à fusil. « Mohamed Mebarek, mon garde du corps. Il avait une autorité sans faille sur la centaine d'hommes du commando. Il vit à dix-sept kilomètres d'ici, au camp de Puech. Certains de ses compagnons d'armes y sont également installés. Avec leurs familles. » Masclet ramassa la photo, la remit en place dans la vitrine en négligeant d'y redisposer le poignard puis revint s'asseoir. « La semaine suivant le cessez-le-feu, les différents commandos ont été immédiatement dissous. Après des tergiversations pénibles, les harkis se sont vu offrir trois options : s'engager dans l'armée, retourner à la vie civile ou être placés dans une position d'attente en souscrivant un contrat civil de six mois. La quasi-totalité d'entre eux souhaitaient évidemment s'engager mais aucune mesure n'avait été prévue pour que leurs familles puissent les suivre en cas de repli. Ceux d'entre eux qui sont retournés à la vie civile ont immédiatement été massacrés, je n'ai pas besoin de vous détailler avec quelle cruauté. Le gouvernement n'a pas voulu considérer mes hommes comme des rapatriés, le terme étant impropre en ce qui les concerne... Et notre pays ne semble pas non plus avoir souhaité qu'ils puissent être accueillis comme des réfugiés. Les instructions que j'ai alors reçues, en tant qu'officier, stipulaient que toutes les initiatives individuelles tendant à l'installation en métropole de Français musulmans étaient strictement interdites.

– Et pourtant, vos hommes sont ici.

– Une partie de mes hommes, oui.

– Vous avez désobéi. C'est pour ça que vous n'êtes que capitaine, je me trompe ? Vingt ans après, vous payez encore l'addition.

– La facture est moins lourde que celle que nous avons laissée là-bas, croyez-moi. » Les derniers mots de Masclet s'étaient perdus, à peine audibles, dans un filet de voix. Cadalen estima que le moment était venu pour lui de lever le camp. Il tendit la main par-dessus le bureau de l'officier. Masclet s'en empara, d'une manière plus franche et nettement plus chaleureuse que dans la cour de Gaël, deux heures plus tôt. « Bon week-end, Cadalen. Tâchons de nous reposer un peu. Les jours prochains vont nous ruiner. Dites, j'y pense, vous saviez que Robert Malvy était également un ancien d'Algérie ? Vous allez me dire, comme plein de pauvres gars de son âge. Mais lui, c'était un rappelé. Il est parti dès 1955. Ses copains et lui ont sacrément morflé. Bon, j'imagine qu'il n'entretient pas ses souvenirs de la même manière que moi...

– À la différence que, dans son bureau, la photo est exposée à la verticale, je dirais que si. Bonne fin de journée, capitaine. »

Cadalen coupa à travers le bureau jouxtant celui de Masclet. Les quatre postes de travail étaient désormais occupés par quatre sous-officiers affairés sur leur machine à écrire, dactylographiant difficilement la paperasse qui ne manquait pas de s'amonceler au cours des différentes procédures. L'un d'entre eux arracha rageusement, en jurant, les feuilles coincées contre le ruban de sa machine : le carbone intercalé avait plié lors de l'introduction du papier et la moitié de la copie n'était pas reportée depuis l'original. Le journaliste n'eut pas le cœur de lui miner le moral en lui révélant l'existence des photocopieuses, cette lointaine modernité réservée aux multinationales et autres entités du secteur privé. Revenu dans le couloir, Cadalen se mit en quête d'Armand. Le photographe avait obéi à sa suggestion et distribuait, dans des gobelets en carton, le café qu'il faisait couler d'une gigantesque verseuse en verre. Il avait pris possession de la cafetière du service, comme de l'espace entier, pour abreuver les gendarmes présents de son nectar, comme de ses anecdotes professionnelles les plus croustillantes. Il était essentiellement question de femmes et de grosses cylindrées, de positions acrobatiques, de capot avant et de banquette arrière. Ce type avait l'art de se mettre dans la poche à peu près tout ce qui portait un uniforme ou un jupon en moins de deux minutes, ça forçait le respect. Cadalen interrompit les rires gras de l'assemblée en demandant aux militaires s'il pouvait récupérer son photographe. « Cadalen ! Tu tombes bien, apprécia Armand. Je te présente le maréchal des logis Favenec, qui assure la fonction de photographe pour l'identité judiciaire.

– Maréchal des logis-chef, précisa le dénommé Favenec, en rectifiant la position. Votre ami est un as du labo. Sans lui, je n'aurais pas développé et tiré aussi vite toutes les photos prises ce matin à la carrière. Vraiment, c'est un sacré professionnel. » Armand reposa sa verseuse sous la cafetière, envoya un clin d'œil à Cadalen, salua sa petite troupe d'admirateurs sous une dernière ovation et fila vers la sortie, une enveloppe kraft sous le bras. Le journaliste sentit qu'il valait mieux lui emboîter le pas sans tarder.

Une fois la BMW à distance raisonnable de la gendarmerie, Armand s'empara de l'enveloppe qu'il avait déposée sur le tableau de bord et la glissa à Cadalen. « Tiens, ouvre. On n'a pas perdu notre journée. » Cadalen souleva le rabat pour en extraire le contenu. Une pile de photographies grand format, parfaitement nettes, aux contrastes densifiés par la qualité du tirage, offrait un reportage complet sur la découverte du corps de Jean-Jacques Sabatier. De l'arrivée des gendarmes à son enlèvement par les deux ambulanciers. « Tu les as piquées ? s'effraya Cadalen.

– Ça va pas, non ! C'est Favenec qui m'a laissé faire des doubles. Il est sympa, hein ?

– Il est un peu con.

– Oui, il est un peu con.

– Armand, tu ne l'as pas payé ?

– Pas exactement.

– Armand, bordel, s'emporta Cadalen, qui voyait les ennuis et Masclet lui tomber dessus à vitesse grand V, tu ne l'as pas payé ?

– C'est bon, du calme. Je lui ai filé cinq péloches d'Ektachrome pour ses vacances. Des 36 poses, hein, je me suis pas foutu de sa gueule.

– Putain...

– Détends-toi, tu as un article à écrire. Tu me laisses choisir les plaques que je vais envoyer à l'agence et on file les autres à Malvy. Il a sa manchette pour lundi matin et nous, on profite de notre dimanche. Tiens, pour fêter ça, je t'invite à dîner, une fois que tu auras pissé ta copie. Ça te fera du bien. » Cadalen rangea les photos dans leur enveloppe et la déposa sur la banquette arrière. Ils venaient d'arriver au journal. Armand avait raison. Il parviendrait bien à mouliner deux ou trois feuillets et, de toute façon, les photos se suffisaient à elles seules. Le *Courrier* allait faire exploser ses ventes. Quelques jours à peine après la fin de la grève, c'était inespéré pour Malvy. Cadalen, lui, gagnait un peu de quiétude et, surtout, du temps pour bosser. Parce que cette histoire de cambriolage parti en vrille, c'était vraiment n'importe quoi.

« Voilà, je te laisse celles-là. T'es gentil, vous ne me les signez pas. Je ne veux pas me retrouver dans les geôles de ton pote Masclet. » Armand remballa les tirages qu'il réservait à Paris. Son agence les mettrait sur le marché des hebdomadaires dès mardi, jour du bouclage, pour faire monter les enchères. Cadalen contourna la BMW pour pénétrer dans le journal par la porte de service. Les rotativistes avaient baissé le rideau devant l'entrée des artistes. Armand l'interpella, penché à la portière. « Je passe te prendre à dix-neuf heures. Je t'emmène chez Thuriès, à Cordes. Ce soir, c'est la fête du gras, tes yeux vont pleurer du confit.

– T'es sûr ? Tu ne préfères pas retrouver ta dactylo ?

– Je la verrai après. Ça sera bien suffisant. Elle a trop d'heures de vol pour que je fasse autre chose qu'un ou deux loopings avec. » Armand, ce poète. Le journaliste grimpa jusqu'à l'étage de la rédaction, bien décidé à épater Malvy. Ils n'avaient, effectivement, pas perdu leur journée.

Cadalen émergea du néant en fin de matinée. La journée de dimanche était bien entamée et il avait l'impression de n'avoir profité que d'une moitié de sommeil. Suivre la cadence d'Armand à table tenait de l'exploit olympique. En récupérant sa voiture sur le parking du journal, passé minuit, après qu'Armand l'eut redescendu de Cordes-sur-Ciel et du restaurant de Thuriès, le journaliste hésita à incliner le siège de la Lancia pour passer la nuit sur place. La perspective d'un véritable lit et d'une couverture chaude finit de le convaincre de rallier la maison d'Anne. Mais jamais une distance aussi courte ne lui avait paru si pénible. Le troisième armagnac n'avait clairement pas été la meilleure idée de la soirée. La montée de l'escalier fut plus rude encore et les milliers d'aiguilles qui l'avaient réveillé en lui perçant le crâne, le supplice de trop. La douche fut bienvenue, l'eau froide sur la tête encore plus. Il fouilla au fond de son amour-propre pour y déterrer un reste de dignité et brancha le rasoir électrique pour tenter de recouvrer figure humaine. Le bourdonnement de l'appareil manqua de le faire renoncer mais il avait déjà largement attaqué la joue droite.

La Lancia était garée de manière un peu baroque, ni vraiment contre la façade, ni vraiment à l'écart. Elle encombrait en revanche une bonne partie de la cour et interdisait à n'importe quel conducteur d'y effectuer la moindre manœuvre, quelle que fût la taille du véhicule. Cadalen eut un peu honte de son ivrognerie de la veille et déguerpit au volant de la Gamma, n'ayant aucune envie de fournir des explications à sa logeuse. Avant d'emprunter la route qui menait à la maison des Sabatier, et par-delà, à celle de la vieille Limouzy, il fit un crochet par un bourg voisin blotti au bord du Tarn. Il repéra une Coop ouverte et en ressortit avec une bouteille de Lillet et un paquet de TUC.

Les poules s'éparpillèrent devant la voiture, aux quatre coins de la ferme. La propriétaire des lieux, affairée devant ses clapiers, ignora le bruit du moteur et ne daigna pas se retourner pour considérer son visiteur. La vieille dame était occupée à s'emparer d'un lapin, réfugié au fond de sa cage et qui n'avait visiblement aucune intention d'en sortir. Elle réussit tout de même à lui saisir les oreilles et à l'extirper du bloc en béton. Puis elle le fit basculer pour l'attraper par les pattes arrière. Elle le tint fermement de sa main gauche, avant d'abattre le tranchant de sa main droite derrière la nuque de l'animal, qui cessa immédiatement de gigoter. Elle reposa le lapin sur un petit tabouret en bois à côté duquel patientait une bassine en zinc. Elle tira de ses nippes un couteau d'office, qu'elle saisit par la lame pour en glisser la pointe sous chacun des deux yeux de la pauvre bête, afin de les lui ôter. Elle maintint ensuite sa victime la tête en bas, au-dessus de la bassine, pour pouvoir la saigner convenablement. L'affaire entendue, la vieille Limouzy lui lia les pattes avec un bout de ficelle, venu de la même poche que le couteau, traversa la cour jusqu'à la porte de la grange et suspendit Jeannot à un clou qui avait dû voir défiler nombre de ses congénères. « Ce n'est pas la même voiture que l'autre fois, fit-elle remarquer à Cadalen, qui se tenait, les bras ballants, au milieu de la cour, pas trop sûr de ce qu'il devait faire de sa bouteille d'alcool. Je préfère celle de votre ami. Le moteur ronronne plus joliment.

– Je prends note, madame Limouzy, répliqua Cadalen. Je lui demanderai de repasser, à l'occasion. Je voulais vous proposer de prendre l'apéritif avec moi. Je suis désolé, je n'ai pas apporté de verres. Vous auriez ça ? » La vieille considéra le Lillet et le paquet de TUC, sourit et entra dans sa maison, pour en ressortir immédiatement avec deux verres à moutarde et un bol en Arcopal pour les biscuits. « Je vous laisse nous servir, il faut que j'enlève son pyjama à celui-là », avertit-elle, en désignant le lapin suspendu à son clou. En moins de temps qu'il n'en fallut à Cadalen pour déboucher sa bouteille, remplir les verres et déchirer le paquet de gâteaux, la vieille avait incisé la base des pattes arrière et écorché l'animal d'un seul mouvement, des cuisseaux jusqu'au bout du museau. Elle le débarrassa de ses abats encore plus vite, réservant le foie et les rognons qu'elle disposa sur un morceau de papier journal, avant de s'essuyer les mains sur son tablier. « À nous, sourit-elle de nouveau, en s'emparant du verre tendu par Cadalen.

– À nous, madame Limouzy.

– C'est gentil de venir me voir. Souvent, je m'ennuie le dimanche. Bon, les autres jours aussi. Vous ne voulez pas entrer vous asseoir ? Je finirai mon lapin plus tard. Il ne s'envolera pas. »

L'intérieur n'avait pas bougé depuis sa dernière visite. La table au centre de la pièce, trois chaises paillées, une horloge arrêtée, un lourd buffet en chêne, des assiettes décorées sur un présentoir accroché au-dessus. Et contre le mur du fond, une cheminée noire de suie avec, sur son linteau, une lampe à pétrole dont on pouvait deviner qu'elle servait régulièrement. C'était chiche, c'était silencieux, c'était vieux. Ça sentait l'ail, le court-bouillon et la solitude. Cadalen attendit que la vieille dame fût assise pour choisir l'une des deux chaises restantes. Il posa son verre devant lui puis le Lillet et les TUC au milieu de la table. Il ne savait pas par quoi commencer. Il réfléchissait à la manière dont il allait lui annoncer la nouvelle lorsqu'il s'entendit dire, presque surpris que les mots fussent de lui : « Jean-Jacques Sabatier est mort. Il a été assassiné. Et vous aviez raison : il est mort depuis une semaine. Du moins, j'en suis persuadé.

– Alors, c'est fini... On sait que ce n'est pas lui le meurtrier de sa famille. Pauvre homme. Pauvres petits. C'était pas un méchant, Jean-Jacques. Travailleur, avec ça. Sa maison, c'est lui qui l'avait retapée. Alors qu'il avait déjà beaucoup d'ouvrage. À l'usine, tout ça. Et puis les campagnes électorales. Il aidait beaucoup de monde, sans rien demander. Il venait souvent me voir pour vérifier que tout allait bien. Une fois, des rôdeurs ont tenté de s'en prendre à ma volaille. Les gendarmes n'ont pas voulu se déplacer. Eh bien, Jean-Jacques a retrouvé ces canailles et leur a fait passer le goût du pain. On ne m'a plus jamais chagrinée.

– J'imagine. Dites-moi, vous venez de me dire que Jean-Jacques Sabatier travaillait pour des partis politiques... Vous savez lesquels ?

– Ouuuh… Mon Dieu, je ne m'intéresse pas à ça. Je n'ai plus voté depuis la démission du Général de Gaulle.

– Je vous comprends, sourit Cadalen. Vous pourriez me dire quand vous avez vu Sabatier pour la dernière fois ?

– Il y a un mois, je pense. Un mois et demi peut-être. Pas plus. Il venait moins souvent. C'était devenu compliqué, à l'usine, d'après ce que j'ai compris. C'est bien simple, il venait presque moins souvent que maître Boisard.

– Qui est maître Boisard ? s'étonna Cadalen en remettant à niveau, d'un coup de Lillet, le verre de son interlocutrice.

– Maître Boisard ? Bah, c'est notre notaire. Enfin, celui de ma famille. Depuis toujours. Le père d'abord, Boisard l'aîné. Son fils, Bertrand, maintenant. Qui a pris la suite à sa mort, il y a peu. » Les yeux de Cadalen s'arrondirent. « Et pourquoi donc vient-il vous voir si souvent, votre notaire ?

– Mais vous êtes bien curieux, s'exclama la vieille Limouzy en repoussant son verre. Il a besoin de me voir pour des affaires qui nous concernent. Des papiers que je dois signer. Je le laisse s'occuper de tout ça. Moi, je n'y comprends pas grand-chose.

– Il gère votre fortune familiale ?

– Mais quelle fortune, s'emporta la vieille. De quoi vous parlez ? Regardez autour de vous. J'ai l'air d'avoir des lingots cachés dans mon armoire ? Des louis d'or sous mon oreiller ? » Cadalen se leva doucement en reculant. « Excusez-moi si j'ai été maladroit, je ne voulais pas laisser entendre que…

– Vous n'êtes pas maladroit, jeune homme, vous êtes idiot ! Et en insistant avec vos questions, vous devenez impoli. » Elle se releva d'un coup, laissant Cadalen seul au milieu de la pièce, pour aller récupérer son lapin qui jouait au cochon pendu en finissant de perdre son sang. Elle revint le poser sur une planche à découper qu'elle dénicha en dessous de l'évier en ciment. « Je vous prie de m'excuser. Je m'emporte. C'est la mort des Sabatier qui me ronge les sangs.

– C'est moi qui me suis mal comporté, madame Limouzy. Je vous promets de vous tenir au courant, si j'apprends quelque chose. » Cadalen posa sa main sur l'avant-bras de la vieille dame pour lui dire au revoir, s'avança jusqu'à la porte et, l'ayant ouverte, se retourna une dernière fois : « Boisard, c'est avec un D à la fin ? »

Le camp de Puech s'étirait sur dix hectares ceints de barbelés. En sillonnant la campagne, entre le coin où habitait Sabatier et les collines où se nichait la maison d'Anne, Cadalen dut faire appel à des souvenirs enfouis pour retrouver un itinéraire qui y menât. Il se remémora que, lorsqu'il était gamin, les gens du canton désignaient l'endroit en l'appelant « le camp de prisonniers ». Dans les faits, les baraques en Fibrociment recouvertes de tôle ondulée avaient été inaugurées en 1940 par des Tunisiens accusés d'espionnage au profit de l'Italie. Puis, dès 1942, s'y entassèrent des résistants arrêtés par Vichy. Des collaborateurs prirent leur place en 1945, des militants du FLN à partir de 1956. Pour finir, on y relogea des harkis, à qui l'État assurerait logement et subsistance.

Un peu à l'écart, le long de la route, un terrain de football dénué de tribune, ou du moindre vestiaire, assurait l'animation dominicale. Quelques vieux et une poignée de gamins hirsutes s'accrochaient à la barrière de béton qui courait le long de la touche. Le faible nombre de supporters était compensé par la ferveur de ce public de poche, qui vociférait à chaque fois que l'un des joueurs gagnait ou perdait le ballon. Cadalen laissa sa Lancia à la queue des quelques véhicules garés le long de la route et qui avaient dû assurer le déplacement de l'équipe adverse. Au moment où il s'approcha de la petite assemblée, l'un des retraités venait d'être ceinturé par deux de ses semblables, qui entendaient l'empêcher d'envahir le terrain à lui tout seul, après que l'arbitre eut négligé de siffler une action qu'il estimait litigieuse. On s'engueula fermement. En kabyle, en français, les deux en même temps, en prenant le ciel et la qualité de la pelouse à témoin, pour finir par se cramponner de nouveau à la barrière, serrés les uns contre les autres, comme si l'incident n'avait simplement jamais eu lieu.

L'une des équipes, entièrement composée de Nord-Africains, s'appliquait à faire galoper ses adversaires en enchaînant les passes avec une précision redoutable. La lourde rosée du matin avait rendu l'herbe glissante et les visiteurs avaient le plus grand mal à trouver leurs appuis sur ce terrain bosselé et très légèrement incliné. L'équipe du camp progressait systématiquement dans l'axe, à coups d'appels de balle qui laissaient les défenseurs sur le cul, avec un bon mètre de retard à chaque fois. Seuls la précipitation maladroite des tireurs ou les exploits répétés du gardien adverse expliquaient que le score ne fût pas plus lourd.

Un gamin tenait la marque à l'aide de plaques en bois et d'un cadre en métal posé dans l'herbe, contre l'un des poteaux en béton. À ses côtés, l'entraîneur des visiteurs invectivait ses joueurs avant de se prendre la tête entre les mains à chaque duel perdu. Celui de l'équipe locale se contenta d'applaudir discrètement les siens, ainsi que l'adversaire, lorsque l'arbitre siffla la fin du match. Cadalen reconnut la silhouette et la démarche, malgré le survêtement Adidas et le bonnet de laine. En se retournant pour aller ramasser le filet à ballons, le capitaine Masclet découvrit Cadalen qui applaudissait à son tour.

« Félicitations, capitaine. 6-1, ce n'est plus du football, c'est du tennis.

– Celle-là, le correspondant du *Courrier* nous la fait à chaque fois qu'on joue à domicile. À l'extérieur, c'est plus compliqué. Les supporters passent plus de temps à insulter mes joueurs qu'à encourager les leurs.

– J'imagine sans peine. Une équipe d'Arabes qui distribue des dérouillées à tout le district, ça ne doit pas plaire.

– Ce sont en majorité des Kabyles, mais oui, vous avez raison, ça ne plaît pas beaucoup. On s'en fiche un peu. De toute façon, même lorsqu'on finit premier, en fin de saison, on ne peut pas monter. On n'a pas assez d'argent pour organiser des déplacements au niveau régional. Pas grave. L'essentiel est ailleurs. Enfin, j'espère. Vous êtes là par hasard ?

– Je suis toujours là par hasard », plaisanta Cadalen.

Masclet salua ses joueurs un par un, de grands gars, solides et affûtés, qui avaient tous entre dix-huit et trente-cinq ans. Puis il interpella un type en manteau de laine, nettement plus âgé, qui se tenait contre la barrière. Cadalen reconnut l'un des deux hommes qui en avaient empêché un troisième d'entrer en jeu quelques instants plus tôt. « Bravo, mon lieutenant, s'exclama le vieux. Une belle victoire. On aurait pu mettre dix buts. Au moins dix ! Pas vrai, mon lieutenant ?

– Tu n'en as jamais assez, sourit Masclet. On voit que ce n'est pas toi qui galopes. Cadalen, je vous présente Mohamed Mebarek. Cet homme m'a sauvé la vie dix fois. » Moins solidement planté sur ses jambes, débarrassé de son pistolet-mitrailleur et de ses grenades, l'ancien harki accusait les ans. « C'est toi qui nous as sauvé la vie, mon lieutenant, répliqua le bonhomme. Bonjour, monsieur Cadalen, bienvenue chez nous. » Le journaliste se demanda ce que le vieux Maghrébin entendait par « chez nous ». Le champ de patates sur lequel son équipe venait de s'imposer ou le misérable lotissement dont les baraques semblaient se serrer les unes contre les autres pour tenter de s'opposer aux dernières rigueurs de l'hiver. Un peu comme ses copains et lui-même, le long de la barrière en béton, durant les quatre-vingt-dix minutes réglementaires. Une partie des joueurs de Masclet s'entassa dans une Renault 12 avant de filer dans un nuage de fumée bleue. « Ils ne vivent pas ici ? s'étonna Cadalen.

– Non, confirma l'officier. Il ne reste plus que trois cents personnes au camp. Les plus âgés, les plus handicapés, les plus inadaptés. Des enfants, aussi, assez nombreux. Et quelques-uns, comme Mohamed, qui n'ont jamais voulu partir.

– Vous êtes ici depuis combien de temps, monsieur Mebarek ?

– 1963. Nous étions mille deux cents. En 1975, on nous a promis que le camp serait rasé et que nous serions relogés.

– Et on attend toujours », glissa l'un des joueurs de Masclet, venu se mêler à la conversation. Cadalen reconnut l'un des attaquants de pointe, l'un des nombreux joueurs qui auraient pu intéresser n'importe quelle équipe de rugby locale, si le racisme ordinaire n'y avait été aussi prégnant. « Vous connaissez la vie à l'intérieur du camp ? Quand j'étais gamin, l'eau était gratuite mais rationnée. Il y avait un couvre-feu à dix heures du soir : le gardien verrouillait le portail et coupait l'électricité, sauf, bien évidemment, sur les bâtiments des Européens. Plus de frigo, pas de télé, pas d'eau chaude dans les baraques. Les toilettes étaient à l'extérieur et il y avait douze douches pour l'intégralité du camp. Les hommes se lavaient le samedi et les femmes le dimanche. J'ai fait mes devoirs à la bougie toute ma scolarité. De toute façon, l'école était aussi à l'intérieur du camp ; nous étions entre nous, avec, chacun, deux ou trois ans de retard.

– Que s'est-il passé depuis 1975 ?

– Un tour de passe-passe administratif, répondit Masclet. Le camp d'accueil a officiellement été supprimé en 1976, les terrains et les bâtiments ont été vendus par l'État à la commune de Puech qui a modifié sa dénomination en « cité de transit ». Pour le reste, rien n'a changé.

– Le maire est venu nous voir pour nous dire qu'il avait autorisé la construction d'un supermarché sur la commune, reprit l'attaquant. Et que des emplois nous seraient réservés. Résultat : une seule embauche. » Cadalen avait sorti son carnet et commencé à noter ce que lui déballait le jeune footballeur. Avant de griffonner les premières lignes, il montra le bloc à spirale et son stylo à ses interlocuteurs, qui approuvèrent d'un mouvement de tête. « Vous vivez de quoi ?

– De pensions. D'allocations familiales, murmura Mebarek.

– Oui, alors, ça, c'est sur le papier, coupa le jeune homme. On bénéficie de prestations sociales mais on ne les touche pas directement, hein...

– Comment ça ?

– C'est un peu opaque, reprit Masclet. Le ministère des Rapatriés réaffecte les fonds directement au financement des dépenses de fonctionnement du camp. Pour le reste, c'est de la débrouille. Et beaucoup de misère.

– Mais vous ne vous êtes jamais plaints ?

– Pour qui vous nous prenez ? s'emporta le joueur. J'ai commencé à travailler à onze ans. Dès que le mois de juillet arrivait, on cherchait du boulot dans la campagne. Les prunes, les tomates, les fraises, les oignons. Le camp servait de réservoir de main-d'œuvre saisonnière aux paysans du coin. Parmi eux, des pieds-noirs qu'on a installés pas loin. Et pour ce qui est de se plaindre, bah oui, on a organisé des manifestations. Ça s'est vite terminé. Ils ont menacé les adultes de séjours en hôpital psychiatrique et nous, les ados, à la moindre connerie, c'était le placement en foyer. Ou, carrément, l'envoi dans les centres de Moumours ou de Gelot, au fin fond des Pyrénées. C'est madame la générale Massu qui y a créé ces prisons, pour les fils de harkis moins dociles que leurs pères. Je m'excuse, Mohamed. Je ne dis pas ça pour toi... » L'ancien supplétif leva la main pour indiquer qu'il ne prenait pas ombrage du coup de sang du jeune homme. « Vous voyez Mohamed ? On lui a proposé de déménager il y a quelques années. Mais c'était pour occuper un immeuble HLM dégueulasse, insalubre, abandonné par les Européens qui y vivaient, à l'écart du centre-ville, évidemment. On se serait encore retrouvés entre nous, toujours le même camp, mais avec des escaliers.

– Et les enfants ? s'inquiéta Cadalen.

– Pour les enfants, reprit Masclet, c'est effroyable. Les conditions de vie sont oppressantes et les conséquences sur leur état physique et moral assez profondes. Beaucoup sont dépressifs, il y a de nombreux cas de suicide chez de très jeunes gens. Certains, devenus adultes, se sont retrouvés longuement internés en hôpital psychiatrique. Ils naviguent d'un univers clos à un autre.

– Je suis arrivé ici tout petit, reprit le jeune homme, en enfilant une veste de survêtement par-dessus un pull en laine. Je ne sais pas comment ça se passe dans les autres camps. Chacun fonctionne de manière autonome et possède son propre règlement. Mais, tous les matins, je suis allé avec ma famille assister au lever des couleurs, sur la place d'armes. Tous les soirs, j'ai regagné notre baraquement à dix-huit heures et la lumière s'est éteinte quatre heures plus tard. Le courrier était ouvert, contrôlé, enveloppes et paquets. Et, si vous voulez nous rendre visite, vous serez enregistré et devrez déposer une pièce d'identité au poste de garde. Les quelques-uns d'entre nous qui sont partis du camp, pour aller au collège ou suivre une formation professionnelle, sont presque tous revenus. Dehors, on est perdu. Les gens ne comprennent pas d'où on vient, s'en foutent complètement et aimeraient bien qu'on y retourne. »

Mebarek posa sa main sur l'épaule du gars pour lui signifier qu'ils allaient rentrer. Il salua Masclet et Cadalen, félicita une dernière fois l'officier pour la victoire de son équipe et prit, à pied, la direction du camp. Cadalen remballa son carnet et son stylo. Les poings au fond des poches, appuyé contre la main courante en béton, il désigna la Lancia. « Je vous redépose en ville, capitaine ?

– Merci, mais mon chauffeur passe me prendre d'ici une dizaine de minutes. Vous êtes du coin, non ?

– En partie. J'ai quitté la région au moment de devoir rejoindre l'armée et n'y suis jamais revenu. À l'époque de mon incorporation, aucun de ces gens n'était là. Cet endroit était vide.

– Cette histoire n'intéresse personne. Le *Courrier* se souvient d'eux quand l'un des mômes du camp pique une mobylette. Peut-être que vous disposez d'autres moyens, afin que tout cela résonne un peu plus, ici ou à Paris. Ne m'en voulez pas d'avoir saisi l'opportunité que Mohamed et son camarade puissent témoigner de l'immense injustice qui leur est faite depuis vingt ans. » Masclet balança le filet à ballons sur son épaule et se dirigea vers la départementale pour y attendre sa 504. Cadalen s'éloigna vers sa voiture puis s'interrompit pour interpeller l'officier : « Vous êtes un type bien, capitaine.

– Je ne sais pas. J'ai longtemps agi selon ce que je pensais devoir faire. Maintenant, je fais ce que je peux. »

En regagnant la maison d'Anne, Cadalen croisa, à l'entrée de la propriété, une Mercedes marron qui en sortait directement, un homme au volant. Sans doute le père des gamines qui venait de ramener ses filles à sa logeuse. Il gara la voiture plus proprement que la veille au soir, un peu à l'écart de la grande bâtisse en pierre. Anne serrait contre elle une ado qui avait les mêmes cheveux qu'elle et lui ressemblait beaucoup. La cadette, d'une blondeur surprenante, dénotait un peu. Cadalen supposa qu'elle devait tenir de son papa. Anne salua distraitement le journaliste en poussant sa couvée à l'intérieur de la maison.

Il leur laissa une minute pour s'isoler dans leur intimité familiale puis descendit de la Gamma, traversa la cour jusqu'à l'atelier et pénétra dans le vestibule. En grimpant l'escalier jusqu'à sa chambre, il entendit l'une des enfants s'exclamer « oui, des crêpes ! », sourit à cette quiétude innocente et s'enferma pour se reposer.

La maison est bâtie autour d'un patio à la mauresque et ses dimensions importantes masquent mal l'absence de goût qui a présidé à son édification. Les chambres sont distribuées autour d'une salle assez grande, ornée de miroirs. Des banquettes de velours sont adossées le long des murs, devant lesquelles, comme dans n'importe quel débit de boissons, on a disposé des tables et des chaises. Derrière un comptoir immense, un sphinx en carton-pâte de deux mètres de long accueille les clients. Le décor de la chambre attribuée à Cadalen paraît presque luxueux. Il n'y a pas de fenêtre mais une armoire et un lit en acajou meublent joliment la pièce.

La fille apparaît, échappée d'un petit cabinet de toilette isolé par un rideau, elle est entièrement nue. Elle a seize ou dix-sept ans. Elle travaille là depuis deux ans et connaît parfaitement son métier. Elle reste nue en permanence sous son peignoir, pour ne pas perdre de temps, sait se laver et laver le client, lui presser le bout du sexe pour déceler une éventuelle maladie vénérienne. Si ça goutte, le gars dégage. Le reste des précautions est assez sommaire. Une ancienne lui a expliqué, dès sa première fois, comment poser au fond de son vagin une petite éponge que les filles entre elles appellent « mignonnette ». Pas question de faire confiance aux clients pour décharger en dehors d'elle. En plein rut, les hommes perdent tout contrôle ou, pire, s'en foutent totalement. Et s'étonnent parfois qu'elle puisse manifester une forme de dégoût pour cet acte qu'elle consent et pour lequel ils ont payé.

Cadalen tend son jeton à la fille. Il l'a réglé à la sous-maîtresse de l'établissement, dès l'entrée. Une colossale matrone fardée chez Ripolin, qui sert à boire, surveille les allées et venues des militaires et s'assure de la cadence de ses pensionnaires. Le jeton en rejoint une dizaine d'autres, dans une petite boîte en bois que la fille camoufle dans un fatras d'habits tassé sous une chaise. Elle lui prend la main et l'attire vers le lit. Elle dit s'appeler Chanez et c'est la troisième fois que Cadalen vient la voir. Les deux premières, il a joui en quelques secondes. Sa peau ambrée, son odeur, ses fesses rondes, son ventre plat, ses seins fermes sous la caresse, les cheveux bouclés, son sexe qui l'aspire et ses grands yeux noirs qui l'engloutissent, tout cela mélangé ou simplement additionné. La première fois, il se retira confus et encore dur. Chanez lui sourit gentiment, le fit basculer sur le dos et le branla longuement, avec assez de savoir-faire et de patience pour le faire jouir une seconde fois. Elle n'avait pas prononcé un mot, se contentant de s'allonger ensuite contre lui et de souffler délicatement sur ses paupières gagnées par les larmes, le temps que le quart d'heure tarifé touche à sa fin.

Ses camarades le chambrent parfois de savoir qu'il dépense son peu d'argent dans un établissement pareil. Les bordels de campagne trimbalés dans les zones d'opération et les femmes forcées au cours d'une expédition punitive suffisent généralement à leur bonheur. Tout est prétexte à les fouiller, à les faire se déshabiller, à les peloter, à pénétrer leur sexe, y compris avec le canon d'une arme pour ceux qui n'arrivent pas à bander. Les maris, partis au maquis ou simplement enfuis, ne sont plus là pour les protéger. Et on se venge de leur absence en maltraitant ces montagnardes. On leur fait honte. On les punit d'être ce qu'elles sont. Les mères, les épouses ou les filles de nos ennemis.

Les Français naviguent entre la peur qu'elles puissent leur trancher la gorge dans leur sommeil et cette image que les peintures de Delacroix et de quelques autres ont imprimée dans la mémoire coloniale. Des femmes lascives, qu'on imagine adeptes d'une sexualité excessive, archaïque et débarrassée de toute morale. Tout un petit paquet de fantasmes qui permet à ceux qui ont fait la traversée pour aller se battre de ne pas s'intéresser à cette langue incompréhensible, impénétrable, inquiétante parfois, ni à cette religion peuplée d'adorateurs et de sacrificateurs aux rites étranges.

En se débarrassant de son pucelage entre les cuisses de Chanez, Cadalen comprit amèrement qu'il avait rejoint la cohorte des tourmenteurs et des salauds. Dans cette pièce sans fenêtre, porte close, son jeton valait bien un flingue. Il ne put s'empêcher d'y revenir pourtant et, cette troisième fois, déterminé à s'y comporter en homme. Surtout pas l'homme qu'on attendait qu'il fût mais bien celui qu'il s'était promis de demeurer en enfilant un uniforme.

Chanez est nue, étendue. C'est la quatrième fois que Cadalen la voit. Mais il n'est plus dans la Casbah. Le lit en acajou a laissé la place à une table en bois aux bords griffés. Des menottes de police maintiennent attachés au meuble les chevilles et les poignets de la fille. La pièce n'est pas plus grande que la chambre où il l'a vue pour la dernière fois. Mais elle est en sous-sol. Des cris lui parviennent d'une autre pièce, au fond du couloir. L'air est saturé de fumée de cigarette. Un officier est penché sur la jeune fille, il lui parle à l'oreille. Ses cheveux noirs sont collés à son front par la sueur, son visage est meurtri.

Partout sur le corps, au ventre surtout, de longues brûlures. Un autre militaire est assis derrière un petit bureau d'écolier, prêt à noter la déposition de la prisonnière, idéalement, ses aveux. Cadalen garde la porte. L'officier répète ses questions sans élever la voix. Il pose délicatement sa main gauche sur le front de Chanez, sa main droite remonte entre ses cuisses, ses doigts plongent dans son sexe ouvert. Quelques secondes plus tard, le hurlement de douleur suraiguë expiré par la fille traverse Cadalen et le cloue contre la porte de la cellule. Quelqu'un vient rapidement la marteler du poing, en criant son nom et en lui intimant d'ouvrir.

La chambre était plongée dans le noir. Enroulé dans ses draps trempés, Cadalen était complètement désorienté. En cherchant la poire de la lampe de chevet, il se trompa de côté et se cassa la figure du lit. Il enfila rapidement son pantalon et trouva l'interrupteur. La lumière l'aveugla, son dos ruisselait de sueur. On continuait de frapper à sa porte. Les coups se firent plus rapprochés. On l'appela de nouveau, c'était la voix d'Anne qui lui parvenait. Il déverrouilla et recula devant la jeune femme qui entra, sans attendre d'y avoir été invitée. « Tout va bien ? Vous avez crié. Enfin, hurlé plutôt. Les petites ont eu peur. Je venais vérifier qu'il n'y avait pas de souci. » Pardessus l'épaule d'Anne, Cadalen repéra les deux gamines en chemise de nuit, en bas de l'escalier. La grande, coincée derrière la porte du séjour d'Anne, la petite, moins farouche, en pied des marches, un lapin en peluche serré contre elle. « Excusez-moi. Je suis désolé. Un cauchemar. Je ne sais pas ce qui s'est passé. Ça ne m'arrive jamais. Enfin, très rarement. » Il voyait bien que la jeune femme ne le croyait absolument pas. « Je craignais quelque chose de grave, excusez-moi, je n'aurais sans doute pas dû monter. Mes filles ont eu peur, j'ai voulu les rassurer. Prenez une douche, je vais vous apporter un bol de lait chaud, avec du miel. Vous vous rendormirez.

– Je ne crois pas, non, mais c'est très gentil. Retournez vous coucher. Et excusez-moi auprès de vos filles, vraiment, je suis désolé. Si ça se reproduit, je partirai. » Anne rajusta le gilet de coton qu'elle avait jeté à la sauvette, sur ses épaules, quelques minutes plus tôt. « Ne dites pas de bêtises. Recouchez-vous et, le moment venu, si vous le souhaitez, nous parlerons.

– Je n'ai pas grand-chose à raconter.

– Nous verrons. Bonne nuit, Cadalen. Je laisse la porte de chez moi ouverte, si jamais vous vous décidez à descendre pour boire ce lait chaud. » Il la remercia et attendit qu'elle rejoignît ses filles en bas de l'escalier pour se calfeutrer dans sa chambre et retourner aux ténèbres.

L'article écrit par Cadalen dans l'édition du lundi provoqua au journal des réactions confraternelles aussi diverses qu'opposées. Malvy était aux anges. Il déambulait dans la rédaction, son canard grand ouvert, fier de sa une et de sa double page intérieure, que le scoop photographique d'Armand avait transformées, le temps d'une édition, en réplique de *Détective*. Les autres journalistes, rédacteurs confirmés ou simples tâcherons, ne tentèrent même pas de masquer leur jalousie en débinant celui qu'ils nommaient entre eux le Parisien et en se bouchant le nez devant ce qu'ils considéraient être de la presse de caniveau.

« Pfffff, on s'en tape, trancha Malvy en repliant pour la dixième fois de la matinée les pages deux et trois, que les nombreux clichés du cadavre de Jean-Jacques Sabatier occupaient en grande partie. Demain, tout ça emballera le poisson. » Puis il pria Cadalen de bien vouloir le suivre dans son bunker. « Asseyez-vous, mon vieux. Je retire ce que j'ai dit samedi. Quand vous vous remuez, on atteint le haut niveau. Félicitations.

– Merci.

– Bon, faut pas mollir, hein. Vous avez vu Masclet ? Qu'est-ce qu'il en dit ?

– Il ne dit rien pour l'instant mais, dès qu'il aura quelque chose, ce sera avec nous qu'il le partagera en priorité.

– Ah, parfait ! Vous m'avez verrouillé le bonhomme.

– Je ne dirais pas ça...

– On s'en fiche. Le principal, c'est que, lorsque les mecs de RTL ou de *France-Soir* vont débarquer, ils n'aient que des miettes à ramasser. On a une petite longueur d'avance, on va la garder. Je compte sur vous. Vous avez vu la famille de Sabatier ? Ses parents ? Jeudi matin, ce sont les obsèques de la mère et des gosses. De la tante aussi...

– Compris. On y sera. Je peux vous poser une question ? Je pense que ça n'a rien à voir avec notre affaire, c'est juste pour ma culture personnelle. Maître Boisard, ça vous dit quelque chose ? » Malvy se redressa vivement, recala son dos et attrapa le bord de son bureau pour ramener son fauteuil à roulettes dans l'axe de la conversation. « Vous lui voulez quoi, à maître Boisard ?

– Je vous sens crispé.

– Pas du tout. C'est un homme qui possède une certaine envergure dans cette ville et, au-delà, dans tout le département. Il a succédé à son père, notaire comme lui.

– Il est intime avec vos actionnaires ?

– Votre question est déplaisante mais, vous savez très bien, qu'en ce qui concerne un journal local comme le mien, à partir d'un certain niveau de revenu, tout le monde se sent assez proche des propriétaires.

– Et son père ?

– Qui vous a parlé de son père ?

– Vous répondez toujours à une question par une autre question ? On dirait un rabbin. Ou un jésuite.

– Je préfère jésuite. Son père est mort il y a quelques années. Notaire également. Son fils a repris l'étude et l'a beaucoup développée. Son cabinet est impliqué dans toutes les grosses opérations immobilières de l'agglomération, les grandes surfaces commerciales notamment. Le père a eu quelques ennuis à la Libération. Il a même effectué plusieurs semaines de prison. Comme beaucoup de notables à l'époque.

– C'était quoi, la tendance politique du papa ?

– Droite dure, profondément antigaulliste, Algérie française quand c'était à la mode, anti-immigration depuis. Il a tenté de se faire élire maire à deux reprises. Il était loin du compte. Nous sommes une vieille terre radicale-socialiste qui vote plus par habitude que par conviction. On peut ne pas aimer les Arabes sans pour autant céder aux discours de ce genre de type. C'est mon cas.

– Je vois. Et le fils ?

– Beaucoup plus malin que le père. Il a tout fait pour se détacher de l'histoire familiale. Il laisse la politique à des gens bien moins intelligents que lui.

– Et tire les ficelles derrière.

– Bah, si c'est le cas, personne ne les a jamais entraperçues.

– Ou cherchées.

– Bon, ça va, Cadalen ! Vous croyez faire quoi, assis dans mon bureau ? M'apprendre mon boulot ? Me présenter ma région, façon *Guide bleu* et *Who's who* réunis ? Vous êtes parti d'ici il y a combien de temps ? Vingt ans, un peu plus ? Vous ne connaissez plus rien, ni personne. Mettez-vous en tête qu'il vous sera nécessaire de vous balader un long moment avant de simplement retrouver dans quel sens souffle le vent. » Le journaliste se contenta d'esquisser un sourire et sortit de la cage vitrée sans se faire prier. Il demanda à deux rédacteurs où étaient rangées les archives plus anciennes, notamment celles des années 1965 et 1971. Le premier fit semblant de ne pas entendre la question, le second désigna le fond du journal sans lever les yeux de *L'Équipe*.

La dactylo d'Armand se montra plus amène. Elle proposa même à Cadalen d'aller lui chercher les quatre volumes semestriels et les lui apporta sur un chariot qu'elle poussait devant elle. Accrochée à la poignée de son déambulateur, elle tanguait du coup nettement moins au retour qu'à l'aller. Les jambes coincées et le cul moulé dans une robe froncée qui lui arrivait sous le genou, elle était dangereusement perchée sur des escarpins encore plus vertigineux que la dernière fois. Le photographe, toujours là au bon moment, fit son entrée sur le plateau et veilla à l'équilibre de sa belle amie en lui flattant généreusement la croupe sur plusieurs mètres.

Armand aida Cadalen à transporter les lourds exemplaires reliés du *Courrier* à travers la rédaction, à la recherche d'un endroit où les déposer. Le journaliste désigna à son compère le bureau le plus encombré. Des monceaux de journaux et de magazines, agglutinés en piles disparates qui avaient fini par se rejoindre et se confondre, s'élevaient tel un mur de papier entre le poste de travail et celui qui lui faisait face. Des bouteilles de sodas à moitié vides disputaient le peu d'espace restant à des gobelets de café à moitié pleins. Un téléphone était posé au-dessus d'une périlleuse élévation de classeurs et de carnets à spirales, comme pour l'empêcher de vaciller. Cadalen pria Armand de bien vouloir le soulager de ses deux volumes d'archives et balaya le bureau de toute la longueur de son bras droit, pour le débarrasser du fouillis qui s'y trouvait. Pour être bien certain de tout déblayer, il répéta l'opération du bras gauche et envoya balader ce qui restait de papier et de gobelets en carton directement dans l'allée centrale du plateau. Satisfait d'avoir dégelé l'ambiance, il salua ses nouveaux collègues et ouvrit le premier volume tendu par Armand, hilare.

Le journaliste feuilleta rapidement les pages, jusqu'aux premières semaines du mois de mars 1965. Puis fit de même avec le second volume, ouvert à plat sur le bureau. Ces deux années, le premier et le second tour des élections municipales eurent lieu les 14 et 21 mars. Si on en croyait les titres consacrés au sujet, le scrutin de 1965 avait été relativement paisible. Celui de 1971, en revanche, apparut nettement plus mouvementé, pour ne pas dire violent. On pouvait observer, sur les photos prises durant les meetings couverts par le *Courrier*, une montée en puissance des services d'ordre. En témoignait la présence, toujours plus dense, de gros bras placés devant la tribune. Entre 1965 à 1971, les pardessus et les imperméables avaient cédé la place aux blousons de cuir et les hommes avaient changé. Sur les photographies qui documentaient les différentes campagnes du fameux Boisard père, au milieu de ce qui ressemblait de plus en plus à une milice privée qu'à une équipe de colleurs d'affiches, émergeait, une tête au-dessus des autres, la silhouette massive de Jean-Jacques Sabatier. Tantôt en retrait, parfois au premier plan, souvent au plus près du notaire candidat lorsque celui-ci était photographié dans la rue, sur un marché ou en train d'accéder à une estrade. « Tu cherches quoi ? l'interrogea Armand.

– Pour les réponses, c'est un peu tôt. J'en suis seulement à imaginer les questions. Tu restes encore un peu dans le coin ?

– J'attends de shooter les obsèques, jeudi, et je me casse. Ça va durer des mois cette affaire. J'ai des princesses affligées qui m'attendent, sur le Rocher. Je ne voudrais pas les laisser tranquilles trop longtemps, je vais finir par leur manquer. » Malvy interrompit la conversation en hélant Cadalen du fond de son bureau. « Quand je l'entends beugler comme ça, j'ai envie de lui coincer la tête dans sa porte », grogna Armand. Cadalen confia à son camarade le soin de rapporter les quatre volumes de la collection du journal à sa dactylo chérie. Il ne se fit pas prier et l'entraîna, en même temps que son chariot, vers la pièce aveugle qui hébergeait les archives, où il s'enferma avec elle.

Dix minutes plus tard, Cadalen tambourinait à la porte du local pour en expulser Armand. Le photographe se faufila par l'issue entrouverte, pour ne pas causer d'embarras à la dactylo planquée à l'intérieur du cagibi. Il offrit son sourire des plus beaux jours et, si Cadalen avait le moindre doute quant à l'origine de son air ravi, Armand le dissipa et resserrant la ceinture de son pantalon et en y rajustant les pans de sa chemise. « Je te dérange ?

– On avait fini.

– Prends tes boîtiers, on décolle. Ça bouge. »

La Gamma survolait l'asphalte humide en direction de la Française de mécanique automobile. Cadalen fit la même lecture du Code de la route qu'Armand deux jours avant. Loin devant eux, les sirènes des voitures de gendarmerie empruntaient la même destination. Le journaliste remit un coup de quatrième pour se débarrasser d'un camion-citerne qui lui bouchait le passage et talonna rapidement la colonne de véhicules bleu marine. Un coup de fil du procureur avait averti Malvy que l'un des ouvriers était soupçonné d'avoir assassiné Sabatier et, sans doute aussi, toute sa famille. Le représentant du ministère public voulait s'assurer de la présence de la presse locale au moment où la gendarmerie embarquerait l'individu pour l'interroger. Un peu de publicité sur le premier rebondissement d'une affaire qui stagnait depuis une semaine ne saurait nuire aux intérêts de la justice. Ni aux perspectives d'avancement du magistrat.

Quelques centaines de mètres avant d'arriver sur le site de la Française, la Lancia doubla d'un trait l'intégralité du convoi de gendarmerie, avant de se rabattre devant la 504 de Masclet. Armand salua le capitaine en passant à la hauteur de son chauffeur mais l'officier, moulé dans le siège passager, préféra l'ignorer. Les véhicules des gendarmes et la voiture de Cadalen vinrent se coller contre les grilles de l'usine, entre les groupes de grévistes, toujours denses, et les braseros. Le lieutenant à la tête du détachement de gardes mobiles s'avança vers Masclet pour le saluer.

Le capitaine l'écarta pour se précipiter vers la Lancia, un exemplaire de l'édition du *Courrier* à la main. « Je ne vous demande pas comment vous avez obtenu ces photos, Cadalen », pesta Masclet en lui collant la une du journal sous le nez. « Mais ça n'arrivera pas deux fois, croyez-moi. J'ai signifié au maréchal des logis-chef Favenec qu'au prochain coup, je le faisais muter aux Kerguelen.

– Je ne sais vraiment pas d'où viennent ces clichés, je...

– Arrêtez de vous foutre de moi. Et laissez-moi bosser.

– Que faites-vous ici, capitaine ? Vous venez ordonner le déblocage de l'usine ?

– Hein ? Quoi ? Pas du tout. Nous allons interroger un témoin. Qui est à son poste de travail.

– Vous ne pouvez pas simplement le convoquer ? » Cadalen reconnut, derrière l'officier, les vestes de chantier des deux syndicalistes CGT croisés la semaine d'avant. Gilbert Lhomme et son comparse aux cheveux longs se détachèrent d'une grappe d'Arabes en bleu de travail pour s'agréger à la conversation. « Vous ne pourrez pas entrer dans l'usine, personne ne peut, expliqua Lhomme.

– Écoutez, nous agissons sur commission rogatoire, il va falloir nous laisser passer.

– Une quoi ? s'étonna Cadalen. Il y a vingt-quatre heures, vous n'aviez pas encore de juge d'instruction et là, vous disposez d'une commission rogatoire ?

– C'est bon, merci pour les leçons de procédure pénale, Cadalen, mais l'officier de police judiciaire, ici, c'est moi. Nous avons obtenu un renseignement qu'il nous faut exploiter le plus rapidement possible, in situ. Le juge s'est levé tôt.

– Un renseignement, ricana Armand, une dénonciation plutôt... » Masclet préféra ne pas répondre et fit signe aux hommes qui l'avaient accompagné en 4L de le suivre en direction du portail. Il présenta un document aux vigiles réfugiés derrière la grille et patienta, le temps que celui qui semblait en être le chef passât un coup de fil depuis le poste de garde. Le gars, un petit gros qui marchait avec l'air d'avoir des oursins sous les bras, revint à deux à l'heure vers Masclet pour l'informer qu'ils pouvaient pénétrer dans le site industriel.

Cadalen, qui n'avait pas lâché l'officier d'une semelle, fit signe à Armand de le suivre. Ils s'engouffrèrent à la suite des gendarmes. Le jeune lieutenant tenta bien de les en empêcher mais Armand lui indiqua son brassard de presse et, le temps que le garde mobile réagît, le photographe avait rejoint Cadalen de l'autre côté de la grille, que les gardiens du site industriel refermèrent prestement.

Une dizaine de vigiles accompagnait les gendarmes sur deux files. Les autres étaient restés monter la garde face au piquet de grève. Le petit gros avançait en tête, ouvrant les portes, les refermant ensuite, une fois la totalité du groupe passée. Le bruit montait à mesure qu'on approchait des chaînes de l'atelier numéro deux, le seul épargné par la grève. Masclet demanda à voir le contremaître et le chef d'équipe. Il se fit indiquer par le premier la direction des vestiaires et exigea du second qu'on fît venir l'un des ouvriers, dont le nom figurait sur un second document.

Tous les Maghrébins présents sur la chaîne levèrent le nez des embrayages, des convertisseurs de couple ou des engrenages autour desquels ils étaient en train de se démener. Ils suivirent avec attention la circulation des gendarmes dans le couloir situé derrière la vitre qui les séparait d'eux. Trois vigiles entamèrent le tour des différents postes d'assemblage pour sommer les ouvriers de se remettre au travail. Le contremaître fit semblant de reprendre la situation en main en raccompagnant les vigiles en dehors de la zone de production. Le chef d'équipe réapparut, accompagné d'un jeune type aux cheveux bouclés, aux mains solides et au regard inquiet. En découvrant le visage de l'ouvrier, Cadalen se tourna vers Masclet pour observer sa réaction. Et comprit pourquoi l'officier semblait aussi tendu depuis leur arrivée. Armand, qui avait également perçu le trouble du gendarme, demanda :

« Tu le connais ? C'est qui ce type ?

– Un très bon ailier droit. »

Masclet s'avança vers le jeune homme qui parut rassuré en constatant la présence de son entraîneur. « Bonjour Khider, tu peux nous suivre ? Il faut qu'on aille jusqu'à ton vestiaire.

– Bonjour, capitaine. Qu'est-ce qu'il se passe ?

– Tu veux bien qu'on aille à ton vestiaire ? Tu as les clés ?

– Oui, bien sûr... Mais que faites-vous à mon travail ? Si c'est pour du kif, on vous a raconté des mensonges. Je vous jure, je...

– Seghir, tu nous fatigues, coupa le petit gros. On va au vestiaire et tu nous ouvres ton armoire.

– Vous permettez, se fâcha Masclet. C'est moi qui donne les ordres.

– Oui, bien sûr, admit le vigile, en s'écartant d'un pas. C'est par là, mon capitaine, au fond du couloir. » Toute la petite troupe qui entourait l'ouvrier se transporta en direction des vestiaires, discrètement photographiée, à chaque étape, par Armand qui avait collé un 28 mm au boîtier pendu à son cou. L'air de rien, il capturait l'intégralité de l'assemblée, sous toutes les coutures, sans flash, au jugé, avec une pellicule dont il pousserait ensuite la sensibilité, au développement. La fraude au service de l'information, la chimie au secours de la lumière : c'était un peu sa devise.

L'immense vestiaire était divisé par des rangées d'armoires métalliques entre lesquelles se glissaient des files de bancs en bois. Le sol était glissant, l'air moite. Les extracteurs placés au plafond ne parvenaient pas à évacuer l'humidité venue des douches et qui semblait ne jamais devoir complètement quitter l'endroit. L'équipe de jour ne serait là que dans une heure au plus et les travées étaient vides de tout occupant. Sur les armoires verticales, peintes en bleu, des autocollants du syndicat maison et d'autres, publicitaires, qui vantaient une marque d'huile moteur, une compagnie pétrolière ou qui célébraient Pif le chien. « C'est laquelle, la tienne, Khider ? », demanda Masclet à son joueur. Le jeune homme posa sa main contre une porte en métal, à la hauteur de laquelle il s'était arrêté. « Tu peux nous l'ouvrir ? » Il fouilla au fond de la poche ventrale de sa combinaison de travail, en sortit une clé et déverrouilla le cadenas. Masclet le remercia et lui annonça qu'il allait procéder à la perquisition du contenu de son vestiaire. L'officier ordonna à deux des gendarmes de procéder à la fouille des vêtements qui y étaient accrochés. Deux autres militaires s'étaient placés, sans qu'il s'en fût aperçu, dans le dos du jeune homme.

L'officier s'occupa lui-même de la partie haute de l'armoire, au niveau de la petite étagère où était entreposé un peu de linge de corps. Il passa la main entre les sous-vêtements pour en ressortir un portefeuille en cuir noir qu'on avait personnalisé avec des initiales en métal argenté : JJS. « Il est à toi, ce portefeuille, Khider ? » Stupéfait, l'ouvrier semblait incapable de répondre. Masclet déplia l'objet pour en sortir une carte d'identité et un permis de conduire, tous deux au nom de Jean-Jacques Sabatier, né le 17 octobre 1937 à Lacabarède.

Le capitaine de gendarmerie se racla la gorge, consulta sa montre et annonça : « Il est onze heures vingt-trois minutes, Khider Seghir, vous êtes placé en garde à vue. Vous êtes soupçonné de l'assassinat de Jean-Jacques Sabatier et de sa famille. Vous avez le droit de garder le silence, tout ce que vous pourrez dire pourra être retenu contre vous. Est-ce que vous avez compris ce que je viens de vous signifier ? » Les deux gendarmes dans son dos lui saisirent chacun un bras et passèrent les menottes à l'ouvrier en état de sidération. « Khider, répéta Masclet, est-ce que tu as compris ce que je viens de te dire ? » La dernière photo prise à la dérobée par Armand fut le regard perdu du jeune homme, deux secondes avant que celui-ci se mît à crier et se débattre, lorsque la terreur s'empara de lui.

Le convoi de Masclet repartit avec son prisonnier sur la banquette arrière de la 504. Sans gyrophare ni sirène, la file de voitures avait des airs de procession funéraire. Cadalen se laissa pousser en dehors de l'enceinte de l'usine par le petit gros et ses copains du service d'ordre. Armand remballa son matériel et détacha son brassard.

Les deux syndicalistes avaient patienté sur le parking et guettaient la sortie du journaliste. Gilbert s'avança vers Cadalen, un gobelet de café fumant à son attention. « Merci, apprécia le journaliste.

– Ils ont embarqué Seghir, non ? Qu'est-ce qu'ils lui veulent ?

– Je réponds à vos questions si vous répondez aux miennes. » Gilbert Lhomme considéra son binôme du coin de l'œil. Le regard fatigué du grand Thierry valait approbation, même si le cégétiste en chef n'en attendait aucune. « D'accord.

– C'est moi qui commence, trancha Cadalen. C'est qui, Khider Seghir, pour vous ? Pour votre syndicat ?

– Khider devait se présenter, au nom de la CGT, aux prochaines élections professionnelles. C'est quelqu'un de très respecté dans les ateliers. Même par les Marocains.

– Même par les Marocains ?

– Ils sont majoritaires dans l'usine. Il y a une vingtaine d'années, les grandes industries se sont modernisées et la mise en place d'un travail de plus en plus parcellisé a permis d'employer une main-d'œuvre non qualifiée. Des recruteurs ont parcouru le Rif et la moitié de l'Atlas pour lever des légions de pauvres types. Ça se bousculait au portillon pour traverser la Méditerranée. Dans les campagnes, des mômes qui n'avaient jamais touché un outil se râpaient les mains avec du sable pour avoir les paumes calleuses et donner le change. Les patrons faisaient ce qu'ils voulaient, l'État a complètement perdu le contrôle des mouvements migratoires, particulièrement dans l'industrie automobile.

– Bah, c'est l'Internationale des prolétaires ; vous n'êtes pas d'accord avec ça, à la CGT ?

– Ne vous faites pas plus con que vous n'êtes, Cadalen. Le mouvement s'est accentué après Mai 68. Les patrons nous ont fait payer les accords de Grenelle et l'augmentation des salaires en ouvrant les vannes de l'immigration. Avec l'aval du gouvernement. Clairement, le monde ouvrier s'est fait baiser.

– Admettons. Qui savait que Khider Seghir devait passer à la CGT ? Et vous permettre d'être représentés à l'intérieur de la Française ? Vous êtes certains qu'il aurait été élu ?

– Certains.

– Alors, qui savait ?

– À peu près tout le monde. Le syndicat maison, les chefs d'équipe, la direction, le service d'ordre. Jean-Jacques Sabatier, aussi, bien sûr. À vous : pourquoi les gendarmes en ont-ils après lui ?

– On a retrouvé le portefeuille de Sabatier dans le casier de vestiaire de Seghir.

– C'est pas vrai. Ce sont des conneries.

– J'étais là. Mais je pense aussi que ce sont des conneries.

– On l'a piégé pour l'empêcher d'être élu. Vous savez bien que ce n'est pas lui qui a pu tuer Sabatier et sa famille.

– D'abord, je n'en sais rien et, ensuite, je pense que vous accordez à vos scrutins syndicaux et à vos désignations de représentant du personnel une importance qu'ils ne méritent pas. Sans vouloir vous vexer... » Lhomme se renfrogna, remonta le col de sa veste pour protéger ses oreilles du froid coupant et rappela le grand Thierry. « On va rédiger un communiqué. On vous le fera parvenir au *Courrier.* » Les deux syndicalistes tournèrent les talons et laissèrent Cadalen et Armand au milieu des quelques dizaines d'ouvriers du piquet de grève. Les regards qui couraient sur eux allaient de l'indifférence à la franche hostilité. Ils réintégrèrent l'habitacle de la Lancia avant de recueillir les premières insultes.

Le portrait qu'Armand avait fait de Seghir dans le vestiaire était saisissant. La surexposition au développement, pour faire monter la pellicule de 400 à 1600 ASA, avait densifié les noirs et souligné toute la détresse du sujet au moment du déclenchement. Armand avait encore magnifié son travail en éclaircissant certaines parties du visage, point par point, au tirage. En sortant du laboratoire du journal, qu'il avait squatté une bonne heure sans demander l'avis de personne, il glissa à Cadalen qui découvrait le cliché : « C'est pas une tête de coupable. » Malvy, qui passait par là, s'empara du tirage et le considéra, les bras tendus devant lui. « Voilà donc notre homme. Elle est pas mal votre photo. Vous me la vendez combien ?

– Mille balles. Deux mille si vous faites votre une avec, tenta Armand.

– Qu... quoi ? Vous délirez mon vieux. Je vais vous faire une offre et vous allez me dire oui parce que j'ai passé quarante minutes au téléphone à calmer Masclet pour l'histoire des photos barbotées à la gendarmerie, d'accord ? Vous viendrez me voir dans mon bureau, dans une heure, quand vous aurez atterri. Moi, je vais porter ça à la gravure. Cadalen, j'attends votre papier. »

Armand disparut à l'heure du déjeuner en compagnie de sa dactylo. Qui ne reparut au journal qu'en fin d'après-midi, alors que Cadalen achevait son article sur les événements de la matinée. Elle avait aux joues des rougeurs qui ne devaient rien à son maquillage. Puisqu'il avait le temps, et que son papier était entre les mains du rédac-chef, le journaliste descendit d'un étage pour gagner le secrétariat de rédaction, qui jouxtait l'atelier de composition et la photogravure. Cadalen fit le tour des bureaux pour saluer les SR un par un et se présenter. Il découvrit que sa copie avait été implantée dans les pages d'informations générales et que la personne qui en avait la charge, ainsi que de la une, « n'était pas encore arrivée mais que ça ne saurait tarder ».

Il patienta en maraudant aux abords de l'atelier, n'osant pousser la porte battante : par principe, les rédacteurs n'y étaient pas tolérés. Ni dans celui-là, ni dans aucun autre de la presse française, nationale ou régionale. Les SR avaient pour mission d'effectuer un tri dans les corrections et autres rajouts de dernière minute. Pas question de laisser un pousse-crayon réécrire intégralement sa copie sur le marbre. À Paris, le dernier qui avait essayé s'était fait sortir par le chef d'atelier de *L'Équipe*, un gigantesque Nantais qui bossait en espadrilles mais qui avait le shoot précis.

Malvy débarqua au SR avec son air furax qui commençait à agacer Cadalen. Il déposa les feuillets rédigés par le journaliste sur un bureau encore inoccupé et traversa la pièce dans sa direction. « Mais qu'est-ce que c'est que ce papier au conditionnel ? Le type est en garde à vue pour assassinat, non ?

– Comme vous venez de le dire, il est en garde à vue. Ça peut durer quarante-huit heures. Je verrai les PV d'audition à ce moment-là. Si Seghir passe aux aveux, on sera les premiers prévenus, mais ça m'étonnerait.

– Pfffff... Vous ne connaissez pas Masclet. Il ferait avouer à la Vierge Marie que cette histoire d'archange, c'est du pipeau depuis le début. Il a fait l'Algérie, Masclet. C'est pas le premier Arabe à qui il va faire cracher le morceau...

– Sans doute. Disons qu'ici, c'est plus compliqué de faire disparaître le corps. » La nouvelle dispute avec le rédacteur en chef fut interrompue par l'arrivée de la secrétaire de rédaction responsable des informations générales. Malvy corrigea sa mise en remballant sa liquette et en tentant de repasser son pantalon par-dessus son boudin abdominal. L'entreprise échoua une nouvelle fois et les jambes du futal abdiquèrent toute fierté en dégringolant misérablement sur ses mocassins. Le pauvre gars avait l'air, en permanence, de posséder dix ou quinze centimètres de Tergal en trop. Comme des pattes d'eph, mais en accordéon. Lesquelles ne l'empêchèrent nullement de se hisser sur la pointe des pieds afin de claquer la bise à une gigantesque bonne femme aux cheveux orange, coiffés en pétard. « Cadalen, je vous présente Marie-France, notre unière. C'est elle qui va s'occuper de vous. C'est une bonne ; elle a bossé à *L'Aurore*. »

La fille abandonna son sac à main sur le bureau, salua Cadalen, ouvrit le tiroir en métal, en sortit un bout de moquette bouclée de la taille d'une feuille A4 afin d'y poser le minuscule chien blanc qu'elle tenait sous le bras depuis son entrée dans le service. La bestiole s'assit gentiment, inclina la tête, le bout de la langue au coin de la gueule, et détailla Cadalen, l'air vraiment très con. La SR aux cheveux en feu se mit immédiatement à l'ouvrage sous la férule de Malvy, qui entendait bien verrouiller sa une avant de pouvoir remonter glander dans son bunker. Elle connaissait son métier par cœur, relisait, annotait et cotait la copie à toute vitesse. Une vraie canardière. Armand avait débuté à *L'Aurore*, il la connaissait sans doute.

« Non ! Plus serré. Dramatise ! Dramatise ! » L'éclat de voix surprit Cadalen. Joignant le geste à la parole, Malvy était penché sur la photo de Seghir qui devait illustrer la première page. Il encadrait verticalement puis horizontalement le visage avec ses mains, qui tombaient comme des hachoirs de part et d'autre de la mine défaite. Marie-France obéit et sortit un feutre bleu pour recadrer le tirage, au ras des pommettes, sous le menton et à mi-front. Cadalen était consterné. En découvrant la manchette composée par Malvy, il était effrayé : massacre de la famille

Sabatier : un Maghrébin arrêté, criait le titre. « Bon Dieu, vous faites n'importe quoi, c'est plus un journal, c'est un avis de recherche.

– C'est pas un avis de recherche puisqu'on l'a trouvé, rétorqua Malvy. Et l'un des grands principes de ce métier, c'est que les rédacteurs ne s'occupent pas de la mise en forme de leurs papiers. Sinon, c'est le bordel. Si vous avez des aigreurs d'estomac, vous remontez au deuxième. Ou, mieux : vous demandez à Masclet de vous montrer les photos des gosses de Sabatier, tués dans leur lit.

– Vous êtes un con, Malvy.

– Le con vous emmerde, Cadalen. Demain, neuf heures, à la rédaction. Sinon, c'est pas la peine de revenir. »

Sur le parking, devant le journal, une fourgonnette bloquait la Lancia. Cadalen joua du klaxon pour secouer le camarade syndiqué qui avait pris ses aises. Le vacarme fut bientôt recouvert par un concert de sirènes qui montait depuis le bout de la rue. L'artère principale était envahie par une litanie de véhicules de gendarmerie qui filait en direction des lices puis du Pont-Neuf. Un type en bleu de travail sortit de l'imprimerie, en traînant les pieds, pour déplacer l'Estafette qui empêchait Cadalen de manœuvrer sa voiture. Le journaliste le maudit, passa trois vitesses sur dix mètres et prit la maréchaussée en chasse. Il rattrapa les voitures bleu marine deux kilomètres après la sortie de la ville. La journée finissait comme elle avait débuté : au cul de Masclet dont la 504 ouvrait le convoi en direction du camp de Puech.

Puisqu'il connaissait la route, Cadalen leva le pied pour laisser aux militaires le temps d'investir les lieux. Il se doutait que l'annonce de l'arrestation de Seghir avait dû mettre le feu au camp d'anciens harkis. Lorsqu'il arriva en vue du terrain de football, il put constater qu'un peu plus loin, devant le grand portail qui interdisait l'entrée du site, une foule compacte accueillait par des insultes les gendarmes descendus de leurs fourgons. Le capitaine Masclet était en première ligne pour essuyer la colère de la famille de Seghir.

Le journaliste laissa sa voiture le long de la route et finit à pied. Les gendarmes s'étaient postés en carreau, pas trop loin de leur officier, pour ne pas le laisser isolé, mais assez près des voitures, pour pouvoir détaler au besoin. Deux sous-offs protégeaient les flancs de Masclet et scrutaient la foule, à l'affût du premier enragé qui tenterait un geste imbécile. Prêts à lui mettre une balle dans la tête, selon la consigne. Cadalen repéra Mohamed Mebarek, l'ancien garde du corps de Masclet, qui tentait d'apaiser la colère des plus jeunes. Plus le capitaine tentait d'argumenter, moins Mebarek était écouté par des hommes fous de rage et qui montraient le poing. Le plus véhément était le footballeur avec lequel Cadalen avait discuté la veille, après la victoire de son équipe. Il ponctuait chacune de ses phrases d'un doigt pointant le sol ou désignant les baraques du camp, que la lumière devenue rasante rendait encore plus tristes et misérables. En fin connaisseur des Maghrébins, Masclet avait l'intelligence d'encaisser leur colère sans se laisser submerger. Cadalen observait, admiratif, l'officier vidanger une barrique de fureur pure, au goutte-à-goutte, pour l'empêcher de déborder.

La confrontation semblait ne pas devoir cesser et ce fut Mebarek qui l'interrompit pourtant, par un geste d'autorité qui ne souffrit aucune contestation parmi la population rassemblée face aux gendarmes. Il s'avança vers Masclet, le prit par la main et le raccompagna à sa voiture. Cadalen, resté à distance, ne pouvait distinguer l'échange entre les deux anciens frères d'armes, mais il devinait que l'officier donnait un certain nombre de garanties au vieux chef harki. Mebarek ne parut pas s'en satisfaire, mais n'en montra pourtant rien en retournant vers les jeunes et la famille de Seghir, qu'il invita à regagner l'enceinte du camp. Masclet, lui, eut la sagesse de ne pas attendre que tout le monde eût obtempéré pour donner l'ordre à ses hommes de rembarquer et de rentrer à la caserne. En apercevant Cadalen, alors que la nuit était tombée, il fit signe à son chauffeur de l'attendre. « Bonsoir, capitaine. Que dit la première audition de Seghir ?

– Rien. Bien évidemment. Il nie en bloc. Il n'a pas d'alibi. Il n'était pas au camp ce soir-là. Je sais qu'il trafique un peu, à droite et à gauche. Donc, il ne va pas me lâcher quoi que ce soit. Même si ça peut l'innocenter.

– Bah, sans aveux, ce n'est pas à lui de prouver son innocence. C'est à vous de prouver sa culpabilité. Les preuves matérielles ne sont pas lourdes.

– C'est bon, Cadalen ! Khider a quand même été arrêté en possession du portefeuille de l'une des victimes.

– En possession, pas vraiment. Il était planqué dans son casier. Dites, vous appelez souvent vos suspects par leur prénom ou c'est juste parce que vous ne croyez absolument pas à son implication dans quoi que ce soit ?

– Vous m'emmerdez, Cadalen, avec votre psychologie à deux balles. Seghir sera réinterrogé, ira au bout de sa garde à vue, sera présenté à un juge et je recommanderai une détention provisoire, pour les besoins de l'enquête. Ne vous méprenez pas : c'est avant tout un moyen de le protéger. Ça va vite devenir tendu. Les premières ratonnades ne vont pas tarder. Les gens qui vivent dans ce camp le savent. C'est ça qui les met en boule. »

Cadalen ne tenta même pas de rassurer Masclet à ce propos. Un Arabe arrêté après l'assassinat d'une famille entière, c'était pain bénit pour tout un tas de gens dans le coin. Et pas seulement ceux des hommes politiques qui tentaient de se frayer un chemin en doublant tout le monde par la droite. Le journaliste regagna sa voiture. La Peugeot de l'officier passa à sa hauteur, sur la route, en marquant un écart. Il vit Masclet le saluer de la main. Quelque chose lui disait qu'ils allaient se revoir assez vite.

Derrière les grilles du camp, les lumières tremblotaient aux fenêtres des baraquements. La nuit avait enveloppé les harkis et la campagne qui les cernait. Cadalen éprouva une sorte de réconfort en regagnant l'habitacle de la Gamma. Il souffla dans ses mains avant de démarrer et alluma le chauffage. Le moteur ronronna gentiment sur la route du retour. À la sortie de la plaine de Puech, alors qu'il s'apprêtait à rejoindre la départementale pour rentrer chez Anne, un imbécile l'aveugla à travers son rétroviseur, en déboulant pleins phares. Cadalen reconnut les optiques rondes d'une Renault 30 qui bastonnait derrière lui. Pas disposé à faire la course avec cet excité, le journaliste leva le pied pour se laisser doubler. Le Renault gagna rapidement sur lui et vint le talonner au point de faire disparaître son éclairage contre la calandre arrière de la Lancia. Pris d'un mauvais réflexe, Cadalen donna un coup de volant qui fit tanguer sa voiture. Il rétrograda deux fois pour relancer la Gamma et constata, rassuré, que la Renault se laissait distancer. Vingt secondes plus tard, alors que la route devenait plus sinueuse, à l'approche du coteau sur lequel était posée la maison d'Anne, la R30 avait de nouveau surgi pour lui coller au train. Le chauffard jouait à touche-touche, du bout de son pare-chocs, en faisant rugir son moteur. La plaisanterie dura un bon kilomètre avant que le journaliste ne se décidât à balancer quelques coups de patin pour tenir l'autre excité à distance. Le conducteur de la Renault répondait immédiatement, en s'éloignant, puis en revenant à la charge dans les cinq ou six secondes. Les deux véhicules affichant le même poids et le même nombre de chevaux, Cadalen savait qu'il ne pouvait espérer s'échapper en mettant les gaz. Dans son dos, des coups d'avertisseur accompagnaient chaque assaut de la Renault et couvraient par intervalles réguliers le sifflement du V6 qui le poussait au cul.

Le type commençait sérieusement à le chauffer. Cadalen atteignait son point de rupture : la minute où, au rugby, il était celui qui balançait le premier marron de la bagarre générale. Au moment où il s'apprêtait à piler sec pour laisser l'autre empaffé le percuter, la R30 déboîta, dépassa la Gamma en la frôlant, avant de lui découper une jolie queue de poisson juste devant le museau. Cadalen déchiffra trois ou quatre silhouettes dans l'habitacle quand ses poursuivants s'échappèrent au loin. La plaque d'immatriculation, elle, demeura une énigme, son système d'éclairage ayant été neutralisé. Le journaliste redescendit en pression et se traîna à soixante à l'heure en zigzaguant à travers tout le canton. Autant pour vérifier qu'il n'était pas suivi que pour brouiller les pistes qui menaient à son lieu d'hébergement. Où il débarqua une heure plus tard.

Les lumières de l'atelier étaient allumées mais la grande pièce était vide. En l'entendant arriver, Anne sortit de chez elle pour cueillir Cadalen dans le vestibule, au pied de l'escalier. « Vous vous souvenez de votre vilain buzet ? J'ai mis mes menaces à exécution : j'ai fait une daube avec. Vous voulez la goûter ? Je couche les filles et je nous réchauffe ça.

– Vous me guettiez ?

– Pour qui vous prenez-vous ? J'ai simplement oublié d'éteindre. Alors, c'est oui ?

– C'est oui. Vous me laissez passer une chemise propre ? La journée a été longue.

– Prenez le temps qu'il vous faut. J'ai deux pestes qui vont traîner pour se brosser les dents. » Les deux pestes en question n'étaient toujours pas au lit une demi-heure plus tard. Elles guettaient Cadalen du bout de la pièce et s'enfuirent en ricanant lorsqu'il entra dans le séjour. Anne tira la porte du couloir pour isoler ses filles et invita Cadalen à s'asseoir à table. Elle s'échappa dans la cuisine pour en revenir trente secondes après, une marmite de fonte saisie précautionneusement à l'aide de deux maniques. « J'ai fait des pommes de terre pour accompagner. Ça ira ? Ouvrez-nous le vin, je n'ai pas eu le temps de le carafer. Il s'aérera dans les verres.

– Vous videz votre stock de Latour ?

– Il est possible que ce soit la dernière. Je n'ai pas regardé. Je n'allume pas quand je descends à la cave. Il y a toutes les affaires de mon père, entassées. Ça me... Bref, chacun ses fantômes. » Cadalen enleva le bouchon avec des gestes lents et remplit les verres sans en éclabousser les parois. « Elle avance, votre enquête ? Vous avez vu le capitaine Masclet ? Drôle de bonhomme, hein ? » Cadalen redéposa le Latour sur un dessous-de-bouteille en étain et feignit de ne pas avoir entendu la question. Il se rassit face à la jeune femme, laissa le silence s'installer suffisamment longtemps pour que l'instant devînt gênant. Puis il eut pitié de sa curiosité. « Vous connaissez Masclet ?

– Thierry ? On a un peu couché ensemble, à une époque. Ça n'a pas duré. C'est un amant délicieux mais il est trop malheureux pour moi. Sa femme l'a quitté pour un coureur de rallyes automobiles. Genre champion régional dans la Creuse. C'est dire si elle voulait se barrer. Il a un fils. Interne au prytanée militaire. Il le voit aux grandes vacances.

– Eh bien, si jamais Masclet voulait préserver sa vie personnelle...

– Ça vaaaaa... C'est une petite ville et un département rural. Vous auriez fini par le savoir. Autant que ça soit par moi. Bon appétit. Et maintenant : racontez-moi. »

Lorsque Cadalen eut achevé le récit de sa journée, la bouteille de pauillac avait été chassée de la table par une sœur jumelle qu'Anne dégota dans un second casier, plus généreusement garni, encore, que le premier. « C'est Simenon qui fait dire à Maigret, je ne sais plus dans quel livre, "quand je commence une enquête au blanc, je la finis au blanc". Finirez-vous la vôtre au pauillac ?

– La finirai-je... Une chose est sûre : on a piégé le jeune Seghir, mais certainement pas pour l'empêcher d'être élu représentant du personnel. Et barrer l'entrée de la Française de mécanique automobile à la CGT. Masclet n'est pas plus convaincu que moi de sa culpabilité. Je crois qu'il va conserver son suspect sous la main pour calmer le procureur et se donner du temps. J'espère sincèrement qu'il va en obtenir. Les esprits risquent de s'échauffer assez vite.

– À qui le dites-vous !

– Vous connaissez les politiques du coin ? Ceux qui sont en place, ceux qui veulent la leur prendre ? Votre père...

– Mon père ne fréquentait pas les hommes politiques, quel que soit leur bord. Je n'ai jamais su pour qui il votait. Vous êtes d'ici, il me semble ? Votre nom...

– Je suis parti il y a longtemps.

– L'armée ?

– Entre autres.

– Cette région a été bouleversée. » Anne se leva pour indiquer le canapé à son invité. Elle traversa la pièce et Cadalen, en la détaillant de dos pour la première fois depuis le début de la soirée, se dit que son jean était sans doute plus moulant qu'elle ne l'avait imaginé. Et le pull sans forme qui glissait en bâillant, depuis le début du repas, tantôt sur une épaule, tantôt sur une autre, avait le plus grand mal à masquer sa poitrine. « Ça ne vous gêne pas si je m'avachis deux minutes ? Le pauillac tape un peu... On parlait de quoi ? Ah oui, des fachos.

– Euh, bafouilla Cadalen en la rejoignant sur le canapé, je ne crois pas avoir évoqué qui que ce soit en ces termes.

– Pourtant, les choses ont bien changé depuis que vous êtes parti. Si vous restiez un peu, vous ne reconnaîtriez plus la région. Je ne sais plus ce que j'ai fait de mon briquet ; vous voulez bien regarder sous le coussin derrière vous ? » Cadalen se retourna et glissa sa main entre le dossier et l'assise. Anne avait porté à ses lèvres une cigarette ultra-fine qu'elle avait tirée d'un paquet de Vogue. Cadalen se pencha vers elle pour la lui allumer mais ne parvint pas à produire autre chose que quelques étincelles. « Donnez. » La jeune femme secoua le briquet, fit jaillir une minuscule flamme bleue, inspira puis souffla sa fumée vers les poutres du plafond. « La région vivait dans un certain équilibre, jusqu'au début des années soixante. Le chômage était inexistant, malgré l'absence de grands bassins industriels, comme dans le nord de la France. La décolonisation est venue bousculer tout ça.

– Vous voulez parler des rapatriés d'Algérie ? J'imagine que les harkis de Puech sont la partie émergée de l'iceberg. Il y a beaucoup de pieds-noirs ?

– Pas mal. Mais ce n'est pas le seul problème. Et puis, d'ailleurs, tout cela avait commencé bien plus tôt, dès 1952, avec les rapatriés du Maroc. Beaucoup se sont installés ici, surtout après 1957 et 1958. De nombreuses exploitations ont changé de main et des ouvriers agricoles marocains ont débarqué en assez grand nombre. Si on prenait le temps de discuter avec eux, on pouvait constater qu'ils étaient originaires de la même région, parfois de la même localité marocaine où leurs employeurs français possédaient des terres avant la décolonisation.

– La main-d'œuvre locale ne suffisait pas ?

– Difficile à dire. Les enquêtes du ministère du Travail ne concernent pas le monde agricole. Les propriétaires agissent comme ils l'entendent et tout le monde fait semblant de croire qu'il s'agit de saisonniers, comme pour les vendanges.

– Les pieds-noirs préfèrent bosser avec des ouvriers qu'ils connaissent déjà. En employant les mêmes méthodes et en accordant les mêmes salaires que de l'autre côté de la Méditerranée… Mais vous parliez de déséquilibre. J'ai du mal à comprendre.

– À partir de l'été 1962 et jusqu'à l'été 1963, le sud du pays a été submergé. En débarquant, les rapatriés ont exprimé le désir de rester groupés et éprouvé le besoin de demeurer à proximité des têtes de ligne vers l'Afrique du Nord, d'où provenaient les nouvelles du pays. Il faut rajouter à cela qu'une partie d'entre eux n'avaient, dans un premier temps, pas complètement renoncé à retourner dans ce qu'ils considéraient être leur pays. Lorsque les Bouches-du-Rhône, le Var, les Alpes-Maritimes et tous les départements méditerranéens ont été saturés, l'allocation de subsistance a cessé de leur être versée. Notre département, parce qu'il est situé à proximité de l'Hérault, a recueilli une partie de l'excédent côtier.

– On dirait que vous parlez de marchandises.

– Ces gens ont été traités un peu comme telles. Les rapatriés ont afflué vers les villes. Où les solidarités s'exprimaient plus franchement. Mais on subissait encore une sérieuse crise du logement, à l'époque. Et leur entassement y a été réalisé dans des conditions qu'on peut qualifier d'indignes. Le gouvernement a tenté d'inciter les gens à partir s'installer dans la moitié nord du pays mais ça n'a pas marché. Et puis, si on se penche sur les catégories professionnelles, c'est assez parlant. Dans la région, deux rapatriés sur trois appartenaient au monde agricole, au sens large. Quatre sur cinq dans le Gers ou le Tarn-et-Garonne.

– Ils ont trouvé à s'établir ? Des terres à vendre ?

– Ceux qui ont obtenu des prêts, oui. Pourtant, les surfaces des biens mis en vente étaient généralement réduites. Et ne correspondaient pas aux souhaits des nouveaux venus. Ils cherchaient des exploitations plus vastes que la petite propriété familiale qu'on trouve généralement par ici. Mais il y a eu de belles réussites, dans l'arboriculture notamment. Depuis Lavaur, ils exportent chaque année une bonne dizaine de milliers de tonnes de fruits vers l'Allemagne ou la Grande-Bretagne. Vous voulez bien me débarrasser de mon verre ? Je crois que je ne vais pas le finir. » Cadalen profita de l'aller-retour jusqu'à la table du séjour pour remplir le sien avec ce qui restait du fond de la bouteille de Latour, puis se retourna vers Anne. « Parlons franchement : à part susciter des jalousies, je ne vois pas tellement ce que les pieds-noirs et les Arabes ont pu modifier dans le paysage local. En quoi les rapports de force politiques ont-ils changé ? Les socialistes et les radicaux tiennent les villes, le département, la région... ça semble assez immuable.

– Ouvrez les yeux, bon sang ! Lorsqu'on débarque quelque part, on n'arrive pas seulement avec ses valises. On a trimbalé son histoire, ses préjugés et ses rancunes. Les guerres anciennes ne sont pas achevées, elles se sont simplement déplacées. Vous avez été au camp de Puech ? Jeune fille, j'ai vu ces gens dormir sous des tentes et leurs enfants courir pieds nus dans la boue. Vous voulez prendre le temps de jeter un œil aux baraquements des ouvriers agricoles ? Ici, comme dans la région de Montpellier ou de Perpignan ? C'est de l'exploitation pure et simple. Des hommes politiques commencent à faire leur pelote de toute cette misère parce qu'elle fait peur. On sait très bien qu'à un moment ou un autre, ces gens qu'on maltraite ne vont pas rester à la place où on entend qu'ils demeurent. Lors des dernières municipales, on a proféré de très vilaines choses à la tribune de certains meetings. »

Anne quitta le canapé et tangua jusqu'à la table. Cadalen lui prit délicatement le bras pour l'accompagner. Elle se glissa contre lui. « Je n'allais pas tomber.

– Je n'en avais pas le moindre doute. » Ses yeux étaient quasiment à hauteur des siens. « Madame Limouzy, vous connaissez ?

– Jamais entendu parler.

– Maître Boisard ?

– Le père ou le fils ? Le père : un collabo passé entre les gouttes. Le fils : un gommeux qui se croit arrivé et à qui j'ai mis un râteau en présence de sa femme. Pourquoi ?

– Comme ça, pour savoir. » Cadalen sentit la main d'Anne se faufiler le long de sa cuisse et de sa fesse gauche. « Je suis trop ivre pour vous embrasser. Bonne nuit, monsieur le journaliste. »

Cadalen mit un point d'honneur à ne pas arriver au journal à l'horaire fixé par Malvy. Il était dix heures trente passées lorsqu'il trouva une place sur le parking du *Courrier*, juste à côté de la BMW d'Armand. La série 3 était rutilante et perlait encore de son passage dans une station de lavage quelques minutes auparavant. Le photographe était affalé dans un fauteuil en tissu, au fond du plateau de la rédaction, planqué derrière l'une des inévitables piles de journaux qui s'élevaient sur chaque bureau. Le journaliste en vint à se demander s'il ne s'agissait pas d'un moyen un peu dérisoire et dangereusement bancal, pour les rédacteurs, de recouvrer, chacun, un soupçon d'intimité au milieu de ce gigantesque open space à l'américaine.

Armand était plongé dans un *SAS* exotique, *Tornade sur Manille*, aussi concentré que s'il déchiffrait son bulletin de salaire. « Je ne te savais pas amateur des aventures de Son Altesse Sérénissime, se moqua gentiment Cadalen. Le prince Malko va-t-il réussir à protéger ce bon président Marcos de la racaille communiste ?

– Je ne sais pas, je ne lis que les passages avec du cul. Dis, ça n'avance pas trop notre affaire, hein. Je ne vais pas rester trop longtemps.

– Tu attends les obsèques des Sabatier, au moins ? C'est après-demain.

– Ça oui, évidemment. Mais, ensuite, je pense que je vais filer. Tiens, voilà ton chef. » Cadalen se retourna vers Malvy qui traversait le plateau dans leur direction, les deux mains accrochées à son pantalon qu'il tentait de remonter en le faisant glisser, un coup à gauche, un coup à droite, par-dessus sa considérable bedaine. C'était peine perdue : dès qu'il le lâcha, le Tergal abandonna l'effort et redescendit d'un niveau, laissant la chemise habiller seule la proéminence qui en tout lieu devançait le rédacteur en chef. « Dites, mon vieux, votre copain va s'installer longtemps ? s'agaça Malvy en désignant Armand. Il a posé ses fesses dans le bureau des photographes, qui n'en foutent plus une à l'écouter raconter ses conneries, il squatte le labo pendant des heures, il n'en sort que pour harceler les assistantes de rédaction... Il a proposé à trois d'entre elles de lui prodiguer une fellation.

– Une a accepté, rétorqua Armand. Je ne dirai pas laquelle, je suis pour la paix des ménages.

– Cadalen, soyez gentil, vous m'en débarrassez ? Et venez faire un tour dans mon bureau, il faut qu'on cause. » Armand repiqua du nez dans son bouquin, laissant son compère suivre Malvy en direction de son bunker.

Sur le bureau du patron du *Courrier*, la pile de journaux et de magazines avait été reconstituée, identique à celles édifiées dans le reste de la rédaction. Malvy était pourtant séparé de ses troupes par une grande baie vitrée ornée de stores mais, visiblement, cela ne suffisait pas à l'isoler. Il avait reculé son bureau. Le meuble était désormais tassé au maximum contre le mur où la carte IGN était accrochée. Un minuscule passage lui permettait de se faufiler pour atteindre le fauteuil dans lequel il se glissa avec difficulté. La dernière fois que Cadalen avait vu des hommes se calfeutrer de cette manière, ils avaient creusé des trous à la pelle dans la caillasse des Aurès et découpé des branchages dans les pins alentour pour en garnir les bords. Ils étaient aussi mal planqués que protégés et la peur s'infiltrait aussi aisément que le vent. C'était dérisoire et risible. Dans le bureau de Malvy, c'était simplement sinistre.

« Vous avez vu les parents de Jean-Jacques Sabatier ? Il faut qu'on élargisse le sujet. Pour le rendre concernant, que ça touche un maximum de lecteurs.

– Pas encore. Je comptais aller faire un tour chez eux après les obsèques. Souvent, les proches des victimes sont en état de sidération pendant un long moment. Les funérailles rendent les choses concrètes. Il y a une petite fenêtre pour les choper avant qu'ils ne s'effondrent totalement et qu'on ne puisse plus rien en tirer pendant un long moment. Tout le temps du deuil, parfois. Je leur rendrai visite vendredi.

– D'accord.

– Avec Armand, crut nécessaire de préciser Cadalen.

– Vous l'emmenez où vous voulez tant que je ne le vois plus ici. Il m'énerve.

– Armand énerve tout le monde. C'est une seconde nature.

– Du coup, vous écrivez sur quoi, aujourd'hui ? lança Malvy, avec la volonté manifeste de changer de sujet.

– Je pensais m'intéresser au camp de Puech. Ça permet de traiter l'affaire par un autre bout, puisque le type arrêté par Masclet y est logé. Comme ses parents.

– Pfffff... On s'en fout. Les Arabes ne lisent pas le journal.

– Ce n'est pas pour eux que je comptais écrire. Mais pour tout le reste de la population qui, comme vous venez de le faire remarquer, s'en fout complètement. De l'endroit. Des gens qui y survivent. Des Arabes, comme vous dites. Même si, en l'occurrence, il s'agit principalement de Berbères.

– Oui, bon, c'est pareil. Vous n'arriverez à faire pleurer personne sur le sort des immigrés. La grève à la Française de mécanique automobile suscite plus d'agacement que de soutien parmi nos concitoyens. Les Marocains et les Algériens qui y travaillent peuvent bien être virés demain, tout le monde s'en tamponne.

– À Puech, les habitants du camp sont français.

– Ha, ha, ha, ha, ha ! Enfin, oui, si on veut. Bon, je vous laisse faire parce que vous écrivez bien. Même si je ne suis pas toujours d'accord avec ce qu'il y a dans vos papiers. C'est tellement au-dessus du reste de la production que le journal sera toujours content d'accueillir votre prose. Même sur les bougnoules de Puech.

– Je prends ça comme un encouragement ?

– Prenez plutôt ça comme un ordre : je veux quatre feuillets au moins ; on n'a pas grand-chose à mettre dans le canard de demain.

– Vous en aurez six, j'ai pas mal de matériel. Dites, il y avait eu une révolte au camp, en 1975, il me semble, non ? On peut me ressortir des photos des archives ? »

Cadalen sua toute la journée sur son article, ne s'interrompant à treize heures que pour filer manger un bout avec Armand qui s'emmerdait. Le journaliste désossa son carnet pour injecter dans son papier tout ce qu'il avait noté à l'issue du match de football. La description qu'il faisait du camp ne laissait aucun doute quant à la manière dont devait être perçu l'endroit. C'était un lieu de relégation et d'oubli. La nuit allait tomber lorsqu'il eut fini de se relire ; Malvy lui tournait autour depuis de longues minutes déjà, pour tenter de lui arracher les pages dactylographiées. Cadalen les lui confia et renonça à l'envie de descendre au secrétariat de rédaction pour surveiller la composition. Il s'en remettait au talent de la douce Marie-France, son loulou blanc, ses cheveux orange et son crayon bleu. Il quitta le journal sans attendre l'imprimatur de Malvy et fila chez Anne, décidé à se coucher tôt pour rattraper ses heures de sommeil en retard. Si jamais il parvenait à s'endormir avant l'aube.

Enfermé dans sa chambre à l'étage, Cadalen était seul dans la maison, Anne et ses filles parties faire des courses ou simplement sorties. Le chat avait profité de l'ouverture de la porte de l'atelier pour filer dehors, courir la gueuse ou massacrer des oiseaux dans les taillis, au fond du jardin. La douleur à la tête avait commencé à monter sur la route du retour, comme une sorte de migraine qui irradiait, de l'arrière vers l'avant du crâne, et troublait sa vision de petits points blancs. En montant l'escalier, il fit un malaise, sentit une douleur dans le bras gauche. Ça n'avait duré que quelques secondes mais il avait l'impression de repousser vainement une crise cardiaque.

Il essaya de conserver son calme, respirait fort par le nez sans sentir l'air passer ni gonfler ses poumons. En rentrant dans sa chambre, il lutta pour ne pas s'écrouler sur le plancher et peina à gagner son lit, où il se roula en boule en serrant l'oreiller contre lui. Les tremblements survinrent, incontrôlables, avec, bientôt, cette suée froide qui lui inondait le dos et qu'il redoutait presque autant que la sensation d'étouffement qui le gagnait immanquablement. Il se concentra sur la lumière au plafond, pour tenter de s'accrocher à un point fixe, mais le gouffre l'aspira. Au fond, un magma noirâtre l'enveloppa. L'ampoule se mit à clignoter de plus en plus, avant de se contracter. Jusqu'à devenir un minuscule point lumineux parmi d'autres.

Chanez n'a pas parlé. Que pourrait-elle révéler, elle qui ne sait rien ? Transférée dans une villa d'El Biar, avant même le moindre interrogatoire, elle y est accueillie par une volée de gifles qui rendent toute explication impossible. Un soldat lui met une cagoule sur la tête et la dirige vers un pavillon, au fond du jardin. Cadalen les suit. À peine entrée dans la bâtisse, la fille est brutalement déshabillée, on lui lie les pieds et les mains derrière le dos. Puis on l'enroule dans une couverture mouillée avant de la ficeler, des pieds jusqu'au cou. Seule la tête, toujours couverte de la cagoule, émerge péniblement. Deux parachutistes la couchent sur le dos, sur le sol carrelé. L'un d'entre eux lui pose un sac de sable sur l'estomac et s'assied dessus, l'autre lui bloque les pieds. Le lieutenant Térien se tient au milieu la pièce, un jerrican de vingt litres au bout du bras droit. Il en verse le contenu à travers la cagoule. Chanez se débat, tente de résister au flot continu qui lui donne l'impression de se noyer. Cadalen sent qu'elle s'asphyxie, l'entend vomir. Le type assis sur l'estomac de la fille fait signe à Cadalen de le rejoindre pour l'aider à immobiliser la prisonnière. Cadalen refuse. Térien ordonne. Cadalen s'exécute, lui bloque le bassin et lui écrase le ventre. Térien vide son jerrican et en saisit un second. Il réitère l'opération. Le carrelage est trempé, la couverture et la cagoule sont gorgées d'eau. Chanez cesse de bouger. L'officier fait signe à ses hommes de la libérer et de la tourner sur le côté, puis lui ôte sa cagoule. Elle crache, s'étrangle, tousse à s'en décoller la plèvre. Cadalen s'écarte pour aller se réfugier contre l'un des murs. Les deux autres parachutistes enlèvent la couverture, lui délient les pieds et les mains et la laissent nue, à même le sol. Térien lui aboie de se mettre debout. Les forces de Chanez ne le lui permettent pas. Elle tente de s'appuyer sur ses mains, se redresse péniblement à quatre pattes avant de s'écrouler dans la flaque qui a gagné jusqu'à la porte. Les deux parachutistes commencent à jouer au ballon avec elle, s'amusant à la pousser, à tour de rôle, avec leurs pieds, sur les dalles glissantes. Ils rient. Térien fait signe à Cadalen de le suivre. Ils sortent.

Les deux hommes s'éloignent de la villa où est acheminée une bonne partie des suspects. Le lieutenant prend place dans la Jeep en laissant à Cadalen le soin de s'emparer du volant. Ils redescendent en ville. Il ne sait pas quoi penser de l'officier. Quinze jours avant l'arrivée de Térien à la tête de la section, six mois plus tôt, les hommes du 12e RCP étaient livrés à eux-mêmes. Un petit convoi de trente d'entre eux avait subi une embuscade très rude, à six kilomètres de Menaa. Sept morts, neuf blessés graves, huit blessés légers et six paras indemnes seulement.

Deux jours plus tard, Cadalen et ses camarades dévalèrent sur deux villages situés à un kilomètre du lieu de l'attaque. Une dizaine de civils furent exécutés sur place en guise de représailles. Les autres furent emmenés au PC, à Chir, où certains prirent une rafale après interrogatoire. Beaucoup de femmes furent violées et les deux villages sautèrent à la dynamite. La semaine d'après, un autre douar avait été ratissé. On avait cueilli tous les hommes. Les femmes demeurèrent au village et ordre leur fut donné de séjourner isolément dans les différentes pièces de chaque maison. On transforma l'endroit en véritable BMC où furent lâchées plusieurs compagnies de chasseurs alpins ou de légionnaires. Par la suite, cent cinquante jeunes filles avaient pu trouver refuge au couvent des sœurs ou chez les pères blancs. Souvent pour y cacher une grossesse.

Puis Térien prit le commandement. Il parla calmement mais d'une voix résolue. Notre vie en Algérie n'est pas facile, disait-il. Elle exige de nous une disponibilité totale et permanente, une forme physique mais également spirituelle et morale solide. C'est une vie de nomade, une vie de danger. Les opérations sont fréquentes et la mort peut nous donner rendez-vous à n'importe quel moment. Autour de nous, il n'y a que misère et souffrance. Il aurait pu rajouter, une vie abrutissante où, pour beaucoup, il n'y a d'autre détente que la boisson et le bordel. Mais Cadalen, en conduisant sa Jeep, d'El Biar au centre d'Alger, se souvient surtout que Térien énonça alors des règles très strictes. Il exigeait que ses hommes respectent l'identité et les coutumes des habitants, il leur interdisait désormais de parler aux femmes du village. Et si les nécessités de la guerre imposaient parfois des contrôles de population et des vérifications d'identité, aucun d'entre eux ne devait se croire dispensé d'y apporter une correction élémentaire. Et parce qu'il est toujours humiliant d'être fouillé, que l'attitude des soldats n'augmente pas cette humiliation. Qu'en aucun cas, il n'y ait ni violence, ni brimades, ni plaisanteries douteuses, ni vols. Et pour appuyer son propos, il rajouta, en posant sa main sur la crosse de son pistolet automatique, qu'à l'égard des femmes, cette correction devait être absolue.

Le lendemain matin, en regagnant les hauteurs d'El Biar, Cadalen et Térien retrouvent Chanez, cette fois-ci dans les sous-sols de la villa. Attachée nue à une table en bois, les chevilles et les poignets liés, elle tourne la tête pour ne pas voir Cadalen, à chaque fois qu'il passe d'un endroit à un autre de la pièce. Lorsqu'après plusieurs heures de torture à l'électricité, Térien se penche contre elle, Cadalen entend l'officier murmurer à la fille qu'une autre pensionnaire l'a dénoncée pour avoir cousu un drapeau nationaliste. Cadalen connaît ce bout de drap rapiécé, sur lequel la fille a posé un croissant malhabilement découpé dans une chute de velours rouge, et qui a suffi à la faire extraire de la maison de passe où elle était cloîtrée pour la confier à un centre d'interrogatoire. En le découvrant, pendant qu'elle faisait sa toilette, caché sous le matelas, il avait souri à cet acte de résistance sans conséquence et avait remis le drapeau en place. Avant, enfin, de la baiser comme un homme. Chanez n'a pas parlé. Que pourrait-elle révéler, elle qui ne sait rien ?

Le type venait de descendre de son tracteur pour régler son sarcloir. Il s'apprêtait à émietter tout un champ qui s'incurvait en pente douce, en direction d'un bois d'où on entendait jacasser des pies. Sans doute avant de planter de la luzerne pour ses vaches. On était un peu tard dans la saison pour le blé de printemps. Cadalen avait garé sa voiture au bord de la route. La Lancia allait empêcher la circulation d'un autre véhicule sur ce chemin étroit mais, avec un peu de chance, il ne passerait certainement personne. Le journaliste se tint un moment au bord du champ, les mains dans les poches de sa veste. L'air était vif mais le ciel éclatait d'azur. Le printemps avait décidé de définitivement s'installer. La nature allait exploser en quinze jours puis l'été arriverait sans bousculer ni les hommes ni les bêtes, une montée en température graduelle, jusqu'au matraquage du mois d'août. Les vendanges annonceraient ensuite la plus belle période de l'année, une arrière-saison dorée, que personne ici n'avait eu l'idée saugrenue de comparer à l'été indien mais qui ornait les collines et les vallons de parures empruntées à la Toscane.

En partant de chez Anne, tôt le matin, Cadalen avait bifurqué vers le camp de Puech avant de se rendre au journal. Il avait traversé le bourg, pris de l'essence à la station-service du supermarché où les anciens harkis n'avaient pu trouver le travail promis par le maire et parcouru deux kilomètres avant de dénicher le premier rural au travail en extérieur. Le type s'avança, souriant, pour le saluer. Un corniaud à peine plus gros qu'un chat adulte jappait en tournant autour de son maître, qui l'éloigna d'un coup de botte en caoutchouc. Le clebs, vexé, grimpa dans la cabine du Fendt et se posta sur le siège, les pattes avant posées sur le volant. Cadalen aurait juré qu'il allait démarrer le bazar et filer avec.

L'agriculteur avait l'air ravi de voir du monde et, passé le moment consacré au temps qu'il faisait ou qu'il ferait peut-être, le type dérouilla un tas de congénères qu'il prenait soin de désigner nominativement, comme si Cadalen avait entendu parler auparavant de chacun d'entre eux. Il était question de remembrement, de cadastre, de plan d'occupation des sols et autres filouteries campagnardes. Puis le gars sortit sa blague à tabac pour s'en rouler une et, les premières taffes soufflées vers le sol, il déballa le morceau sur la construction du supermarché, à la sortie de Puech. On avait déplacé des bornes, fait passer de la surface agricole en terrain constructible et des coquins, dont le maire, s'étaient partagé une jolie somme d'argent une fois le hangar commercial sorti de terre. On n'aurait su dire ce qui mettait le paysan le plus en colère ; la jalousie de ne pas avoir profité de l'opération ou la laideur du bâtiment qui clignotait de toute son enseigne lumineuse, visible depuis son tracteur, de jour comme de nuit.

Le bonhomme parut satisfait d'avoir vidé son sac devant un inconnu et s'en retourna à ses affaires. Il en avait bien pour la matinée, la pièce à travailler était de belle taille. Cadalen s'assit au volant de la Gamma et sortit son carnet pour noter ce qu'on venait de lui raconter. Il n'avait pas retenu tous les noms mais c'était sans importance. Il y reviendrait. Lorsque le tumulte autour de l'assassinat des Sabatier aurait cessé et qu'il faudrait mouliner sur d'autres sujets. Si jamais il se décidait à rester quelque temps dans le coin, une petite affaire de corruption municipale serait bienvenue.

Au journal, la dactylo d'Armand chiffrait ses dix ans de plus et semblait n'avoir pas dormi une minute. Ce salaud avait dû lui faire ses adieux, après une ultime levrette. Voire pendant, c'était un pervers. La pauvre femme, en tout cas, était venue bosser en pantalon et en chaussures plates, avec à peine assez de maquillage pour soulager ses cernes. Elle soufflait sans interruption dans des Kleenex qu'elle alignait sur son bureau, comme un poivrot en fin de biture l'aurait fait avec ses verres, sur le comptoir d'un rade. Elle ignora Cadalen qui l'ignora de même. Malvy passa une tête hors de son bureau et héla le journaliste qui consentit à s'asseoir sans que son rédacteur en chef le lui demandât. « Vous êtes convié à déjeuner, mon vieux. Pas par moi, hein… Par le député socialiste qui tient la circonscription où nous nous trouvons. Et comme le camp de Puech s'y trouve également, il a été particulièrement touché par votre article paru ce matin.

– Vous vous êtes encore fait engueuler ? s'inquiéta Cadalen, en feuilletant l'édition du jour qu'il avait attrapée sur le bureau de Malvy.

– Pas trop. Mais c'était une colère froide. On sent bien que ça ne l'arrange pas. Son parti est fébrile et, même si Mitterrand est descendu nous passer de la pommade il y a six mois, tous les caciques locaux savent qu'ils n'ont aucune prise sur le réel. L'injection massive d'argent public, c'est fini. Il va falloir que les boîtes se démerdent toutes seules. Il y aura de la casse. Beaucoup. Donc de la colère. Sa réélection n'est pas assurée. Alors, si en plus des ratons qui bloquent la Française de mécanique automobile, les harkis foutent le feu à Puech, notre député va pouvoir se cacher.

– C'est ce qu'il fait déjà, non ? Je n'ai jamais entendu parler de lui. Ni au palais Bourbon, ni dans votre journal. Je le retrouve où ?

– 12 h 30, au restaurant du tennis club. C'est lui le président. Je vous préviens, c'est cher et dégueulasse. Donc, vous mangez ce que vous voulez mais, surtout, vous le laissez payer. » Cadalen consulta sa montre. Avant de filer, il avait le temps de passer aux archives photo pour en extraire un portrait du député en question, capté deux ans plus tôt, au moment des législatives. Le PS avait gratté les trois sièges du département en chipant la deuxième circonscription au RPR. L'homme politique n'avait l'air ni méchant ni particulièrement fourbe. Des cheveux plaqués pour masquer une calvitie bien installée, des lunettes à fine monture métallique, une petite moustache taillée au cordeau. Un fonctionnaire territorial ou un prof de lycée technologique. Pas un nanti. Au pire, un aigri et un revanchard.

Le club de tennis n'avait de municipal que le nom. L'inscription y était chère et le système de réservation des courts si solidement verrouillé qu'on était assuré de n'y jouer qu'entre gens de bonne compagnie. La matinée était réservée aux dames qui tapaient la balle avec des entraîneurs débauchés dans un club de vacances du littoral. Les hommes se retrouvaient en fin d'après-midi, pour terminer leur journée de cadres supérieurs ou de radiologues avant de siffler une coupe au club-house. Le reste de la ville jouait au football et au rugby, qu'il fût à XIII ou à XV. Rien n'avait vraiment changé depuis les années cinquante et l'adolescence de Cadalen. Aux classes dominantes, les pratiques corporelles qui alliaient grâce, esthétique, contrôle, absence de contact physique. Des sports instrumentés et onéreux, des activités exercées dans un but essentiellement éducatif. Aux classes populaires, les disciplines qui demandaient force et virilité, mélange des corps, esprit de sacrifice, mérite, productivité. Avec, pour les meilleurs joueurs, le rêve illusoire du professionnalisme. Alors, qu'au mieux, ils pourraient profiter de l'amateurisme marron solidement ancré en Ovalie grâce au soutien des banques et autres mutuelles régionales. Si les patrons britanniques, à la fin du XIXe siècle, avaient autant encouragé la création d'équipes de football à l'intérieur de leurs usines, ce n'était pas seulement par souci d'hygiène et de bien-être. Et puis, c'était pratique cette cohésion verrouillée par un maillot commun : lors du premier conflit mondial, chaque club d'ouvriers avait immédiatement pu être transformé en régiment de fantassins. *For King and Country.*

Cadalen, lui, avait pratiqué les deux types d'activité. Il s'était fait désosser au rugby par des fils d'agriculteurs de Bigorre, qui à seize ans en paraissaient vingt-cinq, tant les muscles taillés par les travaux des champs leur donnaient un avantage considérable à chaque impact, avec ou sans le ballon. La seule fois où Cadalen réussit à franchir la ligne d'en-but, l'arrière adverse, qui n'avait pas réussi à le découper pendant sa course, lui planta son genou en plein nez alors qu'il relevait la tête après avoir posé crânement le cuir entre les poteaux. L'arbitre ne moufta pas. Il aida le joueur blessé à se relever puis le sermonna en le traitant de chambreur.

Il en aurait fallu plus pour le faire renoncer mais, une fois installé en région parisienne, au milieu des années soixante, le journaliste troqua ses crampons pour une raquette et laminait depuis quelques confrères de l'ancien ORTF dans un club du seizième arrondissement. Il avait surtout vécu ce changement de sport comme une véritable transformation sociale. Encore plus prégnante que celle qu'il devait à la carrière professionnelle qu'il avait embrassée. C'était sur les terrains de tennis qu'il avait perçu, avec plus d'acuité qu'ailleurs, le décalage qui existait entre ceux dont l'ascension sociale est la récompense du mérite ou de l'audace et ceux dont la position est un privilège naturellement transmis. Cadalen s'était longtemps senti différent car il ne possédait pas encore les codes, les manières d'être et de parler qui allaient s'avérer nécessaires à la vie en société.

Quelque temps après la signature de son premier contrat, l'un de ses chefs l'avait invité à partager chez lui le produit de sa chasse, dans sa maison de Neuilly. Au moment de passer à table, il s'était retrouvé devant une rangée de fourchettes et de couteaux comme il n'en avait jamais vu. Et pour manger les cailles, il ne savait pas comment s'y prendre. Il avait espéré repérer lesquels son hôte et son épouse allaient utiliser mais, visiblement, ceux-ci attendaient qu'il commençât. Puis, ils comprirent sa gêne et entamèrent le repas. Quelques secondes plus tard, Cadalen les imitait. S'il n'eut jamais l'occasion de se trouver de nouveau en pareille situation, c'est qu'il prenait un soin particulier à éviter les mondanités et les grands bourgeois. Il se contentait de les étaler au tennis, de leur laisser payer la note, de souvent boire leurs vins et, si l'occasion s'en présentait, de parfois raccompagner leurs femmes l'après-midi.

L'homme avec qui le journaliste avait rendez-vous paradait entre deux joueuses encore en tenue. La première avait emprunté sa permanente à Farrah Fawcett, la seconde à Stefanie Powers. Elles portaient la même petite jupe blanche et riaient en chœur aux plaisanteries du député. Stefanie Powers sortit un paquet de Dunhill de son sac de sport et alluma sa cigarette en détaillant Cadalen de la tête aux pieds. L'homme s'excusa d'abandonner cette charmante compagnie et s'avança vers son invité. « Merci d'être ponctuel, je suis attendu à Toulouse à dix-sept heures, vous avez trouvé facilement ? Vous êtes du coin, non ? Enfin, Malvy m'a dit que vous connaissiez bien la région pour un Parisien. Tenez, installez-vous, je vais demander des menus. » Cadalen détailla le député qui s'éloignait en direction du maître d'hôtel. Son costard était façonné sur mesure, ses pompes valaient un SMIC et il avait repéré une montre à deux plaques à son poignet droit. Pas exactement l'allure d'un fonctionnaire territorial et encore moins celle d'un prof de techno.

La salle du restaurant était basse de plafond mais assez vaste, décorée avec goût et discrétion, dans le genre d'un grand hôtel d'une chaîne internationale. De larges baies vitrées donnaient sur les courts extérieurs en terre battue, d'où on entendait les joueurs frapper. Le ciel était demeuré bleu, c'était une vraie belle journée. Le député revint s'asseoir et lui tendit un menu en moleskine. « Je vous suggère la salade César, elle est extra. Je peux demander qu'ils vous la préparent avec des écrevisses. » Cadalen se voulut contrariant, commanda une entrecôte et un verre de gaillac, avant d'attaquer bille en tête : « Vous pensez quoi de la situation des anciens harkis et de leurs familles, au camp de Puech ?

– Ah... Vous ne voulez pas un apéritif d'abord ? » Cadalen déclina de la main droite avant de la poser à plat sur le bord de la table. « Nous avons changé d'époque, voyez-vous, Cadalen. On ne peut plus céder à tout. Ni à n'importe quelle condition. Les élections municipales ont été tendues.

– Elles ont même été compliquées pour la majorité gouvernementale. Vous avez beaucoup reculé en nombre de voix.

– Oui, bon, les législatives sont dans trois ans : nous avons le temps de voir venir. Nous avons un problème avec les immigrés. Ils deviennent trop visibles. Ne vous méprenez pas sur le sens de mon propos, je m'explique : il s'agit d'une population qui réside en France depuis des années sans avoir acquis droit de cité. On assiste au surgissement brutal d'un véritable groupe social dans le paysage et, à travers les usines, dans les représentations collectives.

– Comme à la Française de mécanique automobile.

– Effectivement, comme à la Française. Je ne vais pas vous dire que ça passe bien. Y compris auprès de nos électeurs. Il y a de leur part, et quelles que soient les couches sociales, une véritable prise de conscience qui aura des répercussions durables. La percée, çà et là, du Front national aux dernières élections n'est qu'un début.

– Et vous allez faire quoi ?

– Il faut écouter ce que les Français nous disent. Jusqu'à présent, le combat entre la gauche et la droite était principalement polarisé autour des questions économiques et sociales. Une autre dimension est en train d'apparaître : celle de l'identité, du rapport à la nation, du multiculturalisme et de la lutte contre le racisme. Le parti créé par Jean-Marie Le Pen, il y a plus de dix ans, végétait et était confiné à des scores marginaux. Ce n'est plus le cas. Il s'installe, il recrute, il progresse.

– Avec des types comme Jean-Jacques Sabatier ?

– Qui ça ?

– Sabatier. Le gars dont la famille a été assassinée et dont on a retrouvé le corps il y a cinq jours. J'enquête sur son assassinat.

– Ce n'est pas à la police ou à la gendarmerie, normalement, d'enquêter sur un assassinat ?

– Pour l'enquête judiciaire, oui. Vous n'avez pas répondu à ma question. Sabatier travaillait pour l'extrême droite, filait des coups de main ? Avec ou sans l'aide des vigiles sous ses ordres à l'usine ? » Le député se raidit un peu dans son fauteuil, attendit que le serveur eût servi leurs plats pour se verser un verre de Vichy et reposa la bouteille entre son assiette et celle de Cadalen. « Honnêtement, je n'en sais rien. Mais la crise économique nous oblige à restructurer de nombreuses filières. Automobile, textile, sidérurgie. Le passif laissé par la droite...

– Arrêtez votre baratin. Allez au but.

– Eh bien, déglutit difficilement le socialiste, à la Française, il y a eu de nombreux affrontements entre grévistes et non-grévistes, par exemple. Toute notre industrie emploie une importante main-d'œuvre immigrée qui, lorsqu'il y a un conflit, occupe les parkings qui deviennent alors des lieux de prière. Ces scènes ont été filmées. Ici, comme à Poissy ou à Aulnay l'an passé. Elles ont dévoilé à la télévision des pratiques religieuses jusqu'alors cantonnées aux ateliers. On a vu des meetings organisés devant la Française, parfois entrecoupés de prières ou de harangues en langue arabe. Paris s'en est ému. Le ministre de l'Intérieur a dénoncé fin janvier l'intervention "d'intégristes et de chiites". Le Premier ministre lui a emboîté le pas, trois jours plus tard, en déclarant que "les principales difficultés sont posées par des travailleurs immigrés".

– J'avais entendu pour Defferre. Je ne savais pas pour Mauroy. Et donc ?

– Il y a à l'évidence une dimension religieuse et intégriste dans les conflits que nous rencontrons en ce moment. Ce qui leur donne une tournure qui n'est pas exclusivement syndicale. Il n'est donc pas opportun, il me semble et je vous le demande en appelant à votre responsabilité, de jeter de l'huile sur le feu en offrant une importance qu'elles ne méritent pas aux agitations qui secouent ces jours-ci le camp de harkis de Puech.

– Vous me demandez de ne plus écrire sur Puech ? protesta Cadalen en laissant tomber sa fourchette dans son assiette.

– Je vous demande de considérer que ce pays a changé et qu'il n'est pas nécessaire d'offrir à nos adversaires politiques les moyens d'exploiter le désarroi des Français. En particulier dans ce département. La France a longtemps vécu dans l'idée que les travailleurs immigrés repartiraient un jour dans leur pays. Ces mouvements sociaux ont fait prendre conscience que leur installation définitive était en cours. Les mandats syndicaux d'abord, le droit de vote ensuite. Personne n'en veut. Pas même nous. Je peux compter sur vous ?

– Non, monsieur le député, ricana Cadalen. Vous ne pouvez pas compter sur moi. Les harkis de Puech sont en colère parce que l'un d'entre eux a été interpellé pour l'assassinat de Jean-Jacques Sabatier, ce qu'il nie évidemment, et qu'il n'y a rien de tangible contre lui.

– Encore une fois, je vous recommande de laisser la gendarmerie mener son enquête et de vous en tenir à ce qui fait la raison d'être d'un quotidien régional comme le *Courrier*. Mettre en avant les réalisations locales et relater les événements sportifs du week-end. Vous verrez, c'est vraiment intéressant. D'ailleurs, je vous propose un reportage en immersion totale dès samedi. Le club organise son premier tournoi de printemps. Il y a un tableau vétéran. Pourquoi ne pas y participer ? Ne dites pas non, on m'a glissé que vous jouiez au tennis. Et plutôt bien. »

Cadalen se renfrogna dix secondes, le temps de calculer ce qu'il pouvait tirer de la fin du repas. Il hésita à poser sa question et, puisqu'il l'avait au bord des lèvres, la laissa choir brutalement. « Admettons que je veuille construire un supermarché. Ici ou ailleurs dans le département. Je fais comment ? Je demande à qui pour les autorisations ?

– Pourquoi cette question ?

– Répondez et je dispute votre tournoi. Ensuite, je vous ponds le papier du siècle.

– Eh bien, les demandes sont déposées auprès de la Commission départementale d'équipement commercial, qui statue sur tous les commerces de détail de plus de trois cents mètres carrés.

– S'il y a litige, qui tranche ?

– La CNUC. Commission nationale d'urbanisme commercial. Pourquoi cette question ?

– Culture personnelle. J'imagine qu'il n'est pas inutile d'avoir un appui politique.

– C'est plus sûr, effectivement. Notamment en cas d'appel au niveau de la CNUC. Mais je vous demande pardon, il va falloir que je file. Mon rendez-vous à Toulouse, vous vous souvenez ? Laissez, c'est pour moi. » Cadalen, qui n'avait nullement l'intention de payer, vit le député prélever un billet de cinq cents francs d'une liasse qui en contenait plusieurs et l'agiter au-dessus de sa tête pour signaler au serveur qu'il désirait l'addition. Le journaliste se leva pour le saluer, se rassit et le regarda partir après avoir empoché sa monnaie en billets de cent.

Cadalen récupéra sa voiture sur le parking du club et, en voulant l'ouvrir, s'aperçut que sa clé tournait à vide dans le canon de la serrure. La portière côté conducteur était déjà déverrouillée. Il jeta un œil par-dessus le toit pour détailler les autres véhicules garés. Deux Mercedes rutilantes lui semblaient des cibles plus évidentes mais sans doute la tentative de vol avait paru plus aisée sur la Lancia. Il s'installa au volant et ouvrit la boîte à gants. Rien ne manquait. À part quelques cartes routières, il ne laissait jamais rien dans la Gamma. En se redressant pour attraper la ceinture de sécurité, il repéra, derrière le volant, une petite boîte d'allumettes qui avait été déposée contre le pare-brise. En la saisissant entre le pouce et l'index, il sentit quelque chose rouler à l'intérieur et, en l'ouvrant, il y découvrit une balle blindée de 9 mm. Dans son rétroviseur, une Renault 30 quittait le parking.

La matinée du lendemain fut pénible. À la vue des quatre cercueils alignés en plein centre du cimetière des Planques, Cadalen sentit un frisson le parcourir. Armand mitraillait en jouant des coudes, pour se frayer un passage au milieu de l'équipe de télévision de FR3 qui avait sorti les grands moyens pour couvrir l'événement. Des journalistes de RTL, de RMC et de Sud Radio tendaient leurs micros, pliés en deux, l'épaule démolie par le poids du Nagra avec lequel ils tentaient de capter l'ambiance. Une bonne partie de la ville avait fait le déplacement. Le conseil municipal en rang d'oignons, le député rencontré la veille, emmitouflé dans un lourd manteau en poil de chameau qui semblait avoir été subtilisé à un parrain new-yorkais, le capitaine Masclet, un peu à l'écart, qui décortiquait l'assemblée, flanqué de deux sous-officiers. Cadalen supposa que les deux types en pardessus qui se trouvaient à ses côtés étaient le procureur et le juge d'instruction. Derrière les cercueils, comme une garde rapprochée des grands-parents, la quasi-totalité des vigiles de l'usine, en blouson synthétique noir, de circonstance. Plusieurs d'entre eux étaient affublés de ridicules lunettes de soleil complètement opaques qui les faisaient plus ressembler à des aveugles qu'à des gros durs. Le petit gros qui menait la marche lors de la perquisition de Masclet dans les vestiaires de la Française paraissait chorégraphier la cérémonie, passant d'une personnalité à une autre, glissant un mot à chacune.

Entre les deux cercueils en bois blond qui abritaient les dépouilles de Marie-Noëlle Sabatier et de sa sœur, deux autres, plus petits, recouverts d'une laque blanche. Ceux des gosses. Les obsèques de Jean-Jacques Sabatier auraient lieu plus tard, le permis d'inhumer n'ayant pas encore été délivré.

Cadalen attendit que le curé finît de causer pour opérer un mouvement en direction des parents de l'ancien vigile. Quelques cris dispersés et pourtant parfaitement synchronisés surgirent de la foule.

« Morts aux Arabes ! Bicots assassins ! On va vous trouer, sales bougnoules ! » et autres joyeusetés. L'assemblée murmura une indignation feinte et les vigiles de l'usine resserrèrent les rangs autour de la famille. La cérémonie se poursuivit péniblement jusqu'au caveau. Les reporters radio parurent satisfaits d'avoir enregistré ce qu'ils étaient venus débusquer : une saine colère, une famille dévastée, un coupable désigné, quelque chose de simple et qui pouvait tenir en quatre-vingt-dix secondes dans les journaux de dix-huit heures. Dix minutes plus tard, tous regardèrent d'assez loin les ouvriers municipaux descendre les cercueils dans la fosse, sans doute par peur d'y glisser eux-mêmes. Cadalen présenta ses condoléances aux grands-parents paternels et prit rendez-vous auprès d'eux, pour le lendemain matin. Il ne leur laissa pas la possibilité de lui répondre, encore moins celle de refuser et tourna les talons.

Armand avait fini de bosser et attendait Cadalen qui s'écarta un peu pour rattraper Masclet au vol. Il se fit présenter le procureur et le juge d'instruction et proposa à l'officier de gendarmerie de rentrer avec eux plutôt que dans son inévitable 504. Masclet sembla hésiter mais salua les magistrats et emboîta le pas au journaliste et au photographe jusqu'à la Lancia.

« Belle ambiance, sourit Cadalen en démarrant la Gamma. Vous avez des nouvelles de Seghir ? Le juge l'a entendu ?

– Oui, deux fois. Il va le laisser tremper un peu pour le ramollir. Pas sûr que ça serve à grand-chose.

– Bah non, puisque ce n'est pas lui le coupable.

– Vous n'allez pas recommencer, Cadalen. Je vais passer tous les gars de l'usine au crible. Tous les potes de Sabatier...

– Les miliciens en Ray-Ban ? Effectivement, ça me semble une bonne idée.

– On épluche toute la vie de la victime, ses connexions politiques, je vous assure qu'on ne néglige rien...

– Ça me rappelle les obsèques de Jean-Jérôme Santucci », coupa Armand, coincé à l'arrière et à qui on n'avait rien demandé. Masclet se retourna sur son siège : « Qui ça ?

– Jean-Jé. C'était il y a deux ans, au cimetière Saint-Pierre, à Marseille. Juste à la fin de la guerre des machines à sous. T'aurais vu le cirque ! Les trois-quarts de la pègre locale et la moitié du conseil municipal étaient présents. Ça a failli rester propre. Même la veuve avait fait des efforts. Tailleur noir moulant, bas couture en soie, des talons, mon vieux, t'aurais dit des pics à glace. Tu vois le genre ? Chienne, mais digne. Bref, le cercueil qui brille, les poignées en bronze doré, les cyprès sous le vent et la famille qui défile pour déposer un œillet sur la boîte à Jean-Jé. Arrive le tour de Pierre-Louis Orsini, son ancien associé. Le mec s'allonge littéralement sur la bière, pleure des larmes déchirantes : "mon frère, mon ami, comment est-ce possible..." et j'en passe. Putain ! C'est lui qui l'avait fait buter.

– Magnifique, apprécia Cadalen sans quitter la route des yeux, j'adore.

– Attends la suite. La veuve n'a pas moufté, derrière ses lunettes Gucci. Mais, la semaine suivante, les cousins à Jean-Jérôme ont enlevé Orsini, lui ont découpé la main droite au chalumeau avant de lui remplir le gosier avec le contenu d'une toupie à béton.

– Pourquoi il nous raconte ça, ce con ? s'énerva Masclet, qui supportait encore moins Armand que Malvy.

– Le con en sait plus que toi, flicaille. Il veut juste te dire que ce matin, aux obsèques des Sabatier, il y avait sans aucun doute tes assassins. Et comme j'ai détronché toute l'assistance à l'Ektachrome, tu me diras merci. Ils ne peuvent pas s'empêcher de rôder, tes coupables. Ça les fait goder de te voir transpirer sous ton képi.

– Reçu, se radoucit Masclet en se frottant les mains. On va développer tout ça et tapisser ces messieurs.

– Oulah ! pas si vite, beau sire. *Paris-Match* les aura avant toi. On va d'abord voir ce que ça me rapporte. »

Paris-Match avait su exploiter au mieux les photos prises dans la carrière par la gendarmerie et récupérées par Armand. L'hebdomadaire ne consacrait pas moins de quatorze pages à la découverte du corps de Jean-Jacques Sabatier, le dimanche précédent, dont dix aux clichés que le pauvre maréchal des logis-chef Favenec avait laissé Armand embarquer. Masclet allait encore hurler. On pouvait détailler, double page après double page, l'infortuné chef de la sécurité de la Française sous pratiquement toutes les coutures. À l'exception de sa face anéantie par le coup de fusil de chasse qui lui avait été tiré par-derrière. Le poids des mots renforçait le choc des photos pour rapporter avec beaucoup de détails – et pas mal d'erreurs – les conditions de la découverte du cadavre et les premières constatations établies par l'identité judiciaire. Les plumitifs des Champs-Élysées avaient beaucoup pompé sur les papiers du *Courrier*. « Dix barres ! » Armand souriait de contentement en contournant les abattoirs et en grimpant la petite côte qui les amenait, Cadalen et lui, dans un quartier un peu excentré. « Dix barres et cinq de mieux s'ils m'avaient pris Seghir en une. Mais la photo n'est pas arrivée à temps pour le bouclage.

– Ce n'est peut-être pas plus mal, bougonna Cadalen, assis sur le siège passager de la BMW. Il est quand même moins coupable que Sabatier n'est mort. Il vaut sans doute mieux s'en tenir aux certitudes. Surtout en couverture.

– Pffffff... C'est pas comme ça que tu vas gagner ta vie.

– À tout prendre, je crois que je préfère, répliqua le journaliste, en envoyant balader le magazine sur la banquette arrière. Mais bon, j'avoue : cent mille balles, respect.

– Ouais, c'est coquet. Même si l'agence prend quarante pour cent. On est encore loin ?

– Non, ils m'ont dit "en face du stade d'athlétisme et du grand bâtiment en tôle". Tiens, c'est là. Rue de Finlande, au quinze. »

Cadalen claqua doucement la portière. L'heure était matinale et il en avait plus qu'assez d'être confondu avec un flic à chaque fois qu'il débarquait chez des pauvres gens pour recueillir leur témoignage ou leur soutirer des infos. Le pavillon des Sabatier père et mère se tenait blotti entre deux autres bâtisses, poussées avec lui trente ans plus tôt. L'entrepreneur avait fait assaut d'inventivité pour que chaque propriétaire pût se sentir différent de son voisin immédiat mais sans jamais pouvoir s'imaginer supérieur. Chaque demeure avait son allure propre mais rien ne semblait devoir perturber l'alignement des façades, que ce fût dans le sens de la hauteur ou bien le long du vilain trottoir en ardoise pilée qui collait aux semelles. En face, une piste cendrée cernait un grand carré d'herbe et le hangar austère qui la jouxtait devait accueillir les handballeurs, basketteurs et autres adeptes de sports de préau.

Un petit muret qui hésitait entre le rose pâle et le saumon supportait une grille métallique au dessin compliqué. Un portail avec les mêmes entrelacements de fer forgé permettait d'accéder à la cour et à la porte de garage en bois. Une autre grille ouvrait, elle, sur une allée de trois mètres de long, qui menait à un escalier de béton. La maison était bâtie sur trois niveaux. La porte d'entrée, abritée sous une marquise de verre, perçait le centre de la façade, au premier étage. Au second, les volets étaient fermés. Cadalen respira un grand coup avant d'appuyer sur la sonnette. Armand referma la grille et grimpa pour rejoindre son comparse, l'épaule alourdie par son sac et ses appareils photo.

Les Sabatier attendaient leur visite. Cadalen avait vu les rideaux bouger et des ombres glisser alors qu'il descendait de la voiture. Le couple de septuagénaires les invita à entrer puis les guida vers la salle à manger, sur la gauche du couloir. Armand avait déjà mémorisé les lieux. À droite, une porte, sans doute les toilettes. Puis un escalier un peu raide et consciencieusement ciré, qui filait à l'étage. En haut, au jugé, trois chambres et une salle de bains. Sous l'escalier, une porte qui devait descendre au garage et au cellier situés au rez-de-chaussée. Au fond du couloir, une cuisine un peu exiguë mais éclairée par une fenêtre et une porte vitrée. Un jardin sur l'arrière. Un potager aussi, certainement. Le photographe pria pour que l'escalier grinçât le moins possible avant de rejoindre le journaliste dans le double séjour.

Cadalen était déjà assis face aux occupants des lieux, qui s'étaient installés côte à côte. La toile cirée luisait du coup d'éponge matinal et le silence était rendu encore plus pesant par le tic-tac d'un lourd carillon en bois, accroché au-dessus du poste de télévision. Les Sabatier tournaient le dos à un long buffet en bois blond dans les portes duquel l'ébéniste avait osé des scènes de chasse à courre empruntées à des tapisseries Grand Siècle. Derrière Cadalen, un autre buffet, plus modeste, abritait une TSF sans âge qu'aucun fil ne semblait raccorder au réseau d'électricité. C'était propre et bien rangé, triste et immobile. La mère de Jean-Jacques Sabatier avait les yeux rougis. Son père, les épaules affaissées. L'homme avait de grandes et grosses mains entre lesquelles était certainement passé plus de labeur que d'argent. Il les avait posées à plat puis, au bout d'un long moment, les camoufla sous la table comme s'il avait d'un coup estimé qu'elles prenaient trop de place. Sa femme fit disparaître sa main droite à son tour et Cadalen comprit qu'elle saisissait celles de son mari. « C'était quelqu'un de bien, mon fils, dit-elle en fixant le journaliste. On n'avait que lui. Enfin... Avec Marie-Noëlle et les enfants, on n'avait qu'eux. On l'a eu tard, Jean-Jacques. Avant-guerre. Et puis, quand mon mari est rentré d'Allemagne, en 45, après cinq ans de captivité, bah... Voilà, on n'en a pas eu d'autres. C'est comme ça. Et pis, mon fils aussi, il est allé à la guerre. Il n'est pas rentré pareil. Il avait votre âge, ou à peu près. Vous aussi, monsieur, vous êtes allé en Algérie ?

– Oui, j'y suis allé, murmura Cadalen d'une voix presque éteinte.

– Et vous, monsieur ?

– Moi ? Non, répondit Armand, qui avait renoncé à s'asseoir et qui déambulait en détaillant du regard chaque bibelot, comme l'aurait fait un commissaire-priseur qu'on aurait chargé de la liquidation d'une affaire en faillite. Ils m'ont envoyé sur une base aérienne, au Maroc. J'ai tué le temps, rien d'autre.

– Madame Sabatier, reprit Cadalen. Je voulais vous voir car j'ai le sentiment que l'homme que les gendarmes ont arrêté n'est pour rien dans la mort de votre fils et de sa famille.

– Oui, eh bé, on a tout de même retrouvé le portefeuille de mon garçon dans le casier de son vestiaire, à l'usine. C'est même vous qui l'avez écrit dans le journal.

– Certes, mais quelqu'un a parfaitement pu l'y glisser et la justice n'a absolument rien d'autre contre lui. Au pire, son avocat lui conseillera d'avouer qu'il a volé le portefeuille de Jean-Jacques sur son lieu de travail, avant son décès. Il écopera d'une peine symbolique et les assassins seront tranquilles.

– Pourquoi dites-vous "les assassins" ?

– Parce que la gendarmerie pense, et je le pense également, qu'il y avait plusieurs personnes chez votre fils et votre belle-fille. Jean-Jacques a été victime d'une véritable opération commando. »

Des larmes se mirent à couler sur les joues de la vieille dame. Elle les laissa perler, semblant les ignorer, puis bascula la tête en arrière comme si le flux lacrymal allait retourner d'où il venait, en toute discrétion.

« Excusez-moi, dit-elle en se levant, je vais nous faire du café. René, tu montres les photos des enfants à ces messieurs ? On était heureux, vous savez ? Ça n'a pas toujours été facile mais on a fait notre pelote. Et puis il y avait nos petits-enfants... » La dernière syllabe s'étrangla alors qu'elle s'éloignait dans sa cuisine. René obéit à son épouse, pivota sur sa chaise paillée, qui grinça sur le carrelage, et ouvrit l'une des portes à scène de chasse. Il en sortit un album photos en velours vert qu'il glissa sur la toile cirée, pour que Cadalen pût s'en saisir depuis l'autre côté de la table. Armand s'approcha pour découvrir le contenu des archives familiales, par-dessus l'épaule de son confrère. Cadalen tourna les pages de l'album plus doucement qu'il ne l'aurait désiré. Il ne voulait ni froisser ses hôtes ni prendre le risque de les voir se refermer. Les photos n'avaient aucun intérêt. Les baptêmes succédaient au mariage, les enfants ouvraient des paquets cadeaux, jouaient dans le jardin ou sur une plage, les adultes prenaient l'apéro ou posaient devant leur nouvelle automobile. Une vie emballée dans du papier crépon. Armand recula sans prendre la peine de masquer sa déception. Cadalen referma l'album en remerciant le père Sabatier alors que la mère déposait un plateau chargé de quatre tasses blanches remplies d'un café un peu clair. René remit l'album en place et s'empara d'un sucrier en porcelaine posé sur le buffet. Le journaliste décida de les bousculer un tantinet.

« Je suis désolé de vous demander cela de manière un peu directe mais j'aimerais qu'on parle des activités politiques de votre fils. » Les Sabatier cessèrent de touiller leur jus dans la même seconde. Avant de se regarder et de tenter de dissimuler leur gêne. « Je sais que Jean-Jacques a accompagné de nombreuses campagnes électorales. Depuis les années soixante. J'ai épluché les archives du journal. Il est très présent. Dans de nombreux meetings. Avec d'autres personnes. Ce sont des collègues à lui ? Des gens de l'usine ? Votre fils s'était engagé là-dedans avec l'accord de la direction de la Française ? Sur son ordre ?

– Nous ne nous occupions pas des affaires de Jean-Jacques, coupa la mère Sabatier. C'était un bon père, un bon mari et un fils respectueux.

– Ça ne l'empêchait pas de prêter main-forte à l'extrême droite, non ? Il était au premier rang, lors des dernières municipales. C'était toujours un peu tendu, ce genre de scrutin. J'imagine que, lorsque Jean-Jacques met son poids dans la balance, ça joue un peu. Et ça peut également susciter des inimitiés. Voire des haines assez tenaces.

– C'est peut-être pour ça qu'il a été tué par un Arabe, souffla René.

– Oubliez Seghir, je vous ai dit. Ce n'est pas lui l'assassin de votre fils.

– Oui, bah, c'est pas le seul Arabe dans le coin. Y en a même un paquet. À l'usine, mais pas uniquement. Je dis ça, j'ai rien contre eux, mais y a quand même bien quelqu'un de responsable. Mon fils n'a pas massacré sa famille pour disparaître ensuite, comme les gendarmes l'ont laissé entendre pendant près d'une semaine. Et il ne s'est pas suicidé, hein ? » L'homme avait réussi à esquisser un demi-sourire en évoquant cette hypothèse absurde qui avait quand même été le premier axe de travail de la justice avant que le corps du vigile ne fût retrouvé. « T'énerve pas René », intervint son épouse. Cadalen, au contraire, était bien content de l'avoir sorti de son état végétatif. Et le flot s'écoula. « Faut quand même voir que, lorsque Jean-Jacques est rentré d'Algérie, y avait pas grand monde pour aider les gars comme lui. Il était pas comme avant. Il avait le regard, je dirais... pas triste, mais vide. Il avait perdu pas mal de poids. Et puis les rapatriés sont arrivés pas longtemps après. C'était compliqué pour trouver du boulot.

Surtout un bon, qui paye bien. Qui permette d'aller de l'avant. Jean-Jacques, il avait son certif' mais ça suffisait pas pour entrer dans l'administration. Les livres, c'était pas trop son truc.

– Et puis ils ont construit l'usine…

– Ils ont ouvert le premier atelier en 1969 et ils ont fait venir des Arabes pour bosser dedans. Et quelques gars comme Jean-Jacques pour assurer le service d'ordre et la protection du site. Il est parti du bas de l'échelle, en 1977, et il est devenu chef assez rapidement. » Armand avait cessé d'écouter la conversation depuis un moment. Il avait glissé hors du séjour et s'était replié dans le couloir d'entrée. Le photographe testa les deux premières marches de l'escalier qui menait à l'étage. Le bois ne grinça pas. Il grimpa avec une infinie précaution jusqu'au palier. Comme prévu, une salle de bains sur la gauche, deux chambres sur la droite et une troisième, plus vaste, au fond à gauche. Il aimait bien bosser avec Cadalen. Le type était un peu coincé par ses principes mais il avait de l'allure. Quand il débarquait quelque part, les caves avaient envie de l'appeler « monsieur l'inspecteur ». Ça facilitait le contact. Ensuite, il n'y avait plus qu'à effectuer une petite inspection en règle de la vie privée de ces blaireaux, jusque dans les recoins, pendant que Cadalen se cognait leurs lamentations au niveau en dessous.

Armand se mit à la recherche de la boîte à chaussures. Les pauvres gens, ça cache leurs malheurs, leurs mauvais souvenirs et leurs petites misères dont tout le monde se fout dans une boîte à chaussures. Souvent planquée en haut de l'armoire, dans la chambre à coucher. Celle de René et de maman était tartinée d'encaustique. Les meubles brillaient comme des miroirs. Un lit conjugal bien moche, découpé dans du bois exotique importé des colonies, une commode à tiroirs et une penderie au chapiteau lourdingue. Derrière lequel, bingo ! la boîte en carton était planquée.

Le photographe l'ouvrit et tria rapidement les tirages en noir et blanc qui s'y trouvaient. Des hommes en uniformes. Des casques Adrian et des casques US. Des bandes molletières et des treillis léopard. Vingt ans de guerre éparpillés sous toutes les latitudes. Il sélectionna toutes celles où il reconnut Jean-Jacques Sabatier, les déposa sur le couvre-lit matelassé et les contretypa avec soin. Il doubla son travail par des prises de vues sans flash et remit les archives de la famille Sabatier en place. Dans le séjour, Cadalen semblait ne pas en avoir fini avec les deux vieux. Il avait sorti son carnet, qu'il noircissait en écoutant le gars René, lequel semblait intarissable. « Et avant 1977, que faisait votre fils ?

– Il bossait sur des chantiers puis il a été embauché comme chauffeur et homme à tout faire par un notable du coin.

– Son nom ?

– Qu'est-ce que ça peut vous faire ? C'est vieux. » Cadalen reposa son stylo, comme à chaque fois qu'il voulait signifier à son interlocuteur qu'il ne notait rien sous la dictée mais qu'il décidait, lui, de ce qui valait la peine d'être retranscrit. « Un notaire, cracha René. Décédé depuis. Ça n'a aucune importance.

– Maître Boisard ? s'étonna Cadalen. C'est lui ? Pourquoi vous ne voulez pas me dire son nom ?

– Écoutez, c'est un homme qui avait eu quelques ennuis à la Libération. En tout cas, le temps que je quitte mon stalag et que je sois rentré, il était sorti de prison.

– Gracié ?

– Non, pas du tout, un non-lieu. Mais bon, vous savez comment sont les gens, il y a toujours du ressentiment et certains n'arrivent pas à passer l'éponge. Pour ce qui nous concerne, il a toujours été correct avec Jean-Jacques. Mais chauffeur, entre nous, c'est pas un boulot...

– Et casser la gueule des colleurs d'affiches de l'adversaire de maître Boisard, pendant les campagnes municipales, vous appelez ça comment ? Un loisir ?

– Vous êtes rude. Ça tapait des deux côtés. Jean-Jacques n'était pas le dernier à y aller mais il recevait des coups également. C'était un gars avec du tempérament, il jouait au rugby, vous savez. Il n'était pas du genre à se défiler.

– Je veux bien vous croire, monsieur Sabatier », dit Cadalen en se redressant. Il referma son carnet et agrafa son stylo à la poche intérieure de sa veste. « Votre café doit être froid. » René et sa femme n'avaient pas lâché leur cuillère, plantée au milieu de la tasse, durant la totalité de l'échange.

Armand tapotait du bout des doigts sur le volant de sa voiture. Cadalen percevait l'impatience du photographe à quitter prestement les lieux. Comme à chaque fois qu'il avait réalisé un mauvais coup. Mais le journaliste relisait ses notes, bien calé dans le siège passager du panzer. « On y va ?

– Deux secondes, je finis un truc. T'as fouillé l'étage ?

– Évidemment.

– Tu as trouvé quelque chose ?

– Évidemment.

– Mais encore ?

– Des souvenirs d'Algérie. Beaucoup. Jean-Jacques Sabatier qui se balade en montagne ou qui pose avec des copains à lui. Des têtes qu'on ne connaît pas. D'autres, c'est moins sûr. Il faudra faire des agrandissements. Et puis des images du daron, aussi, en 40. Il s'est débiné comme tous les autres, face à Rommel ? Il a balancé son fusil dans les fourrés avant de détaler au milieu des civils ?

– Arrête... T'es pas juste. Il a fait une campagne de France courageuse. Son régiment s'est battu jusqu'au bout. Sur la Loire, entre Montsoreau et Le Thoureil. Ils ont tenu tête à dix fois plus nombreux, en obligeant les Allemands à patienter un moment sur la rive droite du Cher. Il m'a raconté que les boches l'ont eu tellement mauvaise qu'ils se sont vengés sur le régiment de tirailleurs qui se battaient avec eux. Ils ont séparé les nègres du reste des prisonniers, les ont passés par les armes et ont fait rouler leurs blindés sur les corps des survivants. Ensuite, René Sabatier a moisi cinq ans dans un stalag de Thuringe. Évadé trois fois, repris autant.

– Courageux mais pas malin.

– Courageux mais pas chanceux. On y va ? »

Cadalen profita de ce qu'Armand occupait le labo du journal, enfermé à double tour, pour éplucher la collection du *Monde* que conservait jalousement le documentaliste du *Courrier*. Celui-ci permit au journaliste de déballer lui-même les pochettes cartonnées qui abritaient les douze derniers mois du quotidien parisien, le seul archivé intégralement. *France-Soir*, *Le Parisien* ou *Le Quotidien de Paris* étaient minutieusement découpés, chaque jour, et seuls les articles dont l'homme en blouse grise estimait qu'ils pussent avoir une quelconque valeur journalistique étaient conservés dans de grands classeurs noirs. Que personne ne venait jamais consulter.

L'intrusion de Cadalen dans son espace de travail le dérangeait manifestement. La finalité de son grand œuvre, à savoir offrir une base d'informations fiable au reste de la rédaction, ne semblait l'avoir jamais atteint. S'il triait minutieusement, jour après jour, des dizaines de coupures de presse, ce n'était certainement pas pour qu'un pisse-copie vînt saloper ce bel inventaire. Cadalen avait sorti son carnet à spirales pour donner le change mais, dès que le cerbère lui tourna le dos, il déchira les pages qui l'intéressaient et les glissa dans sa poche, pliées en quatre. Au bout d'une grosse heure de saccage, il rangea précautionneusement les pochettes, les rendit au documentaliste et s'éclipsa en le remerciant.

Malvy tambourinait à la porte du laboratoire, ordonnant à Armand de sortir, ce que fit l'homme de l'art, une pile de grands formats sous le bras. « Qu'est-ce que vous foutiez encore là-dedans, vous ? Et qu'est-ce que c'est que vous avez là ? insista le rédac-chef en désignant les tirages.

– Des photos de ta femme à poil. T'en veux une ? » Armand n'attendit pas la réponse et dissimula son travail dans une enveloppe kraft avant de prendre Cadalen sous le bras. « Viens, on se casse. »

La BMW occupait une place de parking réservée aux messageries de presse. Un coup de klaxon obligea le photographe à embrayer sous la menace du Saviem qui approchait dangereusement sa calandre du pare-chocs arrière. Cadalen épluchait les photos. Jean-Jacques Sabatier figurait sur chacune d'elles. Parfois au sein d'un groupe de combat, parfois en binôme avec un camarade de régiment flanqué d'une radio ou d'un FM. Des instants saisis à la volée, en pleine opération, par l'appareil d'un autre appelé. Certains clichés montraient des hommes souriants, souvent torses nus. Comme ce tirage où six d'entre eux tenaient à bout de bras une longue branche sur laquelle un mouton avait été embroché. « Y a rien qui te frappe, lança Armand, en s'introduisant dans le flot automobile de la mi-journée.

– On voit un officier. Un capitaine. Qui revient souvent. Il n'est jamais au centre du groupe. Mais il est très présent. Le type a l'air sacrément proche de ses hommes.

– Ah ? Oui. J'avais pas noté... Non, autre chose. Lui, indiqua le photographe, en désignant un soldat hilare, qui soutenait difficilement le mouton, juste à côté de Sabatier.

– Eh bien ?

– Il était à l'usine, l'autre matin. Il bosse là-bas. »

Cadalen feuilleta le reste des photos. Le gars revenait plusieurs fois, jamais loin de Sabatier, à l'épaule duquel il avait du mal à arriver. « Il a grossi, depuis, non ?

– Effectivement. Mais il a la même allure. Les bras, regarde. On dirait qu'il s'apprête à dégainer, cet idiot. On fait quoi ?

– On va rendre visite à Masclet, répondit le journaliste, en replaçant les photos dans l'enveloppe. Je n'ai rien à mettre dans mon papier du jour. Un petit tour à la gendarmerie, ça te dit ? »

Le planton fit patienter les deux passagers de la BMW, le temps de pouvoir joindre le capitaine. Coup de bol, l'officier était dans sa caserne à l'heure du mess. Le gendarme releva la barrière et pria Armand de se garer de l'autre côté de la place d'armes. L'appel de la soupe avait vidé les couloirs comme les bureaux et Cadalen alla frapper directement à la porte de Masclet, sans avoir croisé le moindre uniforme. Le photographe remarqua que son confrère était descendu de voiture avec le paquet de photos tirées une heure plus tôt. Masclet vint leur ouvrir en tenant un téléphone de la main gauche, le combiné collé à l'oreille droite. Il leur fit signe de s'asseoir d'un coup de menton en direction des sièges.

La conversation dura encore deux bonnes minutes, avant que le capitaine de gendarmerie conclût l'échange avec les courbettes d'usage. Sans doute le procureur ou le préfet au bout du fil. Masclet raccrocha délicatement, souleva le combiné, vérifia la tonalité puis raccrocha une seconde fois. « Quel con !

– Des ennuis ? s'inquiéta Cadalen.

– Les broutilles habituelles. Des guignols, un peu exaltés après les obsèques des Sabatier, sont allés balancer deux cocktails Molotov contre l'enceinte du camp, à Puech.

– Mince ! Des dégâts ?

– Pensez-vous. Ils ont peint une croix celtique sur la route, la belle affaire. Mais les harkis ont sorti les fusils.

– Ils sont armés ? s'étonna Armand, en arrondissant les yeux.

– Bah, ici, tout le monde chasse un peu. Ils avaient un permis en Algérie. Ils l'ont gardé. Mais bon, c'est plus pour conserver leurs pétoires. Je sais combien il y en a, qui sont les propriétaires. Et Mohamed Mebarek surveille tout ça. Au pire, si ces petits cons repointent leur nez à Puech, ils vont essuyer un tir de gros sel. Rien de bien méchant. Mais ça remue un peu le préfet. Qui me le fait savoir. Que puis-je pour vous ? » Cadalen posa l'enveloppe contenant les photos de Sabatier et de ses copains sur le bureau de l'officier. « Vous pouvez peut-être m'aider à élargir l'enquête. On piétine.

– Vous, vous piétinez, Cadalen. Le juge à un suspect sous les verrous.

– On ne va pas recommencer, vous savez bien que Seghir...

– Je vous arrête tout de suite : sans nouveaux éléments matériels, je ne peux entreprendre la moindre investigation. J'obéis au juge d'instruction.

– C'est pour ça que je suis là. J'ai vu les parents de Sabatier ce matin. Ils ne sont pas à l'aise avec les engagements politiques de leur fils. D'ailleurs, personne ne l'est dans cette ville. Et, je dois bien l'avouer, je peux difficilement me prononcer sur les convictions profondes de la victime. En revanche, Sabatier soutenait depuis de longues années les combats électoraux de toute une frange de l'extrême droite locale. Aujourd'hui rassemblée autour d'un parti cofondé, entre autres, par un ancien Waffen-SS de la division Charlemagne. Les derniers pétainistes et les nostalgiques de l'Algérie française noyautent le Front national depuis sa création, il y a dix ans. Le Pen et ses amis ont réussi l'exploit de fédérer des tendances radicales jusqu'alors inconciliables. Vous avez quoi sur le passé de Jean-Jacques Sabatier, avant qu'il ne travaille à la Française ? »

Masclet s'empara de l'enveloppe. « Je peux ? » Il bascula en arrière, autant que l'inclinaison réglementaire de son siège lui permît de le faire, pour examiner les photos une par une. Son visage se figea à la quatrième. Il passa aux suivantes puis revint à celle qui l'avait titillé. « Vous avez eu ça comment ? » L'officier rétablit l'équilibre de son fauteuil, s'en arracha d'un coup de reins pour traverser la pièce, jusqu'à une armoire remplie de classeurs verticaux. Il fouilla rapidement, donnant l'impression à Cadalen de parfaitement savoir ce qu'il cherchait. Il détacha une pochette suspendue, revint la déposer sur son bureau où il étala plusieurs des clichés tirés par Armand. L'officier qu'avait repéré Cadalen se trouvait sur chacun d'entre eux. Masclet ouvrit la pochette pour en extraire une photo d'identité fortement agrandie. Le même homme, avec les mêmes galons. « J'ai eu la photographie de cet individu au mur de mon bureau pendant des années. Comme toutes les gendarmeries de France. Enfin, jusqu'à l'amnistie de 1968. Ensuite, nous sommes passés à autre chose. Et le reste du pays avec nous.

– Qui est-ce ? demanda Armand, qui paraissait surpris par ses propres découvertes photographiques.

– Albert Placet. Indicatif radio Basile. Un officier du 14e RCP. Régiment putschiste en avril 1961. Avec quelques autres. Mais lui, c'était un régiment d'appelés. Comme le vôtre, Cadalen. Vous saviez que Jean-Jacques Sabatier y avait servi ?

– Je le découvre. Ses parents ont été discrets sur le sujet.

– Je les comprends, s'esclaffa Masclet en regagnant son fauteuil. Dès la fin avril, le 14e a été dissous, les soldats du contingent ont été rapatriés en métropole et la plupart des cadres mis aux arrêts. Basile, lui, a disparu dans la clandestinité.

– OAS ?

– Notamment. On perd sa trace en Espagne après les accords d'Évian. Il est soupçonné de s'être mis à son compte et d'avoir braqué la Banque d'Oran avec quelques copains. Une cavale, ça coûte cher. Les réseaux OAS-Métro ont continué à grenouiller encore un ou deux ans pour tenter de descendre de Gaulle. Mais on peut considérer, qu'à partir de 1964, tout ce petit monde était soit en forteresse sur l'île de Ré, soit se terrait à l'étranger, condamné par contumace. Certains, à mort, comme Albert Placet. J'ai longtemps rêvé de pouvoir l'alpaguer moi-même. Pour tenter de clore, sur un coup d'éclat, cette période douloureuse qui a englouti ma jeunesse. Et quelques illusions. C'était un peu vaniteux, j'en conviens...

– D'où sa photo accrochée dans votre bureau pendant presque dix ans, savourait Cadalen, les mains croisées derrière la tête.

– Le monde est sacrément petit », sourit Masclet en rassemblant les photos pour les ranger dans l'enveloppe, que Cadalen récupéra. Le journaliste en ressortit le cliché qui célébrait le méchoui et désigna l'homme aux côtés de Sabatier. « Lui, il travaille à l'usine, n'est-ce pas ? C'est le vigile qui dirigeait la visite lorsque vous êtes venu perquisitionner et interpeller Seghir...

– Faites voir... Oui, c'est exact. Un personnage assez méprisable. Mes hommes l'ont embarqué à plusieurs reprises pour coups et blessures, à l'occasion d'une manifestation un peu mouvementée ou d'un collage d'affiches.

Nous sommes intervenus à son domicile, également. Un voisin avait signalé qu'il battait ses mômes avec un cintre en bois quand il avait un coup dans le nez. Attendez... » Masclet effectua un autre aller-retour jusqu'à ses classeurs suspendus. « Ah ! Je le tiens. Jérôme Garcia. Rappel à la loi, rien de plus. Mais j'ai conservé le dossier à cause des gosses.

– Capitaine, avez-vous le moyen de savoir si Sabatier et ce Garcia ont été renvoyés en métropole en même temps que le reste de leur régiment ? Est-il possible qu'ils aient traîné, eux aussi, un peu plus que nécessaire en Algérie, sans qu'on le sache vraiment ?

– Je peux toujours interroger les archives, au fort de Vincennes, si jamais leur dossier militaire s'y trouve. Ça peut être long. Pourquoi me demandez-vous ça ? Vous pensez qu'ils ont accompagné Placet, à l'époque, dans la clandestinité ? Sabatier aurait fait partie de l'OAS ? »

Cadalen sortit de sa poche les pages arrachées aux exemplaires du *Monde* qu'il avait épluchés à la documentation du *Courrier*. Il les déplia sur le bureau de l'officier, entre le téléphone et la lampe articulée. Armand s'avança, consterné : « C'est quoi ce canard ? Y a pas de photos ! » Cadalen sourit à son camarade et lui demanda de s'installer confortablement. « Vous également, capitaine. Je vais vous résumer une histoire un peu tortueuse dont les détails égayent ces pages qui datent d'il y a quelques mois. » Le journaliste quitta sa chaise, tendit le bras vers le téléphone de l'officier et décrocha le combiné avant de le poser à côté de l'appareil. « Je ne voudrais pas être interrompu. En décembre 1968, un dénommé Raymond Gorel sort de son domicile situé en banlieue parisienne. Il n'est qu'à quelques mètres de chez lui lorsqu'une dizaine d'hommes l'entourent. On ne le reverra jamais vivant. Quarante-huit heures plus tard, sa Volkswagen est retrouvée dans le quinzième arrondissement. Ce Gorel était réputé être le trésorier de l'OAS. Pour la police, le mobile de l'enlèvement ne saurait faire aucun doute : les ravisseurs de Gorel voulaient s'approprier le trésor dont il avait conservé la charge. Trésor dont bien peu de gens savent ce qu'il représente en vérité mais les nombreux braquages qui ont émaillé les dernières semaines de la guerre ont permis à l'OAS d'accumuler des sommes considérables. Arrêté à Marseille en octobre 1962, Gorel aurait avoué aux policiers gérer des fonds de l'ordre de dix millions de francs. C'est évidemment totalement invérifiable.

– Mais ça peut attirer des convoitises, lança Masclet, d'un seul coup tout ouïe.

– D'autant que l'indépendance de l'Algérie rendit nécessaire la mise en lieu sûr du magot en question. Afin de limiter les risques d'interception, il fut partagé entre plusieurs cellules d'activistes. Le regroupement des fonds était prévu dans un second temps, mais il n'eut jamais lieu. Les équipes, dispersées à travers l'Europe, bientôt travaillées par de sourdes rivalités, ne purent se rejoindre. Ou ne le voulurent pas. Et Gorel, en bon intendant militaire qu'il était, demeurait le seul à pouvoir réunir les pièces du puzzle.

– Bon sang, s'exclama Armand, et tout ce pognon est dans la nature ?

– Pas vraiment, reprit Cadalen. En 1964, Jean-Jacques Susini, l'un des anciens chefs politiques de l'OAS, lui-même en cavale, demanda à ceux qui détenaient les fonds de les mettre à disposition des exilés se trouvant dans le besoin. Tous les responsables de l'organisation lui remirent l'argent qu'ils détenaient, sauf Gorel. Quelles sommes avait-il encore en sa possession à l'époque ? Deux millions selon certains ; davantage selon d'autres.

– C'est beaucoup d'argent. Mais nous sommes loin de la région parisienne, se rembrunit Masclet. Et puis, ça commence à dater votre histoire.

– C'est vrai. Mais, dès la fin de l'année 1969, une série d'agressions sont commises dans le Midi et la région lyonnaise. L'enquête s'oriente encore une fois vers le milieu des anciens de l'OAS. Souvent, l'instruction ronronne, les faits ne sont pas jugés. Et lorsqu'on épluche les journaux, comme je l'ai fait ce matin, on note qu'il ne se passe pas une année sans qu'une affaire crapuleuse ou des faits de violence ne viennent toucher des partisans de l'Algérie française. Visiblement, certaines personnes, particulièrement déterminées ou simplement pas très futées, sont toujours à la recherche d'un hypothétique trésor. Tout à fait le profil de ceux qui ont massacré Sabatier et les siens. »

L'officier s'était tassé dans son fauteuil à mesure que Cadalen avait exposé sa théorie. Il pivota pour s'emparer du combiné qu'il remit en place sur le téléphone. « Admettons que Vincennes me confirme que Sabatier et Garcia ont été en situation de fricoter avec ce genre de gars, à la fin de la guerre. Et qu'on a perdu leurs traces pendant quelques semaines... Je ne crois pas Jérôme Garcia capable de participer à l'assassinat de toute une famille. En bande organisée, qui plus est. Je veux dire, monter une opération pareille : il n'a pas la moitié de l'intelligence pour ça. Ni le quart du courage nécessaire.

– Ce sont souvent ceux-là les plus dangereux. » Cadalen se tourna vers Armand, plongé dans ses pensées. « On décolle, Robert Capa ? On va laisser le capitaine, on lui a fait manquer son déjeuner.

– Ne vous inquiétez pas pour ça. On ne l'a jamais revu, ce Gorel ? » Cadalen tint la porte à Armand qui passa devant lui, son enveloppe kraft sous le bras. « Selon les aveux de certains de ses anciens comparses, son corps a été transporté en voiture jusqu'à Nice. On a parlé d'une immersion en Méditerranée, dans un fût de deux cents litres, lesté de ciment. Qui sait ? Quatre juges d'instruction se sont succédé en quinze ans. En pure perte. Je ne souhaite pas cela à Sabatier. Ni à vous, capitaine. »

Le tableau démarrait dès les quarts de finale. Le nombre d'inscriptions au tournoi vétérans avait été particulièrement resserré. Un ami du député et président du club avait été invité à céder gentiment sa place, au dernier moment, à Cadalen. Un seul court était sanctuarisé pour la compétition organisée pendant ce week-end pascal, les autres laissés en libre accès aux licenciés. Les quarts le samedi, deux le matin et autant l'après-midi, les demi-finales le dimanche et la finale le lundi. Le tournoi féminin serait lui organisé à la Pentecôte. Cadalen jouait à onze heures, contre un certain Pelissou. Il s'informa de l'emplacement des vestiaires auprès de l'un des bénévoles et courut se mettre en tenue pour tenter d'échanger quelques balles sur un court désert, avant sa rencontre. Il était encore tôt et le local était vide. Cadalen ouvrit son sac et déballa ses achats de la veille au soir.

Le propriétaire du magasin Sport 2000 était un sacré voleur. Il régnait en maître sur la ville, sans concurrence, seul à proposer aux amateurs de sport de quoi les équiper correctement. Sa boutique tout en longueur était logée dans une rue assez étroite, parallèle à celle où se situait le journal. Cadalen s'y était rendu à pied pour dégoter de quoi participer à la compétition dans laquelle il avait accepté de s'engager deux jours plus tôt. La paire d'Adidas achetée chez Mammouth, en arrivant en ville, était toujours neuve et à peu près adaptée à la terre battue mais, pour le reste, il manquait de tout et essentiellement d'entraînement. Mais quelque chose lui disait qu'il n'allait pas perdre son temps en tapant la balle contre les huiles locales.

Il jeta son dévolu sur une paire de raquettes Prince en bois et carbone hors de prix, avec un tamis assez large. Le technicien du magasin se fit un peu prier pour les lui corder immédiatement, la première à vingt et un kilos, l'autre à vingt-cinq, pour varier les plaisirs en fonction de l'adversaire. Il essaya un short, rafla quatre polos en coton et six paires de chaussettes. Il décida que le club fournirait les balles. L'addition grimpa vite mais la note de frais du journal absorberait tout cela, quoi qu'en dise Malvy. Il rangea tout son barda dans un sac de sport aux armoiries du magasin, offert avec le sourire, le premier depuis qu'il y était entré. Le journaliste avait ensuite rejoint Armand à la grande brasserie des lices pour fêter le Vendredi saint comme il se devait, c'est-à-dire en partageant une côte de bœuf.

Lorsqu'il ressortit du vestiaire, l'endroit était déjà plus animé. Des couples picoraient un brunch au club-house où Cadalen avait déjeuné avec le député socialiste. Les baies vitrées grandes ouvertes permettaient aux uns et aux autres d'aller et venir, du buffet à la terrasse qui donnait sur le court numéro un. Armand avait promis de passer pour shooter son confrère en plein effort. Le photographe était un habitué de Roland-Garros, même s'il s'intéressait moins à la jupette de Chris Evert qu'aux vedettes du show-biz invitées dans les loges par la BNP. Armand les détronchait au 300 millimètres afin d'identifier les couples en formation, ou en état de dislocation, pour remplir les pages de *France-Dimanche*. Cadalen lui avait demandé la même attention pendant le tournoi local, afin de compléter son petit organigramme des réseaux politico-économiques locaux. Le journaliste regretta d'ailleurs qu'Armand ne fût pas déjà dans la place. Le député était attablé, un jus d'orange à la main, en grande conversation avec un groupe de personnes qu'il ne connaissait pas. À une exception : il repéra Stefanie Powers, moulée dans une combinaison dorée, qui sirotait un Perrier-rondelle, assise à la gauche de l'homme politique. Son brushing était aussi sophistiqué que sa manucure. Sa cigarette était coincée entre l'index et le majeur de sa main droite, qu'elle maintenait très écartés comme si son vernis n'était pas encore tout à fait sec. Elle souriait, un peu figée, le regard éteint derrière de fines lunettes de vue dorées qu'elle ne portait pas l'autre jour. Sans doute jouait-elle avec des verres de contact. Derrière elle, un homme de grande taille, svelte sans être maigre mais aux épaules étroites et anguleuses, se tenait un peu guindé et avait posé sa main droite sur l'épaule de Stefanie, qu'il serrait trop fort. Le cheveu souple, la mèche travaillée, les dents blanches, il affichait sa bonne santé. Son visage, délicatement bruni, n'était pas dévoré par la modestie.

Le socialiste repéra Cadalen et l'interpella à travers la salle.

« Daniel ! Daniel, venez donc. Il faut que je vous présente. » Le pitre l'appelait par son prénom, ce que Cadalen détestait. Cet homme et lui n'étaient pas intimes, ne le seraient jamais et il se permettait, en public, une familiarité qu'il espérait faire passer pour de la connivence. « Venez mon vieux, je vais vous présenter notre champion. Maître Boisard a remporté les trois dernières éditions de notre tournoi pascal. » Le notaire de la vieille Limouzy libéra l'épaule de Stefanie Powers et tendit sa main droite à Cadalen. « Maître, salua Cadalen, faussement déférent.

– Bertrand, répondit le notable, en sachant pertinemment que le journaliste se foutait de lui. Appelez-moi Bertrand. J'ai repéré sur le tableau que nous devons nous rencontrer en demi-finale.

– Oulah... Si j'arrive jusque-là.

– Allons, allons, on m'a dit que vous aviez un solide revers. J'ai hâte que nous puissions nous mesurer. Vous jouez ce matin ? Serez-vous des nôtres à déjeuner ? J'ai réservé une table avec quelques amis...

– Eh bien, je ne voudrais pas déranger...

– Pas de chichi ! De toute façon, nous n'avons pas de temps pour cela : je suis sur le court dans dix minutes. Le vainqueur de l'année précédente ouvre le tournoi, c'est une tradition.

– Alors, si c'est une tradition... Bon match.

– Ne vous éloignez pas, je reviens vite », flagorna le notaire en s'emparant de son sac de raquettes. La cigarette de Stefanie Powers s'était consumée entre ses doigts et la braise menaçait de ruiner la nappe. Cadalen fit glisser un cendrier jusque sous la main de la jeune femme. « Merci, dit-elle en levant les yeux vers le journaliste. Je suis l'épouse de Bertrand.

– J'avais compris, sourit Cadalen. Et vous vous appelez ?

– Brigitte.

– Enchanté, Brigitte. » Ça collait immédiatement beaucoup moins avec le brushing, la manucure et les Dunhill. Brigitte, si tu ne t'appelles pas Bardot, c'est rude, prétendait Armand. Elle se remit à siroter son Perrier avant de se résoudre à aller admirer son mari.

Cadalen dégota un jeune du club contre qui frapper quelques balles sur le court numéro quatre, sans risquer de se claquer d'entrée de jeu. Au bout de vingt minutes, la sueur lui trempait le dos. Le gamin tapait fort et plaçait ses coups avec assez de précision et de roublardise pour obliger le journaliste à faire l'essuie-glace. Mais c'était ce dont il avait besoin pour se mettre en jambes. Cadalen termina son échauffement par une série de services, son point faible, et remercia son sparring-partner visiblement ravi d'avoir fait courir un vieux. Le dénommé Pelissou l'attendait depuis un moment sur le court numéro un, libre depuis dix heures et demie. Boisard avait exécuté son adversaire en deux sets un peu secs.

Cadalen était un tennisman tenace. Pas spécialement doué. Sans première balle ni coup droit capable de se transformer en coups gagnants. Un bon revers, effectivement, mais pas de slice. Il savait volleyer. Plutôt bien. Il l'avait toujours su parce qu'il avait beaucoup joué en double. Il ne renvoyait jamais deux balles de la même manière et maîtrisait l'amorti à la perfection. C'était à peu près tout.

Pelissou était un impatient. Il servait du plomb et démarra le match en voulant jouer trop vite. Cadalen laissa passer quelques jeux pour régler ses coups et analyser son adversaire. Il tenta sa chance à deux ou trois reprises uniquement pour laisser Pelissou se dévoiler. Et constater son absence de jeu de jambes, sa difficulté à conserver son coup fort sur les balles hautes, son manque d'aisance sur la volée basse. Le gars avait le dos en mousse et les genoux en pierre. Cadalen laissa filer le premier set 6-4 à son adversaire ravi. Boisard observa la perte du dernier jeu, assis sur un banc, un peu à l'écart de la chaise d'arbitre. Il avait disséqué la tactique du journaliste qui avait passé le dernier quart d'heure planqué derrière la ligne de fond de court, à distribuer des coups d'attente, croisés et parfois décroisés, sans prendre trop de risques. Cadalen jouait avec un minimum de hauteur pour se donner une marge de sécurité par rapport au filet. De même, il prenait garde à ne pas jouer trop près des lignes. Boisard avait noté que ces marges de sécurité avaient fondu au fur et à mesure que le set avançait.

Pelissou ne comprit absolument pas ce qui lui arriva au cours de la deuxième manche. Son adversaire s'était mis à le faire courir, en long et en large, pour finir par lui poser des amortis, qu'à partir de 4-1 il ne tenta même plus d'essayer de ramasser. Il s'inclina 6-2 avant de s'écrouler 6-0 dans le dernier set, asphyxié par les changements de rythme imposés et étourdi par quelques services-volées sortis de nulle part. Le tennis pratiqué par Cadalen n'était pas spécialement beau à regarder mais le notaire applaudit de bonne grâce devant la leçon tactique administrée sous ce beau soleil d'avril.

Le journaliste sortit du court après avoir salué son adversaire puis l'arbitre et fila sous la douche. Vingt minutes plus tard, il retrouvait Boisard et ses invités autour d'un seau à champagne où rafraîchissait une bouteille de Mumm. La petite assemblée avait grossi. Cadalen fut surpris d'y trouver Gaël et la délicieuse Maï Lan confortablement installés dans des fauteuils en osier. « Une petite coupe en terrasse avant de rentrer déjeuner à l'intérieur, suggéra le notaire en tendant son verre à Cadalen. Je vous présente un ami, Gaël.

– Nous nous sommes déjà rencontrés. Ainsi que madame, dit-il en levant son verre à l'attention du couple.

– Mademoiselle », précisa l'Indochinoise en touillant du majeur les glaçons de son Coca-Cola. Cadalen se rendit compte que ce qu'il avait d'abord pris pour un t-shirt trop court était en fait une robe de coton pas assez longue du tout. Maï Lan lécha son doigt et porta le verre de soda à ses lèvres. Elle aspira l'un des glaçons qui flottaient à la surface, le fit rouler sur sa langue en fixant le journaliste au fond des yeux. Le glaçon réapparut au bord des lèvres, en équilibre instable, avant d'être calé contre la joue gauche, où il dessina une bosse que Maï Lan s'amusa à faire tourner et gonfler. Puis elle décroisa les jambes et écarta les cuisses pour que l'assistance pût constater son absence de vertu et de petite culotte. Brigitte Boisard feignit d'ignorer la manœuvre et proposa qu'on passât à table, le président-député venait de les rejoindre, accompagné de son épouse. Qui se révéla être une autre femme que la Farrah Fawcett aperçue l'avant-veille en compagnie de l'élu.

Cadalen regretta amèrement qu'Armand l'eût manifestement planté ; il se serait senti moins seul au milieu du gratin local. Et il ne lui était pas venu à l'esprit de proposer à Anne de venir l'encourager. Après coup, il trouvait dommage qu'elle ne fût pas là. La parité aurait été respectée à table, c'était toujours plaisant. Et puis, il aurait bien aimé voir sa logeuse titiller Boisard. Ou moucher Gaël, qui se pavanait, sobrement vêtu d'un jean moulant et d'une chemise blanche très ouverte sur son inévitable médaillon doré. « Vous venez, Cadalen ? », lui lança le notaire, en prenant Brigitte par la taille. Le journaliste s'était surpris à rêvasser, le nez dans ses bulles. Le match l'avait un peu assommé. Il se débarrassa du breuvage dans le bac d'une plante verte qui encombrait le passage et rejoignit l'intérieur de la salle.

Deux autres couples étaient déjà installés à table. Un chef de clinique et son épouse ainsi que le concessionnaire Mercedes du cru, accompagné d'une amie. On réserva au journaliste une place centrale, à droite de Brigitte et donc, presque en face de Boisard, qui n'attendit pas les amuse-gueules pour entrer dans le vif du sujet. « J'ai lu tous vos articles depuis votre arrivée. C'est plaisant. Parfois un peu orienté, mais plaisant.

– Orienté dans quelle direction, maître ?

– Bertrand, appelez-moi Bertrand.

– Dans quelle direction, Bertrand ?

– Eh bien, que vous écriviez sur la grève qui affecte le principal employeur de notre ville ou bien sur les troubles qui agitent le camp de harkis de Puech, vous vous leurrez.

– Que voulez-vous dire ? sourit Cadalen, qui avait entrepris de beurrer un bout de pain pour ne pas tourner de l'œil.

– Il faut voir les choses en face. Cela fait de nombreuses années que les immigrés sont à l'origine, à l'intérieur des entreprises, que ce soit dans l'automobile ou dans la sidérurgie, des difficultés que rencontre l'économie française.

Nous nous trouvons dans l'obligation, de manière éclatante, de régler un problème qui est celui des travailleurs immigrés. Et il y a une équivoque dans la question posée par l'immigration : beaucoup de gens confondent les immigrés avec les travailleurs immigrés. Qui sont dans notre pays une minorité. La majorité étant constituée d'assistés sociaux, qu'ils soient chômeurs, oisifs, handicapés, etc.

– Il me semble qu'il n'y a pas que les Arabes qui ne travaillent pas, répliqua le journaliste en posant sa tartine. J'ai cru comprendre que le chômage était en train d'exploser, que des dizaines d'entreprises mettaient chaque jour la clé sous la porte…

– À la différence que les Français qui ne travaillent pas sont chez eux. C'est tout à fait différent, et s'ils coûtent à la communauté, ils coûtent à la communauté à laquelle ils appartiennent et non à une communauté étrangère qui est obligée de supporter leurs charges. » Cadalen se tourna vers le député qui avait du mal à regarder autre chose que le fond de son assiette encore vide. « Vous êtes d'accord avec ça ?

– Hummm, je crois que… Bon, ce qui est certain, c'est que le président Pompidou et son collaborateur Jacques Chirac ont fait venir des manœuvres étrangers en France, pour les introduire dans ces industries qui aujourd'hui sont périmées. Ils l'ont fait pour une raison que mon parti et ses dirigeants n'ont pas assez combattue à l'époque et qui consistait à faire pression à la baisse sur les salaires manuels. Peu de gens ont vu que cette politique-là aboutirait malheureusement à rater la réhabilitation de ces métiers et probablement neutraliserait l'effort technologique qui était nécessaire pour faire face à la compétition internationale. »

Le type avait réussi à lui sortir tout ça, sans respirer ni se marcher sur la langue. Ce qui relevait de l'exploit si on considérait la famille politique à laquelle son étiquette le rattachait. L'arrivée des entrées soulagea le socialiste. Boisard attendit que les dames fussent servies pour en remettre une couche. « Il faut dépasser l'idée qu'il s'agit d'une question de positionnement, à droite ou à gauche de l'échiquier. On est en train de parler de la survie de notre pays. Mon défunt père, lorsqu'il était engagé au Centre national des indépendants et paysans, ne disait pas autre chose.

– C'est peut-être la raison pour laquelle il n'a jamais été élu, persifla Cadalen.

– Les grands hommes sont rarement reconnus de leur vivant. Il avait parfaitement compris, et avant tout le monde, que nous avions changé d'époque, dès la fin de la décolonisation. On ne saurait comparer l'immigration européenne qui s'est produite par exemple entre les deux guerres et qui a amené en France un certain nombre de Polonais, de Juifs, d'habitants d'Europe centrale ou d'Espagnols au moment de la guerre civile, avec le mouvement massif que nous connaissons actuellement et qui a déjà commencé de coloniser de véritables portions du territoire national. Et qui ne peut manquer, si on ne prend pas des précautions élémentaires, de finir par le submerger.

– Vous parlez des immigrés d'Afrique du Nord ?

– Je parle des immigrés du monde entier parce que cela ne se limite pas à l'Afrique du Nord. Si les Maghrébins sont fortement majoritaires, il ne faut pas se leurrer, c'est parce qu'ils sont les plus près. Mais comme la France a la réputation détestable d'être une espèce d'hôtel de passe dont il suffirait de pousser la porte pour venir s'y établir, malheureusement, cela fait exemple sur le reste de la planète.

– Diantre ! Rien que ça. Mais que n'avez-vous repris le flambeau, devrais-je dire la flamme, de votre papa ?

– J'ai peu de goût pour l'arène. Et donc les assemblées. Ce que ne comprennent pas les leaders des partis politiques, très souvent aussi les politologues et même les journalistes, c'est que la politique est non pas un métier mais un art de la communication et qu'elle consiste à expliquer un certain nombre de choses à des grandes masses populaires dans un langage qui n'est ni celui des sciences politiques, ni celui de l'ENA. Nous devrions faire l'effort d'exposer en termes clairs des problèmes complexes, du moins réduire ces problèmes complexes à des choix relativement simples.

– C'est ce que tente de faire quelqu'un comme Jean-Marie Le Pen, non ?

– Je ne crois pas. Jean-Marie Le Pen est un soudard qui manie l'imparfait du subjonctif. C'est un homme bardé de certitudes dans une société en proie aux doutes. Mais je crois cependant que notre ami, monsieur le député ici présent, et le Parti socialiste négligent à tort le Front national.

– Je ne peux pas laisser dire cela, Bertrand ! » L'élu sortit de sa torpeur en manquant de s'étrangler avec son toast au foie gras. Son épouse avait posé sa main sur l'avant-bras du socialiste, comme pour tenter de lui éviter un coup de sang. Dont Cadalen avait perçu que, face à un personnage comme Boisard, il pouvait tourner à l'humiliation publique. « Nous nous sommes fortement mobilisés après les scores du FN dans certaines villes, lors des dernières municipales.

– Vous vous êtes mobilisés mais vous refusez toujours de vous interroger sérieusement sur le caractère populaire du discours frontiste. Le Front national ne représente pas, pour vous, un parti structuré qui prétendrait accéder au pouvoir. Vous le voyez encore comme un refuge de nostalgiques archaïques, un rassemblement de vichystes et de factieux. Et quand vous dites ça, vous continuez de penser que ça rassemblera trois ou quatre pour cent des électeurs au maximum. Bref, que ça peut vous mordiller les mollets, mais qu'il n'y a vraiment pas péril en la demeure. Et je pense que vous vous trompez. »

En bout de table, les deux autres couples s'étaient désintéressés de la conversation ; le chef de clinique et son épouse écoutaient en revanche attentivement le baratin du concessionnaire Mercedes qui entendait profiter du déjeuner pour leur vendre une 280 SE toutes options. Cadalen, lui, tentait de demeurer concentré alors qu'il y avait bien dix minutes déjà que Brigitte avait collé sa cuisse à la sienne. Elle fumait cigarette sur cigarette sans jamais laisser transparaître la moindre émotion, parfaitement étanche à des discours et des démonstrations qu'elle avait certainement subis maintes fois. Un modèle d'épouse, en façade. Sous la table, en revanche, son pied déchaussé avait commencé à entreprendre la cheville gauche du journaliste. Il se donna un peu de contenance en saisissant son verre à eau. « Pour en revenir au contenu de mes articles, puisque c'était le point de départ de notre discussion, on sait que la restructuration industrielle en cours va détruire un grand nombre d'emplois. Nous venons d'admettre que ces emplois sont occupés par une bonne majorité d'ouvriers immigrés. Concrètement, que faudrait-il faire ? Les renvoyer chez eux ?

– Absolument. Et sans aucune faiblesse. Je crois que cette politique d'immigration a été désastreuse sur le plan économique et sur le plan social. Et nous allons payer très cher, s'ils devaient demeurer sur notre sol, l'apport et l'utilisation de tous ces manœuvres étrangers. Le gouvernement doit s'en occuper. Il me paraît évident que les responsabilités des gouvernements sont proportionnelles aux pouvoirs qu'ils occupent dans l'économie. Dois-je rappeler que, selon les critères fixés par Valéry Giscard d'Estaing, c'est la limite de quarante pour cent de prélèvement du produit national brut qui sépare le libéralisme du socialisme. Quand Giscard est entré à l'Élysée, nous étions à trente-cinq pour cent de prélèvement. Il a laissé le pays à quarante-deux. C'est-à-dire que c'est sous Giscard que la France est devenue un État socialiste. C'est la raison pour laquelle Mitterrand a été élu. Et pas l'inverse », conclut Boisard.

Le député avait recommencé à contempler le fond de son assiette et Brigitte s'était calmée deux minutes. Gaël, lui, vidait en solo la bouteille de sauternes. « Mais je suppose que ces dames en ont assez de nous écouter parler politique. Nous poursuivrons nos échanges autrement, demain, lors de notre demi-finale. N'est-ce pas, Cadalen ? » Puis, se tournant vers le couple de combattants stellaires dont il avait semblé oublier la présence depuis le début du repas, Boisard parut s'intéresser sincèrement à eux. « Alors, Gaël, elle avance cette ambassade pour les

Martiens ? Vous n'avez pas besoin d'un terrain plus grand pour faire atterrir leurs soucoupes ? Je peux vous trouver ça ! »

« Montre-moi la marque, mais montre-la-moi, au moins ! C'est simple, tu me montres la marque et je me tais. » L'arbitre venait de descendre de sa chaise après avoir proclamé « jeu, set et match, Cadalen ». Boisard était accroché au filet. Il avait hurlé depuis le fond du court dès l'annonce de la faute et ne cessait de s'égosiller depuis. Le journaliste avait passé trois sets pénibles à demeurer concentré sur chaque coup. Le notaire était dangereux : il bougeait bien, il ne donnait pas un point et sortait des passings dans tous les sens. Sur la balle de match, Boisard décocha un énorme coup droit décroisé, son autre marque de fabrique, qui flirta avec la ligne. L'arbitre n'hésita pas une seule seconde à la juger dehors. Le notaire tempêtait de plus belle, le tie-break s'était éternisé et il semblait en avoir sa claque lui aussi. Il exigea une nouvelle fois de l'arbitre qu'il traversât le court en sa compagnie pour lui indiquer la marque, ce que celui-ci refusa. Cadalen naviguait de l'autre côté du filet, les mains sur les hanches, couvert de poussière jusqu'aux genoux, les Adidas ruinées. Il cogitait. Tout ça l'ennuyait. Dans le public, personne ne moufta. Aucun spectateur n'étant suffisamment bien placé pour se permettre de trancher la dispute. Qui mieux que l'homme perché sur la chaise pour départager ce point litigieux ? Cadalen traîna des pieds jusqu'au filet, secoua la tête, l'inclina, tourna en rond. Puis il s'approcha de l'arbitre qui se tenait à distance raisonnable de Boisard, rouge de fureur, pour lui souffler quelques mots à voix basse. L'homme le regarda, étonné, avant de remonter sur sa chaise. « À la demande de monsieur Cadalen, nous allons rejouer le point. » Le public applaudit bruyamment l'élégance du geste puis manifesta encore plus fort son enthousiasme lorsque le journaliste écrasa la terre battue du premier ace qu'il eût jamais servi de toute sa vie.

Quand il ressortit du vestiaire, douché et changé, il remarqua que l'assemblée dominicale avait fondu et que les époux Boisard avaient disparu. Le président du club s'assura auprès de Cadalen qu'il serait bien présent le lendemain, pour disputer la finale. Le journaliste le rassura avant d'aller poser son sac Sport 2000 dans le coffre de la Lancia et de se sauver à son tour. Le lendemain matin, Cadalen bazarda le match en deux sets foireux devant une assemblée clairsemée. L'air était moins vif que la veille et le soleil avait cédé face aux nuages. Le bulletin météo du jour clamait que, dans le nord du pays, la neige était tombée par endroits. Il salua chaleureusement son vainqueur, un dentiste tout en longueur encore épaté d'avoir remporté la partie, accepta sa médaille d'argent et prit définitivement congé du tennis club local, le sac sur l'épaule.

René Sabatier était accroupi derrière son muret, occupé à replanter des clématites. Les genoux terreux, les mains noires, il finissait d'en pailler les pieds avec des tessons d'ardoise et des bouts d'argile. Il reniflait fort, pas décidé à s'éponger le nez du revers de sa manche.

« Ça fait plus de trente ans que je profite du lundi de Pâques pour repiquer mes fleurs, lança l'homme qui avait senti Cadalen s'approcher. Normalement, on risque plus le gel. Mais bon, y en a qui préfèrent que les Rogations soient passées. Moi, je trouve que ça fait tard. » Le journaliste se souvenait de son grand-père qui, devenu veuf, usait sa journée à siffloter au jardin, courbé sur ses rangs de poireaux ou de carottes, pour ne pas pleurer. René se résolut à passer sa manche sous son nez et en profita pour essuyer ses yeux humides. « Bonjour, monsieur Sabatier, lança Cadalen en lui tendant la main par-dessus la barrière, pour l'aider à se relever. Vous pensez que nous pouvons discuter un peu ? J'ai plusieurs interrogations concernant l'entourage de votre fils. J'aurais besoin de votre avis sur certaines personnes. On peut rentrer ?

– Eh bé, j'imagine qu'on ne va pas rester dehors. Il va se mettre à pleuvoir. Je vous préviens, ma femme n'est pas là. Elle est partie chez sa sœur pour l'après-midi. » Le journaliste s'en réjouit secrètement, en suivant le père de Jean-Jacques Sabatier jusqu'à sa porte d'entrée, après que le retraité eut ôté ses sabots en caoutchouc en bas de l'escalier. Le tic-tac du carillon meublait le silence du séjour où René s'assit au même endroit que vendredi, dos au buffet. « Monsieur Sabatier, est-ce que le nom de Jérôme Garcia vous dit quelque chose ?

– Garcia ? Oui, bien sûr. Il travaille avec Jean-Jacques, à la Française de mécanique automobile. C'est un peu son adjoint. J'imagine qu'il va le remplacer. C'est un copain de régiment. Pas de la même classe mais ils ont servi un moment ensemble, là-bas.

– Vous voulez dire, en Algérie.

– Oui, en Algérie.

– Vous en pensez quoi de ce Garcia ?

– Je devrais en penser quoi ?

– Bon, écoutez, ça suffit ! La famille de votre fils, son épouse, sa belle-sœur, vos petits-enfants ont été massacrés par un commando d'hommes venus, soit régler des comptes, soit récupérer quelque chose qu'ils soupçonnaient Jean-Jacques de posséder ou de cacher. Votre fils a servi dans un régiment parachutiste qui a participé au putsch d'avril 1961. Il y a noué de solides amitiés avec des gens qui ont basculé dans la clandestinité pour se livrer, pendant de longs mois, à des assassinats ciblés et divers actes terroristes particulièrement meurtriers. Certains ont été condamnés à mort par contumace.

– Je ne vous permets pas !

– Je n'ai pas terminé ! Ces gens ont commis de nombreuses attaques à main armée, avec une certaine réussite, en Algérie et en métropole. Ils se sont constitué un trésor de guerre qui a servi, principalement, à organiser d'autres attentats. Une grande partie de l'argent n'a jamais été retrouvée. Si l'existence d'un magot, planqué quelque part, est sujette à caution, les fantasmes provoqués par des sommes pareilles sont bien réels. Et les types que ça titille ne sont pas exactement des enfants de chœur. Quel était le rôle de Jean-Jacques durant les campagnes électorales du père Boisard, dans les années soixante et soixante-dix ?

– Le rôle habituel d'un garde du corps, tempêta René. Je vous ai dit que Jean-Jacques avait été son chauffeur. Il s'occupait de beaucoup de choses. C'était tendu, un meeting, à l'époque. Les communistes venaient perturber les réunions publiques des gaullistes et des indépendants. Les boulons et les bouteilles en verre volaient bas… D'accord, je dois avouer que Jean-Jacques et ses copains rendaient la pareille aux cocos, dès que l'occasion se présentait. C'était de bonne guerre. Mais maître Boisard n'avait rien à voir avec les gens dont vous parlez.

– Qu'en savez-vous ? C'était l'un des principaux notables de la ville. Avant et après l'Occupation. Pourquoi a-t-il été inquiété, à la Libération ? Comment est-il sorti de prison aussi vite ? J'ai eu l'occasion de rencontrer son fils et successeur, ces derniers jours. La ville lui mange dans la main. Bertrand Boisard ne semble lié à aucune force politique mais ses idées le rattachent aux individus dont je viens de parler et que, sans doute, son père a pu longuement fréquenter. Ne serait-ce que parce qu'il employait votre fils comme chauffeur. Tout cet argent que j'évoquais, une fois qu'il n'y a plus d'attentats à organiser, ça peut servir à financer des campagnes électorales. » René Sabatier avait posé ses lourdes paluches, à plat, sur la toile cirée, comme pour déposer les armes. Deux larmes gouttèrent doucement puis entreprirent de faire la course, de part et d'autre de son nez cabossé. L'ancien prisonnier de guerre s'était affaissé, les épaules en accent circonflexe. « Je suis absolument désolé de ce qui est arrivé à la famille de votre fils, monsieur Sabatier. C'est une tragédie épouvantable. Jean-Jacques était peut-être quelqu'un de bien. Ou peut-être pas. Dans tous les cas, il ne méritait pas de se faire tuer. Je vous repose ma question : ce Jérôme Garcia était-il un ami intime de votre fils ?

– Non, murmura René. Non, on ne peut pas dire ça. Je crois qu'il admirait Jean-Jacques. Qu'il le jalousait peut-être aussi un peu. C'était plus un collègue. Bon, ils ont vécu des trucs pas drôles, tous les deux, en Algérie. J'imagine que ça soude un minimum. Après, bah... la vie, quoi. Chacun a mené sa barque. Et Garcia, c'est pas un malin. Mais vous me parlez d'argent, depuis tout à l'heure ; franchement, si mon fils en avait eu tant que ça, il n'aurait pas fait lui-même les travaux dans sa maison. Et si vous voyiez où habite Garcia, c'est assez minable.

– Je n'ai pas dit que cet argent existait. Mais le simple fait que certains aient pu le penser constituait en soi un danger suffisant pour votre fils et sa famille.

– Après toutes ces années ? » Cadalen se leva de sa chaise pour contourner la table. « Le temps ne s'écoule pas à la même vitesse pour tout le monde, monsieur Sabatier. » Le journaliste passa dans le dos du septuagénaire pour saisir un cadre qui avait été posé sur le buffet, à côté du sucrier en porcelaine, et qui ne s'y trouvait pas trois jours plus tôt. Jean-Jacques, Marie-Noëlle et leurs deux enfants posaient sur une plage, cadrés à mi-hauteur. On distinguait la mer au loin, très bleue, et une flopée de parasols. Ils avaient l'air heureux, gais pour le moins.

« C'est une photo qui se trouvait dans la maison de mon fils et que les gendarmes nous ont permis de récupérer, déclara spontanément René en cherchant à se justifier.

– Ils sont beaux. Elle a été prise où ?

– À Alicante.

– Alicante ? En Espagne ?

– Oui. C'était leur destination de vacances. Ils s'y rendaient tous les étés. À Pâques aussi, souvent. Ils devraient s'y trouver en ce moment. Vous me la rendez s'il vous plaît ? » Cadalen redéposa la photo sur le buffet. « Je vous remercie de m'avoir accueilli. Et d'avoir pris le temps de me répondre.

– Vous croyez qu'on saura un jour qui a tué mon fils ?

– Si on trouve pour quelle raison, on devrait arriver à mettre un nom sur les coupables, j'en suis persuadé. » René Sabatier avait récupéré le cadre qu'il serrait contre lui. D'autres larmes avaient rejoint celles versées plus tôt. Il ne chercha ni à les retenir, ni à les empêcher de couler.

Armand avait photographié Cadalen pendant sa finale, sans que celui-ci s'en fût rendu compte. Il était passé en coup de vent, le temps d'un jeu ou deux, « clic-clac Kodak » comme il disait, et avait laissé les tirages dans une enveloppe, au *Courrier*, à l'attention du journaliste. Avec un mot de quatre lignes pour le prévenir qu'il était reparti depuis midi. Il serait à Monaco dans deux jours. Cadalen torcha le papier promis sur le tournoi de tennis. Quelques envolées lyriques, des félicitations aux organisateurs et des légendes soignées pour les nombreux clichés qui viendraient boucher la page. À dix-huit heures, il était de retour chez Anne.

Sa logeuse s'affairait dans son atelier, occupée à passer un lot d'assiettes creuses au four. Elle fabriquait ses propres émaux pour vitrifier les céramiques et avait développé toute une gamme de gris, de marron, de vieux rose ou de bleu de Prusse. Elle lui avait expliqué comment la céramique destinée à l'alimentaire obéissait à un cahier des charges très strict, en raison des métaux lourds contenus dans l'émail. Les taux d'oxyde, de chrome, de nickel, de cuivre ou de cobalt étaient contrôlés. Et le plomb bien évidemment interdit. « J'aimerais pouvoir retirer complètement le fer, lui avait-elle dit, mais cela réduirait la palette de couleurs, avec moins de rouge. » De toute façon, la réaction à la cuisson était imprévisible. Une fois que la pièce avait été placée dans un four à mille deux cents degrés, on ne savait jamais comment la teinte allait réagir. C'était, selon elle, ce qui faisait la poésie de son activité parce que, pour le reste, elle passait des heures et des heures à répéter les mêmes gestes mécaniques, avec une sorte d'obsession. « Ce qui m'a évité de sombrer définitivement, après le suicide de mon père. » Anne avait fidélisé de nombreux clients dans la restauration, à travers toute la région. Des chefs un peu audacieux qui voulaient dresser leurs créations dans d'autres créations et rompre avec le bel ordonnancement de la haute gastronomie à assiettes blanches. Il fallait maintenant tenir la cadence pour les livraisons et il lui arrivait de travailler les jours fériés. « Ça fait un moment que je ne vous ai pas aperçu, Cadalen. Vous partez tôt, vous rentrez tard, sourit-elle. Travail ?

– Travail. » Elle verrouilla son four et rangea ses outils. Le journaliste se tenait au milieu de la pièce, les mains au fond des poches de sa veste. Il avait une envie folle de lui demander mais ne savait pas trop comment tourner sa phrase. Il tenta ce qu'il savait encore faire de mieux : se jeter à l'eau sans réfléchir. « Vous accepteriez que je vous invite à dîner ? Ce soir ? » Anne releva les manches de son sweat-shirt pour se laver les mains et les avant-bras dans un vieil évier en grès placé sous l'une des fenêtres. « Ce soir ? Eh bien, il faut que je vérifie si la fille des voisins peut venir baby-sitter ma progéniture. Mais oui, avec plaisir. Vous me laissez une heure pour caler ça ? »

Cadalen la retrouva cinquante minutes plus tard dans la cour, devant l'atelier, emmitouflée dans un grand manteau de laine. « Vous allez me sortir dans cette tenue », plaisanta la jeune femme. Il contempla ses chaussures, une paire de Chelsea boots ressemelées deux fois et qui auraient certainement eu besoin d'un coup de cirage. Un 501 porté trop serré pour être à la mode, un pull marin acheté deux ans plus tôt au Bon Marché et une vieille veste de combat en coton épais complétaient la panoplie. Pas exactement une tenue de prince consort mais c'était la première fois qu'on lui faisait la remarque. « Je vous taquine. Ouvrez-moi la porte de la grange, on va prendre ma voiture. Si je ne conduis pas, je suis malade. » L'immense panneau de bois bardé de ferraille rouillée glissait, mal, sur un rail dans le même état. Il eut toutes les peines du monde à le faire coulisser complètement et se demandait bien comment Anne pouvait s'y prendre, vu le poids du bazar. Il s'écarta pour laisser sortir le char d'assaut au volant duquel elle s'était installée. Le Range Rover gronda en sortant du bâtiment. Anne l'arrêta au milieu de la cour et baissa la vitre : « Laissez la porte ouverte et grimpez. On va où ? »

En languissant depuis la ville, avant de couler vers Gaillac et Rabastens, le Tarn venait caresser des berges hautes, envahies d'herbes et de végétation. Sur l'une d'elles, pas très loin de chez la vieille Limouzy, Cadalen avait repéré un établissement à qui le *Guide Michelin* accordait une étoile. Un jeune chef y avait repris l'affaire familiale en poussant les murs et en remettant au goût du jour d'anciennes recettes locales. Il avait également ajouté une piscine pour s'inventer une clientèle l'après-midi et une discothèque pour retenir celle du soir. Cadalen n'était pas convaincu par le mélange des genres mais il y avait peu d'alternatives, à moins de se taper trente ou quarante bornes. Beaucoup de gens devaient se faire la même réflexion car le parking était bondé. Il l'était encore deux heures plus tard lorsqu'Anne et lui sortirent du restaurant légèrement pompettes. En revanche, celui de la boîte de nuit, un peu à l'écart et mal éclairé, où Anne avait préféré se garer, était désert. Cadalen distingua trois ombres qui montaient la garde autour du Range Rover. Deux autres se tenaient à proximité d'une Renault 30 stationnée plus loin. Les phares ronds étaient allumés, braqués en direction du restaurant. « Des amis à vous ? demanda Anne, pas rassurée.

– Ça se pourrait. Restez derrière moi et, dès que vous le pourrez, montez dans votre voiture. » Les phares de la Renault brouillaient la vue du journaliste qui ne parvenait pas à distinguer le visage des cinq hommes. L'un d'entre eux passa le bras dans l'habitacle de la voiture et coupa les feux de croisement. Leurs têtes n'étaient toujours pas identifiables. Toutes couvertes, sans exception, d'une cagoule en laine.

Un petit gros s'écarta du Range Rover et s'avança vers le journaliste. Avec son bombers noir, son bas de treillis, sa paire de rangers et ses bras écartés, prêt à dégainer des revolvers imaginaires, il était aussi reconnaissable que vêtu de son uniforme de vigile de la Française de mécanique automobile. Ce crétin de Garcia aurait pu se passer de sa cagoule. Il devait parfaitement s'en rendre compte mais semblait s'en foutre tout à fait.

Le coup de matraque faucha Cadalen au creux des reins. L'un des types l'avait fouetté à l'aide d'un tuyau d'arrosage rempli de roulements à billes. Il eut à peine le temps de se retourner qu'un autre coup lui cingla la cuisse. Il fléchit la jambe et se rattrapa au col de son agresseur pour ne pas chuter, pivota sur lui-même et lui enfonça violemment le coude dans le sternum. Il projeta sa tête en arrière pour tenter d'atteindre le nez qu'il sentit craquer contre son crâne. Le type grogna et lâcha sa matraque pour porter les mains à son visage. Cadalen récupéra le bout de tuyaux tout en cherchant après Anne qui s'était échappée de l'autre côté du Range Rover et tentait de déverrouiller la portière passager. Un autre cagoulé, nettement plus baraqué que lui, balança un violent coup de poing, parti de loin, avec une belle rotation du buste et toute la puissance des muscles dorsaux. Cadalen se courba au dernier moment pour le laisser taper dans le vide et défonça le genou de l'homme à l'aide du tuyau plombé. Il répéta ses coups, de plus en plus violents, jusqu'à ce qu'il entendît le ménisque céder et que son adversaire s'effondrât sur le flanc. Il le termina d'une frappe à peine moins forte contre l'oreille.

Les trois derniers combattants décidèrent d'abandonner les exploits individuels et se ruèrent ensemble sur le journaliste. Garcia et son binôme le désarmèrent puis l'immobilisèrent en lui bloquant les bras tandis qu'un petit nerveux aux poings plombés entreprit de lui marteler le buffet. Le brochet aux pruneaux et au vin rouge repassa rapidement et tapissa le bitume à ses pieds. Des montées d'acide lui noyèrent le nez en même temps qu'il reçut un crochet au menton. Garcia et son copain le lâchèrent, avant de bourrer de coups de pied le journaliste ratatiné au sol. Le vigile s'interrompit pour lui soulever la tête en l'agrippant par les cheveux. « Tu laisses tomber, connard. Tu laisses tomber et tu dégages, sinon… » Le vrombissement du V8 noya le reste des menaces. Anne avait démarré le Range Rover et passé rapidement la seconde.

Le tout-terrain effectua un virage serré pour repiquer sur le groupe de combattants. En fonçant sur eux, elle écrasa volontairement le type estropié par Cadalen, qui gisait à terre. Le blessé hurla dans les aigus lorsque les roues du Range Rover lui défoncèrent le thorax et broyèrent sa jambe valide. Elle tenta le même châtiment sur l'homme à qui Cadalen avait pété le nez. Il se tenait à l'écart de la rixe, la cagoule gorgée de sang, et face aux mille sept cents kilos d'acier lancés contre lui, courut se réfugier dans l'habitacle de la Renault. Les agresseurs du journaliste abandonnèrent la partie et relevèrent leur copain écrabouillé pour l'emporter jusqu'à leur voiture. Anne freina devant Cadalen, la vitre ouverte. « Montez. Il en reste trois, on va se les faire. » Elle n'attendit pas qu'il eût fermé sa portière avant de redémarrer, en trombe. Des clients, sortis du restaurant peu après eux, observaient la scène, tétanisés. Ils contemplèrent, stupéfaits, le Range Rover réaliser un demi-tour complet puis s'élancer en direction de la Renault. Anne appuya sur l'accélérateur, colla son passager au dossier et vint racler tout le côté droit de la R30, arrachant la portière ouverte et envoyant valdinguer l'homme qui s'était abrité derrière. Une femme cria lorsque le corps retomba, assez loin, sur le capot d'une Alfasud. Sans doute la sienne. « Ils ont leur compte, tenta Cadalen. Je pense qu'on peut rentrer.

– Vous êtes sûr ? Un mot de vous et je les finis…

– C'est gentil, Anne… Rentrons, je ne me sens pas très bien. »

Le retour parut très long à Cadalen quand bien même il avait complètement perdu la notion du temps. Il s'était assoupi plusieurs fois contre la vitre. Peut-être bien évanoui, il ne savait pas trop. Il avait très mal au dos et une féroce envie de dégobiller. Sa mâchoire était anesthésiée et sa cuisse le brûlait. Anne vint lui ouvrir la portière et l'aider à descendre du Range Rover. Elle le soutint jusqu'à la porte et le guida pour traverser l'atelier jusqu'au vestibule. La montée des escaliers tourna au calvaire. La jeune femme insista pour qu'il se couchât sur le lit. « Ne bougez pas de là, je vais chercher de quoi vous désinfecter. » Cadalen ne lui obéit pas. À peine Anne était-elle redescendue qu'il se débarrassa de ses vêtements en deuil et boita jusqu'à la douche. Il se rinça la bouche, se savonna en grinçant des dents et se massa la cuisse sous l'eau chaude. Puis il s'enveloppa d'une serviette de bain pour regagner son lit, au bord duquel Anne s'était assise, une trousse de secours ouverte sur les genoux. « C'est malin ! Vous auriez pu tomber dans les pommes. Allongez-vous et laissez-moi faire. » Le journaliste s'était râpé le front et la pommette gauche en chutant sous les coups et une méchante bosse avait commencé à pousser sous l'occiput. « Ça pique, plaisanta Cadalen lorsqu'Anne approcha un bout de coton teinté d'iode de son visage.

– Tenez-vous tranquille, vilain garçon. Vous avez le droit de me dire qui étaient ces guignols. La carrosserie de ma voiture mérite une explication.

– Je tenterais bien de vous raconter que je n'en sais rien mais vous n'allez pas me croire. » Elle tamponna délicatement son front, se pencha pour y déposer un baiser puis se redressa. « Ne me dites rien si vous préférez mais ne me mentez pas. Je déteste ça. Comment va votre dos ?

– J'ai connu mieux… » Anne approcha son visage du sien. Il pouvait sentir son souffle et son parfum l'envelopper. Une fine chaîne en or pendue à son cou descendait jusqu'à la naissance des seins, où une minuscule pépite à l'état brut tentait d'exister au milieu d'une constellation de grains de beauté. Elle défit le premier bouton de son chemisier sans le quitter des yeux. « Je vous achève ? »

Le chat était venu ronronner entre ses jambes. Sa majesté féline sentait que l'intrus qui squattait sa maison était un peu diminué et consentit à l'approcher pour se laisser caresser. Cadalen avait dormi tard. Lorsqu'il se leva, la matinée touchait à sa fin. Il appréciait le café préparé à son intention par Anne, assis sur un banc en pierre, le dos appuyé contre la façade de l'atelier. À l'abri du vent, sous un soleil timide mais bienvenu. Le chat se coucha sur le flanc pour offrir son ventre à la main de l'homme. Il attrapa les doigts à patte douce et mordilla gentiment l'index plié que le journaliste lui avait coincé dans la gueule.

Sa cuisse avait hurlé en descendant l'escalier et son dos le lançait à chaque pas. Il n'avait plus l'âge pour ces conneries. Les menaces proférées la veille au soir ne l'inquiétaient pas plus que cela. Il ne se sentait pas en danger. Il avait subi une intimidation un peu musclée. Administrée par des types qui avaient certainement outrepassé les consignes reçues. Par zèle, par goût de la baston ou par bêtise, plus certainement. Mais, bon sang, que ça faisait mal au réveil.

L'irruption chez Anne de la 504 bleue de Masclet ne surprit pas Cadalen. L'officier connaissait bien évidemment l'adresse de la jeune femme. S'il faisait correctement son boulot de flic, il avait forcément appris que Cadalen y logeait. Mais il était seul au volant, sans chauffeur ni autre pandore à ses côtés. Le gendarme déplia sa longue carcasse de la Peugeot et se dirigea vers le banc en pierre. Le journaliste se poussa pour l'inviter à s'asseoir mais Masclet déclina d'un geste. Il se planta quelques secondes pour détailler l'endroit, semblant chercher quelque chose ou quelqu'un. Son ex-amante sans doute. « Alors, Cadalen, on a pris une avoinée ? Il y a eu du grabuge, hier soir, au Tilbury.

– Au Tilbury ?

– Bon, ne jouez pas au con. Vous dîniez là-bas avec Anne. C'est elle qui m'a téléphoné, tôt ce matin. Elle a eu assez peur. Pour vous, pour elle. Vous avez reconnu l'un de vos agresseurs ? Vous voulez passer porter plainte à la gendarmerie ?

– Porter plainte ? Pour une bagarre sur un parking ? Il y en a combien, dans le canton, chaque week-end ? Vous n'avez pas autre chose de plus important à faire ? Enquêter sur la mort de Sabatier, par exemple... » C'est au moment où l'officier allait exploser qu'Anne sortit de son atelier avec une autre tasse de café. « Bonjour Thierry, je n'ai pas dit que j'avais eu peur. Je voudrais simplement m'assurer que ce genre de désagréments ne se reproduira pas. Les hommes d'hier soir ne s'en sont pris qu'à Cadalen. C'était comme si je n'existais pas. Je n'ai pas l'impression d'être menacée par qui que ce soit. Je me trompe, Daniel ?

– Non, avoua le journaliste. Je pense que vous ne risquez rien.

– Voilà, dit-elle en tendant son café à Masclet. Ce point étant tranché, je vous laisse discuter, j'ai du travail. »

Cadalen se leva difficilement après avoir ramassé le chat qui s'était laissé attraper. Il le tenait contre lui, à califourchon sur son bras. « Pardonnez mes provocations, capitaine, j'ai eu une soirée pénible. Et je n'avance pas beaucoup dans mon enquête. Je me heurte à pas mal de murs. Vous avez eu des retours des archives de Vincennes, sur la période 61-62 ?

– Oui, mais il n'y a rien à creuser de ce côté-là. Sabatier et ses copains sont rentrés en bon ordre après le putsch d'Alger. Il n'y a aucune trace d'une quelconque absence au corps ou de la moindre sanction le concernant. En revanche… » Masclet regarda autour de lui comme si la campagne pouvait espionner leur conversation. « Posez ce chat et venez avec moi, nous allons marcher un peu, ça vous fera du bien. » Cadalen libéra le greffier et emboîta le pas à l'officier de gendarmerie, qui avait déjà traversé la cour en direction du chemin de campagne qui menait à la propriété d'Anne. « J'ai tiré quelques sonnettes du côté des services, à Paris et, surtout, à Bordeaux. Un gars de la DST qui me doit plusieurs coups de main m'a ouvert ses dossiers. Enfin, c'est une façon de parler car je ne l'ai eu qu'au téléphone, il faut donc le croire sur parole.

– Vous avez des copains à la DST ? C'est assez rare pour un gendarme.

– Je n'ai pas dit que c'était un copain. Cet inspecteur surveille les militants basques de l'ETA qui se sont dispersés dans tout le Sud-Ouest depuis quelques années. Soit pour y installer des bases arrière, soit pour échapper aux commandos de Madrid qui les pourchassent jusqu'ici.

– Les autorités espagnoles opèrent clandestinement en France ?

– Je n'ai pas dit ça non plus. C'est un peu plus tordu et c'est pour ça que ça nous intéresse. Alors, non, Sabatier n'a jamais fait partie de l'OAS et n'a jamais été mêlé à la moindre action clandestine contre l'État depuis la fin de la guerre d'Algérie et son retour en métropole. Mais l'environnement politique dans lequel il évoluait depuis quinze ans l'a forcément mis en contact avec ce genre de personnes. À qui il a pu vouer une certaine admiration.

– Et à qui il a pu vouloir rendre service.

– Nous y voilà. Il ne se passe pas un mois sans que les Basques espagnols aient à enterrer l'un des leurs. Que ce soit après un attentat, comme dans ce bar de Saint-Jean-de-Luz où on a balancé une grenade, ou à la suite d'une élimination ciblée. C'est assez mathématique. À chaque fois qu'un policier municipal ou un garde civil tombe au sud des Pyrénées, un Basque espagnol le paye de sa vie au nord. » Cadalen demanda à Masclet de ralentir le rythme de la promenade, il avait du mal à suivre les pas d'échassier de l'officier. « Vous prétendez que des escadrons de la mort opèrent en France, tranquillement, sans que Paris ne hurle contre Madrid ?

– Avant d'agir, il fallait absolument savoir à qui on avait affaire. La DST a bien bossé et, surprise, ceux qu'on donnait au départ pour des agents espagnols ou pour des truands de Bilbao sont tous nés de ce côté-ci des Pyrénées. Ces escadrons de la mort, comme vous les appelez, sont cent pour cent français. Les commanditaires des assassinats se sont contentés de reprendre les bonnes vieilles méthodes que nous avons connues à Alger, lorsque les milices gaullistes pourchassaient les chefs de l'OAS. D'un côté, des truands bien de chez nous passés au service de politiques, le temps d'un meurtre bien rétribué, de l'autre des activistes de droite.

– Et Sabatier, dans tout ça ?

– Mon contact à la DST m'a affirmé que des vigiles d'une grande usine de la région étaient soupçonnés d'arrondir leur paye avec ce genre de boulot.

– Soupçonnés ?

– Oui, ils n'ont rien de tangible. Le seul suspect vraiment identifié est un homme du milieu bordelais, Jean-Pierre Chérid. Né en Algérie, ancien parachutiste, soldat perdu dans les années soixante. Il s'était installé en Espagne pour faire profession de mercenaire et avait fondé une officine de soutien aux extrémistes de droite de toutes nationalités. Tout en se signalant par des attaques à main armée, comme les rescapés de l'OAS à une époque. Mais la comparaison s'arrête là. Franchement, je ne vois pas Sabatier, et encore moins ses copains de la Française, sillonner tout le Sud-Ouest pour dessouder sur commande des militants de l'ETA. C'est un peu gros pour eux.

– Admettons. Votre truand bordelais s'était installé en Espagne, me dites-vous. Où ça exactement ?

– Aucune idée. Pourquoi ?

– Pour rien. On peut revenir sur nos pas, capitaine ? J'ai un peu froid. »

Midi avait largement sonné. Le chat fit la fête à Cadalen lorsque l'officier et lui réapparurent dans la cour et marchèrent jusqu'à la Peugeot. Masclet s'empara de la tasse de café qu'il avait oubliée sur le toit du break. Il goûta le breuvage devenu froid, grimaça et vida le récipient sur les cailloux. « Vous savez, Cadalen, en sollicitant mes différents contacts, je cherche moins à renifler une piste qu'à fermer des portes. Je crois peu aux machinations et aux complots politiques. Par expérience, les meurtres, les assassinats et même les pires tueries familiales trouvent souvent leurs motifs dans un environnement immédiat, banal, parfois scabreux. Tous les hommes dont je viens de vous parler vivent et s'entretuent dans un monde clos, qui ne cesse de se réduire. Après l'amnistie de 1968, les héritiers du Général ont ouvert les bras aux anciens de l'OAS dont ils ont su apprécier les compétences et l'absence de scrupules. Les milices gaullistes et les anciens de l'Algérie française s'étaient découvert des ennemis communs. Les communistes d'abord, les immigrés maintenant. Entre nous, si les hommes qui vous attendaient hier soir avaient quelque chose à voir avec cet univers, ils ne se seraient pas contentés de vous casser la gueule. Vous auriez pris une balle dans la tête. Et Anne également, pour ne pas laisser de témoin. »

La radio de bord crachota un appel. Masclet s'empara du combiné en s'excusant auprès de Cadalen. Le visage de l'officier se ferma. Le journaliste le sentit bouillir à mesure qu'il écoutait le gendarme au bout du fil. Anne était sortie sur le pas de sa porte et avait récupéré la tasse en grès posée par Cadalen sur le banc en pierre. Elle rejoignit les deux hommes pour débarrasser Masclet de la sienne. « Il se passe quoi ?

– Quelle bande de gros nuls, pesta Masclet en claquant la portière de la Peugeot. Mais quel troupeau d'imbéciles ! Ils sont cons comme une malle arabe quand ils s'y mettent. Cadalen, venez avec moi, il va y avoir du grabuge. Anne, merci pour le café. Je t'emprunte ton journaliste, je te promets de te le ramener en un seul morceau. Montez, vous. On décolle. »

Masclet klaxonna deux fois pour s'assurer de ne pas immoler le chat en démarrant et projeta des cailloux jusqu'aux pieds de la jeune femme, en bondissant en dehors de sa cour. Lancé à pleine vitesse sur la départementale, le militaire tabassait le volant en jurant. « Vous m'expliquez, capitaine, demanda Cadalen en bouclant sa ceinture. L'officier avait une conduite moins assurée que celle d'Armand.

– On a retrouvé la voiture de Jean-Jacques Sabatier.

– La Ford Taunus ?

– Affirmatif. Garée en ville, avec deux Maghrébins à l'intérieur. Deux jeunes du camp de Puech qui épluchaient un *Playboy* en buvant du Coca.

– Ils l'ont fauchée ?

– Ils prétendent qu'ils l'ont trouvée, abandonnée pas loin de chez eux, en rase campagne. Déverrouillée et avec les clés de contact dessus.

– Ils sont où, vos deux jeunes ?

– Au commissariat. Depuis vingt-quatre heures. Les flics les ont secoués et leur ont fait avouer à peu près n'importe quoi.

– Ce sont des conner... Attention ! » La 504 venait de brûler un stop en s'engageant sur la nationale, grillant la politesse à un transport de bétail en pleine descente. Le conducteur du camion s'écarta sur la voie opposée pour ne pas percuter le véhicule de gendarmerie, avant de le dépasser sans ralentir. « Sirène ? Gyrophare ? suggéra Cadalen.

– Naaan, ça m'empêche de réfléchir. Ces crétins de policiers sont trop contents de pouvoir livrer au juge d'instruction les prétendus complices de Seghir. Alors que la gendarmerie patauge. Ça me rend dingue. » Masclet avait recommencé à cogner sur son volant de la main gauche.

– Elle ne va pas aller plus vite. Calmez-vous. Ce n'est pas forcément une mauvaise nouvelle. Le juge va devoir ordonner un complément d'enquête. Vous allez pouvoir redémarrer vos investigations.

– Il peut également nous dessaisir au profit des policiers. Quelle merde ! »

Le planton repéra la voiture de son chef de loin et leva la barrière de la gendarmerie pour qu'il pût pénétrer dans la caserne sans lever le pied. Le coup de frein balancé devant le bâtiment de commandement secoua Cadalen jusque dans le bas de son dos blessé. « Attendez-moi ici, j'en ai pour deux minutes. » Quelques instants plus tard, l'officier reparut en grande tenue. Il avait troqué sa vareuse habituelle pour son uniforme de parade. La veste ployait sous le poids des décorations et les galons brillaient comme au premier jour. Le képi et sa visière rutilante semblaient n'avoir connu qu'une ou deux cérémonies officielles et jamais la moindre sortie sur le terrain. « On file au commissariat. Il faut les choper avant la fin de leur garde à vue. Maintenant, on peut mettre la sirène. »

La 504 déchira la circulation dans le centre-ville et dévala les lices jusqu'à l'endroit où se dressait l'hôtel de police. La façade de trente mètres de long surplombait l'artère au milieu de laquelle Masclet abandonna son véhicule, gyrophare en marche. Le journaliste suivit l'officier à travers le porche qui menait à une vaste cour intérieure flanquée de deux autres corps de bâtiment. L'endroit était moins propre et les voitures moins bien garées qu'à la gendarmerie. La cuisse de Cadalen le faisait toujours souffrir et son dos se signalait à chaque marche gravie dans le sillage du gendarme. Il serra les dents pour ne pas se laisser distancer. Les flics croisés dans les couloirs s'écartaient au passage du plastron médaillé et jetaient un regard soupçonneux au journaliste planqué derrière. Les locaux étaient à peine plus nets que la cour en bas. Ça sentait le tabac froid, le renfermé et la paperasse. Masclet traça directement jusqu'au bureau du commissaire et demanda à un inspecteur à bretelles installé dans le bureau contigu à pouvoir être reçu. Le type était vautré derrière son pupitre, occupé à engloutir l'équivalent d'une baguette entière garnie de poulet et de crudités. Sa bedaine poussait sous une improbable chemise hawaïenne, une excentricité tachée de sueur et, sans doute bientôt, de mayonnaise. L'officier de gendarmerie considéra sa mastication comme un acquiescement et entra sans frapper, en refermant la porte au nez de Cadalen. Le journaliste demeura un moment interdit, face au flic, qui haussa les épaules et se remit à manger. Il s'assit pour patienter sur un banc collé au mur du couloir, une sellette dévolue à l'accoutumée aux suspects en attente d'interrogatoire. Ou de passage à tabac. Ce qui, d'après la réputation de l'institution, allait souvent de pair.

Les minutes puis les quarts d'heure passèrent. La porte capitonnée du commissaire maintenait sans doute les éclats de voix à l'intérieur. Cadalen admirait Masclet, qui avait débarqué en terrain miné, hors de toute procédure. Quoi qu'il pût se passer par la suite, l'officier devrait assumer seul les conséquences de son action, si jamais les flics avaient des appuis politiques assez lourds pour faire plier le juge d'instruction. Si le dossier Sabatier devait changer de main, ce serait mort pour le journaliste. Plus une confidence, plus une info. On rouvrit la lourde porte en chêne. Un quadragénaire dégarni, en costume trois-pièces, libéra Masclet en lui serrant la main avec plus de dignité que de chaleur, mais le geste était ferme. L'officier fit signe au journaliste de le suivre. Ils retraversèrent les couloirs, parfaitement invisibles aux yeux des policiers qui y circulaient toujours.

Sur les lices, la 504 stationnée par Masclet avait provoqué un mini bouchon qui remontait jusqu'à la grande place, devant le Monoprix. Le gyrophare qui tournait toujours dissuadait les conducteurs de manifester leur agacement à coups d'avertisseur sonore. Les deux hommes ignorèrent le chaos qu'ils avaient provoqué, grimpèrent à bord et redémarrèrent en direction de la gendarmerie. Le demi-tour effectué au milieu de la chaussée acheva de noircir le regard des autres automobilistes. « J'ai demandé à voir les deux jeunes arrêtés, souffla Masclet. Ça m'a été refusé. Ils doivent être dans un sale état. Mais on m'a promis de me communiquer dans l'heure le procès-verbal d'audition.

– Ils ont signé des aveux ?

– Des aveux ? À propos de quoi ? Non, bien évidemment. Mais ce sont des potes de Seghir, qui est inculpé et en taule. L'un d'eux joue dans l'équipe que vous m'avez vu coacher, l'autre dimanche. Ils trafiquent à droite et à gauche, fument un peu, zonent pas mal. S'il y avait plus de boulot et moins de racisme, on ne serait pas là en train de parler d'eux. Je vais demander à l'un de mes hommes de vous ramener chez Anne. On se reparle plus tard. Il faut que je joigne le procureur. J'ai moyennement confiance dans le juge d'instruction. Il fréquente la même loge maçonnique que notre commissaire.

– Vous m'en direz tant...

– Ha ha ha ha ! Bienvenue dans les chefs-lieux de département, Cadalen... »

Le retour en 4L fut plus long et le gendarme muet, ce qui convenait parfaitement au journaliste. L'atelier était vide, et le Range Rover n'était pas dans la grange. Cadalen grimpa dans sa chambre, se doucha, se rasa et fouilla dans ses affaires pour en extraire la plus propre de ses chemises sales. Ses habits de la veille avaient disparu. Il passerait racheter du linge chez Mammouth s'il n'avait pas le temps d'aller à la laverie. Il démarra la Lancia et conduisit prudemment jusqu'en ville. Les coups reçus la veille avaient réveillé une migraine qui, par moments, voilait et parfois même réduisait son champ de vision. Mais les nausées avaient cessé. Il contourna les abattoirs pour gagner la rue de Finlande et son numéro quinze. Bien décidé à en finir avec les petits secrets de la famille Sabatier, quelle que fût la génération. René et maman étaient occupés à descendre leurs courses d'une Dyane au hayon grand ouvert. Le père de Jean-Jacques Sabatier portait un cageot débordant de légumes tandis que son épouse se cognait les filets à provisions remplis de boîtes de conserve. Cadalen soulagea l'épouse de son fardeau et poursuivit le mari dans l'escalier sans demander la permission de pénétrer à sa suite dans leur maison. Ils déposèrent le ravitaillement hebdomadaire dans la cuisine, au pied des meubles en formica. Cadalen s'attendait à ce que René allât s'installer à sa place, de l'autre côté de la table, dos au buffet, mais l'homme n'en fit rien. « Vous êtes revenu...

– Effectivement. Il y a quoi, à Alicante, monsieur Sabatier ?

– Un appartement, je vous l'ai dit. Où mon fils et sa famille allaient en vacances.

– C'est leur appartement ? Il est à eux, ils en sont propriétaires ?

– Oui. C'est ce que Jean-Jacques m'a toujours affirmé.

– Votre fils était vigile dans une usine, il avait du mal à finir les travaux de sa maison, depuis de longues années, et il aurait possédé un appartement sur la Costa Blanca ? Vous allez cesser de vous foutre de ma gueule ? René, Bon Dieu ! Il y a qui, à Alicante ? Qui sont les gens que votre fils fréquentait là-bas ? Est-ce qu'il lui arrivait d'y aller en dehors des vacances scolaires ? Est-ce qu'il s'y rendait parfois seul ? Votre fils et sa famille ont été assassinés par des individus qui n'ont aucun risque d'être condamnés si vous continuez à me raconter des bêtises. Vous avez peur de quoi ? On vous a menacés ?

– Non, non... Pas du tout. Enfin, de qui devrions-nous avoir peur ? Nous ne possédons rien. Nous ne savons rien. Qui pourrait s'en prendre à nous ?

– Qui pouvait bien vouloir s'en prendre à votre fils au point d'exécuter toute sa famille ? René, donnez-moi l'adresse de cet appartement. » Le père de Jean-Jacques Sabatier finit par regagner sa place habituelle. Sa silhouette retrouva sa forme ordinaire, faite d'abattement et de renoncement. Sa femme tira une chaise pour s'asseoir à ses côtés. « Nous enterrons notre fils demain, monsieur, grinça-t-elle. Nous allons rouvrir le caveau où reposent nos petits-enfants pour y installer leur père. La justice a fini par permettre son inhumation. La vérité, c'est que nous allons accompagner une dernière fois un fils dont nous ne savons pas grand-chose. À part le fait qu'il était un père et un époux exemplaire. Alors, quoi que vous puissiez découvrir, je vous prie de bien vouloir le garder pour vous. Quant à nous, si vous le permettez, nous conserverons l'image que nous avons de Jean-Jacques. Donne-lui, René. » L'homme se retourna pour s'emparer du cadre posé sur le buffet, où toute la famille Sabatier souriait sur sa plage espagnole. Il le posa, la vitre contre la table, et déplia les petits crochets de métal qui en maintenaient l'arrière. Une enveloppe était scotchée au revers de la photo. Il la détacha et la tendit à Cadalen, qui la déchira immédiatement. À l'intérieur, une clé plate était rattachée par un bout de fil de fer à une étiquette cartonnée où il était écrit 10, avenida de Villajoyosa, piso 21. « Jean-Jacques disait que, au cas où... » La vieille dame coupa la parole à son mari : « Jean-Jacques disait que, si on voulait y aller, on n'aurait qu'à se servir de cette clé.

– Merci, madame Sabatier, bredouilla Cadalen en glissant la clé dans sa poche.

– Ne me remerciez pas. Allez au diable et ne revenez plus jamais ici. »

Le parking du *Courrier du Midi* était un joyeux foutoir. Quatre voitures de la rédaction tentaient d'en sortir en même temps, au beau milieu d'un déchargement de bobines de papier. Cadalen estima plus prudent d'abandonner la Lancia à bonne distance et de regagner le journal à pied. Malvy bourdonnait au milieu de son plateau, au deuxième étage. Il voletait d'un rédacteur à un autre, invectivant l'un, engueulant carrément l'autre, en tirant nerveusement sur une cigarette qu'il écrasa au fond d'une tasse à café vide lorsqu'il repéra Cadalen. Il lança au journaliste un regard noir et s'en retourna à son bunker vitré. Le pas pressé et la ligne droite valaient convocation. Cadalen referma la porte du bureau pour épargner au reste de la rédaction les vociférations à venir. « Macarel ! Vous étiez où ? Je vous attends depuis ce matin. Et qu'est-ce que c'est que cette allure, vous avez récupéré votre chemise dans la gueule d'un chien ? Vous avez vu votre tête, on dirait que vous vous êtes battu.

– Il y a de ça, avoua Cadalen, impassible.

– Ah... La bagarre, au Tilbury, c'était vous ? Il y a un gars à l'hosto. Il ne remarchera pas, figurez-vous.

– Ces types ont essayé de me tuer. Je doute qu'il porte plainte. » Malvy s'effondra dans son fauteuil. Il se pencha en avant pour extraire un paquet de sa cartouche de Camel, déchira l'emballage, attrapa une cigarette et fouilla rageusement ses poches à la recherche d'un briquet. « Vérole de moine, je ne sais jamais où... Il balança sa cigarette sur son bureau. Bon ! C'est la merde. Asseyez-vous. » Le journaliste posa une demi-fesse sur le siège, face à son rédacteur en chef, prêt à lever le camp au prochain éclat. Il en avait sa claque des démonstrations et des coups de sang. « C'était quoi, le branle-bas de combat, sur le parking ?

– Il y a un mort, au camp de Puech. Un gendarme. On vient de l'apprendre. Restez assis, bordel ! » Cadalen s'était levé par réflexe, en pensant à Masclet et à ses histoires de pétoires à gros sel. « Qu'est-ce qu'il s'est passé ?

– Si vous étiez venu au journal dès ce matin, vous auriez appris que la police urbaine a interpellé deux jeunes harkis en possession de la voiture de Jean-Jacques Sabatier. Sa Ford avait disparu de la circulation la nuit du massacre.

– Je sais tout ça, Robert. J'étais au commissariat ce matin, avec Masclet. Les flics n'ont rien. Abrégez.

– Après l'incarcération de Seghir, la garde à vue des gamins a mis le feu aux poudres. Les habitants de Puech ont monté des barricades devant la porte du camp et posté des hommes armés derrière. C'était plus une manifestation de colère qu'une démonstration de force mais le préfet a dépêché la maréchaussée et Masclet a dû se résoudre à envoyer une dizaine d'hommes.

– Il n'y est pas allé lui-même ?

– Rhaaaa... j'en sais rien ! Il fait ce qu'il veut avec ces sauvages. De toute façon, il n'aurait rien empêché. On n'est pas sur un terrain de football. Et encore moins au bled. Résultat, c'est monté en sauce, ça s'est chauffé, je ne sais pas pourquoi. Menaces d'un côté, injonctions de l'autre... Un coup de feu est parti. Un gendarme a pris de la chevrotine dans le buffet et il est mort dix minutes après, à l'arrière du fourgon qui l'emportait en direction de l'hôpital.

– Les gendarmes ont abattu le tireur ?

– Même pas. Les autres harkis l'ont immédiatement désarmé et ils ont déposé les fusils. Les hommes de Masclet l'ont embarqué. » Cadalen était consterné. Par autant de bêtise et de manque de discernement. Masclet devait être au trente-sixième dessous. « Je peux passer un coup de fil ?

– Non, je n'ai pas fini.

– Il faut vraiment que...

– J'ai dit non, bordel. Vous croyez quoi ? Qu'on vous attend pour faire le canard ? J'ai envoyé quatre gars et deux photographes ramener de quoi manchetter sur l'affaire, dans l'édition de demain. Le pire est à venir. Vous étiez aux obsèques de la famille Sabatier ? Vous avez entendu les cris, la colère...

– J'ai surtout entendu des conneries racistes.

– Oui, bah, c'est pareil », balaya Malvy qui venait de dénicher une boîte d'allumettes. Il en craqua une pour enfin allumer la tige qu'il avait récupérée au milieu du cirque dressé sur son bureau. La fumée inhalée sembla le calmer quelques secondes. Une seconde bouffée le décontracta tout à fait. Le pauvre allait se tuer avant peu s'il continuait sur ce rythme, songea Cadalen. « Je veux que vous alliez assister à une réunion politique. Ce soir.

– Hein ? Franchement, vous croyez que c'est le moment ? Les élections sont passées.

– Justement, coupa Malvy. C'est maintenant que la poutre travaille. Tout est en train de se reconfigurer politiquement. Entre la grève des bougnoules qui s'éternise à la Française et le massacre d'une famille du coin par des Arabes, ça remue pas mal.

– Mais Seghir est innocent, vous...

– Rhaaaaaa... ça suffit ! Arrêtez de me prendre pour un gros débile. Je ne suis pas en train de vous exposer le fond de ma pensée, je vous traduis comment tout cela est perçu par l'opinion. Vous devez vous rendre à cette réunion car elle est organisée par des individus qui vont tenter de récupérer l'affaire en soufflant sur les braises. Écoutez ce que chacun va y dire. Notez les noms des gens présents. Identifiez chaque orateur. Et démontez-leur la gueule dans votre papier. » Malvy écrasa sa cigarette dans le cendrier surchargé et glissa un œil en direction de la photo où il traversait un douar, en armes, au milieu d'une file d'hommes en treillis, pliés en deux sous le poids de leur barda. « Je n'ai pas de sympathie particulière pour les ratons mais il est hors de question de laisser les fachos s'installer dans le département. On n'est pas sur la Côte d'Azur, ici. » Il nota une adresse sur un bloc de papier, en arracha la page et la tendit à Cadalen. « C'est dans une salle à Cantepau, pas loin des HLM. Dix-neuf heures. »

Le journaliste traîna en ville le temps de trouver des habits neufs. Il se procura au Monoprix de quoi se changer intégralement et, une fois la caisse passée, s'isola dans la cabine d'un Photomaton où il troqua ses hardes pour une chemise en coton et un jean un peu raide. Il récupéra la Lancia et n'arriva sur le lieu du rassemblement qu'avec un quart d'heure d'avance sur l'horaire. Des gorilles en bombers filtraient l'entrée de la salle. Aucun d'entre eux ne semblait faire partie de l'équipe de sécurité de l'usine et Cadalen ne repéra ni Garcia ni aucun homme avec le nez plâtré. Il agita sa carte de presse devant le visage de l'un des cerbères, qui s'écarta pour le laisser pénétrer dans les lieux.

L'endroit n'était pas très vaste mais disposait d'une estrade où on avait installé un pupitre équipé de micros. On devait habituellement y organiser des lotos et des spectacles de fin d'année. Un ou deux repas d'anciens, à l'occasion. La surface réduite donnait l'impression aux participants qu'ils étaient venus en masse et, dix minutes après l'arrivée de Cadalen, la salle était bondée. D'hommes, majoritairement, de tous âges et de conditions sociales assez variées. Quelques types en costards avaient tombé la cravate en sortant du bureau et s'étaient visiblement chauffés au bistrot avant de venir. Un groupe d'anciens combattants, blazers bleu marine et bérets rouges, s'accrochait à ses drapeaux, à droite de l'estrade. Le reste de la foule attendait patiemment que les hommes qui se consultaient en coulisse vinssent à elle pour prendre la parole. Parmi eux, lorsqu'ils s'avancèrent jusqu'au pupitre, le journaliste reconnut Boisard. Le notaire avait, sur son petit promontoire, la même allure guindée que sur la terre battue deux jours plus tôt. Une posture faite de raideur un peu dédaigneuse qu'il devait prendre pour une marque d'élégance et de distinction. Tout sonnait faux. Jusqu'au moment où il prit la parole, à la suite d'une présentation rapide, dressée par un quinquagénaire au complet froissé.

Boisard entama son intervention, qu'il avait visiblement rédigée, par un hommage aux victimes des dernières semaines. La famille de Jean-Jacques Sabatier d'abord, le gendarme tué dans l'après-midi ensuite. Ses yeux ne glissaient que rarement vers le pupitre, il connaissait sa partition par cœur et, une fois lancé, le notaire offrit à la foule pressée à ses pieds le récital qu'elle était venue entendre. « Je dis aux Maghrébins installés dans notre région, si vous êtes fidèles à la France, si vous l'aimez, si vous adoptez ses lois, ses mœurs, sa langue, sa façon de penser, en un mot, si vous vous intégrez complètement à elle, nous ne vous refuserons pas d'être des nôtres, pour peu qu'il y ait une étincelle d'amour et non pas seulement un intérêt matériel dans votre démarche. Mais si vous êtes fidèles à vos racines, ce qui est en soi respectable et que je respecte, si vous prétendez vivre dans vos lois, vos mœurs à vous, avec votre culture, alors il vaut mieux que vous rentriez chez vous. Sinon, tout cela se terminera très mal. » La foule applaudissait entre chaque phrase, que des cris et des invectives vinrent ponctuer de même. Des huées se firent également entendre à chaque fois que le mot « Maghrébins » était prononcé par l'orateur. Cadalen fouilla le fond de la salle du regard pour tenter d'apercevoir un autre journaliste, il se sentait d'un coup un peu seul. Un grand gars en imperméable, en embuscade près de l'entrée, repéra son mouvement et lui lança un clin d'œil. Sans doute un flic des Renseignements généraux venu sonder la soirée et ses participants.

« Il y a quatre ou cinq millions de musulmans chez nous, reprit Boisard. Le jour où ils seront vingt millions, il nous faudra descendre des trottoirs et baisser les yeux. » « C'est déjà comme ça ! », hurla quelqu'un dans la foule, vite applaudi, lui aussi. « Toute immigration nouvelle doit être interdite. En vérité, je vous le dis : si l'on n'y prend garde, la France sera bientôt débordée par l'afflux d'étrangers. Ce débordement s'effectue selon une loi quasi météorologique de hautes pressions démographiques se déversant sur cette zone de basses pressions que sont l'Europe et le monde blanc. » L'un des porte-drapeaux frappa le sol du bout de sa hampe en tempêtant : « Ils nous ont pris l'Algérie, qu'ils y restent !

– Vous avez raison, cher ami, lui répondit le notaire. Je voudrais d'ailleurs dire à certains immigrés arrogants, et à leurs soutiens communistes, que nombre des leurs sont morts pour leur donner une patrie et non pas pour qu'ils viennent dans la nôtre ! » L'assistance applaudit à tout rompre. Un « Boisard président ! » fut lancé sans que cela ne fît ciller personne. Cadalen perdit le sens de l'ouïe, absorbé qu'il était par la transfiguration de l'homme qu'il avait ratatiné au tennis. Sa prochaine intervention, si des caméras de télévision devaient la relayer, serait une véritable irruption médiatique, un jaillissement sur la scène politique. Le fils du notable local, le rejeton du réprouvé pétainiste, s'imposait à la première occasion comme une bête de scène, un phénomène potentiellement torrentiel, un personnage odieux mais charismatique, doté d'un culot d'enfer et, le journaliste devait en convenir, d'une présence impressionnante face à un auditoire. Boisard tenait un discours transgressif, provocateur mais qui attirait la lumière. Et peut-être, un jour, les foules. Le notaire ne se planquait pas, éloigné de la politique, comme Malvy le lui avait laissé entendre. L'homme attendait simplement son heure et elle était venue.

Cadalen retourna au journal l'écrire et, l'écrivant, regretta amèrement de participer à la mise en exergue du discours vomi ce soir-là devant une foule prête à ratonner tout le canton. Il livra pourtant sa copie. La tête ailleurs. À Alicante, déjà.

Le capitaine Masclet raccrocha son téléphone. Cadalen patientait, debout, au milieu de la pièce. Il avait écouté la conversation du militaire pendant de longues minutes, sans comprendre toutes les références ou les acronymes utilisés. Ça jargonnait toujours autant, dès qu'on franchissait les murs d'une caserne ; l'abus de sigles compensait la pauvreté de la grammaire. « C'est réglé. Le pilote vous attend. Vous décollez vendredi matin de Francazal. C'est un peu au sud de Toulouse, vous connaissez ? Présentez-vous à la BA 101 à six heures trente, je vais vous faire une bafouille pour que la gendarmerie de l'Air vous autorise à accéder à la zone opérationnelle. En revanche, il vous faudra laisser votre voiture à l'extérieur de la base.

– Merci du coup de main, capitaine.

– Vous me remercierez quand vous serez rentré. Après avoir fermé une porte de plus dans cette affaire. Je ne suis pas certain que vous allez découvrir quoi que ce soit là-bas, concernant Sabatier ou ses assassins. Mais puisqu'il est hors de question que je puisse m'y rendre moi-même...

– Votre gars est fiable ?

– Doucet ? C'est un ancien des services. Il s'est mis à son compte mais n'est pas complètement rangé des voitures. Il fait voler son Beechcraft sur le tracé de l'ancienne ligne de l'Aéropostale. Des sauts de puces, jusqu'à Dakar. Ou ailleurs en Afrique, si besoin. Il dépose des hommes ou des colis, sans poser de questions. Je sais qu'il remonte parfois quelques kilos de cannabis du Rif.

– Vous plaisantez ?

– Certainement pas ! » Masclet jaillit de son fauteuil à bascule, se mit à rassembler les feuillets étalés sur son bureau et les glissa dans un dossier cartonné ouvert devant lui. « J'ai appris qu'il fournissait l'antenne toulousaine de l'Office central de répression du trafic de stups. C'est plus facile pour nos amis de la police de tracer la came s'ils peuvent fournir directement les dealers via leurs indics. Ça permet de cartographier l'intégralité d'un réseau.

– C'est légal ?

– Ha ha ha ha ha ! Vendre de la drogue non plus. Bon vol, Cadalen. Mon ami Doucet vous ramènera dès vendredi soir, ne traînez pas sur place. Maintenant, je vous prie de m'excuser, j'ai de la paperasse. Le maréchal des logis tué hier à Puech était marié et sa femme enceinte de sept mois. Je déteste faire ça. Ce n'est malheureusement pas la première fois. Ça ne veut pas dire que je m'habitue. Ou que je suis moins en colère. Mais je vais tâcher de réserver mon énergie à des actions plus productives que des coups de poing dans les murs.

– Je suis sincèrement désolé de ce qui est arrivé à votre homme.

– Pas autant que moi. Et c'est pas fini. Le préfet de région va monter nous casser les reins. Il a déjà ordonné qu'une partie des gardes mobiles qui piétinaient devant les grilles de la Française de mécanique automobile se déploie aux abords du camp de harkis. Verrouillage intégral. Fouille en règle des baraquements. Nos gars vont tout retourner sans ménagement. J'ai fait appeler Mohamed Mebarek, mon ancien sous-off, pour m'excuser par avance. Même si je n'y suis pour rien. Quel gâchis, bordel de Dieu ! Quel gâchis... Allez, tirez-vous. » Le journaliste franchit la porte, accompagné par l'officier, qui le retint cinq secondes par le bras avant qu'il ne traversât le bureau des adjudants. « Une dernière chose : soyez magnanime avec vous-même. Rentrer d'Espagne avec plus d'interrogations que de réponses, ce n'est pas forcément revenir bredouille. »

Cadalen occupa la fin de la matinée à convaincre son rédacteur en chef de lui faire une avance en liquide pour régler le vol jusqu'à Alicante. Il enfuma Malvy en prétendant aller chercher en Espagne de quoi nourrir un long papier sur les secrets de la famille Sabatier. Vu du *Courrier*, c'était du grand reportage mais Malvy accepta assez facilement, ce qui ne manqua pas de surprendre le journaliste. Puis, il évita Anne tout l'après-midi. Elle l'avait irrité en le questionnant la veille au soir au sujet de ses rêves. Face au mur dressé par Cadalen, puisqu'elle pressentait le dénouement de son enquête et le probable retour du journaliste sur Paris, elle avait changé de sujet. Et avait demandé, faisant mine de s'intéresser à l'assassinat de la famille Sabatier : « Quelle sera la morale de cette histoire ?

– Qu'il est sans doute vain de vouloir échapper à son passé.

– Et vous, avait-elle répliqué, à quoi tentez-vous d'échapper ? » Cadalen s'était définitivement refermé et ils s'étaient quittés fâchés. Le retour des filles à l'heure du souper renvoya la jeune femme à son foyer et Cadalen à sa mansarde.

Le surlendemain à l'aube, le King Air qui attendait Cadalen devant l'un des hangars de la zone ops était un élégant bimoteur qui paraissait minuscule à côté des Nord 2501 et du Transall garés plus loin. Philippe Doucet était occupé à faire le tour de son appareil pour l'inspection d'avant-vol, cintré dans un blouson de cuir anthracite sur la poche duquel il avait fait surpiquer son nom. Le type avait de la carrure et de la prestance, une paire de lunettes qui l'aurait automatiquement disqualifié sur un appareil militaire et un sourire franc lorsqu'il aperçut le journaliste. « Je vous demande une minute, je finis ma promenade, lui lança le pilote avant de se plier en deux pour passer sous l'aile droite du monoplan. « Je vous emmène à Alicante, c'est ça ? C'est dommage, j'y étais de passage la semaine passée. Vous auriez pu voyager pour rien, juste un supplément bagage, rigola le pilote en empochant l'enveloppe tendue par Cadalen. Mince, vous êtes tout pâle, vous avez peur en avion ?

– Ce n'est rien. L'odeur du kérosène sans doute. Ça me rappelle des souvenirs.

– Des bons, j'espère !

– Pas vraiment...

– Montez, lança Doucet en déverrouillant la porte située derrière l'aile gauche du Beechcraft. Vous me raconterez.

– Je ne crois pas, non.

– Ah. Eh bien, montez quand même. »

Cadalen considéra les huit sièges à bord avant de se décider pour celui installé à droite, au niveau du deuxième des cinq hublots, pile dans l'axe de la voilure. Doucet l'informa qu'ils allaient mettre le cap sur Perpignan pour bifurquer ensuite sur Barcelone puis descendre jusqu'à Alicante. Cinquante ou soixante ans plus tôt, Guillaumet et ses copains poursuivaient ensuite leur course vers Malaga, Tanger et Dakar. Le journaliste se souvenait, l'ayant lu gamin, que Saint-Exupéry racontait dans *Terre des hommes* comment Guillaumet l'avait affranchi, la veille de son premier vol comme pilote de la Ligne, au départ de Toulouse. À l'Hôtel du Grand Balcon, un verre de porto à la main, les cartes dépliées sur une table, le fils d'aristocrates lyonnais se faisait expliquer par le fils de paysans champenois les subtilités du vol au-dessus de l'Espagne. En fait de géographie, Guillaumet lui apprit à se méfier de dangers invisibles comme ces trois orangers ou ce mince ruisseau qui l'empêcheraient de se poser. Au contraire, il lui fit porter sur la carte l'emplacement d'une ferme où il pourrait trouver du secours, et ajoutait : « Celui qui ne connaît pas la Ligne, caillou par caillou, s'il rencontre une tempête de neige, je le plains... Ah ! Oui ! Je le plains... » Séparés par la guerre, les deux hommes connaîtraient le même destin. Guillaumet d'abord, abattu par erreur au-dessus de la Méditerranée, après l'armistice, par un avion italien, alors qu'il se rendait au Liban. Saint-Ex ensuite, disparu quelque part entre la Corse et le cap d'Antibes. Abattu lui aussi, vraisemblablement, dans son avion en bois et sans munitions.

Passé Perpignan, la topographie, cinq ou six mille mètres plus bas, devenait un tableau. Villes, champs, hameaux, routes, rivières. Les tons ocre et pastel piochaient dans une palette réduite que le bleu de la mer, immense à bâbord, menaçait d'engloutir. Cadalen n'avait pas posé le pied en Espagne depuis 1978. Il avait débarqué, à l'époque, accompagné d'Armand dans une ambiance post-franquiste et un pays qui commençait à tolérer la presse étrangère. Le journaliste tentait alors de mettre la main sur Darquier de Pellepoix, l'ancien commissaire aux questions juives du gouvernement de Vichy. Le vieux salaud s'était réfugié de l'autre côté des Pyrénées, à la Libération, condamné à mort par contumace en 1947. Mais Cadalen s'était fait griller par des copains de *L'Express*, dont l'interview de Darquier avait secoué la France giscardo-gaulliste encore endormie à l'ombre de sa mythologie résistante. Darquier y affirmait, péremptoire, qu'à Auschwitz, « on n'avait gazé que des poux ». Armand et Cadalen s'étaient finalement rabattus, faute de mieux, sur le sinistre Léon Degrelle, toujours prêt à causer dans un micro, et avaient vendu le reportage aux journaux belges. L'ancien SS-Sturmbannführer de la division wallonne, exilé de même, était prétentieux et inintéressant au possible, sauf quand il évoquait son vieux copain Hergé dont il prétendait avoir inspiré le personnage à houppette. Au moins, les frais de reportage avaient été couverts.

Les souvenirs, le temps radieux, l'absence de turbulences, le pilotage serein de Doucet et la cabine pressurisée du King Air qui l'isolait en partie du boucan des turbocompresseurs finirent d'envelopper Cadalen dans un cocon ouaté auquel il consentit un abandon relatif. Il n'en fallait pas plus pour que le sommeil l'aspirât sans prévenir.

Sans le ménager non plus.

Le lieutenant Térien a emprunté une 403 noire au commissariat d'Alger. Les flics n'ont pas posé de questions, il a promis de la leur ramener avant l'aube. Cadalen a tenté de se défiler mais l'officier lui a ordonné de l'accompagner. Un capo-chef occupe le siège passager, à l'avant de la Peugeot. Cadalen se planque sur la banquette arrière. À l'autre bout, Chanez a la tête appuyée contre la portière. On lui a rendu sa robe de coton et ses sandales mais elle n'a pas réussi à les attacher avant de monter dans la voiture. Cadalen et le sous-off l'ont portée sur les derniers mètres, en sortant de la villa, Térien s'impatientait au volant. Les bras de l'adolescente sont bleus par endroits, violets à d'autres. Son visage paraît moins marqué par les gifles qu'il ne devrait l'être. Sa lèvre fendue et ses pommettes rougies attestent des coups reçus mais le jeune parachutiste sait que les dégâts sont ailleurs. Le ventre ruiné par les parties de football sur le sol en béton, le dos fracassé par le nerf de bœuf et, surtout, l'électricité qui lui a laissé de vilaines brûlures sur chacun des quatre membres. Sur le sexe, aussi.

Au hasard du trajet, lorsque la voiture est plongée dans la pénombre, Cadalen tente de déchiffrer le visage de Chanez dans le reflet de la vitre. Les yeux de la fille fouillent les rues traversées, vidées par le couvre-feu. Un court instant, il croit deviner que les deux bouts de charbon incandescents l'ont fixé pour le foudroyer d'une haine tenace. À moins qu'il s'agisse uniquement d'un profond mépris.

Térien tourne depuis un moment dans le septième arrondissement d'Alger. On dirait qu'il ne sait pas où il va. Ou qu'il le sait parfaitement mais qu'il veut s'assurer de ne pas être suivi. Ils ont dégringolé les tournants Rovigo puis sont remontés sur El Biar par la route de Mustapha Supérieur, dont les lacets escaladent le rebord escarpé du Sahel, avant de déboucher sur les plateaux qui dominent la cité endormie. Autour d'eux, les coteaux sont modelés dans des assises en grès tendre qui dessinent un arc au sud-ouest de la baie. Les maisons mauresques et turques dont les colons ont percé les façades se partagent le quartier avec des villas cossues, blotties dans des jardins qui, la nuit venue, sentent la rose, le jasmin et le chèvrefeuille. Entre les propriétés serpentent encore d'anciens sentiers qu'on devine à demi enfouis sous des oliviers centenaires. La colline Saint-Raphaël atteinte, le retour vers le centre d'Alger pourrait s'effectuer par l'avenue Clemenceau, en direction de la Casbah. Où Chanez retrouverait son bordel, rue de Chartres, ses copines et sa chambre aveugle.

La Peugeot quitte brusquement la rue goudronnée pour emprunter un chemin de terre qui grimpe raide, en direction d'un lotissement en construction. La frénésie immobilière a gagné les collines et accéléré le déboisement des pentes les plus escarpées. Térien stoppe l'automobile, coupe le contact et demande à Cadalen de faire descendre Chanez.

La fille refuse la main qu'on lui tend pour l'aider à s'extraire du véhicule. Les odeurs de fleurs ont disparu. Ça sent le pin et la terre mouillée. Il a plu quelques heures plus tôt. Sous les arbres, la nuit est encore plus sombre et les rumeurs de la ville parfaitement étouffées. Chanez se tient droite, face aux trois hommes en tenue léopard. Elle a perdu une sandale en quittant la 403 et s'écorche le pied sur une branche cassée, cachée sous le tapis d'aiguilles de pin. Elle se penche sur sa blessure sans remarquer le pistolet automatique que Térien vient de pointer contre elle, à quelques centimètres de sa tempe droite. Cadalen se souviendra qu'elle est morte en cherchant sa chaussure.

Le Beechcraft rebondit une fois avant de rouler puis de freiner sur la piste d'atterrissage. Doucet avait opéré sa descente en continu sans que Cadalen ne sentît jamais la moindre secousse. Le contact avec le sol l'arracha au sommeil profond dans lequel il s'était enfoncé depuis le survol de Barcelone. Il porta machinalement sa main droite à sa poitrine, surpris de ne pas y sentir de brêlage ni d'étuis à chargeur. Sa tête, débarrassée du casque qui aurait dû la coiffer, lui parut légère. La modernité et le confort de l'habitacle le ramenèrent immédiatement à la réalité. Il tendit le cou pour apprécier par le hublot l'aéroport moderne, construit quinze ans plus tôt, qui pointait sa tour de contrôle au bout du taxiway. Doucet coupa les moteurs, puis sortit de la cabine de pilotage pour venir constater que son passager était bien réveillé. Le pilote lui déposa une tape sur l'épaule et déverrouilla la porte du King Air. « Je redécolle à dix-sept heures. Avant, si vous êtes revenu. Belle journée à Alicante. »

Cadalen descendit de l'avion encore ensuqué. Il lui fallut quelques dizaines de mètres sur le tarmac pour se débarrasser des fourmis qui lui cavalaient dans les jambes. Les douaniers se contentèrent du minimum et lui rendirent son passeport après l'avoir feuilleté sans grande conviction. C'était la basse saison. Les charters d'Anglais, d'Allemands ou de Néerlandais n'entameraient leurs rotations que dans quelques mois. Il convertit trois cents francs dans un bureau de change et sortit du hall des arrivées. La ville était à lui et la file de taxis désœuvrés. Il ouvrit la portière du véhicule de tête, une Renault Siete noire qui sentait le skaï et le tabac froid. L'industrie automobile locale, aidée par la Régie nationale, avait transformé une banale R5 en véhicule tricorps d'une laideur repoussante. Le bloc arrière semblait avoir été greffé par un carrossier pris de démence. Le journaliste épargna au chauffeur son mauvais castillan et lui tendit le bout de papier sur lequel il avait noté l'adresse de l'appartement des Sabatier. Le moustachu au volant approuva d'un hochement de tête puis démarra sa chimère à quatre roues.

Moins d'une dizaine de kilomètres le séparaient du centre-ville. Alicante le bastion. Alicante l'Africaine, petite sœur d'Oran établie sur la côte espagnole. La dernière base arrière de l'OAS en déroute. En 1962, on avait compté jusqu'à cent mille pieds-noirs, en majorité originaires de l'Oranais, venus s'installer là dans l'attente de jours meilleurs. Plus de deux mille activistes, parmi lesquels de nombreux commandos Delta, y campèrent avec la bienveillance des autorités franquistes, autour de leurs chefs historiques, à l'abri des poursuites judiciaires lancées contre eux par les autorités métropolitaines. La fuite avait cessé, l'exil commençait. Des milliers de familles faisaient les comptes. La majorité se lamentait sur leurs pertes matérielles, quelques-uns pourtant n'allaient pas tarder à profiter des fortunes acquises en quelques jours dans la débâcle de l'indépendance algérienne. Pas un seul proscrit ne fut extradé par la justice espagnole ni une seule question posée sur l'origine des fonds avec lesquels certains réfugiés avaient débarqué. La police française, qui suivait de près cette installation, s'émut auprès de Madrid de sa découverte d'un camp de formation et d'entraînement de l'OAS qui s'étendait encore, en septembre 1962, sur une douzaine de fermes de la région. Plusieurs centaines de déserteurs et de Français d'Algérie y étaient formés pour constituer des commandos ayant pour unique mission d'assassiner le général de Gaulle. La Guardia Civil contesta cependant qu'il y eût, parmi les rapatriés accueillis, la moindre intention sérieuse d'organiser et de continuer la lutte. Les autorités espagnoles s'étaient montrées intraitables sur un point qui conditionnait l'accueil de tous les anciens militaires, estampillés OAS ou non : pas d'armes.

Pour les cinquante mille autres Français qui habitaient encore la ville au milieu des années soixante-dix, Alicante était apparue comme une destination proche et tranquille, où se concentrèrent spontanément tous les pieds-noirs arrivés en Espagne sans qu'il y ait eu d'ordre de réunion particulier. Beaucoup avaient des parents dans la région, d'autres avaient longtemps espéré un apaisement du conflit pour revenir en Algérie. Oran paraissait si proche. Moins de deux cent cinquante kilomètres qu'on pouvait parcourir en douze heures de voilier à peine. La première cause du départ massif des Européens n'avait pas été la peur du nouveau régime ou l'idée apocalyptique d'une Algérie indépendante, mais la radicalisation du conflit, la brutalité et la dégradation de la situation au cours des dernières semaines de la guerre. Juste après le cessez-le-feu, dès les mois d'avril et de mai 1962, Alicante avait reçu un nombre croissant de rapatriés, par l'intermédiaire des deux bateaux de la ligne régulière qui reliaient les deux villes. Si le nombre d'arrivées avait été moins considérable qu'en France, la migration avait été plus spontanée et nettement mieux organisée. Puis, au mois de juin, Madrid dépêcha deux navires escortés par des bâtiments de guerre pour extraire les derniers ressortissants espagnols, parmi lesquels on comptait une majorité de réfugiés républicains. Bien leur en avait pris : deux mois plus tard, les massacres perpétrés par le FLN à l'encontre de la population européenne d'Oran sonnaient le glas d'une Algérie cosmopolite.

Tassé à l'arrière du taxi, le dos en compote, Cadalen se demandait ce qui pouvait demeurer, vingt ans plus tard, de cet Eldorado de substitution. Les plus prévoyants des exilés avaient débarqué à Alicante dès 1954. Ou, au moins, planifié le départ de leur famille et sécurisé leurs biens dès les premiers attentats. Les plus riches quittèrent la région au bout de quelques années, fortune refaite, remplacés par des retraités mal installés à Paris, Montpellier ou Perpignan et que la fin de vie poussait en direction du sud natal. Alicante aurait pu devenir un espace de relégation, une station balnéaire à l'atmosphère pesante, à la nostalgie permanente et aux songes douloureux.

C'eût été sans compter sur la détermination et la capacité de travail qui caractérisaient souvent le monde colonial et ceux qui en étaient l'essence même. Une fois installés à Alicante, les Français trouvèrent auprès des autorités et de la population les facilités et le laisser-faire qui leur permirent de bénéficier de la revitalisation sociale et économique de l'Espagne. Et qui provoqua une véritable révolution dans certains secteurs d'activité. Les banques locales prêtèrent à tour de bras aux taux les plus faibles du monde. À peine descendus du bateau, les pieds-noirs s'étaient insérés dans presque tous les secteurs de l'économie, particulièrement dans le commerce où bon nombre d'entre eux avaient trouvé un créneau à prendre. Des boutiques en tout genre commencèrent à fleurir, envahissant les principales artères de la ville. La qualité des produits et la nouveauté de leur service eurent vite fait d'effacer la concurrence. Des boulangeries, des librairies, des hôtels, des supermarchés, des pressings – jusqu'alors inconnus –, des pâtisseries, des confiseries et, surtout, des bars à filles, des pubs, des restaurants ou des boîtes de nuit.

Mais la grande affaire des Français, ce fut l'immobilier. Dans ce qui n'était encore qu'une bourgade avant leur arrivée, ils firent sortir de terre un complexe touristique et résidentiel qui se voulait l'expression de la modernité, du développement et de la qualité de vie. Deux kilomètres au nord du centre-ville, d'énormes immeubles, bâtis sur plusieurs dizaines d'étages, avaient été construits en forme de muraille autour d'une petite baie libérée après qu'on eut fait sauter à la dynamite une partie de la montagne qui l'entourait. La passivité douteuse des autorités accéléra la métamorphose urbaine entreprise avec la collaboration d'investisseurs espagnols et de sociétés-écrans. Les gratte-ciel du quartier de l'Albufereta défiguraient la côte et c'est au pied de l'un d'entre eux que la Renault Siete stoppa. Son chauffeur exigea huit cents pesetas de

Cadalen. Le journaliste flaira l'arnaque mais paya la note sans rechigner.

L'entrée du numéro dix de l'avenida de Villajoyosa tournait le dos à la mer. Une petite esplanade faisait la jonction avec la route. L'immeuble rose couvrait de son ombre imposante toute la file de voitures garées le long du trottoir. Une grille délimitait la propriété et des bacs en béton accueillaient de timides plantes vertes déjà brûlées par le soleil printanier. Il pleuvait peu et pas souvent. Cadalen poussa la porte en verre du hall d'entrée et se dirigea vers les boîtes aux lettres. Il n'y avait aucune étiquette sur celle de l'appartement numéro vingt et un. Sans doute Jean-Jacques Sabatier n'avait-il aucun besoin, ni l'envie, d'y recevoir du courrier. Un couple de retraités tannés par le soleil libéra l'ascenseur dont les portes venaient de s'ouvrir. Le journaliste s'écarta pour les laisser passer et ils le remercièrent en français. Il s'engouffra et appuya sur le bouton du septième étage, celui qui correspondait à l'appartement, selon les indications portées sur le plan d'évacuation affiché dans le hall, au-dessus de l'extincteur réglementaire. Attachée à son fil de fer, la clé dansait entre les doigts de Cadalen, au fond de la poche de sa veste. Son cœur se mit à cogner un peu plus fort. Le désir d'arriver au bout, la peur d'être déçu également.

Les stores n'étaient pas complètement baissés. Un petit jour perçait dans l'appartement. La manivelle se laissa faire et Cadalen enroula complètement le volet qui fermait la grande baie vitrée du séjour. Une porte-fenêtre permettait d'accéder au balcon et à un panorama à couper le souffle. L'immeuble était fort laid mais, une fois à l'intérieur, on l'oubliait complètement pour être aspiré par un horizon qui se perdait loin, très loin, dans le bassin occidental de la Méditerranée. Il demeura quelques instants sur le balcon, saisi par toute cette beauté qu'il croyait enfouie.

Il effectua un tour rapide de l'appartement, un grand trois-pièces sans ostentation. Des meubles en pin et des chaises cannées dans la cuisine. Un peu d'électroménager, un poste de télévision, pas de téléphone, deux ou trois boîtes de jeux de société, quelques livres, surtout des romans à l'eau de rose, et une poignée de bandes dessinées. C'était propre, la vaisselle était rangée et le linge de maison plié dans un placard dressé au fond du couloir qui menait aux chambres. L'endroit ressemblait plus à une location de vacances qu'à un investissement outre-mer. L'idée que Jean-Jacques Sabatier n'était décidément pas le propriétaire des lieux faisait son chemin. Cadalen passa tout de même plus d'une heure à explorer les moindres recoins, à la recherche d'une éventuelle planque et ne dénicha rien d'autre que des vieilles cartes routières oubliées dans un tiroir et une peluche sous le lit de l'un des enfants.

Il allait s'asseoir sur le canapé en tissu pour réfléchir lorsqu'on sonna à la porte. Le journaliste crut d'abord à une erreur et préféra ignorer la visite en demeurant le plus silencieux possible. Mais on insista et, au troisième coup de sonnette, on commença à tambouriner. Le judas le laissa entrevoir deux hommes à la mine patibulaire qu'il prit naturellement pour des policiers. Le concierge avait dû le voir pénétrer dans l'immeuble. Il avait été imprudent en ouvrant le store puis en sortant sur le balcon. Cela signalait une présence suspecte dans un appartement inoccupé depuis un long moment. Cadalen ouvrit son portefeuille pour y piocher sa carte de presse, ça ne valait pas sauf-conduit mais il n'était pas entré par effraction. Les coups contre la porte redoublèrent. « Abre ! Abre la puerta, por favor ! »

Il déverrouilla en voulant glisser son document d'identité professionnel dans l'entrebâillement mais l'ouvrant vint le frapper violemment contre le front. L'un des deux hommes avait balancé un coup d'épaule suffisamment puissant pour faire chanceler le journaliste. Cadalen se rattrapa comme il put à l'accoudoir du canapé. Le second visiteur était déjà au milieu de la pièce et pointait sur lui un Beretta 93 qu'il tenait à deux mains, grâce à la poignée amovible dépliée sous le pontet. Cadalen savait les polices politiques italiennes et espagnoles friandes de cet ustensile capable de vider son chargeur de vingt cartouches en quelques secondes, par rafales de trois coups. Il allait se faire hacher menu, directement sur le carrelage. L'autre visiteur referma la porte derrière lui et tendit la main, paume ouverte, en direction du journaliste. « La clé.

– Je n'ai pas de... Aïe ! » Un petit coup de la pointe du pied contre ses côtes dispensa Cadalen de continuer à mentir. Le type l'avait savaté sans cesser de l'aligner avec son automatique. Il était plié sur le Beretta et on pouvait deviner les muscles des bras gonflés par la contraction, sous sa veste à carreaux. Le journaliste sortit la clé de la poche de son jean, encore attachée à son étiquette, et la fit glisser en direction de l'homme qui s'était adressé à lui sans le moindre accent. « Lève-toi. Tu viens avec nous. Quelqu'un veut te voir. Tu nous accompagnes sans histoire ou mon camarade et moi on te fait visiter le balcon. Mais de l'autre côté de la rambarde. »

Les deux gardes du corps de Cadalen étaient particulièrement massifs et les trois hommes avaient du mal à occuper la cabine d'ascenseur sans être collés les uns aux autres. Le Beretta avait réintégré un holster à sa mesure, sous la veste à carreaux, mais le journaliste pouvait sentir, sous les vêtements de l'autre type, une artillerie de dimension à peine moindre. L'odeur de leur after-shave, mélangée à celle de la moquette un peu sale, lui donna la nausée. Et son cœur, en redescendant du septième étage, battait encore plus fort qu'à l'aller. Le voyage s'arrêta au deuxième sous-sol. On pilota Cadalen entre les allées du parking souterrain jusqu'à une Fiat 132 dont l'homme au Beretta ouvrit le coffre.

« Tu montes. On ne va pas loin. »

Dix minutes plus tard, Cadalen émergea de la malle arrière de la grosse Fiat, au fond d'un autre parking souterrain, en tout point identique. Mêmes piliers de soubassement, même peinture au sol. On eût dit que ses ravisseurs avaient tourné en rond dans le quartier avant de le ramener au même endroit. Pourtant, dès l'ascenseur, le journaliste put constater que le standing avait changé. Les miroirs, les poignées en cuivre, la moquette épaisse dans les couloirs, l'atmosphère feutrée : tout sentait l'argent et le confort. Ils grimpèrent jusqu'au dernier étage du building qui en comptait dix-huit. Sur le palier, il n'y avait qu'une seule porte d'appartement. Sans doute le penthouse de l'immeuble. Celui que le promoteur s'était réservé lorsqu'il avait bouclé le financement de son projet immobilier. Puis qu'il revendrait, une fois lassé de la vue. Ou parce qu'un autre investissement lui offrirait des perspectives plus grandioses.

On poussa Cadalen à l'intérieur après avoir déverrouillé la porte blindée. Les deux gorilles l'encadrèrent jusqu'à un immense séjour qui faisait à lui seul la taille de l'appartement des Sabatier. Mais la comparaison s'arrêtait là. Pas de table en pin ni de canapé en tissu. Un mobilier moderne et soigné, des pièces choisies pour leur design et parfaitement adaptées au lieu, une décoration délicate et raffinée. Des sculptures khmères et indochinoises reposaient sur des étagères garnies de livres d'art. Le dos coloré des ouvrages, alignés par dizaines, contrastait avec la blancheur des murs, du plafond et du sol en marbre. De grands tapis berbères en laine apportaient ce qu'il fallait de nuances à l'endroit pour qu'on ne pût pas le confondre avec un laboratoire d'analyses médicales. C'était beau et froid, possiblement habité à l'année mais assez désincarné malgré l'homme de grande taille, en bras de chemise, qui tournait le dos à la pièce et contemplait la mer au loin par une baie vitrée qui perçait toute la façade. On était diablement plus haut que chez les Sabatier et le reste de la ville avait disparu. L'appartement, si près du ciel, semblait posé sur la mer. À moins que ce fût l'inverse. L'idée amusait Cadalen.

Les deux mastards qui l'avaient conduit jusque-là s'éclipsèrent en refermant sur eux la double porte en bois clair condamnant le vestibule. « Je vous en prie, asseyez-vous. Nous avons de nombreux sujets à aborder ensemble.

– J'ai un avion à dix-sept heures.

– Il ne tient qu'à vous que vous soyez à bord. Mais permettez-moi de me présenter, dit l'homme en se retournant. Je suis...

– Vous êtes le capitaine Albert Placet, coupa Cadalen. Vous avez commandé une compagnie du 14e RCP avant de basculer dans la clandestinité en avril 1961, à la suite du putsch manqué à Alger. Vous avez été condamné par contumace et n'êtes jamais rentré en métropole, malgré l'amnistie. Vous êtes soupçonné d'avoir appartenu à l'OAS. Et d'avoir encore des accointances avec différents réseaux d'extrême droite. En Espagne et en France. Ailleurs en Europe, sans doute. » L'interlocuteur de Cadalen avait atteint la soixantaine, ses cheveux avaient blanchi mais il s'agissait bien de l'individu dont Masclet lui avait présenté un portrait, à la gendarmerie. Le même qui figurait sur les nombreuses photos d'Algérie, récupérées par Armand chez les parents de Sabatier. Un officier au milieu de ses hommes, vingt ans plus tôt. Trois cents, quatre cents ou huit cents kilomètres plus au sud, en fonction des opérations. « Et votre indicatif radio, c'était Basile », conclut le journaliste.

L'ancien officier désigna un profond siège en cuir dans lequel Cadalen s'enfonça avec soulagement. Le transport dans le coffre de la Fiat, même bref, avait réveillé les douleurs consécutives à la rouste encaissée sur le parking du Tilbury. Basile bascula la porte d'un bar camouflé entre les rayons de l'immense bibliothèque, se servit un verre de xérès et en tendit un au journaliste, sans lui demander son avis. Cadalen le saisit en remerciant son hôte et, d'un geste circulaire, lent et précis, le déposa du bout des doigts sur le guéridon qui se trouvait sur sa droite, assez loin du fauteuil pour signifier qu'il n'y toucherait pas. Basile ne broncha pas. Debout au milieu de la pièce, la main droite au fond de la poche de son pantalon, il affectait une pose savamment travaillée qui, déjà, énervait Cadalen. Le journaliste supposait que les deux montagnes de muscles qui l'avaient kidnappé étaient postées, à l'affût, derrière la double porte du séjour et cette supposition suffisait à ce qu'il se tînt à carreau pour le moment.

« Basile, affirmatif. C'était effectivement mon indicatif radio en opération. Comme Bruno, pour Bigeard.

– En toute modestie.

– En hommage. Avec respect. Vous étiez dans quelle unité ? Para, non ?

– Ça n'a aucune espèce d'importance.

– Pourtant, ça fait de vous et quelques autres une variété à part. Sur le million et demi d'appelés qui ont servi en Algérie, combien ont réellement combattu ? Moins de cent mille ? À peine cinquante, si on s'en tient aux unités de choc.

– C'était encore trop, selon moi. » Basile parut sincèrement désolé, posa son verre sur la porte du bar transformée en tablette et vint s'installer face à Cadalen, dans un fauteuil jumeau. Cerné par le cuir grainé des gros accoudoirs, il avait l'air moins grand et accusait d'un coup le poids des ans comme celui des guerres. « Moins d'une génération nous sépare et j'ai eu à faire des choix que la providence vous a épargnés. Lorsque nous sommes descendus du maquis, moi et quelques autres qui n'y étions montés que pour échapper au travail obligatoire en Allemagne, nous avons découvert, dans nos villes en liesse, pavoisées, tout un peuple d'augustes résistants. Planqués pendant quatre ans, je les ai vus surgir, la *Marseillaise* à la bouche et une tondeuse à la main.

– On a l'époque qu'on mérite, répliqua Cadalen. Vous avez fait le choix, quinze ans plus tard, d'un engagement factieux. Ce putsch, franchement…

– Je crois que vous ne pouvez pas comprendre ce que représente la charge morale d'un officier d'active, même subalterne. Le reproche le plus grave qu'on puisse faire à de Gaulle est d'avoir menti à ses officiers. Nous n'étions pas des robots. Jusqu'à la fin du drame algérien, il nous a engagés sans réserve dans la voie de la pacification et nous a donné tous les moyens pour y parvenir. Pour accomplir cette mission, nous avons dû aller bien au-delà de ce qu'on demande normalement à une armée. Nous avions passé un pacte avec la population et plus particulièrement les musulmans pour leur assurer que, quoi qu'il arrive, nous ne les abandonnerions pas. En mars 1960, j'assurais un commandement dans l'un des secteurs les plus difficiles du Nord-Constantinois. De Gaulle était venu nous voir. Je me souviens encore qu'il nous avait affirmé que, lorsque la pacification serait terminée, et cela prendrait du temps, lorsque le calme et le bon sens seraient revenus dans les esprits, eh bien ! nous verrions. Il serait alors facile de trouver une solution, la bonne, la vraie, celle qui donnerait satisfaction à tous et tout d'abord à l'armée. Il avait rajouté qu'on pouvait lui faire confiance. C'était un mensonge.

– C'était de la politique.

– La politique, c'est tout ce qui sépare les promesses qu'on a faites de leur trahison future. Au moment où nous allions terminer la pacification de l'Algérie et recueillir les fruits de notre dévouement et de nos sacrifices, Paris nous a abandonnés. Le putsch, comme vous dites, a démarré le 21 avril 1961, le 22, son échec était consommé. L'armée est sortie brisée de cette épreuve. Un certain nombre parmi les meilleurs a été condamné par des tribunaux d'exception. D'autres, très nombreux, pour libérer leur conscience, ont quitté volontairement l'uniforme.

– Et d'autres encore sont passés dans la clandestinité et ont rejoint l'OAS, n'est-ce pas ? » Basile posa les mains sur les accoudoirs de son fauteuil et s'en releva d'un bond. Il s'avança jusqu'à la bibliothèque pour s'emparer d'un petit bouddha khmer d'une douzaine de centimètres de haut à peine. Il fit tourner délicatement la statuette de bronze entre ses doigts. Le visage de l'ancien officier prit peu à peu la même apparence que l'œuvre d'art du Xe ou XIe siècle. Une forme de plénitude dont Cadalen ne pouvait dire ce qu'elle devait, en proportion, à l'accomplissement ou au renoncement. « Lors de mon dernier saut, en Indochine, nous nous étions portés volontaires pour être largués sur Diên Biên Phu déjà submergé. Les officiers écumèrent les bars de Hanoï à la recherche, je cite, de pain pour les canards. Ils nous y trouvèrent et nous balancèrent dans le chaudron, comme ça, effectivement : du pain qu'on jette aux canards. Nous qui y allions pour l'honneur et pour les copains. Les gens ne peuvent pas comprendre. Qui a tué Jean-Jacques Sabatier, Cadalen ? »

L'ancien officier parachutiste reposa le bouddha à sa place et reprit la pause, debout au milieu de la pièce, les deux mains au fond des poches cette fois-ci. Le brusque changement de pied bouscula le journaliste qui n'en laissa pourtant rien paraître. « Je n'en sais fichtre rien. Je patauge. À chaque fois que j'essaie de trouver la réponse à une question, j'exhume une question supplémentaire. J'imaginais découvrir à Alicante une part de l'existence des Sabatier qui serait totalement inconnue des enquêteurs ou même de la famille des victimes. Peut-être, carrément, quelque chose que Jean-Jacques aurait tenu caché à son épouse.

– À propos de son passé ?

– De son présent plutôt. Quel lien aviez-vous conservé avec votre ancien soldat ? Sabatier ne vous a pas suivi dans la clandestinité. L'OAS n'était pas son affaire. Mais j'imagine qu'il a pu demeurer un sympathisant de causes qui vous tenaient particulièrement à cœur. Il y a une dizaine d'années, les règlements de comptes ont été nombreux parmi les anciens de l'organisation. Il y a eu des histoires d'argent. Des jalousies aussi, à n'en pas douter. » Cadalen balaya la pièce du bras en s'arrêtant pour désigner l'immense baie vitrée ouverte sur la mer.

« Vous semblez avoir mieux réussi que d'autres.

– Dès lors que je vais évoquer ce qui va suivre avec vous, vous serez partie prenante de cette histoire. Votre vie sera sans doute en danger.

– Je crois qu'elle l'est déjà. Cadalen désigna les marques sur son visage. On m'a mis en garde. » Basile revint prendre place dans le fauteuil, face à son visiteur. Il déposa ses longs bras sur les accoudoirs et le journaliste se dit que les mains de l'officier, à leur manière de demeurer inertes, pendues dans le vide, ressemblaient à celles de René Sabatier lorsqu'il ne savait pas trop quoi en faire, sur la toile cirée de sa salle à manger. « Au moment où ce qui restait de l'OAS a quitté Oran, en août 1962, nous nous sommes regroupés dans la région d'Alicante. Nous étions moins repérables et donc plus en sécurité, dispersés parmi les dizaines de milliers de rapatriés débarqués ici. Assez vite, les tensions se sont fait sentir. Entre ceux qui voulaient monter le plus rapidement possible une opération pour assassiner de Gaulle et les autres, dont je faisais partie, qui décidèrent que c'était définitivement terminé. Mais une organisation clandestine, c'est comme les services secrets ou la mafia : vous n'en sortez jamais vraiment. Sauf le jour où l'organisation, de fait, n'existe plus.

– Ce qui est le cas...

– Sous sa forme originelle, oui, bien sûr, depuis longtemps. Les hommes, eux, restent. Et ils doivent continuer à vivre. Des membres de l'organisation se sont installés à Lisbonne pour poursuivre la lutte.

– Poursuivre la lutte ? Mais vous venez de me dire que...

– Le terrain avait changé mais l'ennemi demeurait le même. Lutter contre le communisme et pour la sauvegarde de l'Occident. Au Portugal, Salazar a accueilli les pires d'entre nous. Des soldats perdus, d'anciens Waffen-SS, des activistes nazis ou simplement fascistes qui ont commencé à irriguer divers groupuscules à travers l'Europe. On leur doit des coups de main aux services secrets italiens dans les attentats qui ont secoué l'Italie dès la fin des années soixante.

– Et vous ? Vous vous êtes contenté de faire pousser des gratte-ciel sur la Costa Blanca ?

– Vous savez bien que non, sourit Basile. Nos liens sont demeurés étroits avec les réseaux OAS installés dans le sud de la France. Il nous est arrivé de rendre des services au SDECE pour des interventions au Congo, en

Tanzanie ou en Zambie. Les besoins en financement et en armes sont toujours importants dès qu'une opération s'écarte du cadre officiel.

– Que venait faire un type comme Sabatier au milieu de tout ça ?

– Il assurait des relais. Il conservait un œil sur tout le quart sud-ouest de la France. Beaucoup de pieds-noirs ou de harkis y ont été installés après l'indépendance. Ces nouveaux venus représentent un poids politique qui n'est pas négligeable dans une région verrouillée par la gauche. Les autorités françaises et espagnoles nous ont fichu une paix royale, n'ont pas été très regardantes sur nos investissements, ici et de l'autre côté des Pyrénées. En échange, nous avons contribué à rassembler les brebis égarées, tiré quelques oreilles par-ci par-là lorsque cela s'avérait nécessaire... Et nous avons apporté notre soutien matériel et organisationnel lors de campagnes électorales.

– Des campagnes électorales, rebondit Cadalen, d'un seul coup plus attentif. Comme celles perdues par maître Boisard ? Vous le connaissez ?

– Le notaire vichyste ? Nous n'avons jamais trop misé sur lui, je dois bien l'avouer. Mais les états-majors parisiens, après Mai 68 et, surtout, après la démission de de Gaulle, fédérèrent des forces qu'on croyait pourtant définitivement opposées. Jean-Jacques a pris goût à tout cela, je pense. Il se voyait enfin vivre, par procuration, la grande aventure qu'il n'avait pu entreprendre dans la clandestinité, avec nous, en Algérie. Au fond, c'était un romantique.

– Un romantique qui faisait régner l'ordre à coups de nerf de bœuf dans son usine, grimaça le journaliste.

– Chacun son moyen d'expression. Je n'ai jamais prétendu qu'il s'agissait d'un poète.

– J'ai bien compris que Sabatier avait pu être assassiné pour des raisons très diverses. Pourtant, dans tous les précédents que j'ai pu rencontrer, concernant l'extrême droite, le motif crapuleux est généralement le plus évident. Votre homme gérait des fonds ?

– Jean-Jacques ? Pas le moins du monde. C'était un homme de main. Un bon gars, fidèle, solide, discret et, je l'affirme, d'une probité inattaquable. Nous lui prêtions l'appartement de l'avenida de Villajoyosa. Ça ne coûtait rien et sa femme et ses gosses étaient ravis d'y descendre. » Cadalen se permit de quitter son fauteuil. Il s'y engourdissait et avait besoin de marcher pour réfléchir. Il s'approcha de la baie vitrée. La mer semblait à portée de main. Son scintillement annonçait le début d'après-midi. « Je ne suis pas plus avancé et j'ai, du coup, une question supplémentaire dans ma besace. » Il se retourna vers Basile qui le regardait aller et venir dans son séjour. « Pourquoi tenez-vous tant à découvrir qui a tué Sabatier ? Le massacre de sa famille vous empêche de dormir ? Je suis tenté de penser que, lorsqu'on grenouille dans un marigot comme le vôtre, ce sont des risques qu'on doit accepter de courir.

– Ne vous faites pas plus cynique que vous n'êtes, Cadalen ! Je suis profondément désolé de ce qui a pu arriver à la famille de Jean-Jacques. Mais mes préoccupations sont ailleurs. Cette détestable affaire vient bousculer des équilibres fragiles. J'ai bâti, pierre par pierre, quelques réalisations dont je souhaiterais qu'elles me survivent. Il n'est pas nécessaire que l'enquête des gendarmes ou pire, la vôtre, jette une lumière trop crue sur la région.

– Vous parliez d'investissements de l'autre côté des Pyrénées. Vous avez construit des immeubles en France, également ?

– Non, des supermarchés. Et ça me coûte cher. Les élus sont gourmands si on veut décrocher une autorisation de créer une grande surface commerciale.

– Gourmands comment ?

– Six cents francs le mètre carré, au bas mot. » Cadalen était ébahi. Cela dépassait tout ce qu'il aurait pu imaginer. Plus d'un demi-million de pots-de-vin pour un magasin de mille mètres carrés. Il repensa au supermarché dont on avait promis aux harkis qu'ils allaient pouvoir y travailler après son ouverture. « Vous avez investi dans celui qui a poussé à la sortie de Puech ?

– Ah ! Tiens, non... Celui-là, c'est un ami qui l'a fait construire. Il a obtenu l'autorisation pour quatre cents francs du mètre carré. Une affaire. Bon, ne croyez pas que ça change beaucoup de choses au confort des élus locaux, c'est juste une pompe à fric pour les partis politiques. » Le journaliste se souvenait de la montre de luxe et du costard sur mesure portés par le député avec lequel il avait déjeuné en tête-à-tête, au club de tennis, et se dit que le train de vie de certains serviteurs du peuple s'était tout de même considérablement amélioré.

« Qui s'occupe de vos transactions immobilières ? demanda Cadalen.

– En France ? Maître Boisard. Bertrand, le fils. Il a suffisamment d'entregent et de relations avec les élus pour que nos dossiers avancent assez vite.

– Vous saviez qu'il venait d'entrer en politique ?

– Boisard ? Quelle idée ! Il n'a donc rien appris des erreurs et des échecs de son père... Ça n'ira pas loin. Bon, venons-en aux mises en garde vous concernant, enchaîna Basile, avec un haussement de ton qui déplut fortement au journaliste. Puisque vous avez eu la délicatesse de descendre jusqu'à Alicante, je veux que vous l'entendiez par ma voix plutôt que par celle des deux hommes qui vous ont conduit jusqu'à moi : soit vous trouvez le moyen de conclure votre enquête sur le meurtre de Sabatier dans les jours qui viennent, soit vous laissez définitivement tomber. Ni moi ni mes affaires n'avons besoin d'un feuilleton, dans la presse locale ou ailleurs. Les sommes en jeu, comme les forces politiques qu'elles irriguent, vous dépassent et vous écraseront au besoin, croyez-moi. Jean-Jacques Sabatier, paix à son âme, ne vous en voudra pas de n'avoir pu démasquer son assassin.

– Ses assassins. Il y avait cinq hommes, au moins, chez lui lors du massacre de sa famille. Une dernière question, capitaine, si vous me le permettez, osa Cadalen. Pourquoi n'êtes-vous pas rentré en France, après l'amnistie accordée par de Gaulle ? La loi votée il y a quatre mois, sur demande expresse de Mitterrand, vous rétablit même dans les grades dont vous aviez été déchus après le putsch.

– C'est tard et inapproprié. Cette dernière amnistie poursuivait un objectif purement conjoncturel à quelques mois d'élections municipales qui s'annonçaient mal pour le PS et le pouvoir. Il s'agissait de s'assurer le soutien de l'électorat rapatrié qui a en partie contribué à la victoire en 1981. Ne soyez pas naïf, Cadalen : le texte a été imposé aux députés socialistes par Mitterrand pour lui permettre de renforcer son rôle de président qui entend se placer au-dessus des polémiques et des partis. Mitterrand gaullien, on aura tout vu ! Mais quand ce détestable personnage descend de son Olympe, c'est pour dîner avec René Bousquet, l'ancien secrétaire général de la police de Vichy. Bousquet qui a organisé les rafles de l'été 42 puis, fortune faite après-guerre, participé au financement de ses campagnes présidentielles, en 65 puis en 74. Mitterrand demeure ce que son éducation a fait de lui. Un type de droite avec des amitiés fidèles mais parfois discutables. J'essaie de ne pas trop lui ressembler. Et le meilleur moyen consiste à me tenir à l'écart de mon pays. J'ai le dégoût du troupeau, de la revendication et du slogan. »

Basile se leva à son tour et rejoignit Cadalen au centre de l'immense living. Il lui posa la main sur l'épaule d'une façon dont le journaliste s'étonna qu'elle pût lui paraître si amicale. « L'époque que nous traversons fait assaut de laideur et de médiocrité. J'ai mis du temps à me concentrer sur l'essentiel : les années qu'il me reste. Conséquence majeure, mon espace se réduit. Voyez-vous, je ne quitte plus guère cette pièce. Il me plaît d'imaginer que la mer d'Ulysse, par ma fenêtre, pourrait me ramener jusqu'au golfe du Tonkin et à ma jeunesse. Comment disait la chanson, déjà ? Celle que fredonnaient les légionnaires allemands... Enfants...

– Enfants, profitez de la guerre, la paix sera terrible.

– Voilà ! Mes hommes vont vous redéposer à l'aéroport par lequel vous êtes arrivé. Des amis, à Francazal, nous avaient informés de votre venue. Une dernière chose, Cadalen : quoi que vous puissiez en penser aujourd'hui, le jour où vous avez traversé la Méditerranée pour aller vous battre en Algérie, c'est parce que vous l'aviez décidé. Il y avait tout un tas d'autres options qui auraient pu s'offrir à vous.

– Je ne sais pas. Je n'ai pas l'impression qu'à l'époque mon environnement immédiat m'ait permis la moindre alternative. Mais l'envie d'être présent était moins forte que la honte d'en être absent. Une fois dans le djebel, la guerre s'est limitée à un problème très personnel et qui consistait chaque nuit à survivre jusqu'à l'aube. Je crois que j'en suis toujours là. Au revoir, capitaine.

– Au revoir, Cadalen. Soyez prudent. »

Doucet rôdait aux abords de son Beechcraft. Il sourit à l'approche de Cadalen qui débarqua flanqué des deux barbouzes de Basile. Les douaniers espagnols saluèrent les armoires à glace et s'abstinrent d'exiger du journaliste qu'il présentât ses papiers d'identité pour franchir leur point de contrôle. « Vous êtes en avance. Nous repartons déjà ? s'étonna le pilote.

– Oui, il repart », répondit le type à la veste à carreaux, sans laisser le temps à Cadalen de donner son avis. Doucet grimpa à bord pour faire tourner les moteurs et sollicita auprès de la tour de contrôle un créneau pour accéder à la piste d'envol. Son passager s'apprêtait à lui emboîter le pas quand l'autre gorille le retint par la manche. « Attends. » Il glissa un regard par-dessus la paire de Ray-Ban qu'il avait chaussée en s'installant au volant de la Fiat. Assis à l'arrière, Cadalen avait tenté de déchiffrer une expression particulière sur son visage, dans le reflet du rétroviseur. Mais le gars n'avait pas cédé la moindre ride durant tout le trajet jusqu'à l'aéroport. Son comparse, sur le siège passager, s'était contenté de siffloter *Le Chant des Africains* en regardant défiler les rues d'Alicante et en tapotant du bout des doigts contre le montant de la portière. Il rajusta ses lunettes de soleil du bout de l'index et glissa sa main droite dans son dos, sous son blouson. Il en sortit un Beretta 81 qu'il avait dû dissimuler contre ses reins et le tendit à Cadalen en le tenant par le canon. « Tiens. C'est Basile qui nous a demandé de te donner ça. C'est pas lourd, moins d'un kilo chargé, ça tire du 7,65. Tu pourras le planquer facilement.

– Vous avez des prix chez Beretta, plaisanta le journaliste en vérifiant la sécurité avant de ranger l'automatique dans la poche de sa veste.

– On va dire ça... Basile te signale également que c'est mieux si tu reviens pas dans le coin.

– Sinon ?

– Sinon, ce pétard ne te protégera pas de grand-chose. Surtout pas de nous. »

Cadalen emprunta l'échelle aménagée dans la porte ouverte, à l'arrière du Beechcraft. Doucet attendait, accroupi, pour verrouiller l'ouverture derrière son passager. Les moteurs ronflaient. Il se laissa tomber sur le premier siège à sa gauche. Par le hublot, il pouvait voir les deux Français en plein bavardage avec les douaniers. Quelques mètres plus loin, deux gardes civils considérèrent la scène avant de s'en désintéresser rapidement. Doucet avait commencé à rouler sur le taxiway, la piste de décollage n'attendait que son King Air. Cadalen se demanda si c'était le pilote qui avait prévenu Basile de l'identité de son passager et de sa destination. Ou s'il s'agissait d'un militaire de Francazal, comme l'avait prétendu l'ancien officier parachutiste, un peu plus tôt. À moins que ce fût Masclet. Qui ne pouvait mener la moindre investigation en dehors de ses frontières et que le juge d'instruction n'était pas pressé d'orienter vers une piste politique. Tous ces types, Basile dans son penthouse, Masclet dans sa caserne, Doucet dans son zinc, avaient certainement conservé des liens avec le SDECE et son successeur, la DGSE. Quelles que fussent les causes servies depuis l'Indochine ou l'Algérie, ils s'échangeaient des coups de main qui, mis bout à bout, dessinaient une toile d'araignée retenant prisonnier chacun d'entre eux. Des fidélités, des serments, des dettes d'honneur, des secrets inavouables semés entre le Cameroun, le Tchad ou le Congo, tout un tas de misérables souvenirs qui emplissaient leur mémoire de combattants, striaient sans doute un peu leur conscience mais n'alourdiraient jamais les livres d'histoire. Cadalen démonta le Beretta, éjecta le chargeur et éprouva du pouce la pointe creuse de la première munition. Une arme de tueur plus que d'autodéfense. Il assembla l'automatique, hésita à l'abandonner sous son siège puis, finalement, fit monter une cartouche dans la chambre et remit la sécurité en place. S'il conservait un flingue, autant qu'il fût prêt à tirer. Il avait le vol pour y penser et changer d'avis. Le Beechcraft venait d'atteindre son altitude de croisière et les moteurs ronronnaient gentiment de part et d'autre de la carlingue.

La Lancia attendait sagement devant la BA 101. Un gendarme de l'Air mena Cadalen en 4L à travers la zone vie et le déposa à sa voiture avant de s'en retourner à son poste de garde, de l'autre côté des barbelés. Le journaliste se dit qu'une base militaire était sans aucun doute le meilleur endroit pour faire entrer des armes en France. Il n'avait subi aucun contrôle et aurait pu tout aussi bien débarquer avec un arsenal. Ce dont Doucet ne devait pas se priver, à l'occasion, en plus de la dope dont Masclet avait dit qu'il arrivait au pilote d'en transporter. Il démarra la Gamma en appréhendant les bouchons qui encerclaient Toulouse en cette heure de sortie de bureaux. Le trafic s'éclaircit après L'Union et la RN 88 digéra son flot habituel de camions qui, pour certains, allaient bouffer du bitume d'une traite jusqu'à Lyon, où la nationale prenait sa source.

Les platanes montaient la garde et interdisaient toute envie d'acrobaties entre les gros culs qui toussaient leur gasoil au moindre faux plat. Cadalen patienta sur plusieurs dizaines de kilomètres en profitant du paysage qu'il avait fendu de nuit, en sens inverse, douze heures plus tôt. La route suivait le Tarn, toujours sur la même rive, et les agglomérations traversées, amochées par les mêmes panneaux publicitaires, balisées par les mêmes enseignes lumineuses, eurent vite fini de toutes se ressembler et parfois se confondre pour qui décidait de ne jamais s'y arrêter. À la sortie de l'une d'elles, le journaliste dut pourtant se résoudre à s'accorder une pause pour faire le plein de la Lancia s'il ne voulait pas arriver chez Anne sur la réserve.

La station était déserte et le bleu de travail du pompiste couvert de cambouis. Ça sentait la fermeture mais le gars consentit à décrocher son pistolet. Cadalen déclina le coup sur le pare-brise et se fit indiquer les toilettes. Lorsqu'il revint régler son carburant, une Fuego rouge s'était garée de l'autre côté des pompes, un peu trop en arrière pour que le tuyau fût assez long pour l'atteindre. Manifestement, le conducteur n'était pas là pour prendre de l'essence. Et il était encore un peu tôt pour qu'il fût nécessaire de se précipiter dans une station-service s'il avait été à court d'alcool. Les litres de mauvais rouge et les bouteilles de pastis alignés derrière la caisse affichaient des prix qu'on ne pouvait tolérer qu'en état de grande pénurie. Ou d'ivresse avancée. Cadalen ignora le propriétaire de la Renault et son passager dont il ne devinait que les ombres, récupéra sa monnaie et réintégra l'habitacle de la Gamma. Il attendit pour démarrer que la Fuego repartît. Ça sentait le kéké du bled à la recherche d'une confrontation mécanique et la Lancia avait tout de la concurrente idéale. Cadalen préférait que ce blaireau prît le large, loin devant, pour rentrer tranquillement.

Une première minute passa. Puis une deuxième. L'employé de la station-service avait baissé le rideau, tiré une chaîne devant ses pompes et filé à Mobylette, sans casque, dans un nuage de poussière. Cadalen fixait la Fuego et ses passagers à travers son rétroviseur intérieur. Il plongea sa main au fond de la poche de sa veste pour se rassurer au contact du Beretta, jeta un œil à sa montre et s'autorisa une minute supplémentaire avant de décider de descendre de sa voiture. Il effectua le tour complet du bâtiment sans accorder le moindre regard à la Fuego et gagna le bloc sanitaire collé à l'arrière du garage. Au fond de sa poche, la sécurité de l'automatique avait été ôtée.

Il entendit les portières de la Renault claquer. Il était parti pour une intimidation de plus. On avait dû le suivre depuis le matin et, sans doute, attendre toute la journée son retour d'Alicante. Ou Basile avait eu des regrets en le laissant repartir et commandé un comité d'accueil depuis son gratte-ciel. Les types ne pouvaient décemment pas le plomber devant la base aérienne et le filaient depuis Francazal. Cadalen cessa de cogiter. Ils n'étaient que deux, c'était jouable. Même s'il n'avait tiré sur personne depuis plus de vingt ans et jamais avec un pistolet.

Les portières claquèrent de nouveau et il entendit la Fuego démarrer. Elle s'engagea sur la nationale et, quelques secondes après, sa présence se résumait à deux points rouges qui s'éloignaient dans le soir naissant. Fausse alerte, il préférait ça.

Il patienta une minute encore derrière le bâtiment de la station-service avant de retourner à sa voiture. Les pneus étaient intacts et on n'avait pas tenté de l'ouvrir. Il était à moins d'un mètre de la Gamma lorsqu'une voix dans son dos lui ordonna de poser ses mains sur le toit du véhicule. En tournant la tête sur la gauche, Cadalen heurta l'acier d'un fusil de chasse que son propriétaire avait levé derrière lui. À quelques centimètres de sa pommette, les deux bouches du superposé paraissaient énormes. Au bout du flingue, il reconnut le gars dont il avait méthodiquement écrasé le nez deux jours plus tôt au Tilbury. Un pansement épais, en forme de T, lui barrait le front au-dessus des arcades sourcilières et couvrait pour tenter de le consolider ce qui restait de cartilage. La Fuego était déjà revenue. Il s'était fait avoir comme un bleu. « Tu bouges un doigt et j'envoie ta cervelle de l'autre côté du parking. »

Le conducteur de la Renault les rejoignit après s'être arrêté au cul de la Lancia. Garcia, évidemment. Le vigile n'avait pas grandi et se déplaçait toujours comme un pingouin. Il aurait dû laisser Anne les terminer sur le parking, l'autre soir, sous les roues du Range Rover. Le petit gros palpa Cadalen, toujours sous la menace du fusil de chasse de son copain, fouilla ses vêtements et apprécia la prise en agitant le Beretta découvert dans la poche droite du journaliste. « Pas mal... C'est à moi maintenant. De toute façon, tu ne vas plus en avoir besoin. » Il retourna à la Fuego, ouvrit la portière droite, bascula le siège et désigna la banquette arrière du coupé. « Allez, grimpe, on va faire un tour. »

Ce crétin de Garcia conduisait vite et mal. Les platanes défilaient, menaçants. À la moindre sortie de route, on les retrouverait tous les trois dans la boîte à gants. Le canon du fusil dépassait du siège passager, pointé sur Cadalen. Retourné, le dos contre la portière, le complice de Garcia le tenait en respect depuis leur départ. Le journaliste craignait moins l'arme braquée sur lui qu'un nid de poule déclenchant un tir involontaire. Dans cet habitacle confiné, ce serait un beau chantier. « Vous m'emmenez visiter une carrière, ou une grotte, comme Sabatier ?

– Ta gueule, répliqua Garcia.

– Pourquoi vous ne l'avez pas buté chez lui, avec sa femme et ses gosses ?

– Ta gueule, j'ai dit.

– Lequel de vous deux a étranglé le gamin ? Et la fille, vous l'avez tripotée un peu ? La belle-sœur, plutôt ? » La route devenait droite et les platanes avaient disparu, cédant les bordures à des fossés en lisière de vignes. Personne n'arrivait à contresens. Cadalen savait qu'il n'avait que quelques secondes et que l'occasion ne se représenterait peut-être pas. « Vous avez violé les trois ? La femme de Sabatier aussi, elle est passée à la casserole ?

– Putain, tu fermes ta gueule », menaça l'homme qui tenait le fusil de chasse. Il avait relevé le canon et lâché la garde pour admonester Cadalen en agitant son poing. « On n'est pas des... » Son prisonnier avait plongé en avant et glissé son bras entre les deux sièges, comme il l'avait fait tant de fois pour aller gratter le ballon sous un tas de joueurs empilés. Son entraîneur chez les cadets disait de lui qu'il était capable de planter sa tête là où la plupart des autres rugbymen du même âge avaient souvent peur de simplement glisser un doigt. Il tira violemment sur le frein à main.

Les roues arrière se bloquèrent sur-le-champ, alors que le compteur devait dépasser les cent dix kilomètres heure. La Fuego tangua, chassa du cul, partit en porte-à-faux et Cadalen sentit la voiture se soulever. Garcia lâcha un « nom de Dieu » avant que sa voix ne fût couverte par le bruit de la ferraille griffée contre le goudron et celui du verre qui explosait par toutes les ouvertures. Les deux premiers tonneaux se firent sur la chaussée, le dernier entre deux rangs de vigne. Un coup de feu claqua avant que la Renault eût terminé ses roulades. L'intérieur de la voiture sentit brusquement la poudre et le fer.

Allongé sur la banquette, le journaliste balança des coups de talon dans la lunette arrière pour achever de l'éclater. Le verre lui dégringola dessus. Une matière visqueuse, rouge et blanche, collée au plafond, avait commencé à goutter sur son visage. Il s'écorcha les mains et bousilla sa chemise en s'arrachant aux places arrière. À l'extérieur, la nuit s'était posée et les phares des camions qui montaient de la RN 88 épargnaient le bout de terrain où la Fuego avait terminé sa cascade, sur ses quatre roues. Cadalen tenta d'ouvrir la portière côté passager mais elle était coincée. Il n'y avait pas d'urgence. Le gros pansement nasal avait disparu, comme le haut du visage de l'homme qui le menaçait encore deux minutes plus tôt. La chevrotine lui avait décapsulé le crâne et envoyé balader tout le contenu sur le plafond et la lunette arrière gauche. Un peu de matière blanche maculait la joue droite de Garcia, inconscient, et le fusil reposait entre les jambes du mort.

Il contourna la Renault. La poignée fonctionnait mais il fallut un peu de hargne pour réussir à ouvrir complètement la portière gauche. Il déboucla la ceinture de sécurité du vigile et le dessouda de son siège en le faisant basculer vers lui. Cadalen traîna Garcia à quelques mètres de la voiture. Il fouilla ses poches et récupéra le Beretta. Il dénicha également plusieurs longueurs de cordes de nylon ainsi qu'un poignard effilé, semblable à celui qui l'équipait en opération durant son service militaire. Il retourna Garcia sur le ventre, lui ramena les mains dans le dos et le ficela. Puis le réveilla à coups de pied dans les flancs. Le vigile glissa ses jambes contre lui, tenta de se redresser pour s'asseoir. Cadalen l'aida à s'appuyer contre l'un des piquets qui soutenaient les ceps. Le froid commençait à durcir et le gars tremblait un peu. « Ton pote est mort. Il a dû se faire sauter le caisson accidentellement pendant nos roulades.

– Espèce de... » Cadalen interrompit les insultes d'un coup de pied supplémentaire dans le gras du bide, puis se pencha sur Garcia. Il glissa le canon du Beretta sous le menton du vigile, entre deux bourrelets. Le type ouvrit grands les yeux et sa bouche s'arrondit. « Tu connais Chelia, Temza, Bouhmama ? T'as traîné dans ces endroits-là ? Non ? Dommage, on aurait pu se croiser.

Quand on ratissait le coin, avec ma compagnie, et qu'on piégeait des fellouzes épuisés, au fond d'un ravin, pour les terminer à la grenade, les survivants n'étaient pas tous éliminés. Notre lieutenant prétendait qu'il fallait toujours en laisser filer un. Pour raconter l'histoire. » Le journaliste dégagea l'automatique du goitre de Garcia pour l'appuyer à la verticale, sur le genou gauche de l'homme entravé. Il enfonça le canon entre la rotule et le tibia. « C'est vrai que tu bats tes mômes avec un cintre en bois ?

– Hein ? Quoi ? Qu'est-ce que... » Le passage d'un quarante tonnes sur la nationale couvrit le coup de feu et les premiers hurlements du vigile qui pleurait sur son genou bousillé. Cadalen abandonna le poignard de combat aux pieds de Garcia, rangea le Beretta au fond de sa veste et se mit en route. L'idée de se cogner quatre ou cinq bornes à pinces pour récupérer la Lancia l'avait passablement énervé.

Malvy s'était effondré d'un coup. Au milieu d'une phrase, rouge de colère. Il était encore une fois monté très haut dans les tours, à la lecture du long papier rédigé par Cadalen depuis le début de la matinée et soumis à la validation du rédacteur en chef du *Courrier*, en milieu d'après-midi. Celui-ci prétendait qu'il y avait de quoi intenter un procès par paragraphe contre le journal et brandissait la copie en prenant tout le plateau rédactionnel à témoin. Il marqua une pause dans ses diatribes à l'encontre de l'enquête de Cadalen pour hurler contre les coûts de son déplacement à Alicante. « Quatre mille balles pour apprendre qu'il y a des anciens de l'OAS installés en Espagne, putain, le scoop ! Mais vous vous prenez pour qui, nom de Dieu ? Vous allez m'expliquer ma ville, ma région, les forces politiques et sociales qui s'y opposent ? Y a rien de solide dans votre article. Vous balancez les noms de dizaines de personnes qui, toutes, pourraient – et je dis bien pourraient – avoir un lien avec l'assassinat de la famille Sabatier. Les trois-quarts de ces gens sont des inconnus, le reste, des notables et des élus. Mais vous êtes devenu fou, mon vieux. Vous empilez des hypothèses, tranquillement, sur de très dangereux sables mouvants qui pourraient, si on vous laissait faire, engloutir tout le journal. » Le considérable bipède retourna dans son bunker, suivi par Cadalen, et balança les feuillets dactylographiés sur son bureau déjà surchargé de copies, de journaux et de magazines.

« Vous êtes complètement à côté de la plaque, Cadalen. Vous avez voulu hisser cette histoire au niveau où vous croyez situer votre talent. Dans les deux cas, cet endroit n'existe pas. Vous avez vraiment le melon qui voyage en première classe. Vous... » Le visage du rédacteur en chef s'était figé, avant de se tordre, en plein milieu de sa diatribe. Tout son corps se crispa, il agrippa son bras gauche de sa main droite, pivota pour tenter de se poser sur son fauteuil mais ne réussit qu'à glisser contre son bureau sur lequel il s'étala, avant d'en dégringoler et de se vautrer sur la moquette. Tout le foutoir qui s'y trouvait entassé, journaux, cendrier rempli de mégots, paquets et cartouche de cigarettes, pot à crayons et dossiers empilés, l'accompagna dans sa chute et le recouvrit en grande partie.

Cadalen dégagea Malvy, le retourna sur le dos, le saisit sous les aisselles et le traîna jusqu'au milieu de la rédaction. Le bonhomme était nettement plus lourd que Garcia la veille au soir mais le poids mort glissait plus facilement sur le sol du journal que sur la terre caillouteuse du vignoble local. Déjà, une petite troupe s'était agglutinée. Cadalen les envoya balader sèchement tandis que l'ex-copine d'Armand eut la présence d'esprit d'immédiatement appeler les secours.

Le rédac-chef reposait, les bras le long du corps. Cadalen s'agenouilla à sa gauche. Il bascula en arrière la tête de Malvy, inconscient, et déchira intégralement sa chemise. Les boutons sautèrent au fur et à mesure, libérant la formidable masse graisseuse du quinquagénaire. Le journaliste tenta de se rappeler l'ordre des gestes. Comment disait le médecin-chef, déjà ? « Un bon massage cardiaque, on doit péter des côtes. » Il posa sa main gauche sur la poitrine de Malvy, un peu au-dessus du sternum, sa main droite par-dessus. Il leva son cul, se positionna à l'aplomb du bestiau, bras tendus, et commença à pomper. Trente fois en quinze secondes pour tenter de faire revenir le sang dans le cœur. Il relâcha, plaça la main sur son front pour pincer les narines entre le pouce et l'index, tira le menton puis posa sa bouche sur celle de Malvy, l'enveloppant complètement. Il inspira puis souffla. Deux fois. Le salaud puait le vieux café et les Camel froides. Cadalen réprima une nausée montée sans prévenir. Et se remit à pomper. Trente coups. Il insuffla de nouveau à deux reprises. Il répéta son manège des dizaines de fois jusqu'à ce qu'il entendît la sirène en bas de l'immeuble. Il était en nage mais le cœur de Malvy était reparti deux fois. Avant de s'arrêter de nouveau.

Lorsque les pompiers débarquèrent sur le plateau avec leur brancard, Cadalen continuait de pomper comme un dément, les deux bras plantés sur le corps inerte. Le reste de la rédaction avait commencé à s'écarter et Marie-France avait jailli du secrétariat de rédaction à l'étage en dessous. Elle dominait l'assistance d'une demi-tête. Son visage était livide sous ses cheveux orange. Son minuscule chien blanc, coincé sous son bras, paraissait moins pâle. Les pompiers écartèrent Cadalen. L'un d'eux sortit un stéthoscope, constata que le palpitant était faible mais bien reparti. On installa le rédacteur en chef sur le brancard et sous un masque à oxygène. Les pompiers firent rouler Malvy jusque dans le couloir, accompagnés de Marie-France qui lui tenait la main. Arrivés à l'escalier, ils lui demandèrent de bien vouloir les laisser le descendre. Vu le poids du mastard, la manœuvre pouvait s'avérer délicate.

La totalité de la rédaction avait envahi le couloir menant vers la sortie. Marie-France se retourna vers ses confrères, mi-désemparée, mi-furax. « Qu'est-ce que vous avez tous à rester là ? Le spectacle est terminé. On a une édition à avancer pour le bouclage de demain. Au boulot ! » Chacun regagna sa place, certains en contournant ostensiblement Cadalen qui était resté assis, vidé, à l'endroit où reposait Malvy quelques minutes plus tôt. Personne ne lui proposa de l'aider à se relever. Il ramassa sa veste, se redressa et traversa le plateau du second étage comme un zombie, avant d'emprunter l'escalier par lequel on venait d'emporter le rédacteur en chef. Sur le parking, devant le journal, sa voiture lui parut un refuge acceptable. Il hésitait à rentrer jusqu'à Paris, quitte à rouler toute la nuit. Rejoindre Anne était au-dessus de ses forces. Il s'enfuit en direction de la gendarmerie.

Le planton le fit patienter plus longtemps que d'ordinaire. Un second gendarme effectua un tour complet de la Lancia et demanda à Cadalen de bien vouloir ouvrir son coffre. Il pensa au Beretta, planqué dans la boîte à gants. Il avait déjà oublié que l'un des hommes de Masclet avait perdu la vie quarante-huit heures plus tôt devant le camp de Puech et que le reste du groupement devait être un peu à cran. L'attente dura. Masclet n'était visiblement pas joignable, peut-être indisponible ou, carrément, ne voulait pas le recevoir. Le planton finit par répondre au téléphone qui sonnait dans le poste de garde et vint lever sa barrière en recommandant au journaliste de rouler au pas dans la caserne. Les militaires croisés dans les couloirs et qui le reconnurent le saluèrent distraitement. Dans le bureau des adjudants, contigu à celui de l'officier, l'atmosphère était pesante. On lui fit signe de patienter, le temps qu'un gros sous-officier vérifiât que Masclet était disposé à accorder du temps à Cadalen. Tous donnaient l'impression d'en vouloir à la Terre entière, c'est-à-dire principalement aux civils, pour la mort de leur copain, flingué d'un coup de fusil de chasse par un harki. Ou s'agissait-il d'une rancune silencieuse à l'encontre de Masclet, dont personne n'ignorait les liens d'amitié avec les résidents du camp ?

La porte de l'officier s'ouvrit sur sa mine défaite. Il s'écarta pour laisser le journaliste entrer, referma derrière lui et regagna son fauteuil.

« Vous étiez où, hier soir, entre dix-neuf heures et vingt-deux heures ?

– Je vous demande pardon ? s'étonna Cadalen, en s'installant sur une chaise face au bureau de l'officier.

– Vous avez atterri à Francazal en toute fin d'après-midi. J'avais demandé à Doucet de me prévenir de votre bon retour.

– Votre sollicitude me touche, capitaine.

– Arrêtez de vous foutre de moi. Alors, où étiez-vous en début de soirée ?

– Au volant, je rentrais ici. » Masclet pinça l'arête de son nez, entre le pouce et l'index, puis massa ses yeux. Il avait l'air exténué. Il ouvrit une pochette en carton posée devant lui. « On a retrouvé un véhicule incendié au milieu des vignes, un peu après Rabastens. Une Fuego. Il semblerait que la Renault ait quitté la route à vive allure, effectué plusieurs tonneaux avant d'arracher deux rangs de ceps sur une bonne douzaine de mètres.

– Il y a des dégâts ?

– Ça va, c'est du rouge de coopérative viticole, pas du chassagne-montrachet.

– Je voulais dire : il y a des victimes ?

– Je n'en sais rien. Le véhicule était vide.

– Je ne comprends pas très bien votre question, capitaine. Oui, j'ai emprunté cette route hier soir pour rentrer de Toulouse. Mais j'ai roulé tranquillement et n'ai été témoin d'aucun accident.

– Je n'ai pas dit qu'il s'agissait d'un accident. En ratissant le terrain à la lampe de poche, mes hommes ont trouvé une douille de 7,65. Le labo confirmera qu'elle a été percutée dans la soirée d'hier.

– De quoi me soupçonnez-vous exactement ?

– D'attirer les emmerdes, Cadalen. Mais les gardes à l'entrée de la caserne ont pu me confirmer que votre voiture était intacte et que vous n'êtes sans doute pas impliqué dans ce rodéo. Qu'importe, conclut Masclet, en refermant la pochette cartonnée, on boucle le dossier.

– Je vous demande pardon ?

– La PJ a été dessaisie de l'affaire de la Ford de Sabatier, la gendarmerie regroupe toutes les investigations. Paris a sifflé la fin de la récré. Pierre Bérégovoy, le ministre des Affaires sociales, a diligenté une inspection en règle à la Française de mécanique automobile. La grève est suspendue. Les patrons vont recevoir un paquet d'aides publiques en échange de la mise en place de véritables plans de formation, d'amélioration des conditions de travail et la promesse d'élections professionnelles ouvertes aux syndicats représentatifs. La CGT a eu ce qu'elle voulait, elle n'empêchera pas les meneurs de la grève, qu'elle a noyautés, de permettre le redémarrage des ateliers. Et Seghir, une fois libéré, pourra se faire élire comme délégué du personnel.

– Vous allez libérer Seghir ?

– Pas moi. Le juge. On s'achemine vers un non-lieu. Vous devriez être satisfait, vous clamez partout que Seghir est innocent.

– Et Sabatier ? Sa femme, ses gosses... qui les a tués ?

– Vous oubliez la belle-sœur. Un crime de rôdeurs. C'est l'hypothèse de travail en direction de laquelle il nous a été demandé d'orienter notre enquête.

– C'est une vaste blague, explosa Cadalen en se levant de sa chaise. Il s'avança vers Masclet, posa les mains sur son bureau, en se rendant compte qu'il faisait la même chose avec Malvy lorsque le rédac-chef et lui s'affrontaient.

– Pas du tout. Paris a repris la main. Socialement et politiquement. Le gouvernement fait pression sur l'usine pour dissoudre le syndicat maison, a promis de raser le camp de Puech et de reloger ses habitants. Le non-lieu de Seghir va suivre, au milieu de l'été, je suppose, quand tout le monde sera installé devant le Tour de France.

– Et vous allez avaler ça ? Vous faites partie des gens qui pensent sincèrement que Robert Boulin s'est noyé dans vingt centimètres d'eau ?

– Je fais partie des gens qui obéissent à l'État ! Vous commencez sérieusement à m'emmerder, Cadalen. Vous débarquez dans mon bureau avec, à chaque fois, des échafaudages de pensées tous plus branlants les uns que les autres. Ouvrez les yeux, vous n'avez rien. Aucun fait tangible, aucune preuve. »

Le journaliste se pencha sur le bureau de Masclet, décrocha le combiné du téléphone et le déposa sur la pochette cartonnée. L'officier bascula sur sa chaise, accroché aux accoudoirs. « Vous savez que je déteste que vous fassiez ça. »

Pendant près d'une demi-heure, tout y passa. Cadalen rapporta par le menu l'intégralité de son périple à Alicante. Sans rien omettre de sa rencontre surréaliste avec Basile. À l'évocation du proscrit dont il avait conservé l'avis de recherche, de longues années, au mur de sa gendarmerie, Masclet s'immobilisa, absorbé par le luxe de détails dont l'abreuvait le journaliste. Le building en bord de mer, le penthouse, les gorilles, les marchés immobiliers en Espagne et en France, les pots-de-vin... Puis Cadalen réaffirma sa conviction que l'argent était le mobile du massacre des Sabatier. Des sommes colossales avaient été ramenées d'Algérie par une poignée de jusqu'au-boutistes qui confondirent, dans les dernières semaines du conflit, la cause qu'ils prétendaient défendre et leurs intérêts très personnels. Avant d'incendier les réservoirs de mazout d'Oran et de s'exiler. Tout un aréopage d'assassins et de poseurs de bombes qui s'évapora, plus vite que la fumée noire qui noyait le port après leur ultime attentat.

Ces sommes, réinvesties dans des business juteux, en connexion avec le monde politique, leur assurèrent un semblant de respectabilité. En Espagne ou ailleurs. Et lorsqu'autant d'argent irriguait un territoire, n'importe lequel, en aussi peu de temps, la pègre n'était jamais loin. Les nombreux bars à filles qui avaient essaimé à Alicante et sur le reste de la côte en témoignaient.

Sabatier était demeuré étroitement lié à certains de ces hommes venus d'Afrique du Nord, Basile le lui avait avoué. Ces liens, dont le vigile ne faisait pas mystère, avaient suscité de la curiosité, voire, carrément, nourri de purs fantasmes sur l'importance des sommes d'argent en circulation. Des types du syndicat de l'usine, des truands avec qui Sabatier, selon Masclet lui-même, avait l'occasion de fricoter, ont pu se faire un film et vouloir rançonner le patron de la sécurité de la Française de mécanique automobile.

Mais Cadalen ne voyait pas comment, après avoir menti à l'officier quarante minutes plus tôt, il pouvait à présent lui affirmer qu'il était persuadé d'avoir été braqué, la veille au soir, avec l'arme employée pour assassiner Sabatier dans la carrière. Il se contenta de conclure :

« La cible, c'était Jean-Jacques Sabatier. Sa famille, un accident...

– Ils ont étranglé un garçon de huit ans par accident ? ricana Masclet en reposant le combiné sur son téléphone. Désolé, Cadalen, mais vous vous êtes trompé d'adresse. Pour les élucubrations politico-policières, il vous faut contacter ces messieurs des Renseignements généraux.

– Je ne comprends pas très bien, se rembrunit le journaliste. Pourquoi m'avoir aidé à me rendre en Espagne ? À part le fait que vous n'étiez pas en mesure de vous déplacer vous-même...

– Je pratique assez peu le coup de pied dans la fourmilière. Cependant, j'espérais que votre périple de l'autre côté des Pyrénées provoque des interrogations ou des

inquiétudes, qu'il fasse bouger les lignes et oblige, pourquoi pas, quelqu'un à sortir du bois. Mais il est peut-être un peu tôt. Et, puisqu'il nous a été prestement demandé de nous concentrer désormais sur d'improbables manouches ou autres routards du crime, il est sans doute un peu tard. »
Cadalen repensa à la cervelle éparpillée dans l'habitacle de la Fuego après l'accident. Moins de deux heures après son retour d'Alicante. Action-réaction. À qui Garcia, avec sa balle dans le genou, allait-il bien pouvoir raconter l'histoire ? « Basile a évoqué une grosse cellule d'anciens de l'OAS, installée à Lisbonne…

– Vous n'allez pas recommencer, Cadalen !

– Attendez. Là, on ne parle plus de gratte-ciel ou de bars à putes. Ce sont des purs. Engagés dans tout ce que l'extrême droite est capable de commettre pour œuvrer à la déstabilisation de certains pays en Europe. Comme en Italie, depuis quinze ans.

– Mais on les connaît, Cadalen ! Vous pensez bien qu'on les surveille, comme tous les autres. Notez, l'urgence, en ce moment, c'est plutôt le terrorisme d'extrême gauche. Et les Palestiniens. Oubliez Lisbonne, oubliez Alicante. Les quelques fachos qui ont trouvé refuge au Portugal ont gentiment vrillé depuis un moment déjà. Ils ont dégringolé au fond d'une spiritualité inspirée de la mystique chrétienne tout en conservant une structuration quasi militaire. Et, oui, il leur est arrivé d'accueillir des égarés de l'OAS. Peut-être même d'anciens SS. Avec lesquels ils ont fondé des ordres templiers et…

– Des quoi ?

– Des ordres templiers. Ne riez pas, c'est très sérieux et, bon sang, tant que tous ces zozos se passionnent pour les sciences énergétiques, les danses vibratoires ou le culte des puissances telluriques, l'État a la paix et les braves gens peuvent dormir tranquilles.

– Ce sont des copains de Gaël ?

– Non, même pas. Gaël, c'est un malin. Son truc, pardonnez ce raccourci trivial, c'est le fric et la chatte. Il est possible qu'il finisse un jour par réellement croire à ses conneries de soucoupes volantes. Au pire, il passera à la télé. Les gens dont je vous parle ont essaimé en Suisse et au Canada. Mais ils ont quitté Lisbonne depuis longtemps, Basile ne tient pas ses fiches à jour. On les a repérés sur la Côte d'Azur et à Monaco. Comment s'appelle leur boutique déjà ? Ah, oui : l'Ordre suprême du Temple solaire. Croyez-moi, vous n'entendrez jamais parler d'eux. »

La Lancia glissa au ralenti entre les casques d'acier posés sur leur soubassement de pierre. Le temps et la météo avaient, chacun à leur manière, outragé la peinture qui s'écaillait par plaques entières. Sur celui de droite, les deux éclairs qui figuraient un double S majuscule demeuraient parfaitement distincts, au centre de leur écusson. Malheur aux vaincus dont les oripeaux ornaient l'entrée de la propriété de la vieille Limouzy. Peut-être s'agissait-il de reliques, arrachées à la colonne infernale qui avait traversé tout le Sud-Ouest, presque quarante ans plus tôt, avant de faire étape à Oradour. On les avait sans doute disposés là pour éloigner définitivement le mauvais œil, comme ces petits monticules de pierres dressés aux abords des champs, dans les plaines de Sidi Bel Abbès ou d'ailleurs, à qui était assignée l'auguste mission d'écarter les djinns et de préserver la moisson.

Cadalen stoppa la Gamma à l'entrée de la cour, avant de devoir slalomer entre les poules qui picoraient. L'ancêtre était pliée en deux sur son biclou, occupée à regonfler la roue arrière. Elle pompait rageusement, les manches de sa robe retroussées sur ses avant-bras noueux. C'était la première fois que le journaliste la trouvait occupée, en débarquant chez elle, à autre chose qu'au martyre méthodique d'un animal. Mais, comme à son habitude, elle attendit d'avoir achevé son ouvrage avant de s'intéresser à lui. « Vous êtes venu me dire au revoir ?

– Qu'est-ce qui vous fait penser ça, madame Limouzy? demanda Cadalen en s'approchant du mur contre lequel était appuyée la bicyclette.

– La terre et les arbres hurlent toujours. Jean-Jacques Sabatier n'a pas trouvé le repos et vous, eh bé, vous allez repartir… » Cadalen ne tentait même pas de cacher son embarras. N'ayant rien à répliquer, il planqua ses mains au fond des poches de sa veste. Il se sentait impuissant et un peu merdeux. La vieille le secourut en s'avançant vers lui, après avoir raccroché la pompe au cadre métallique de son vélo.

« Puisque vous vous en allez, vous seriez d'accord pour m'emmener promener un peu, juste avant ? Faire un petit tour dans votre auto ? Il y a un ou deux endroits de la région que j'aimerais bien revoir. Rassurez-vous, je vous laisserai conduire, hein.

– Avec plaisir, sourit le journaliste. Est-ce que demain après-midi vous conviendrait ?

– C'est parfait. Ensuite, vous pourrez retourner d'où vous venez et vous nous oublierez.

– Je ne crois pas, non.

– Vous verrez que si, mais ce n'est pas grave. À demain ? »

L'après-midi en avait fini de mourir lorsque Cadalen rejoignit la maison d'Anne. Le vent était tombé. En résonnant dans la cour, les plaintes des oiseaux égarés dans les arbres attristaient le crépuscule. L'atelier était vide et le matériel rangé. Il eut l'impression que ni le tour, ni le four n'avaient servi de la journée. Il franchit le sol dallé d'un pas incertain. La pièce tanguait. La vague montait et une odeur de fer qui devait provenir des émaux dont se servait la céramiste lui agaça le nez. Il s'appuya au mur de l'atelier opposé aux fenêtres. L'endroit était devenu sombre et l'odeur de fer plus prégnante. La cale l'aspirait. Au fond, ils étaient des centaines, installés sur des chaises longues. À l'avant ou à l'arrière du bateau. Là où ça bougeait le plus. Dès que le premier se mit à vomir, le suivant se laissa aller puis, rapidement, toute la troupe pataugea dedans. Certains, dont Cadalen, montèrent sur le pont pour tenter de respirer un peu d'air frais mais la tempête et les marins les chassèrent dans les coursives. Ils durent redescendre dans la cale car il fallait fermer les portes étanches pour sécuriser le rafiot. La traversée du bateau ivre s'acheva sur une mer de gerbe. Arrivé à Philippeville, Cadalen s'était précipité à l'air libre et avait immédiatement attrapé la seule bronchite de toute sa vie. Il faisait très froid et il était habillé en tenue légère, persuadé de débarquer au milieu des palmiers. La suite ne serait qu'une succession de méprises, voire de solides mensonges.

Il s'écoula de longues minutes avant qu'il pût se résoudre à frapper à la porte d'Anne. Il avait hésité à monter directement dans sa chambre pour y laisser l'argent de son loyer, avant de lever le camp, définitivement, dès l'aube. La jeune femme vint lui ouvrir, sa fille cadette dans les bras. Elle reposa la blondinette sur le sol et lui demanda de débarrasser la table avec sa sœur. La gamine fila vers la grande cuisine en regardant Cadalen par en dessous. « Excusez-moi, j'étais occupée à faire dîner mes filles.

– C'est moi qui vous prie de m'excuser, balbutia le journaliste en lui tendant son enveloppe. J'étais venu vous régler le loyer de la chambre. » Anne vérifia que ses petites étaient bien dans la cuisine, pénétra le vestibule et tira la porte contre son dos. « J'ai couché avec vous et vous pensez que je vais accepter cet argent ? Regardez-moi bien, Cadalen. Vous me prenez pour qui ? » Il fourra les mains au fond de ses poches, une fois de plus, faisant disparaître l'argent et tentant de dissimuler sa gêne. Anne lui prit le bras, sous le coude, et l'attira à elle.

« Ne restez pas planté là, grand couillon. Entrez. » Elle l'abandonna au milieu de son séjour et s'en retourna à sa progéniture en la poussant de la voix, comme la vieille Limouzy l'aurait fait, du pied, avec sa volaille. « Stéphanie, Delphine : pipi, les mains, les dents. Vous filez vous coucher. Vous pouvez regarder la télé dans ma chambre. À huit heures et demie, je viens vous embrasser. Vous avez intérêt à être dans votre lit. »

Cadalen attendit qu'elle s'assît au fond du vieux fauteuil en cuir, dos à la cheminée qui crépitait, pour faire de même sur le canapé installé en face. Anne alluma une fine cigarette blanche. Quand elle se penchait sur son briquet, les mèches qui encadraient son visage opéraient un mouvement parallèle, presque chorégraphié, puis retrouvaient leur place de manière tout aussi synchrone lorsque sa tête basculait en arrière, à la première expiration en direction des poutres. Ses cheveux subissaient la même discipline que ses filles. Rien ne dépassait et tout cependant semblait libre et joyeux. Il chercha un mot pour qualifier ce qu'il observait chez elle, à la dérobée. Le premier qui lui vint était harmonie. Anne le dévisagea un moment avant d'écraser sa cigarette à peine entamée dans le cendrier posé sur l'accoudoir. Elle affichait une mine de circonstance, teintée de lassitude, peut-être de tristesse, de résignation certainement. Ses yeux disaient autre chose et Cadalen tentait de les éviter. « Vous allez partir. Remonter à Paris. Retrouver la vie trépidante de la capitale, lui lança-t-elle, sans un reproche, plus navrée qu'autre chose. Vous n'avez pas de remords à avoir. Vous avez bossé. Et beaucoup écrit. Plutôt bien, selon moi. J'ai acheté le *Courrier* ces derniers temps, pour vous lire. Moi qui n'avais jamais ouvert ce canard. J'en ai plus appris sur vous que sur l'assassinat de ce pauvre Sabatier et de sa famille. Mais, après tout, ça m'intéressait nettement plus. Vous mettez vos tripes sur la table comme ça, à chaque fois que vous publiez ? Masclet, lui, vomissait tous les soirs. Le matin, souvent, aussi. Avant d'y retourner. Que fait-on faire aux hommes pour qu'ils se mettent dans des états pareils ? » Elle tira une autre cigarette du paquet de Vogue mais renonça à l'allumer, se contentant de jouer avec le briquet en argent dont elle agaçait le clapet. « Qu'allez-vous faire à Paris ? Qu'allez-vous retrouver ? Des amis ? Une femme ? Des moments doux ? Vous vous murez toujours dans le silence, comme ça, lorsqu'on tente de venir vers vous ? Vous êtes l'homme le plus seul que je connaisse, Cadalen.

– Il y a longtemps que je me sens comme en exil au milieu des autres, expira le journaliste. Peut-être ai-je commencé, sans m'en apercevoir, à refuser ce monde atroce. Il semblerait que j'aie pris de l'avance sur ma dépouille.

– Vous avez abandonné la partie ?

– J'en ai refusé les règles d'entrée de jeu. J'ai entamé, il y a bien longtemps, une grève de l'âme comme d'autres font des grèves de la faim. » Anne se pencha en avant, appuya ses coudes sur ses genoux, son menton sur ses poings. « Dites-moi quelque chose de vous que je ne sais pas.

– Je ne crois pas que...

– Commencez par le début. » Cadalen se redressa dans le canapé, ressentit le besoin de s'accrocher à l'accoudoir. Il avait attrapé un petit coussin de laine qu'il serrait contre son ventre. Sa respiration ralentit. Il pouvait scruter le regard d'Anne et supporter qu'elle scrutât le sien. « Au début, il y a la mer. Et puis, ensuite, il y a la montagne. À perte de vue. La ville, aussi. Mais plus tard. Quand j'ai débarqué en Algérie, De Gaulle était décidé à gagner la guerre. Oh, pas pour rester là-bas. Il nous fallait écraser l'adversaire pour l'amener à négocier selon nos désirs et nos intérêts. Je me suis retrouvé dans le Nord-Constantinois, une région montagneuse, particulièrement humide avec des forêts très denses. C'était je crois l'un des berceaux de la rébellion, avec des combattants très motivés en face de nous. Des combattants vraiment exceptionnels. Personnellement, je n'étais pas un soldat. Mon origine géographique, ma constitution physique et le nom d'un cousin, tué en 1957 et qui figurait déjà sur le monument aux morts du village, ont décidé pour moi de la suite. Bref, j'ai été lâche : je suis allé à la guerre. Vous savez ce qu'est un commando de chasse, Anne ?

– Rien que le nom m'inspire, grimaça-t-elle. Dites-moi.

– Imaginez une centaine de bonshommes encadrés par des soldats de métier qui ont connu les combats de la Libération et ont servi en Indochine. Une centaine de gars dans mon genre, donc, répartis dans quatre sections de vingt-cinq. Pas tout à fait d'ailleurs car il y avait une section qu'on disait "hors rang", composée de l'infirmier, des radios, du cuistot et de je ne sais qui d'autre. Donc, en gros, une vingtaine de combattants par section. De ces vingt types dépend votre survie et leur survie dépend de chacun. Selon l'importance de l'opération que l'on devait mener, de la simple embuscade à un combat plus sérieux, on engageait une quarantaine d'hommes, deux ou trois sections ou, carrément, tout le commando. La guerre, ce sont des marches permanentes, de jour comme de nuit, au cours desquelles on tombe sur des caches où l'on trouve de l'argent, des documents, parfois des armes. Puis la marche reprend. Il n'y a quasiment jamais de contact avec l'adversaire. Et puis, parfois, il y a une opération. Alors, pour bien comprendre ce qu'est une opération, il vous suffit d'imaginer un tiroir qui se referme lentement. Sur les bords et au fond du tiroir, il y a un barrage de soldats. Le tout dessine un U. Là où le tiroir se referme, c'est le ratissage. Des soldats avancent lentement et les fellaghas qui se trouvent au milieu n'ont pas d'autre solution que d'être accrochés. Ou bien ils se rendent, ou bien ils affrontent nos troupes lorsque le tiroir se referme complètement. Il est rare qu'ils arrivent à s'échapper. Généralement, on tue tout le monde... Ça n'a pas l'air de beaucoup vous intéresser, je me trompe ? » Anne s'était levée de son fauteuil pour aller chercher la bouteille de bas-armagnac planquée derrière les disques. Elle tassa généreusement un verre bien ventru et le tendit à Cadalen avant de retourner à sa place. « Racontez-moi quelque chose que je ne peux pas comprendre. » Le journaliste croisa ses bras sur le coussin, l'étouffant contre sa poitrine. « De quoi rêvez-vous, Cadalen ? » Il trempa ses lèvres, les vapeurs de l'alcool lui piquèrent les narines. Il n'avait aucune envie de boire. « Je... J'ai du mal à me rappeler. Pas à me souvenir. Mais j'ai du mal à me rappeler les détails de la villa, par exemple.

– Quelle villa ?

– Une villa. Ça n'a pas d'importance. Il y en avait plusieurs, toutes plus ou moins dans le même coin. Je suis incapable de retrouver l'endroit où on mangeait. J'ai des trous. Alors qu'il m'est arrivé de dormir sur place. J'étais le chauffeur de mon officier, lorsque nous étions à Alger. Je n'étais pas toujours occupé. La première fois que je l'ai conduit à cette villa, sur les hauteurs de la ville, c'était en pleine journée. Il n'y avait personne ou presque. J'ai fait un petit tour, aucun des paras présents ne prêtait attention à moi. En bas des escaliers, il y avait des pièces exiguës dans lesquelles on avait bricolé tout un appareillage de robinets munis de flexibles. Les murs en béton étaient sales, couverts de taches marron. J'y suis retourné souvent. De jour comme de nuit. En pénétrant dans les sous-sols, je suis entré dans les ténèbres les yeux ouverts et j'ai bien conscience de n'en être jamais ressorti. J'ai été le témoin de ce que mon pays disait ne pas être.

– Vous avez pratiqué la torture ? La voix d'Anne s'était rétrécie sur le dernier mot de sa phrase.

– Vous ne devriez pas me demander cela.

– Pourtant, je vous le demande.

– Vous me faites penser à tous ces Parisiens, gens de presse et hommes politiques, que je fréquente depuis vingt ans. Des ignorants à l'amnésie sélective, une assemblée de juges qui sanctionnent les circonstances et ignorent les mobiles. Qui confondent la bonne conscience et le cas de conscience. Vous, comme eux, n'y étiez pas.

– Eh ! Oh ! Redescendez un peu, Cadalen, éclata la jeune femme. Ce n'est pas moi qui me réveille la nuit en hurlant. Qui était avec vous ?

– Des sous-officiers. Des anciens d'Indochine, de Suez. De la France libre aussi, pour les plus vieux. Des types qui couraient après une revanche sur la vie et sur l'histoire. Frustrés d'une victoire qu'ils s'imaginaient avoir méritée. Ils méprisaient le pouvoir politique qui les avait envoyés se faire tuer sans savoir exactement ce qu'il voulait, et dont les têtes valsaient au gré des chutes de ministères. Ils n'avaient pas vraiment tort, même si leur sens politique, comme celui de leurs officiers, souvent très jeunes, était d'un simplisme déconcertant. Ils croyaient lutter en Algérie contre la subversion communiste. Ils disaient “les Viets” en parlant des fellaghas. La plupart torturaient par routine des suspects à peine suspects, avant tout interrogatoire. Ils attrapaient les prisonniers en provenance du camp d'internement, à la sortie du camion. Ils les bâillonnaient avant d'en tuer certains à l'arme blanche et de balancer leurs corps dans une fosse. Les autres étaient descendus au sous-sol. Ils ne remontaient pas vivants. »

Le verre d'alcool, d'un coup, parut indispensable à Cadalen, qui craignait que sa voix ne s'étranglât. Mais cela n'avait aucun goût et il ne réussit qu'à se brûler la gorge. Il épargna à Anne le récit de cet homme nu, tremblant de froid, attaché à une planche gluante de vomissures crachées par le supplicié précédent. Les images se mélangeaient, une farandole macabre réduisant ces manèges à leur pitoyable vérité. Il avait participé à une comédie jouée par des imbéciles. Tous, appelés et engagés, à différents niveaux de responsabilité, s'acharnèrent avec haine et cette haine s'érigea en système. « La deuxième fois que je suis descendu dans les sous-sols de la villa, toutes les cellules étaient occupées. Nous étions des dizaines, hagards, au milieu des cris et des allées et venues. Les plus jeunes, dont j'étais, impuissants, bouleversés, qui murmuraient : "C'est horrible", quand leur torche électrique éclairait le visage d'un prisonnier. Les autres, dont j'étais également, qui ne mettaient pas encore la main à la pâte mais qui soutenaient et transportaient les suspects entre deux interrogatoires. D'autres encore, qu'on croyait plus endurcis et qu'on recroisait, falots, au retour d'une corvée de bois. Parfois, le calme revenait. Je les revois, détendus, boire de la bière en riant, au-dessus d'un corps martyrisé. Puis, ça partait d'un coup. L'un d'eux sautait sur ses pieds, se mettait à courir, jurait, hurlait de rage et il fallait le remonter. »

Anne n'avait pas lâché son briquet mais elle ne jouait plus avec le clapet en argent. Et la cigarette avait roulé entre ses doigts, pour tomber jusque sur le sol. « La torture, puisqu'il faut employer ce mot, n'est pas utilisée pour faire parler un suspect, poursuivit Cadalen. C'est un moyen de faire taire le reste de la population. Ça ne sert à rien. Je me souviens de ce gars qu'on a battu à mort juste parce qu'un ancien SS alsacien avait parié qu'il lui ferait avouer qu'il cachait un sous-marin dans son gourbi. Attentats dans les villes, embuscades dans les campagnes : le FLN n'a pas choisi ses activités ni ses méthodes. Il faisait ce qu'il pouvait faire, c'est tout. Le rapport de ses forces aux nôtres l'obligeait à nous attaquer par surprise. Invisible, insaisissable, secret, de là venait notre malaise. Et notre peur. Nous luttions contre un adversaire inattendu. » La jeune femme tendit la main en direction du verre d'armagnac, que Cadalen lui céda sans regret. Elle le siffla en deux lampées. En le déposant à ses pieds, elle en profita pour récupérer sa cigarette qu'elle alluma en tremblant. « Ne vous méprenez pas : je n'ai jamais raconté cela à personne mais je regarde les choses en face. Je sais d'où je viens et je sais quels ont été mes actes.

– Tout le monde n'a pas votre franchise. Personne, en fait.

– C'est une violence que j'ai fini par m'infliger car je crois à l'existence d'un quota de mensonges dans une vie. Et que, l'âge avançant, la capacité à les supporter physiquement et psychiquement finit par s'étioler. Le réel nous rattrape et la vérité nous transperce. » Anne le considéra, désolée : « Vous seul pouvez vous pardonner. »

Le corps de Chanez semblait si léger, dans les bras du lieutenant Térien, se rappela brutalement Cadalen. L'officier avait retroussé la robe de l'adolescente pour emballer sa tête fracassée par le coup de pistolet. Sous la voûte des arbres, la culotte blanche en coton luisait sur la peau sombre. Il la porta jusqu'à la limite de la pinède en la serrant contre lui. On aurait pu croire qu'il la berçait. Térien enjamba de grosses pierres qu'on avait commencé à déblayer en prévision d'un énième chantier de construction. D'un bond, il grimpa sur un premier rocher avant d'en gravir un second. Son fardeau jamais ne sembla l'encombrer. Arrivé à la limite du terrain et des jalons plantés par les ouvriers quelques jours plus tôt, il leva le corps de Chanez jusqu'au niveau de sa poitrine et, d'un coup d'épaulé-jeté, le précipita au fond de la ravine.

Cadalen déposa le coussin à sa gauche, sur le canapé, avant de se lever, les jambes en marmelade. « Il nous faut parfois rencontrer un homme dur et têtu, obstiné à faire son métier d'homme, c'est-à-dire résister jusqu'au bout, pour nous arracher au vertige. Et, parfois, cet homme est une femme. » Il s'approcha du fauteuil en cuir où Anne s'était recroquevillée et effleura la joue de la jeune femme du bout des doigts. « Pour parvenir à me pardonner, il me faudrait mourir puis renaître. Sans évidemment que cela fût possible. J'attends sans crainte l'éternité du purgatoire, déduction faite des années qui me restent à vivre. Et puisqu'il m'a été donné de vous connaître, ça paraît déjà moins long. Merci pour tout, Anne. »

La tenue portée s'appelait dimanche. La vieille Limouzy était passée du gris aux bleus. Toute une gamme de bleus qui naviguait du myosotis à l'indigo, en passant par le marine des souliers. Elle était prête à l'heure dite et guettait Cadalen depuis sa cour, lorsqu'il emprunta l'allée entre les arbres. Il descendit de la Lancia pour en faire le tour et venir lui ouvrir la portière passager. Elle avait pris avec elle un sac à main et un parapluie alors qu'aucun nuage n'avait prévu de menacer le reste de la journée. Il l'aida à boucler sa ceinture de sécurité. En se penchant contre elle pour s'assurer qu'elle n'était pas trop serrée, les premières notes de son parfum le bousculèrent un peu. La bergamote et la lavande attaquaient en pointe, le jasmin occupait le cœur et l'iris en tapissait le fond. Sa mère portait le même lorsqu'il était gamin. Il revoyait la petite bouteille avec son gros bouchon de carafe en verre, que son père avait rapportée de Toulouse, à l'occasion de la fête des Mères. Quelques années après la Libération. Il se souvenait des cris de joie maternels et du discret sourire paternel, sous la moustache. Du nom aussi, qui l'avait marqué parce que, dans son atlas d'enfant, des îles lointaines portaient le même : Sous le vent. Sa mère lui expliqua, en posant une première goutte sur son poignet, qu'il s'agissait d'un chef-d'œuvre assemblé par monsieur Jacques Guerlain lui-même, en hommage à Joséphine Baker.

Le chignon de la vieille dame était moins compliqué que celui que madame Cadalen construisait avec application, tous les jours, avant de quitter sa chambre. Il ne se rappelait pas avoir vu sa mère une seule fois les cheveux détachés. « Où allons-nous ?

– Où il vous plaira, pour commencer. Puis, j'aimerais longer un peu le Tarn.

– C'est parti. » Cadalen effectua sa marche arrière en effrayant préventivement la volaille d'un coup d'avertisseur et sortit de la propriété en seconde. Le long des tout premiers kilomètres, il demeura en troisième et ne dépassa que très rarement par la suite les cinquante kilomètres heure. Il s'étonna lui-même de redécouvrir avec gourmandise un paysage qu'il n'avait pas complètement oublié mais qui, les années passant, l'avait peu à peu déserté.

En descendant la route gravillonnée qui bordait la propriété des Sabatier, ils abandonnèrent l'ambiance caussenarde du plateau, avec ses murets de pierre et ses chênes pubescents. L'identité architecturale des hameaux traversés se confondait avec le sol. Le calcaire marquait le paysage par sa luminosité ainsi que les fermes, les maisons, les bastides plus cossues construites avec le même matériau. L'ensemble reposait sur une grande palette que les prairies de fond de vallées, les bosquets boisés ou les friches dans les pentes venaient teinter çà et là. Lorsqu'ils atteignirent le profond sillon tracé par le Tarn, la vallée, sinueuse plus en amont car elle y était surplombée par de raides pitons schisteux, commençait à s'ouvrir aux terrasses alluviales qui venaient lécher ses rives. Le printemps était de la partie et les arbres commençaient à s'autoriser un bourgeonnement qu'on avait pu croire, cette année plus que d'ordinaire, remis aux calendes.

Il y avait près d'une heure et demie que la Lancia parcourait la campagne lorsque Cadalen se rendit compte qu'ils s'étaient engagés sur la départementale qui menait au camp de Puech. Sauf à faire demi-tour à l'entrée d'un champ, ils allaient devoir passer devant les baraquements des harkis. Il ne savait pas trop quelle y était l'ambiance et s'il n'était pas un peu délicat de s'y montrer, après les événements du début de semaine. Le temps de prendre une décision, l'enceinte et les premières constructions étaient déjà à portée de vue. Deux paires de gendarmes mobiles montaient la garde devant la barrière, à l'entrée du camp, et plusieurs fourgons stationnaient le long de la route, un peu avant le terrain de football. « Arrêtez-vous, s'il vous plaît !

– Je ne crois pas que...

– Arrêtez-vous, répéta sèchement la vieille Limouzy qui avait les deux mains déjà posées sur la poignée de la portière. J'ai besoin de descendre ! » Cadalen rétrograda en même temps qu'il donnait deux coups de frein et s'arrêta sur moins de cinq mètres, au cul du dernier fourgon de la gendarmerie. Les moblots qui glandaient à l'intérieur passèrent une tête par la vitre avant de reprendre leur partie de cartes. Le camp était bouclé. Le journaliste coupa le contact et descendit de la voiture pour venir libérer sa passagère. À peine sortie de la Lancia, elle s'engagea sur le chemin qui menait à l'entrée du camp. L'un des gardes mobiles glissa dans son dos le pistolet-mitrailleur qui pendait à son épaule par la sangle en cuir et s'avança à sa rencontre. Les mômes qui jouaient entre les baraquements coururent jusqu'au grillage pour venir jeter un œil à l'animation soudaine. Leurs mères leur ordonnèrent de rentrer, les plus têtus furent ramenés par l'oreille.

Cadalen salua le garde mobile de loin et trottina jusqu'à la vieille dame qu'il rattrapa par le bras. « Je ne crois pas qu'on puisse aller plus en avant, madame Limouzy. Venez.

– Qu'est-ce que c'est que cet endroit ? Que font ces gens ici ? Pourquoi sont-ils enfermés, ce sont des Juifs ?

– Non, non, quelle idée ? Ce ne sont pas des Juifs... Et ils ne sont pas enfermés. » Elle considéra un moment la clôture grillagée que des barbelés désormais surmontaient, puis tira sur la manche que Cadalen avait froissée en l'agrippant. « Bah, on dirait bien que si. » Le journaliste ne savait pas quoi lui répondre. Elle exigea de demeurer seule, un instant. Elle se tint debout dans l'allée, un long moment, accrochée à son sac à main et à son parapluie. Cadalen était retourné à sa voiture pour l'attendre. Le garde mobile avait fait de même et était repassé de l'autre côté de la barrière, reprendre sa faction avec ses trois collègues. Elle revint à petits pas, le nez planté dans le sol, son parapluie en guise de canne. « J'ai un peu froid. Je voudrais rentrer chez moi. »

Rangée et astiquée, la cuisine paraissait moins miséreuse. Cadalen touillait un café sans sucre que la vieille dame lui avait réchauffé sur la cuisinière au bois, dès leur retour. Elle avait tenu à ne pas le laisser repartir sans lui offrir quelques biscuits pour son goûter. Elle craignait qu'il ne remontât dans la foulée à Paris et ne roulât une bonne partie de la nuit sans s'arrêter. Elle avait accroché son sac à main et son parapluie à la poignée en porcelaine de sa porte de chambre. Lorsqu'elle l'ouvrit, le journaliste aperçut un grand lit au-dessus duquel un crucifix veillait, un rameau de buis desséché coincé entre Jésus et sa croix. Elle ôta son gilet, releva sa jupe au niveau de ses cuisses et se mit à genoux devant le sommier coincé dans un lourd cadre en bois de noyer. Elle se pencha en avant et glissa la main droite sous le lit pour en sortir une valise en carton craquelé, bosselée par l'usage. Des coins en laiton en solidifiaient les angles et une ceinture de cuir en faisait le tour complet pour la maintenir fermée. La vieille Limouzy se redressa et traîna la valise par la poignée jusqu'à Cadalen.

« Voulez-vous bien la poser sur la table et l'ouvrir, s'il vous plaît. » Ce n'était pas une question. Le journaliste s'exécuta immédiatement et déboucla le bagage. En l'ouvrant, il fit mine d'ignorer le petit pistolet automatique posé sur des pochettes cartonnées assez épaisses, nouées par des sangles en lin afin d'éviter que la paperasse qui y était contenue ne se déversât lors du transport. L'arme était un Ruby 7,65 qui datait de 14-18 et dont le bronzage avait disparu. La France en guerre en avait fait fabriquer des centaines de milliers par une cinquantaine de manufactures espagnoles ou basques. Sous l'Occupation, un nombre incalculable d'attentats avaient été commis avec, contre les Allemands. Il fallait quasiment tirer à bout touchant pour être certain d'être efficace mais l'arme était facile à dissimuler et disponible en très grand nombre. Sans doute l'un des frères Limouzy l'avait-il confié à sa sœur, quarante ans plus tôt.

Cadalen se saisit de l'automatique, trop léger pour être approvisionné, l'abandonna à côté de sa tasse à café puis désigna l'épaisse documentation. « De quoi s'agit-il ?

– Je n'en ai aucune idée. Il s'agit de choses qu'on m'a confiées, il y a quelques années, en me demandant de les conserver et de n'en parler à personne. Le moment venu, si nécessaire, on reviendrait les prendre.

– Je peux ?

– Je vous en prie. » Cadalen s'empara d'un dossier au hasard, referma la valise et le déposa dessus. Il feuilleta les premières pages mais abandonna vite pour séparer les sous-pochettes et les classer. La vieille dame s'était assise face à lui et ne semblait pas intéressée par ce que son chauffeur de l'après-midi allait bien pouvoir y découvrir. « Je peux vous demander un peu plus de lumière ? » Tandis qu'elle se levait pour aller chercher la lampe à pétrole posée sur le linteau de la cheminée, le journaliste se débarrassa de sa veste et redescendit la valise à terre pour dégager la table de la cuisine. Un long moment passa avant qu'il ne s'emparât du carnet à spirale qui dépassait de la poche du vêtement accroché à sa chaise. Il fouilla l'autre poche pour retrouver son feutre et se mit à noter des dates et des noms.

Le jour allait disparaître lorsqu'il décida qu'il en avait assez. Il n'avait pourtant exploré que trois sous-pochettes sur les huit que contenait le dossier. « Madame Limouzy, est-ce que vous savez ce qu'il y a dans ces dossiers ?

– Non. Je n'en ai aucune idée.

– Vous ne les avez jamais ouverts ?

– Ce n'est pas à moi. On me les a confiés. Je ne me mêle pas des affaires des autres.

– Parfois, ce sont les affaires des autres qui se mêlent de vous.

– Que voulez-vous dire ? » Cadalen revint à la première sous-pochette, une bleu clair sur laquelle on avait noté : soixante-neuf, rue Rinaldi. Il se mit à lire à haute voix : « Au rez-de-chaussée, un appartement de trois pièces sur rue, appartenant à madame Marthe Hazan, veuve de monsieur Samuel Hazan, née le dix-sept avril mil huit cent quatre-vingt-trois à Brzozow, Pologne, sans profession, évalué à cent vingt-cinq mille francs fin 1939. Au premier étage, un appartement de quatre pièces, appartenant à monsieur Roger Alfanderi, né le sept juillet mil huit cent quatre-vingt-douze à Bayonne, Basses-Pyrénées, administrateur de société, évalué à cent cinquante-trois mille francs. Au second étage, un appartement de quatre pièces également, appartenant à madame Gisèle Bedersi, née le quatorze octobre mil neuf cent deux à Montauban, Tarn-et-Garonne, professeure de musique, cédé pour la somme de cent quarante-sept mille francs suivant procès-verbal d'adjudication du 14 mai 1941... Vous connaissez ces gens, madame Limouzy ?

– Je n'ai jamais entendu parler d'aucun d'entre eux. Je ne sais même pas où se trouve cette rue.

– De l'autre côté du Pont-Vieux, face à la cathédrale.

– Et tous les autres papiers, dans la pochette, c'est quoi ?

– D'autres documents, plus récents. Qui concernent les mêmes biens mais avec le nom d'une autre propriétaire.

– Et qui ça ?

– Vous, madame Limouzy. » La vieille dame se figea un moment, oscillant entre la stupeur et l'incrédulité, puis fut prise d'un fou rire qui manqua de la faire basculer de sa chaise. Elle se retint à la table mais ne put empêcher une quinte de toux de monter avant de l'étrangler. Elle toussait si fort que ses yeux se mirent à pleurer. Le journaliste se précipita jusqu'à l'évier pour y remplir un verre d'eau qu'il lui porta jusqu'au bord des lèvres. Elle but deux gorgées avant de se lever pour faire quelques pas autour de la table, les mains sur les hanches, à la recherche d'un peu d'air. La tête en arrière, elle ravalait ses larmes et respirait fort par le nez. Elle déroula un mouchoir de sa poche, s'essuya les yeux et revint s'asseoir. Le journaliste tira une chaise sous ses fesses pour s'approcher de l'une des plus grandes propriétaires immobilières de la région. Peut-être la plus fortunée. « Madame Limouzy, on retrouve votre nom dans les deux autres pochettes. J'imagine qu'il en est de même pour l'intégralité de celles contenues dans ce dossier. Et, sans aucun doute, également dans les autres dossiers. » La crise de rire était passée et la vieille dame s'était mise à pleurer. Elle avait entortillé son mouchoir dans son poing droit et tamponnait ses yeux l'un après l'autre sans que le flot pût être endigué. « Regardez-moi bien. Je pense que vous n'êtes effectivement au courant de rien. Pas plus que vous n'êtes, en réalité, propriétaire de quoi que ce soit. Exception faite de la maison où nous nous trouvons. Qui vous a donné ces dossiers, madame Limouzy ?

– J'ai juré de ne pas en parler...

– D'accord. On va procéder autrement. Je vous dis un secret et vous m'en dites un autre... Le document dont je viens de vous lire un extrait est un acte notarié. Chaque pochette regroupe différents enregistrements qui tous concernent le même bien. Vous avez idée de qui les a signés et authentifiés ?

– Je crains de le savoir.

– Je pense effectivement que vous l'avez deviné mais je vais me permettre de vous le confirmer. Maître Boisard. Le père d'abord, pendant la guerre et juste après. Le fils, plus récemment. » Cadalen abandonna sa chaise pour remettre en place tous les dossiers dans la valise posée sur le sol en carreaux de ciment. Il conserva la pochette bleu ciel qu'il tenait serrée contre lui, les bras croisés.

« À vous, maintenant, madame Limouzy. Qui vous a confié ses documents que vous cachez sous votre lit, avec ce vieux pistolet déchargé ?

– C'est Jean-Jacques. Jean-Jacques Sabatier, souffla-t-elle en l'implorant du regard. Promettez-moi que vous ne le direz à personne… »

Henri Pascal de Rochegude était officier de marine, comme Jean-François Galaup de Lapérouse, son condisciple au collège jésuite local. Le second avait disparu depuis un an dans le Pacifique Sud lorsque le premier entama une carrière de révolutionnaire somme toute modéré puisqu'il refusa de voter la mort de Louis XVI et survécut à la Terreur, au Directoire, au Consulat, à l'Empire puis à la Restauration. La monarchie de Juillet accompagna sa mort dans l'hôtel aménagé en bordure d'un parc qui portait désormais son nom. Il en avait garni les murs d'une considérable bibliothèque qui témoignait de son goût pour l'étude de la langue et de la littérature du Moyen Âge, en particulier les œuvres des troubadours. À la mort de son usufruitière, qui avait brûlé entre-temps les nombreux ouvrages qu'elle trouvait licencieux, plus de dix mille volumes et cent manuscrits furent tout de même légués à la municipalité en même temps que le bâtiment, qui datait lui du dix-septième. La mairie entreprit au début du vingtième siècle de réunir dans l'hôtel de Rochegude la bibliothèque locale et la bibliothèque populaire. Deux avant-corps rehaussés par les couleurs de brique et de pierre, adjoints à l'édifice par la volonté d'Henri Pascal, comte de, au début du dix-neuvième siècle, encadraient une cour intérieure donnant sur la rue. Les salles du rez-de-chaussée accueillirent longtemps les fichiers de recherche, les grandes tables de travail et les rayonnages ornés de belles reliures, souvent acquises lors des ventes par la Convention des biens des émigrés. Sur l'inscription peinte au-dessus de la porte de gauche, Cadalen pouvait lire : « Ici, sont réunis l'agréable et l'utile. » Une bonne définition de la lecture. Il n'était pas dit qu'il trouverait sur place la moindre information complémentaire au dossier qu'il tenait précieusement sous son bras gauche et qu'il relisait sans relâche depuis la veille au soir. Mais il était surtout à la recherche d'un endroit au calme, où il pût s'installer de longues heures sans être dérangé ni sans qu'on s'intéressât à lui.

Le journaliste négocia avec la documentaliste de permanence de pouvoir occuper un coin de table dans la grande salle de lecture, malgré son absence d'inscription en règle. Il posa sa veste sur une chaise, ouvrit son dossier à plat sur la lourde table en chêne qui traversait la pièce et se mit au travail. Il occupa une bonne heure à reporter les dates et les noms contenus dans les actes notariés sur une frise chronologique qui courait de la fin des années trente au tout début des années quatre-vingt. Il leva le nez de son ouvrage. La petitesse de son carnet l'obligeait à composer avec des pattes de mouche, il détestait cela. La salle s'était remplie. Des lycéens venus préparer un exposé se faisaient rappeler à l'ordre par l'archiviste au premier chuchotement et quelques retraités se disputaient les revues et les journaux en consultation libre. Une rombière décatie, qui s'était installée de l'autre côté de la table, juste en face de

Cadalen, remplissait consciencieusement, au stylo-bille, la grille de mots croisés publiée dans *Le Monde* de la veille. Cette appropriation du bien communal le fit sourire. Il se leva pour aller visiter les étagères. La section consacrée à l'histoire locale, et plus précisément à la période de l'Occupation, était étroite. Quelques chroniques du maquis, des souvenirs de déportation, des récits d'outre-tombe qu'assombrissaient des photos de survivants minés par le typhus et la dysenterie. Les rares livres disponibles sur le sujet dénotaient au milieu des éditions critiques du Grand Siècle, des ouvrages de médecine ancienne collectionnés par dizaines, des relations de voyages par centaines, des ensembles précieux sur l'histoire de la philologie romane et des incunables mis à l'abri, sous clé, dans des vitrines. L'érudition clairvoyante et raisonnée du sieur de Rochegude habitait les lieux et anesthésiait l'atmosphère.

Lorsque le journaliste retourna à la grande table de lecture, son siège était occupé par un petit homme dégarni d'une bonne soixantaine d'années, qui avait étalé le contenu de la pochette bleu ciel devant lui et feuilletait le carnet à spirale en se grattant le front. Son sang ne fit qu'un tour et il s'apprêtait à lui saisir le col pour l'arracher à sa lecture lorsque l'individu se retourna en lui souriant. Il tendit sa main à Cadalen en se présentant, ce qui eut pour conséquence d'immédiatement calmer sa fureur. « Pardonnez ma curiosité. Je m'appelle monsieur Gestas, je suis professeur de physique au lycée Rascol. Où avez-vous trouvé ces documents ?

– Fouiller dans le carnet d'un journaliste, ce n'est pas de la curiosité, c'est de l'indiscrétion, coupa Cadalen. Que puis-je pour vous ? » Un « chut » retentissant traversa la salle depuis le bureau métallique de l'archiviste. Cadalen réitéra sa demande à voix basse. « J'ai besoin de savoir où vous avez trouvé ces documents, répliqua le farfouilleur.

– En quoi vous intéressent-ils ?

– Ce sont des preuves. Des gens peuvent en avoir besoin. Que comptez-vous en faire ?

– Des preuves de quoi ? » Un second « chut », nettement plus sonore et directif, trancha l'espace. La cruciverbiste elle-même semblait agacée par la conversation de ses voisins alors qu'elle butait sur un mot en quatre lettres. Elle leur grimaça un reproche de sa bouche édentée. Le professeur de physique autodéclaré rassembla le contenu de la pochette, la tendit à Cadalen et lui fit signe de le suivre en direction de la sortie. Le journaliste récupéra son carnet et sa veste, administra un doigt d'honneur à la scribouilleuse et retrouva son fouineur dans le jardin public. Un banc libre les accueillit à la limite de la grille qui tournait le dos à l'avenue Foch. Le type paraissait minuscule, tassé sous les marronniers. Ses pieds touchaient à peine le sol. Il écarta un pan de son imperméable pour en fouiller la poche intérieure et en dégager une pipe d'écume. « Asseyez-vous, mon jeune ami. Je vais vous raconter une histoire. » Cadalen s'installa à califourchon sur le banc, la pochette bleu ciel entre les cuisses, son carnet posé dessus pour épargner au vent la tentation de la feuilleter et de tout éparpiller.

« Inutile de dégainer votre stylo, mon histoire n'a d'intérêt que pour la suite de notre conversation.

– Je vous écoute.

– Mon épouse, Judith, est née Lifchiltz, en 1916. Son destin et celui de sa famille ont été quelque peu bousculés aux alentours de son vingt-cinquième anniversaire. Nous étions mariés depuis 1937 et avions déjà deux enfants. Mon épouse, mes enfants et moi avons passé les deux dernières années de la guerre en Ariège, assez loin de la Gestapo et de la Milice.

– Tous n'ont pas eu cette chance.

– Effectivement. À commencer par la quasi-totalité de ma belle-famille. Dont nous n'avons appris l'arrestation et la déportation qu'en mai 1944. Ils ont été exterminés jusqu'au dernier. Presque sept mille Juifs ont été arrêtés dans le Midi toulousain. Ceux qui ont survécu aux bagnes nazis représentent environ deux pour cent de ce total. Bon, ça, c'est le cadre général. Revenons à mon histoire. Mon épouse racontait souvent à nos enfants qui les ont peu connus à quoi ressemblaient leurs grands-parents, leurs oncles et tantes, leurs cousins... Elle leur décrivait la grande demeure, le jardin, les meubles, les tableaux, le piano sur lequel son frère jouait Chopin et Debussy. Il y avait dans l'entrée de sa maison d'enfance une commode Louis XV. Un très beau meuble dont la mode est un peu passée mais assez caractéristique, vous voyez ce que je veux dire ? Bedonnante, trois tiroirs en bois de rose, des pieds très fins bien que courts, un plateau en marbre gris. Qu'est-ce que j'ai pu en entendre parler, de cette commode ! » Le professeur de lycée s'interrompit pour tenter d'allumer sa pipe en la protégeant du vent. À la troisième allumette, il renonça et l'objet réintégra la poche de l'imperméable. « Il y a une dizaine d'années, un jour que nous passons en ville devant la vitrine du plus gros antiquaire de la région, elle me saisit le bras en poussant un cri. Elle me désigne un meuble que je reconnais immédiatement par la description qu'elle a pu en faire maintes fois. Elle veut entrer le voir. Elle est persuadée qu'il s'agit de la commode qui se trouvait chez ses parents. J'ai beau lui expliquer que c'est assez gênant, que nous n'avons aucune preuve, elle se précipite à l'intérieur de la boutique. Je suis mal à l'aise, mais je la suis. Elle prétend à l'antiquaire qu'elle est intéressée par la commode et qu'elle souhaiterait examiner le certificat d'authenticité. Pendant que le gars fouille dans sa paperasse, Judith m'explique que sa grand-mère, au moment de la promulgation des premières lois ordonnant la confiscation des biens israélites, avait inscrit son nom au dos de chaque meuble que contenait sa maison. On jette un œil discret, Lifchiltz y figurait, inscrit à la craie, en lettres majuscules.

– L'antiquaire vous l'a rendu ?

– Pensez-vous. Il a dit tout ignorer de sa provenance initiale, a soudainement prétendu qu'il ne retrouvait pas le certificat d'authenticité et nous a foutus dehors. Lorsque nous sommes revenus le lendemain, avec un huissier, la commode n'était plus là. Le marchand a affirmé que le meuble que nous décrivions n'avait jamais été entreposé dans sa boutique. » Cadalen ramassa la pochette et la tendit à son interlocuteur. « Qu'y a-t-il là-dedans qui rejoigne votre histoire ?

– Les meubles étaient dans des maisons et des appartements, eux aussi saisis. Puis vendus. L'aryanisation de l'économie décidée par Vichy en 1941 n'a pas concerné que les entreprises. L'immense majorité des dizaines de milliers de ventes organisées en France jusqu'à l'été de la Libération, parfois après le débarquement allié, a porté sur des biens dont la dimension relevait du local. Cette aryanisation de l'immobilier possédé par des gens comme les parents de mon épouse était sans doute la seule des politiques antisémites à en appeler à la participation active de la population. Vichy a fait le choix de ne pas bouleverser formellement le droit, en conservant aux notaires leur rôle traditionnel en matière de ventes immobilières. C'était un moyen pour l'État de s'assurer que le patrimoine français demeure entre des mains françaises. Et, bien sûr, que la véritable spoliation à laquelle a donné lieu la vente de biens saisis soit oblitérée par le recours aux formes de transactions classiques. C'est ça que dit le contenu de cette pochette. Vous en avez d'autres ?

– Peut-être.

– Me permettez-vous de la garder avec moi ? J'aimerais confronter ces documents aux archives que je conserve à mon domicile et que je tente d'enrichir année après année. » L'homme voyait le journaliste hésiter. Il tenta de le rassurer en lui promettant de le retrouver en fin d'après-midi, pour partager avec lui le résultat de ses investigations.

« Vers seize heures, dans les jardins de l'archevêché...

– D'accord, concéda Cadalen. Seize heures. Soyez à l'heure. »

Les longs couloirs de l'hôpital résonnaient sous ses pas. Lorsque Cadalen arriva enfin dans le service cardiologie, l'infirmière en chef était occupée à en expulser Marie-France. La patronne du secrétariat de rédaction du *Courrier* avait tenté d'accéder à la chambre de Malvy, son inévitable clébard sous le bras. Le roquet jappait de trouille et les cris de l'immense bonne femme aux cheveux orange peinaient à couvrir les insupportables couinements de sa bestiole. La journaliste dut abandonner son bouquet de fleurs sur le chariot à médicaments avant de battre en retraite sous la menace d'une intervention de plusieurs gros bras du service psychiatrie. Elle passa devant Cadalen en l'ignorant. Il glissa dans la chambre du rédacteur en chef qui parut soulagé que son visiteur ne fût pas la personne redoutée.

« Elle m'épuise, Cadalen. S'ils la laissent entrer, elle va me tuer. » Le miraculé était branché à tout un tas de fils eux-mêmes raccordés à une machine qui faisait bip-bip et clignotait dans la pénombre de la chambre. « Il paraît que c'est à vous que je dois d'être encore de ce monde. Je ne sais pas si je dois vous remercier, sourit doucement Malvy. Les pompiers affirment que, sans votre acharnement, j'y serais passé. » Il tapota le bord de son lit. « Venez vous asseoir. Ils ne sont même pas foutus de fournir un tabouret pour les visiteurs… Je vous croyais reparti pour Paris. Qu'est-ce que vous faites, depuis deux jours ? J'ai failli claquer avant de pouvoir vous virer, mais j'étais bien lancé, vous savez ?

– J'ai vu.

– Bah, je compte sur vous pour m'offrir d'autres occasions. » Cadalen déroula le compte rendu de sa journée de la veille, sans négliger aucun détail. Il insista sur l'état émotionnel de la vieille Limouzy après la découverte du contenu de la valise entreposée chez elle. Des documents que Jean-Jacques Sabatier avait dénichés ou chapardés à l'époque où il travaillait pour le père de maître Boisard. Factotum, au sens très large du terme. Chauffeur, garde du corps pendant les campagnes électorales, un peu colleur d'affiches et homme de main dans les mauvais coups. « Un chauffeur, c'est censé être muet mais ce n'est jamais sourd. Il devait tout savoir. C'était d'autant plus vrai que son employeur, qui le considérait certainement comme un gros imbécile, ne devait pas se méfier de lui.

– Mais pourquoi avoir embarqué toute cette paperasse ? s'étonna Malvy. Que comptait-il en faire ? On ne sait même pas depuis quand Sabatier l'avait mise de côté.

– C'est exact. Il est possible que Boisard père ne s'en soit jamais aperçu. Et que son successeur de fils n'ait découvert que récemment la disparition de tous ces actes notariés, sans doute entreposés à l'étude, dans les archives. Depuis le départ de cette affaire, je suis persuadé que Jean-Jacques Sabatier et sa famille sont morts parce que leurs assassins n'ont pas réussi à mettre la main sur ce qu'ils étaient venus chercher. Imaginez que vous êtes victime d'un chantage, vous n'avez que deux possibilités : neutraliser l'objet du chantage ou éliminer le maître chanteur.

– Vous pensez que Sabatier faisait chanter le fils Boisard ?

– Je n'en ai aucune preuve. Et il me manque un mobile. Mais il s'agit d'une hypothèse qu'on ne peut pas écarter. Éclairez-moi, à propos. Vous êtes un peu plus âgé que moi, vous devez vous souvenir... À quoi ressemblaient l'occupation et, plus particulièrement, la persécution des Juifs dans la région, entre 41 et 44 ?

– Mmmm... Mon père travaillait à la préfecture. Il a pris le maquis avec mon frère aîné fin 43. On nous a planqués en Lozère pour nous mettre à l'abri d'éventuelles représailles, alors je n'ai plus tous les détails en tête. Mais ça avait démarré fort. En juin 1941, Vichy a créé six directions régionales aux questions juives en zone non occupée. Celle de Toulouse regroupait dix départements du Sud-Ouest. Le premier directeur est celui qu'on croise le plus souvent dans les archives parce que c'était une fabuleuse ordure. Lécussan. Joseph. Capitaine de corvette et ancien cagoulard. Il a montré dans la traque aux Juifs une férocité particulière. Mais il a décampé en région lyonnaise en 1943, pour y devenir l'un des principaux dirigeants de la Milice. Il va s'y déchaîner. C'est lui qui a fait jeter vivants trente Juifs dans les puits d'une ferme abandonnée, dans la région de Bourges, en juillet 1944. On l'a collé au poteau en 1946. C'est sous sa direction que les principales actions à l'encontre des Juifs ont été commises depuis Toulouse.

– À commencer par la spoliation de leurs biens ?

– Surtout la spoliation de leurs biens. C'est ce que dévoilent les dossiers que vous avez dénichés chez la vieille Limouzy, non ? C'était la curée, vous savez, à l'époque. Les biens saisis ont été confiés à des administrateurs provisoires aussi cupides qu'incompétents. Sous Vichy, deux logiques s'affrontaient. Les services centraux ont tenté de s'opposer à des ventes de biens juifs qui auraient pu se réaliser au détriment des intérêts français.

– Dans quel sens ?

– Eh bien, si la fixation des prix de vente s'était avérée trop basse pour les rendre attractifs, cela aurait dévalorisé le marché et aurait entraîné une baisse du patrimoine national. Les directions régionales, comme celle de Lécussan à Toulouse, étaient, elles, susceptibles de céder les biens saisis à vil prix. À des amis ou des parents. Avec la complicité de nombreux notaires. Et de commissaires-priseurs pour la vente du mobilier. Collusion et corruption étaient les deux mamelles du régime.

– Votre père a retrouvé son poste à la préfecture, à la Libération ? Il a dû avoir un nombre incalculable de dossiers en restitution à traiter.

– Pensez-vous ! Lorsque la république a réintégré ses palais, de nombreuses archives avaient été brûlées. Soit par des fonctionnaires compromis soit après la directive du ministère de l'Intérieur, en date de janvier 1947 il me semble, qui ordonnait la destruction des documents fondés sur des distinctions d'ordre racial. Et puis, il faut se replacer dans le contexte, que vous avez connu enfant. Nous étions dans une situation de grande pénurie. On comprenait mal que les gens spoliés ou leurs ayants droit soient rapidement et intégralement dédommagés, alors que les sinistrés des bombardements n'auraient pu l'être que dans un avenir très éloigné. Et probablement pas pour la totalité des pertes subies.

– Je vois, souffla Cadalen en dépliant ses jambes engourdies. De bons citoyens ont pu réaliser d'excellentes affaires, en acquérant certains des biens saisis. Sans risque d'être inquiétés à la fin de la guerre. Et quelques autres, peu nombreux sans doute, ont pu assembler des fortunes colossales, à bas bruit.

– C'est exactement ça », répondit Malvy en tentant de se redresser dans son lit. Cadalen remit en forme l'oreiller dans son dos pour que le rédac-chef pût y appuyer sa tête. « Vous savez, les dénonciations spontanées de voisins anonymes ou de concurrents étaient assez rares. Plus que l'antipathie réelle à l'égard des Juifs, français ou étrangers, c'est ce respect servile de la loi qui est souvent à l'origine des plus grandes lâchetés. C'est la marque d'une couardise de petits notables, jaloux de leur situation privilégiée au cœur d'une société soumise au chaos. Quant aux responsables, notaires, huissiers, magistrats, vous ne trouverez aucune décision sanctionnant après-guerre un acteur de cette spoliation ayant prêté son concours à des ventes directement ordonnées par Vichy. Pas une, Cadalen.

– Et Boisard père ? Il a pourtant été brièvement incarcéré en 1944 ?

– Ha ha ha ha ha ! Oui, c'est vrai, sourit Malvy. Une histoire de jalousie. Il fricotait avec la femme d'un officier FTP éloigné dans un maquis du Quercy. Le cocu a tenté de lui faire la peau dans les règles, en septembre 44. Creusez les dossiers contenus dans cette valise, mon vieux. Quoi que vous puissiez en tirer, je vous promets qu'on publiera le résultat.

– Merci, Robert. J'apprécie. Je vais vous laisser avant que l'infirmière en chef ne repasse et me fiche dehors, moi aussi. » Le journaliste avait déjà un pied dans le couloir lorsque Malvy le rappela à lui. Il passa la tête par l'entrebâillement. « Avant que vous ne partiez, je voudrais que vous réfléchissiez à une chose : quand a-t-on nécessairement besoin d'actes de propriété qui prennent la poussière depuis des années, dans des cartons ?

– Dites-moi.

– Quand on revend, Cadalen. Quand on revend. »

En sortant du parking de l'hôpital, le journaliste hésita à pousser jusqu'au journal pour y éplucher les éditions des derniers jours. Il avait du retard dans ses lectures et d'autres pousse-crayons du *Courrier* avaient pu se sentir autorisés à tartiner sur l'assassinat des Sabatier ou l'élargissement annoncé de Khider Seghir une fois levées les charges qui pesaient encore sur l'ouvrier de la Française. Il comptait sur Masclet pour ne parler qu'à lui et ne pas nourrir ses confrères mais leur accord tacite de mutuelle coopération avait subi de sérieuses entorses. Cadalen en était le principal responsable. Et à raison, selon lui. Depuis qu'il était en ville, l'officier n'avait guère avancé dans ses investigations et son temps était rongé par les opérations de maintien de l'ordre que lui ordonnait le préfet. Il trouva à se garer le long du Jardin national, à deux pas de l'hôtel où il avait dormi trois semaines plus tôt, après les obsèques d'Ogier. Il décida de faire le plein de canards à la maison de la presse toute proche. *L'Équipe* du jour pleurait sur la seconde place de Gilbert Duclos-Lassalle dans Paris-Roubaix. Le Français avait franchi la ligne dans la même seconde que Francesco Moser mais à plus d'une minute du vainqueur, Hennie Kuiper. Il parcourut distraitement les pages du quotidien sportif en chipotant un plat à la terrasse de la grande brasserie, à l'entrée des lices. Le début d'après-midi se consuma en même temps que les premiers vrais rayons de soleil. La lecture du *Figaro* l'assomma, celle de *Libération* l'agaça. Il abandonna ses journaux sur la chaise de bistrot et prit à pied la direction du palais de l'archevêché.

À l'intérieur de l'enceinte autrefois dévolue à la protection d'un prélat dont la ville ne voulait pas, les arabesques de buis dessinaient un délicat jardin à la française. L'ancienne garnison des évêques venus anéantir l'hérésie cathare avait cédé la place à des parterres dessinés avec soin entre les allées de gravier blanc. L'inutile chemin de ronde était devenu une promenade, ombragée l'été, d'où la vue portait sur les berges du Tarn, les anciens moulins, le Pont-Vieux, la rue Rinaldi, son numéro soixante-neuf qu'on ne distinguait pas d'aussi loin et les fantômes qui hantaient la bâtisse sur trois niveaux.

On pouvait s'asseoir sans danger sur le muret de briques dont l'épaisseur épargnait aux visiteurs la sensation de vertige qui aurait dû les saisir s'ils avaient pu apercevoir le bas de la muraille en contrebas. Le professeur Gestas était trop courtaud pour y hisser son séant et risquer de se retrouver sans contact avec le sol. Il se contentait de s'appuyer sur un coude, l'autre bras tenant fermement contre son imperméable la pochette que Cadalen lui avait cédée le matin.

« Qui est cette madame Limouzy, dont le nom figure sur plusieurs des actes que vous m'avez confiés ? Elle a quelque chose à voir avec le jeune résistant tué en forêt de Grésigne, le Limouzy du monument aux morts ?

– C'est sa sœur, répondit le journaliste en récupérant la pochette. Je suppose qu'elle est un prête-nom, à son insu. Les machinations auxquelles son identité est associée l'auraient dépassée, même si elle en avait eu connaissance. Ce qui, je le répète, n'est à mon avis pas le cas.

– Admettons. Qui, à part moi, est au courant de l'existence de ces actes notariés falsifiés par les Boisard père et fils ?

– Mon rédacteur en chef, au *Courrier*.

– Il va vous laisser écrire ?

– Il s'y est engagé.

– Sur l'un des principaux notables de la ville ? Un homme qui vient d'entrer en politique en agrégeant la colère, la frustration et le désespoir de nos concitoyens les plus malmenés par la crise économique.

– La crise a bon dos, monsieur Gestas. Lorsque les hommes sont malmenés, c'est généralement par d'autres hommes. Je me fous complètement des opinions politiques de maître Boisard. Au pire, c'est une crapule et, si le peuple souverain lui accorde son suffrage, il succédera à d'autres crapules. Mais c'est un assassin. Je vais le prouver et vous allez m'y aider.

– Comment cela ? », sourit le vieux prof. Le journaliste grimpa sur le parapet et s'y assit en tournant le dos à la rivière. La brique était froide et le vent glissait contre le chemin de ronde. Il resserra sa veste en tenant son col fermé. « Comment le père Boisard a-t-il pu accaparer autant de biens immobiliers ? Il les a achetés ?

– À vil prix, oui, mais légalement. Bien qu'une ordonnance remontant à Louis-Philippe interdise formellement aux notaires, soit par eux-mêmes, soit par personnes interposées, de s'intéresser dans une affaire pour laquelle ils exercent leur ministère. J'estime, d'après les recherches que je mène à titre personnel depuis de longues années, que les lois et règlements ont été relativement préservés par Vichy jusqu'aux alentours de 1943. Après, en revanche...

– Que se passe-t-il à ce moment-là ? Le régime se durcit ?

– Pas exactement, il part en déliquescence. On sait que la guerre est perdue pour l'Allemagne, c'est le règne du chacun pour soi.

– Une véritable curée, disent certains...

– On peut effectivement évoquer une forme d'hallali. Il faut y ajouter la débandade. Dès la fin 1943, en

Afrique du Nord, les lois antisémites sont abrogées et les restitutions de biens spoliés entamées. En métropole, le commissariat général aux questions juives rédige un projet de loi tendant à exonérer de toute responsabilité l'administrateur provisoire lorsque celui-ci n'a fait qu'exécuter un acte précis émanant du service de l'aryanisation économique. Les ventes immobilières comme celles qui sont consignées dans les actes que vous tenez entre vos mains se sont poursuivies jusqu'à la fin du mois de juillet 1944. Pourtant, l'assemblée générale des notaires, peu avant le débarquement, alertait la chambre de la profession à propos de la grave question du repli des études en cas d'invasion alliée. C'était un réflexe de leur part, la même inquiétude les avait atteints quatre ans plus tôt, lors de l'arrivée des Allemands.

– Ils craignaient qu'on découvre le concours qu'ils avaient prêté à la saisie des biens juifs ? Qu'on s'étonne de l'enrichissement personnel de certains ?

– Sans doute. La suite leur prouva qu'ils n'avaient pourtant rien à craindre. À la consultation d'un certain nombre de successions de notaires décédés au lendemain de la guerre, on peut être frappé par l'abondance dans leur patrimoine de titres au porteur et de valeurs de sociétés étrangères ou ayant appartenu à des personnes de confession israélite. Notre région étant peu industrialisée, les dossiers que vous avez mis au jour ne contiennent que des titres de propriété. Mais la prédation est la même. »

Cadalen descendit de son perchoir et remonta la fermeture à glissière de sa veste. Le soleil avait passé et il commençait à se les cailler. Il proposa au professeur d'emprunter l'escalier en pierre qui se trouvait au bout de la promenade, pour descendre jusqu'aux parterres de buis, à l'abri du vent. « Aucun d'entre eux ne fut menacé par l'épuration ? Personne ne leur a demandé de comptes ?

– Mon jeune ami, sourit le professeur, nous sommes en France. On ne demande pas de comptes à ceux qui les tiennent. La République, une fois restaurée, a délégué aux associations professionnelles respectives la responsabilité d'effectuer une épuration. Autant dire qu'il ne s'est rien passé. Les notaires parviendront à éviter à la fois les mesures d'épuration et les obligations de restitution. En faisant valoir le mimétisme de leur attitude avec celle des serviteurs de l'État qu'étaient les fonctionnaires de Vichy, en général. Et, singulièrement, les magistrats.

– Personne n'a été jugé, donc ?

– Vous pensez bien que non. Le gouvernement provisoire a fait le choix de confier la mise en œuvre de l'épuration à des magistrats eux-mêmes engagés à des degrés divers dans la collaboration. Des hommes qui n'avaient pas trouvé les ressources morales de refuser de prêter serment au maréchal Pétain. Cela ne pouvait conduire qu'à des décisions décevantes.

– Et l'argent ? Puisque ces biens ont été achetés légalement, même à des prix très en dessous de leur valeur, où est allé l'argent ?

– Avant le 26 avril 1941, le prix de la vente était remis au vendeur. C'est d'ailleurs ce qui figure sur les actes les plus anciens en votre possession. Par la suite, la somme est consignée à la Caisse des dépôts. L'institution est devenue le dépositaire essentiel de ce que l'on supposait être, en ce temps-là, la fortune juive française. On parle de trois à quatre milliards de francs de l'époque.

– À la Caisse des dépôts ?

– Essentiellement, oui. Même si une partie pouvait encore se trouver, en 1945, aux mains des Domaines, des banques ou de quelques notaires qui profitèrent des troubles de la Libération pour ne pas enregistrer certaines opérations. Je parie qu'on peut trouver là une explication à l'enrichissement soudain et tardif de la famille Boisard. Mais sans l'étude des autres dossiers, ce n'est qu'une supposition de ma part.

– L'État a conservé tout cet argent, volé à des gens morts en déportation ?

– Non, tout de même pas. D'abord, la grande majorité des Juifs français a survécu à la guerre. Dans une très large mesure, les sommes placées à la Caisse des dépôts et consignations leur ont été rendues. Mais, depuis une dizaine d'années, l'institution pratique une déchéance totale des avoirs juifs non revendiqués au profit du Trésor public.

– Personne ne vient réclamer ces sommes ? s'étonna Cadalen.

– Faut-il encore avoir connaissance de leur existence. La Caisse ne respecte pas l'obligation de publicité au *Journal officiel*.

– Les notaires n'ont jamais tenté de rechercher les héritiers des victimes de l'Holocauste ?

– Non. Quarante ans après, la profession ne s'est toujours pas préoccupée de mener la moindre démarche en ce sens. Il s'agit pourtant des ayants droit de leurs clients assassinés par les nazis. Je prends un autre pari : dans quarante ans, cette situation n'aura pas évolué. Mais je ne serai plus là pour m'en désoler. Je vais vous laisser. Il faut que je retrouve mon épouse. Lorsque le jour décline, son humeur devient maussade. » Le professeur Gestas offrit sa main droite à Cadalen. Le journaliste la saisit et sentit dans les doigts qui l'enserraient une force qu'il n'aurait pas soupçonnée. Le petit homme en imperméable l'attira à lui pour lui murmurer à l'oreille : « Pour ma femme, pour les siens : défoncez-moi ces salopards. »

Maître Boisard avait des journées chargées et passait finalement très peu de temps à son étude. Cadalen était venu se poster à l'aube, à proximité du cabinet, à deux pas de la gare routière. Le va-et-vient des autocars ne facilitait pas la surveillance du notaire. Le journaliste abandonna sa voiture sur un parking en surplomb du boulevard qui remontait depuis la place Lapérouse, une esplanade un peu triste où rouillait la statue du navigateur. À deux reprises, au cours de la matinée, Boisard franchit le portail en fer forgé qui demeurait toujours ouvert, au volant d'une grosse Mercedes bleu métallisé. L'hôtel particulier qui abritait l'étude se dressait sur deux étages, au numéro trois, un peu en retrait de la circulation de plus en plus bruyante à mesure que le trafic s'intensifiait en direction du centre-ville. Un lourd escalier de pierre grise menait au rez-de-chaussée. La même pierre, finement ouvragée, encadrait la porte d'entrée ainsi que chacune des quatorze fenêtres de la façade. L'architecte avait cru nécessaire d'agrémenter l'ensemble de deux colonnes ioniques du même matériau, jusqu'à la base du dernier étage. L'artifice, mal inspiré, avait définitivement transformé en prétention clinquante ce qui aurait pu ne demeurer qu'une démonstration pompeuse. L'immeuble, se dit Cadalen, collait parfaitement à l'image qu'il se faisait de l'homme qu'il surveillait.

Les deux premières sorties de Boisard l'entraînèrent en périphérie. Il s'obligea à suivre la Mercedes de loin mais il y avait peu de risque de la perdre de vue dans les artères assez rectilignes empruntées par le notaire. Une seule fois son rendez-vous le raccompagna à la Mercedes garée devant l'immeuble où Boisard était entré. Le journaliste était un peu trop loin pour distinguer le visage de l'homme, mais il lui semblait qu'il ne s'agissait d'aucune des personnes aperçues à l'occasion du tournoi de tennis ou de la réunion politique de l'autre soir.

À l'heure du déjeuner, le notaire se rendit au restaurant du tennis club. Cadalen évita le parking, trop à découvert, et guetta les mouvements depuis le trottoir opposé. Boisard fut accueilli par son ami, président et député, qui le salua chaleureusement puis l'escorta jusqu'à sa voiture, une heure plus tard. Les deux hommes échangèrent quelques mots, ponctués d'éclats de rire. L'entrée en politique du notaire, parti pour reprendre les idées de droite dure autrefois défendues par son père, ne semblait en rien chagriner l'élu socialiste. Entre les deux postures politiques, ils devaient estimer l'un comme l'autre qu'il y avait tout un espace à occuper, à se partager, à rançonner pourquoi pas.

L'après-midi s'écoula, mortel. Boisard ne reparut pas avant dix-sept heures et Cadalen avait moisi au fond de la Lancia, un filet de radio en fond sonore pour ne pas s'endormir. Inévitablement, la Mercedes reprit la direction du tennis club, où la journée s'acheva par les indispensables échanges de balles auxquels devait sacrifier la bourgeoisie locale si elle entendait tenir son rang.

Rarement Cadalen s'était autant fatigué à ne rien faire. Il avait le dos en compote mais sa curiosité le poussait à vouloir découvrir où Boisard demeurait. Il était temps de le coincer discrètement pour une explication de texte en règle. Il était plus de dix-neuf heures lorsque la Mercedes sortit de la ville par l'avenue Verdier, avant de prendre la route de Toulouse. Suivie de loin par la Lancia. Boisard quitta la nationale au bout de quelques kilomètres seulement, avant d'emprunter une route communale qui menait jusqu'aux berges du Tarn. De l'autre côté de la rivière, sur la colline qui dominait le méandre, un château ruiné pointait une longue tour étroite vers le ciel.

À la sortie du village, la Mercedes disparut sur la gauche dans un chemin mal carrossé, bordé d'arbres rachitiques. Cadalen dépassa le croisement pour ne pas se faire repérer, avant d'opérer un demi-tour cinq cents mètres plus loin et de revenir pointer le bout de sa calandre à l'entrée du chemin. Quelques dizaines de mètres le séparaient de l'entrée d'une propriété masquée par des buis sauvages et une haie d'aubépines assez touffue. Il ne distinguait ni la maison, ni la voiture que Boisard avait probablement remisée dans son garage.

Il recula la Lancia jusqu'au bord de la route et s'arrêta le long du fossé, pour ne pas empêcher une autre automobile d'accéder au chemin. La nuit se fit attendre et une bonne heure s'écoula avant qu'il fût nécessaire aux habitants des alentours d'éclairer leur intérieur. Des points lumineux dansaient dans la campagne, marquant là une ferme isolée, ailleurs un hameau blotti dos au vent.

Le journaliste relut pour la énième fois le contenu de la pochette bleu ciel, jusqu'à ce que la pénombre finît d'en rendre le contenu indéchiffrable. Mais il connaissait les noms par cœur, les dates aussi. Il glissa le dossier cartonné sur la planche du tableau de bord. Il était temps de prendre une décision. Il ouvrit la boîte à gants pour en tirer le Beretta qui y dormait depuis son retour d'Espagne. Il considéra l'automatique un moment avant de se décider à ôter la sécurité. Un brusque claquement contre la vitre de sa portière le fit sursauter. Cadalen tenta maladroitement de dissimuler l'arme entre ses cuisses. L'ombre qui s'était approchée de sa voiture la contournait par l'arrière. La portière passager s'ouvrit sur la grande carcasse de Masclet, qui s'engouffra dans la Gamma. L'officier avait troqué son uniforme pour un pantalon en toile et un pull d'officier de marine, boutonné au ras du cou.

« Bonsoir Cadalen, on planque ?

– Bon sang, capitaine, vous m'avez flanqué une de ces frousses, soupira le journaliste. J'aurais pu vous tirer dessus. C'est vraiment pas malin.

– Ne dites pas n'importe quoi, vous ne m'avez pas entendu arriver. En revanche, vous auriez pu vous blesser. Donnez-moi cette arme. Ce serait un peu con de vous envoyer une bastos dans le genou, non ? » Le journaliste ne releva pas l'allusion et tendit le Beretta au gendarme qui remit la sécurité en place avant de le ranger dans la boîte à gants.

« Voilà. Je suis plus serein lorsque les pièces à conviction demeurent à leur place, sourit Masclet. Relax, Cadalen, je ne suis pas en service.

– Qu'est-ce que vous foutez là, alors ?

– On m'a déposé. Vous foncez toujours dans les embrouilles tête baissée ? C'est une seconde nature ?

– Arrêtez de m'emmerder. Comment saviez-vous que j'étais ici ? » L'officier s'empara de la pochette posée devant Cadalen. Le journaliste n'eut pas le réflexe de l'en empêcher. « Je peux ?

– Bah, j'ai plus le flingue pour vous l'interdire, sourit Cadalen.

– Exact. Je ne vais pas vous demander où vous avez trouvé cela. Ni si vous avez consulté d'autres dossiers semblables à celui-ci... Hier matin, une septuagénaire a parcouru à vélo les dix-sept kilomètres qui séparent sa maison de la gendarmerie, une valise en carton ficelée sur son porte-bagages. Elle a demandé à être reçue en prétendant avoir en sa possession des archives appartenant à Jean-Jacques Sabatier. J'ai pris le temps d'en consulter la plus grande partie. Le nom des Boisard père et fils revient dans chacun des dossiers. Tout comme celui de cette dame aux mollets d'acier. Ainsi, la rumeur urbaine, qui fait de cette Limouzy l'une des plus grosses fortunes de la région, n'est pas complètement infondée.

– Capitaine, vous vous doutez bien que c'est bidon. C'est un prête-nom. Une énorme filouterie...

– Rassurez-vous, elle ne croupit pas en cellule et a été raccompagnée chez elle par mon chauffeur, sa bicyclette à l'arrière de la 504. Mais j'ai conservé les dossiers. Et j'ai monté une filature.

– De Boisard ?

– Non, Cadalen. De vous. On y va ?

– On y va où ?

– Saluer maître Boisard, bien évidemment. Ce n'est pas ce que vous étiez venu faire ?

– Mais vous avez pété une durite, capitaine, fulmina le journaliste. Vous débarquez en civil, sans aucun autre gendarme pour vous épauler ! Vous avez une commission rogatoire, un truc du juge d'instruction qui vous autorise à...

– Laissez tomber le juge et le parquet, Cadalen. Nous n'obtiendrons rien qui puisse nuire à l'un des principaux notables de cette ville. Surtout pour des histoires qui datent autant. Vous avez probablement découvert l'assassin de Sabatier. Le commanditaire du massacre de toute une famille. Il est là, chez lui, à trois cents mètres d'ici. Vous n'avez pas envie d'aller le lui dire en face ? »

La propriété courait sur un demi-hectare de pelouse rase et de bosquets épars. Le paysagiste avait compliqué le travail du jardinier en l'obligeant à tondre, en les contournant, une multitude de parterres rocailleux plantés de lavandes déplumées. Un parvis de plusieurs centaines de mètres carrés s'étalait devant une villa de plain-pied. L'architecte avait opté pour des pavés autobloquants en argile d'un mauvais goût consommé, mais qui rendirent l'approche de la Lancia parfaitement silencieuse. D'immenses baies vitrées glissaient sur la majeure partie de la façade. La double porte d'entrée occupait un renfoncement abrité par un auvent, sous lequel pendait une lanterne soufflée à Murano ou pas loin, estima Cadalen en cherchant la sonnette. Masclet le talonnait, la pochette cartonnée au bout de la main droite.

Les trois notes jouées en sourdine firent rappliquer le propriétaire en moins d'une vingtaine de secondes. Il ouvrit la porte dans la tenue qui était la sienne en quittant le tennis club deux heures plus tôt. Un lourd chandail de coton à col en V, porté à même la peau, qui ne laissait rien ignorer du soin apporté à son bronzage et à sa plastique en général. Le notaire ne put masquer son étonnement en découvrant les deux hommes sur son perron. « Cadalen ? Mais qu'est-ce que vous foutez encore dans la région ? Le *Courrier* ne vous a pas viré, après l'infarctus de Malvy ?

– Les nouvelles vont vite...

– C'est une petite ville.

– Justement, vous devez donc connaître le capitaine Masclet, qui m'accompagne.

– Bien évidemment que je connais le capitaine. J'ai assisté à suffisamment de cérémonies officielles en sa présence pour ne pas ignorer qui il est. Ce que je ne m'explique pas, c'est ce qu'il fait avec vous, sur ma propriété, à vingt et une heures passées.

– Justement, s'interposa l'officier en posant sa main libre contre la porte, nous aimerions pouvoir en discuter avec vous. Nous pouvons entrer ? » Boisard recula d'un pas, plus embarrassé qu'inquiet, et désigna le hall derrière lui. « C'est-à-dire que je ne peux pas vous recevoir décemment. Mon épouse est absente... Sa partie de bridge hebdomadaire chez une amie, à Lescure. Je travaillais dans mon bureau.

– Votre bureau, c'est parfait, trancha Masclet en franchissant avec autorité le seuil de la villa. Vous venez, Cadalen ? » Le notaire referma la porte d'entrée derrière ses visiteurs, un peu décontenancé. Il ne lui fallut pourtant que les quelques mètres du couloir menant à la vaste pièce de travail, aménagée dans une aile de sa demeure, pour étaler à nouveau cette morgue qu'il jetait en permanence à la face du monde, sur un terrain de tennis ou ailleurs.

L'endroit devait le rassurer. L'espace était vaste et haut de plafond. Des étagères montaient, gavées de livres, derrière un bureau de la taille d'une table de ping-pong, lui-même surchargé de dossiers empilés et de livres de comptes. Sur le mur opposé, une immense toile carrée, composée de dizaines de cubes bleu et rouge qu'une sphère invisible déformait au point de la faire croire en relief, irritait le regard. Cadalen se dit que le seul truc acceptable produit par Vasarely durant sa longue carrière était sans contestation possible le logo de la Régie Renault. « Bien, s'impatienta Boisard, je peux savoir ce qui me vaut votre visite à une heure où tous les chats sont gris et les officiers de gendarmerie en tenue civile ? » Le fauteuil dans lequel le notaire s'était installé était lui aussi à bascule, comme celui de Masclet dans sa caserne. Mais la comparaison s'arrêtait là. La taille du dossier, la profondeur du siège et la qualité du cuir fauve disaient autre chose du personnage assis dedans. Le type s'était payé un trône.

Masclet déposa sa pochette bien en évidence sur le sous-main, lui aussi en cuir, juste devant le notaire. « De quoi s'agit-il ? feint de s'étonner Boisard, en lisant sur la couverture l'adresse du soixante-neuf, rue Rinaldi.

– C'est à vous de me le dire. » Le maître des lieux feuilleta les premières pages, accéléra sur les dernières avant de refermer la pochette d'un claquement de main. « Il semblerait qu'il s'agisse d'actes notariés qui datent de la charge exercée par mon père. Où les avez-vous trouvés ?

Comment pouvez-vous justifier de les avoir en votre possession ?

– Si vous me permettez, répondit le gendarme, il semble que ces actes concernent également votre charge. Votre signature authentifie les plus récents. Cadalen, vous affranchissez notre hôte ? »

Avant de céder le devant de la scène au journaliste, l'officier tendit le bras par-dessus une pile de dossiers pour atteindre le téléphone blanc coincé entre un pot à crayons et une petite pendule en bronze. Il décrocha le combiné et le déposa sur le bureau, face au notaire ébahi.

« Ne prenons pas le risque d'être interrompus, ce serait dommage », sourit Masclet, en adressant un clin d'œil à Cadalen. « Bien. Par quoi voulez-vous commencer, maître ?

– C'est à moi que vous demandez cela ? Vous êtes gonflé ! Vous n'allez pas m'emmerder très longtemps, je vous préviens. Je ne sais pas ce qui me retient de...

– Je commence par votre père ? proposa le journaliste. Par vous ? Par le dossier déposé sur votre bureau et dont vous vous demandez s'il s'agit du seul en ma possession ? Par Jean-Jacques Sabatier et sa famille massacrée ?

– Sabatier ? Le type qu'on a retrouvé assassiné dans une grotte ?

– Une carrière plutôt. Mais oui, cet homme-là. Qui a longtemps travaillé pour votre père. Comme chauffeur, larbin de luxe, un peu garde du corps, un peu organisateur de meetings politiques, aussi. Colleur d'affiches, rabatteur de public, gros bras efficace lorsqu'il s'agissait d'intimider un adversaire ou ses électeurs. Les archives du *Courrier* sont remplies de photos de Sabatier, jamais très éloigné de maître Boisard, votre père. Dont il n'ignorait rien, sans doute, des secrets les plus intimes. Y compris les plus inavouables. De la fin de la guerre d'Algérie à, disons, le milieu des années soixante-dix, Sabatier était comme son ombre. Comment cet homme qui devait tant à votre famille s'est retrouvé brusquement vigile dans une usine ?

– En 1977, après sa défaite aux municipales, mon père a choisi de se retirer de la vie publique. Il est mort peu après et j'ai pris sa succession à l'office. L'époque avait changé. Les hommes aussi. Nous nous sommes séparés de certains employés, dont Sabatier. Il a été dédommagé. Je ne me souviens pas qu'il soit parti fâché.

– Il a pourtant emporté avec lui de nombreux actes notariés avec lesquels il aurait pu vous faire chanter. Vous en avez un échantillon sur votre bureau. Peut-être était-ce uniquement une assurance qu'il s'octroyait. Mon sentiment demeure qu'il a agi sur le coup de la colère, après son renvoi, mais qu'il ne savait pas trop quoi faire de ces documents qui l'encombraient plus qu'autre chose. Vous saviez que Sabatier fréquentait des milieux demeurés proches d'anciens partisans de l'Algérie française ? Exilés ou rentrés en métropole depuis une quinzaine d'années. Des personnes souvent flanquées d'anciens collabos, parfois même de truands. Des gens qui auraient pu avoir du mal à justifier leur comportement durant l'Occupation, tout comme l'origine de leur fortune ?

– Je ne vois pas où vous voulez en venir, s'agaça le notaire, en triturant le fil du combiné téléphonique.

– Je vais vous éclairer. Est-ce que le nom de madame Limouzy, Thérèse, Louise, Mauricette, née le vingt-sept novembre mil neuf cent six à Puylaurens, vous dit quelque chose ?

– Je ne crois pas, non.

– Il figure pourtant sur l'intégralité des actes notariés que contient la pochette qui se trouve devant vous. Ainsi que dans la totalité des dossiers que Sabatier a dérobés à votre père, il y a six ou sept ans. Il les a planqués il y a plusieurs années chez madame Limouzy. Sans, d'après elle, lui en avoir révélé le contenu. Sabatier devait estimer qu'il restituait ces titres à leur véritable propriétaire... Des documents que vous recherchez depuis avec tant de hargne que les hommes à qui vous en avez confié la besogne n'ont pas hésité à éliminer un petit garçon de huit ans et sa sœur de quatorze. Si Jean-Jacques Sabatier n'a pas parlé, avant d'être assassiné, c'est parce qu'il devait croire sa femme et ses gosses encore vivants et qu'il pensait que son silence les protégerait.

– Vous êtes complètement fou, Cadalen ! Qu'est-ce que c'est que cette plaisanterie, Masclet ? s'époumona Boisard, en jaillissant de son siège et en fouettant l'air du bras droit. Je vais alerter le procureur et vous allez vous faire sacrément sonner les cloches par votre hiérarchie ! » L'officier sourit calmement et s'avança pour tenter de tempérer le notaire. Il glissa sa main droite dans son dos, souleva le long pull marin et fit apparaître le MAC 50 qui aurait dû légalement se trouver dans son étui, accroché à son ceinturon, en sécurité à la caserne. L'automatique était planqué contre ses reins et l'officier le pointait désormais sur le front de Boisard. « Je vous demande de vous rasseoir, maître. S'il vous plaît, insista-t-il. Poursuivez, Cadalen, je vous en prie.

– Vous avez perdu la tête, capitaine, protesta le notaire.

– Nous allons pourtant aller au bout de cette conversation. » Le moment de stupeur passé, le journaliste se ragaillardit et s'empara de la pochette dont il brandit le contenu au milieu de la pièce. « Votre père a profité de la situation désespérée d'une foule de personnes, dès la fin 1940, pour s'emparer de nombreux biens immobiliers cédés à vil prix par des gens traqués, contraints de convertir en argent le peu qu'ils possédaient. Avant de gagner l'Espagne ou l'Afrique du Nord. L'Amérique, pour certains, tant que les États-Unis délivrèrent des visas et que les Allemands permirent les départs. Des Juifs, pour la plupart. Étrangers d'abord puis essentiellement français, après 1942. Les titres de propriété se sont accumulés et, à partir du moment où il est devenu certain que Berlin ne gagnerait plus la guerre, mettons fin 1943, il est devenu nécessaire pour votre père de maquiller l'origine des biens en sa possession. Il a mis de nombreux mois à trouver la solution mais je dois reconnaître qu'elle est astucieuse. C'est là, capitaine, qu'intervient la famille Limouzy.

– Je suis tout ouïe », répondit Masclet, qui avait abaissé la visée du 9 mm au niveau du sternum du notaire. « Voyez-vous, maître, ça ne m'a pas sauté aux yeux la première fois que je me suis rendu chez madame Limouzy mais c'était pourtant flagrant. Elle habite une ferme dont l'habitat est modeste mais les bâtiments agricoles sont de belle taille. Il n'y a aucune trace d'activité, aucun outillage qui puisse témoigner que les terres qui la cernent font encore partie du domaine. Cependant, les champs sont labourés, sarclés, semés, parfaitement entretenus. Tout laisse penser qu'ils sont exploités de manière ininterrompue depuis des décennies. Il s'agit d'une ferme familiale et, une fois ses frères au maquis, elle ne pouvait s'en occuper seule. C'est à ce moment-là que votre père entre en scène. Il lui propose de l'assister, de l'aider à mettre ses terres en fermage, de gérer ses loyers et de veiller à ce que l'argent récolté lui assure une subsistance modeste mais suffisante. Il faut parfois un coup de pouce du destin pour parfaire les grands desseins et on peut dire que votre père a eu de la chance. Lucien Limouzy a été exécuté par les Allemands juste avant la Libération et son grand frère a disparu en Indochine, où il combattait depuis 1946. Dès sa sortie de prison, papa Boisard a progressivement enregistré toutes les propriétés acquises aux enchères ou de gré à gré, pendant la guerre, au nom de Thérèse Limouzy. Son statut de notaire lui permettant d'authentifier les actes qu'il falsifiait.

– C'est une action passible des assises, à l'époque, lança Masclet.

– Exact, capitaine. Mais la population était occupée à gérer la pénurie d'après-guerre et à se partager des tickets de rationnement. L'injustice se combat difficilement l'estomac vide. Le père de maître Boisard a progressivement remis les nombreux biens sur le marché locatif et encaissé l'argent au nom de madame Limouzy. Argent dont elle n'a jamais vu un centime. Maître Boisard ici présent s'est contenté de faire fructifier le patrimoine paternel. Ce qui fut d'autant plus aisé qu'il n'y eut pas de succession proprement dite. Au moment où nous parlons, madame Limouzy est toujours, légalement, la propriétaire de tous ces immeubles. Vous, comme votre père, rendiez régulièrement visite à cette pauvre dame pour lui faire signer, au prétexte de s'occuper de ses fermages, tout un tas de papiers auxquels elle n'entendait rien. Elle vous savait gré de l'avoir sauvée de la disette et vous accordait une confiance aveugle.

– Vous racontez n'importe quoi, répliqua le notaire en secouant la tête. De toute façon, vous ne pouvez rien prouver. Quand on a des billes, Masclet, on se pointe avec une commission rogatoire, pas avec un flingue.

– L'intégralité des dossiers évoqués par notre ami journaliste se trouve dans mon bureau, à la gendarmerie, savoura l'officier. Mes adjudants sont à l'ouvrage. Ce sera long, mais on va tout désosser.

– Ça ne fait pas de moi un assassin, se ressaisit le notaire. Pourquoi me serais-je subitement inquiété de documents dont vous prétendez qu'ils ont été dérobés à mon père, il y a des années ? Vous divaguez. Vous êtes un misérable plumitif qui croit avoir déterré l'affaire du siècle. Mais vous allez vous casser les dents, Cadalen. Il y a des morceaux trop gros pour vous.

– Puisqu'on parle de gourmandise, lança le journaliste, c'est votre appétit démesuré qui est le mobile de votre crime. Voyez-vous, capitaine, pour maître Boisard, abuser d'une pauvre vieille et exploiter des biens spoliés, c'était devenu une rente de gagne-petit. L'époque change. Il faut voir grand. Et, puisque les hommes au pouvoir dans notre pays ne sont plus aussi opposés qu'ils ont pu l'être aux forces de l'argent, il est temps d'entreprendre. On liquide l'industrie, on ferme les usines, on veut renvoyer les Arabes chez eux... Nous sommes entrés dans l'ère des marchands. Les alliés de circonstances auxquels on prêtait autrefois serment sont devenus des partenaires d'opportunité, les ennemis sont devenus des clients. En ce sens, maître, votre engagement politique n'est qu'une façade. Vous êtes bêtement de droite car vous estimez que c'est bon pour les affaires. Alors que certains de vos proches, comme votre ami socialiste, nous prouvent qu'on peut se prétendre de gauche et s'enrichir sans vergogne. C'est bien la preuve que, ce qui sépare les hommes, ce ne sont pas les idéaux mais la richesse.

– Je suis curieux d'apprendre comment je vais m'enrichir encore », se moqua Boisard. Cadalen remit les actes qu'il détenait dans la pochette cartonnée.

« Vous allez, dans les années qui viennent, œuvrer à la construction de surfaces commerciales de plus en plus étendues, comme celle sortie de terre à Puech. Des temples de la consommation autour desquels les promoteurs immobiliers et les entreprises de travaux publics sauront faire fructifier les terrains. Vos partenaires, qu'ils soient élus locaux ou parlementaires, s'engageront à modifier dans le sens qui vous agrée les plans d'occupation des sols. Mais pour entreprendre de tels investissements et espérer toucher à terme des bénéfices juteux, il faut être en mesure d'engager des sommes considérables. Votre patrimoine, maître, est immobilisé. Constitués de brique et de pierre, comme cet immeuble de la rue Rinaldi et quelques dizaines d'autres. Vous deviez en liquider une bonne partie. Et pour cela, vous aviez absolument besoin de retrouver les dossiers emportés par Sabatier, pour en effacer madame Limouzy. »

Le notaire avait perdu de sa superbe et quelques centimètres en se tassant dans son fauteuil en cuir. Son teint avait pâli, son front luisait et il se mordillait la lèvre inférieure. Son regard courait, du dossier que tenait Cadalen à la bouche du 9 mm que Masclet pointait toujours sur lui. Le gendarme décida de soulager l'estomac de sa cible en rengainant le MAC 50 entre ses reins, à l'arrière de son pantalon. Il s'approcha du bureau et replaça le combiné sur le poste téléphonique. Il avait l'air satisfait des conclusions du journaliste. « Une dernière question, Cadalen, si vous le permettez... Comment maître Boisard en est-il venu à soupçonner Jean-Jacques Sabatier d'avoir subtilisé à son père tous les dossiers retrouvés dans cette valise ?

– Vous venez de le dire, capitaine. Il l'a soupçonné. Ou, plutôt, il a tenu à s'assurer que Sabatier ne les avait pas en sa possession et, qu'au pire, ils étaient simplement égarés bien qu'introuvables à l'étude. Mais notre ami ici présent n'avait pas grand monde sous la main pour opérer. Il s'est rabattu sur l'ancienne équipe de campagne de son père. Des nervis et des colleurs d'affiches rompus aux coups tordus. Tous employés d'une milice patronale, sous les ordres de Sabatier, à la Française de mécanique automobile. Il a bien fallu les motiver d'une manière ou d'une autre, ces braves vigiles, n'est-ce pas, maître ? Sabatier était imprudent. Et un peu bavard sans doute aussi. Il naviguait entre plusieurs eaux, depuis des années, et se rêvait en agent spécial de ses anciens chefs établis en Espagne. C'était peut-être un romantique, en fin de compte, comme on a voulu me l'expliquer la semaine dernière... »

Cadalen s'appuya sur le bord du bureau en roulant des épaules. Boisard sursauta. « Franchement, qu'est-ce que vous leur avez raconté, aux cinq débiles qui ont massacré deux femmes et deux gosses, un vendredi soir, en pleine cambrousse ? Que si jamais ils ne retrouvaient pas vos actes notariés trafiqués, ils pourraient toujours s'emparer des restes d'un hypothétique trésor de guerre de l'OAS, dont Jean-Jacques Sabatier aurait été le dépositaire ? Même moi, j'y ai cru un moment. C'est à pleurer. »

Le journaliste était épuisé. Il sentait ses dernières parcelles d'énergie s'évaporer. Il s'appuya sur le bord du bureau en tournant ostensiblement le dos au notaire, devenu muet. « Voyez-vous, capitaine, ce qui caractérise généralement les assassins, d'après mon ami Armand, c'est leur profonde bêtise. Comme dans l'histoire marseillaise qu'il vous a servie, depuis l'arrière de ma voiture, à l'occasion des obsèques des Sabatier, tous les coupables se tenaient autour du cercueil des victimes. Allez, on décroche : j'ai un papier à écrire. »

Le notaire leva la tête, ébahi. Son visage hésitait entre l'incrédulité et le soulagement d'en avoir terminé. L'officier le doucha rapidement : « Je vous attends demain matin, dans mon bureau, au groupement de gendarmerie. C'est facile à trouver, vous passez devant tous les jours pour vous rendre à votre étude. Huit heures. Ne prévoyez rien d'autre à votre agenda, ça peut être long. » La sonnette de la porte d'entrée retentit au moment où Masclet s'apprêtait à sortir du bureau. Le journaliste interrogea Boisard du regard. Le notaire s'arracha péniblement au dossier du fauteuil contre lequel il avait abandonné une grande marque de sueur. « C'est Brigitte qui rentre de son bridge. Cette gourde a encore dû oublier ses clés. Je vais lui ouvrir. Profitez-en pour décamper de chez moi, Cadalen. »

Boisard déverrouilla l'énorme porte en noyer et recula brusquement. Une formidable masse, cintrée dans une veste à carreaux, pointait contre son nez un Beretta 93 que le journaliste reconnut immédiatement. Un second colosse pénétra dans la villa et salua Cadalen en agitant le fusil de chasse qu'il tenait de sa main gauche. Dans sa gigantesque pogne, le Benelli avait l'air d'un jouet. De sa main libre, il poussa la porte dans son dos pour la claquer derrière lui. « Désolé du retard, on s'est paumés deux fois. »

Le premier mastodonte avait saisi le notaire par l'encolure du pull en coton pour l'obliger, en tirant dessus, à se mettre à genoux sur le marbre de l'entrée, le Beretta planté dans la nuque. Sa bouche s'ouvrit à plusieurs reprises sans qu'il lui fût possible de libérer un son. Il happait l'air ambiant comme un poisson sorti brutalement de l'eau et avait commencé à suffoquer, étouffé par la terreur et l'incompréhension. Masclet sortit du bureau à son tour, traversa le hall en ignorant la scène et capta Cadalen au passage.

L'homme au calibre douze leur ouvrit la porte et posa sa lourde paluche sur l'épaule de l'officier, pour l'arrêter, avant qu'il n'eût franchi le seuil en compagnie du journaliste. « Basile te fait dire que vous êtes quittes. » Ils gagnèrent l'allée d'autobloquants en trottinant. Dehors, une Fiat 132 stationnait derrière la Lancia. « Montez, on s'en va », ordonna l'officier. Une longue rafale de 9 mm accompagna les deux hommes qui pressaient le pas jusqu'à la Gamma. Le tintement des douilles en cuivre qui rebondirent sur le marbre de l'entrée fut rapidement couvert par deux explosions rapprochées. Le Benelli venait d'achever le travail. Cadalen fit démarrer sa voiture en tremblant et manqua d'emboutir la Fiat en voulant se dégager. Il manœuvra difficilement pour contourner la voiture des deux tueurs montés d'Espagne et dut attendre d'avoir franchi les limites de la propriété à fond de train pour s'autoriser à respirer.

« Comment ça, ils sont quittes ? » Anne tendait une tasse de café brûlant à Cadalen. Elle l'avait retrouvé, vingt minutes plus tôt, assis sur le banc en pierre, adossé contre le mur de son atelier. Il avait attendu l'aube, serré contre lui-même, enveloppé dans sa veste de coton traversée par le froid du petit matin. Le chat, en rentrant de sa chasse nocturne, était venu le rejoindre. Il réclama des caresses et lui offrit une bouillotte bienvenue en acceptant de ronronner contre lui. L'homme et l'animal avaient regardé la nuit s'évaporer par lambeaux. La brume enveloppait la campagne de vapeurs éparses comme si la terre elle-même finissait son rêve.

La jeune femme s'était couverte d'un épais gilet de laine aux manches repliées qui, autrefois, avait dû appartenir à un homme. Anne réchauffait ses mains contre une tasse posée sur ses cuisses. Elle avait rejoint le journaliste sur le banc en pierre. Il pouvait sentir son épaule contre la sienne, ses cheveux caresser son visage, son parfum aussi.

« Vos filles n'ont pas école ?

– On est mercredi… Alors, quittes de quoi ? » Cadalen avait libéré le chat, reparti explorer l'atelier dont la porte était demeurée ouverte.

En s'échappant de la propriété de Boisard, il avait lancé la Gamma dans la nuit sans s'inquiéter de la direction à suivre. Ses phares découpaient les talus et le compte-tours montait dans le rouge à chaque passage de vitesse. Masclet avait ouvert la boîte à gants et s'était emparé de l'automatique qu'il avait glissé à l'intérieur une heure plus tôt. Il avait éjecté le chargeur, vérifié le nombre de balles puis l'avait remis en place d'un claquement de la paume. L'arme posée sur sa cuisse droite, l'index sur le pontet, il avait désigné la voie rapide sur laquelle la Lancia allait bientôt s'engager. « Une fois arrivé au bord de la nationale, tournez à droite, avait dit l'officier. On va faire un tour. Je voudrais m'assurer de ne plus jamais être emmerdé par cette histoire. »

À la sortie de Marssac, le gendarme avait demandé à Cadalen de s'arrêter sur le pont qui enjambe le Tarn. Il était descendu de la Lancia en laissant la portière ouverte et l'affaire n'avait demandé qu'une poignée de secondes. Masclet avait éjecté le chargeur du Beretta, retiré tous les projectiles, qu'il balança à la flotte. Puis il sépara la culasse mobile du corps de l'automatique avant de jeter chaque partie le plus loin possible, de part et d'autre du pont. Ils étaient repartis en sens inverse en silence. Avant d'arriver en ville et que Cadalen ne le déposât à sa caserne, Masclet affranchit le journaliste. Garcia avait refait surface la veille.

Le vigile avait tenté de faire soigner discrètement sa jambe pulvérisée la semaine passée, mais craignait d'être interrogé par la police ou la gendarmerie s'il s'était rendu à l'hôpital. Il avait échoué dans un centre équestre où officiait un vétérinaire radié pour dopage de chevaux de course. Le type risquait des ennuis et le genou de Garcia était très amoché. La blessure puait, il allait perdre sa jambe. Et le véto sa liberté s'il s'aventurait à l'opérer lui-même. L'équipage avait donc atterri devant la gendarmerie, où Garcia fut abandonné à la sauvette par le conducteur d'un tube Citroën que les plantons ne voulurent pas laisser repartir. Masclet avait jugé qu'il n'était pas indispensable d'épingler le vigile pour complicité d'assassinats. La tranquillité de Cadalen était à ce prix.

Le journaliste abandonna sa tasse de café sur le sol de la cour. Il venait de narrer à la jeune femme ses découvertes des derniers jours. D'Alicante à la visite chez Boisard. Il avait volontairement omis l'épisode de l'accident de voiture, au retour de Toulouse, et ses suites. Il estimait qu'il n'était pas nécessaire qu'Anne eût connaissance de son accès de violence à l'encontre du vigile. Son dossier était assez chargé comme ça. « Bon Dieu, s'exclama Anne. Je ne veux pas croire que Masclet ait prévenu votre fameux Basile ! Et pour l'informer que vous aviez découvert l'assassin de Sabatier. Comment a-t-il réussi à le trouver et le contacter jusqu'en Espagne ?

– Oh, rien de très compliqué, selon lui. Le capitaine Albert Placet, indicatif radio Basile, a été amnistié deux fois depuis 1962. C'est un honnête citoyen. Il est dans l'annuaire.

– Drôle de manière de boucler une enquête judiciaire, tout de même. Je ne m'attendais pas à ça de sa part. On dirait que le respect du cadre légal a ses limites.

– Les saloperies également, il faut croire. » Cadalen s'arracha du banc qui avait commencé à lui geler le cul depuis deux heures qu'il y était assis. Il ramassa le chat revenu rôder à proximité. « L'affaire s'arrête là. Y compris pour le *Courrier*. C'est con, j'allais certainement écrire mon meilleur papier. Mais Masclet a décidé d'offrir à Basile la tête de l'assassin de l'un de ses anciens soldats. Un type comme Boisard était parfaitement incapable d'envisager que Jean-Jacques Sabatier fût autre chose pour son ancien capitaine que cet élément insignifiant, cette variable d'ajustement que nous sommes tous un peu devenus. Boisard est mort sans comprendre que ce n'est certainement pas en raison de ses magouilles passées, ni de celles de son père, que ses associés ont brutalement sectionné les liens qui les reliaient à lui. Basile et Sabatier n'ont rien en commun. Ni la carrière, ni les grades… Une pincée de souvenirs et encore… Qui sait ce qui peut intimement lier des hommes qui ont partagé ce que nous avons vécu là-bas. Basile et Sabatier. Masclet et Mohamed Mebarek, son ancien chef de harka qui survit depuis vingt ans dans des conditions misérables. »

Le chat s'impatienta et sauta des bras du journaliste qui revint prendre sa tasse de café, aux pieds de la jeune femme. Il s'accroupit face à elle. Elle plongea ses doigts dans sa tignasse. Elle voulut l'attirer à lui. Il résista un peu. « Il ne m'a pas été donné de pouvoir nouer ces liens-là, Anne. Je me sens pourtant solidaire de chacun d'entre eux. Comme si je devais en être le récipiendaire autant que le témoin. Ma vie est séparée entre deux mondes qu'une porte relie. Mais je n'ai toujours pas décidé si je devais la fermer ou la maintenir ouverte.

– Nos vies ne sont pas étanches, Cadalen. Nous ne sommes jamais notre propre commencement. Ni vous ni moi. Ni aucun de ces hommes. Il vous faudra trouver une réponse. D'ici là, qu'allez-vous faire ? » Le journaliste se redressa, laissa son regard se perdre jusqu'au fond du jardin où les lauriers et les berbéris filaient comme des haricots. Le chat, immobile au milieu de la cour, semblait attendre la réponse pour décider de la suite de sa journée. « Je ne sais pas trop. Malvy m'a demandé d'aider à faire tourner son canard le temps de sa convalescence. Je ne suis pas certain d'en avoir envie... »

Il avait de nouveau plongé les mains au fond de ses poches. Anne lui souriait. Il hésita un quart de seconde, le cœur en écharpe. Il y avait des années que le centre de gravité de son existence avait basculé, de plus en plus loin de lui. Sa vie, en ce bref instant, tenait tout entière sur un banc en pierre, à un mètre de lui. Mais le vertige offert impliquait, en retour, de ne plus complètement s'appartenir. Il désigna les arbustes, au bout de la propriété. « On est en avril, lança Cadalen. Les mois en A, il faut tailler les haies et un peu tout ce qui dépasse. Si vous voulez, je peux rester un jour ou deux pour m'en occuper. »

Note de l'auteur

Le pays dans lequel nous vivons aujourd'hui doit moins aux Trente Glorieuses, aux événements de Mai 68 ou aux différentes crises économiques des années soixante-dix qu'aux orientations politiques et sociales radicales décidées et imposées durant la période au cours de laquelle se déroule ce roman.

Beaucoup de gens y ont cru, d'autres nettement moins, tous ont été floués. Ce livre leur est dédié.

Merci à Thomas pour sa relecture attentive, à Jean-Charles pour ses conseils avisés, à Benoit pour son indéfectible amitié, à Ermira pour son soutien sans faille et à Sophie pour sa présence constante et son amour.

Chronologie

1982

16 janvier : publication de l'ordonnance instituant la semaine de trente-neuf heures et la cinquième semaine de congés payés.

19 janvier : création de l'Association des travailleurs maghrébins de France.

28 janvier : Pierre Mauroy déclare dans *Nord Éclair* à propos des grèves des OS immigrés chez Renault Flins et Billancourt : « Les principales difficultés qui demeurent sont posées par des travailleurs immigrés dont je ne méconnais pas les problèmes mais qui, il me faut bien le constater, sont agités par des groupes religieux et politiques qui se déterminent en fonction de critères ayant peu à voir avec les réalités sociales françaises. »

5 au 13 février : le projet de loi de nationalisation est adopté le 5 février par l'Assemblée et validé par le

Conseil constitutionnel le 11 pour être définitivement promulgué le 13 ; tout le capital des firmes sidérurgiques, de cinq grands groupes industriels (Pechiney, CGE, Saint-Gobain, Rhône-Poulenc, Thomson), de trente-six banques de dépôt, de deux holdings financiers (Paribas et Suez), ainsi que 51 % du capital de compagnies fortement spécialisées dans l'armement (Dassault, Matra) tombent dans le patrimoine public.

2 mars : promulgation de la loi de décentralisation (loi Defferre). Premier acte législatif dans le mouvement de décentralisation de l'État jacobin français. La tutelle administrative a priori exercée par le préfet est supprimée et remplacée par un contrôle de légalité a posteriori. La tutelle du représentant de l'État sur les conseils municipaux, généraux et régionaux est supprimée.

22 avril-1er juin : grève des OS des usines Citroën ; commencé à Aulnay-sous-Bois, le mouvement s'étend à Levallois, Asnières et Saint-Ouen.

2 juin : grève à l'usine Talbot de Poissy.

15 juillet : autorisation de dix-sept radios privées à Paris.

3 août : le SAC est dissous par François Mitterrand, par application de la loi du 10 janvier 1936 sur les groupes de combat et milices privées, suite à la tuerie d'Auriol. Le 18 juillet 1981, le responsable de la section locale des Bouches-du-Rhône du Service d'action civique et cinq personnes de sa famille étaient assassinés par des membres de sa section qui le soupçonnaient de trahison. Née en 1960, véritable police parallèle du régime gaulliste, l'organisation est parfois confondue avec les « barbouzes » recrutés pour lutter contre l'OAS en Algérie à partir de 1961. Plusieurs membres du SAC ont été mis en cause dans des affaires de violences électorales et de droit commun dans les années soixante puis soixante-dix, ou soupçonnés de mercenariat en Afrique.

4 août : dépénalisation de l'homosexualité et majorité sexuelle à quinze ans pour tous. « Loi Auroux » relative aux libertés des travailleurs dans l'entreprise.

13 septembre : manifestation porte de Pantin de quinze mille chefs de PME contre la politique économique et sociale du gouvernement.

12 octobre : manifestation de commerçants et artisans à Paris contre la politique du gouvernement.

28 octobre : « loi Auroux » relative au développement des institutions représentatives du personnel.

13 novembre : « loi Auroux » relative à la négociation collective et au règlement des conflits du travail.

3 décembre : vote de la loi d'amnistie réintégrant dans l'armée les officiers généraux putschistes d'avril 1961 et permettant les révisions de carrière nécessaires à la perception de l'intégralité de leur retraite. Face à l'opposition des députés socialistes et des gaullistes, le gouvernement doit faire usage, pour la première fois depuis l'élection de François Mitterrand, de l'article 49-3 de la Constitution pour faire adopter le texte.

29 décembre : Création d'une quatorzième tranche de l'impôt sur le revenu à 65 % sur les hauts revenus. Institution d'un impôt général sur les grandes fortunes pour les biens supérieurs à trois millions de francs. Suppression de nombreuses niches fiscales et durcissement du crédit d'impôt sur l'investissement des entreprises.

1983

19 janvier : Maurice Papon est inculpé de crimes contre l'humanité.

2 février-3 mars : conflit à l'usine Citroën d'Aulnay-sous-Bois ; des incidents opposant des grévistes à des non-grévistes font plusieurs blessés. La direction prend des mesures de mises à pied conservatoires et congédie douze meneurs de grève, tous immigrés.

5 février : à la faveur du changement de régime en Bolivie, la France obtient l'extradition du criminel de guerre Klaus Barbie qui s'était pendant de nombreuses années caché sous le nom de « Klaus Altmann ». Chef de la Gestapo de Lyon entre 1942 et 1944, il s'est rendu coupable de nombreux crimes de guerre – tortures, exécutions sommaires, déportations et pillages.

6 au 13 mars : élections municipales et succès des partis de l'opposition. La gauche perd une trentaine de villes de plus de 30 000 habitants. Le Front national obtient ses premiers succès électoraux, notamment à Dreux où une coalition RPR-FN remporte la ville au second tour.

21 mars : dévaluation du franc de 2,5 %.

23 mars : le président François Mitterrand annonce à la télévision le second plan de rigueur. Après l'échec de la politique de relance économique du gouvernement Mauroy à la suite du second choc pétrolier, le tournant économique consacre la conversion des socialistes au libéralisme. Un alourdissement de la pression fiscale est décidé (emprunt obligatoire égal à 10 % du montant de l'impôt, prélèvement de 1 % sur le revenu imposable, hausse des taxes sur les produits pétroliers, sur le tabac et les alcools) et un net freinage de la dépense publique est mis en œuvre.

28 mars : arrêté et circulaire qui renforcent le contrôle des changes afin de limiter l'évasion de capitaux français à l'étranger. Chaque adulte n'a le droit de changer que 1 500 francs en devises étrangères pour toute l'année fiscale ; les cartes de crédit sont bloquées hors de France, les transferts financiers doivent être justifiés et sont aussi limités à 1 500 francs par trimestre.

Les propos tenus par le personnage de maître Boisard sur l'immigration sont extraits mot pour mot d'interviews ou de déclarations de Jean-Marie Le Pen datant de la même époque.

Déjà paru dans la collection

SANG-FROID

DAVID D'ÉQUAINVILLE
PASCAL HENRY

MONACO CONFIDENTIAL

nouveau monde

SANG-FROID

INÉDIT
PIERRE
COURRÈGE
LA PHOTOGRAPHIE
L'AUTRE MISSION
EICHMANN

INÉDIT
JACQUES
BAUDOUIN
L'ESPION
ET LE CARDINAL
nouveau
monde
SANG FROID

INÉDIT
6
DEAL
nouveau monde
SANG FROID

CLAUDE
D'ABZAC
LE RÉSEAU
CONSTELLATION
nouveau
monde
SANG FROID

Achevé d'imprimer en France par Normandie Roto Impression s.a.s.
en mars 2025 - Dépôt légal : avril 2025 - n° d'impression : 250133

Achevé d'imprimer en France par Normandie Roto Impression
en mars 2025 - Dépôt légal : avril 2025 - n° d'impression